LES LUMIÈRES D'ASSAM

JANET MACLEOD TROTTER

LES LUMIÈRES D'ASSAM

Traduit de l'anglais par Cécile Arnaud

ÉDITIONS
FRANCE
LOISIRS

Titre original : *The Tea Planter's Daughter*
Publié par MacLeod Trotter Books

Édition du Club France Loisirs,
avec l'autorisation des Éditions Presses de la Cité

Éditions France Loisirs,
123 boulevard de Grenelle, Paris
www.franceloisirs.com

ISBN : 978-2-298-08395-8

Dear Readers in France —
I am delighted that my novel
is to be read in French. I have
spent many fabulous holidays
in your beautiful country, and
as a Scotswoman, I still feel
a special bond with the
Old Alliance!
I hope the story brings you
pleasure.
   Meilleurs Voeux
   Janet MacLeod Trotter

Chers lecteurs,

Je suis ravie que mon roman paraisse en France. J'ai passé de merveilleuses vacances dans votre beau pays et, en tant qu'Écossaise, je me sens toujours liée par la Vieille Alliance entre nos pays !

En espérant que cette histoire vous plaira.

Meilleurs vœux

Janet MacLeod Trotter

À oncle Donald et en mémoire d'oncle Duncan,
qui tous deux commencèrent leur vie en Inde –
bons, généreux, pleins d'humour et d'humanité,
possédant le sens de la justice et la confiance
dans l'humain, ainsi que cet irréductible
optimisme des gens du Nord –,
avec affection et admiration.

1

Assam, Inde, 1904

— Dehors! brailla Jock Belhaven dans son bureau. Et remporte cette nourriture puante!

— Mais, sahib, il faut manger…

Il y eut une explosion de porcelaine contre la porte en teck.

— Tu essaies de m'empoisonner, c'est ça? Sors d'ici ou je te tue!

Dans la pièce voisine, Clarissa et Olivia échangèrent un regard inquiet: elles entendaient tout à travers les minces cloisons du bungalow. Apeurée, Olivia lâcha l'archet de son violon quand leur père fracassa d'autres assiettes. Clarrie quitta son fauteuil près du feu et se força à sourire à ssa petite sœur pétrifiée.

— Je vais aller le calmer, ne t'en fais pas.

Elle se précipita vers la porte du bureau, manquant entrer en collision avec Kamal, leur *khansama* bengali, qui sortait en hâte du bureau de son père, poursuivi par un flot d'injures.

— Sahib ne va pas bien, dit-il, le visage décomposé. Il rugit comme un tigre.

Clarrie posa la main sur le bras du vieil homme. Kamal, qui travaillait déjà pour leur père du temps

11

où celui-ci était dans l'armée, bien avant la naissance de la jeune femme, savait que l'ivrogne déchaîné derrière la porte n'était plus que l'ombre pathétique de l'homme vigoureux et chaleureux qu'il avait été.

— Il m'avait dit qu'il allait à la pêche, mais il a dû passer au village acheter de l'alcool, murmura-t-elle.

Kamal secoua la tête.

— Je suis désolé, mademoiselle Clarissa.

— Ce n'est pas ta faute.

Tous deux écoutèrent Jock jurer en lançant des objets à travers la pièce.

— C'est le palu, reprit Kamal. À chaque crise, il boit pour oublier la douleur. Dans quelques jours, il sera rétabli.

Quoique touchée par la loyauté du domestique, Clarrie savait aussi bien que lui que les accès de fièvre paludéenne n'étaient pas seuls responsables de l'état de son père. Il s'était mis à boire après le terrible tremblement de terre qui avait coûté la vie à sa femme, écrasée par la chute d'un arbre, alors qu'elle était alitée, enceinte de leur troisième enfant. Aujourd'hui, Jock n'avait plus le droit d'acheter de l'alcool au mess des officiers à Shillong, et on lui battait froid au club des planteurs de thé de Tezpur lors des rares occasions où ils se rendaient dans le nord du pays pour un gymkhana ou des courses hippiques. N'ayant plus les moyens de se faire envoyer des caisses de whisky de Calcutta, il en était réduit à noyer son désespoir dans le tord-boyaux des villageois ou dans l'opium.

— Va préparer du thé et tenir compagnie à Olivia, suggéra Clarrie. Elle n'aime pas rester seule. Je m'occupe de papa.

12

Après avoir adressé un sourire rassurant à Kamal, elle frappa résolument à la porte du bureau. Son père cria une réponse dans un mélange d'anglais et de bengali. Prenant son courage à deux mains, Clarrie entrouvrit le battant.

— Babu? appela-t-elle, utilisant le surnom affectueux de son enfance. C'est moi, Clarrie. Je peux entrer?

— Va au diable!

Ignorant la rebuffade, Clarrie pénétra dans la pièce.

— Je suis venue te dire bonsoir, Babu. Est-ce que tu voudrais du thé avant d'aller te coucher?

Dans l'éclat jaune de la lampe à huile, elle le vit tituber au milieu des décombres comme un survivant après une tempête. Des livres arrachés de leurs étagères et des éclats de porcelaine blanc et bleu (le service préféré de sa mère, au motif de saule) jonchaient le sol, au milieu d'éclaboussures de riz et de *dahl*. Un poisson frit gisait à ses pieds. Malgré l'air glacé, la pièce empestait l'alcool fort et la sueur.

S'efforçant de cacher sa stupeur, Clarrie enjamba le désordre sans rien dire. Le moindre commentaire risquait d'attiser la rage de son père qui, le lendemain, serait bourrelé de remords. Il la regarda venir d'un air soupçonneux, mais cessa de crier.

— Viens t'asseoir près du feu, Babu, proposa-t-elle gentiment. Je vais le ranimer. Tu as l'air fatigué. La pêche a été bonne? Ama m'a dit que ses fils avaient attrapé un gros mahseer dans l'Um Shirpi hier. Tu devrais peut-être essayer là-bas demain? J'irai jeter un coup d'œil, tu veux bien?

— Non! Je t'interdis de te promener toute seule à cheval, répliqua-t-il de sa voix pâteuse. Les léopards…

— Je fais toujours attention.

— Et ces hommes…

Il avait craché ces derniers mots.

— Quels hommes? demanda-t-elle en le guidant vers un fauteuil élimé.

— Les recruteurs. Qui viennent fouiner par ici. Pour ces foutus Robson…

— Wesley Robson? Du domaine Oxford?

— En personne! s'écria son père en recommençant à s'agiter. Il essaie de me voler mes ouvriers!

Pas étonnant que son père soit dans cet état. Certaines grandes plantations comme celle d'Oxford étaient prêtes à tout pour se procurer de la main-d'œuvre. Clarrie avait rencontré Wesley Robson l'année précédente, lors d'un match de polo à Tezpur: c'était un de ces jeunes gens arrogants, tout juste débarqués d'Angleterre, qui s'imaginaient en savoir plus sur l'Inde au bout de trois mois que ceux qui y avaient vécu toute leur vie. Son père l'avait détesté sur-le-champ parce que c'était un Robson de la région de Tyneside, une puissante famille d'anciens fermiers comme les Belhaven, qui avait fait fortune dans la fabrication de chaudières et investissait aujourd'hui dans le thé. Un différend avait opposé les Robson et les Belhaven en Angleterre bien des années plus tôt, à propos d'une sombre histoire de matériel agricole.

— Tu as vu M. Robson? demanda Clarrie, consternée.

— En train de camper là-bas près de l'Um Shirpi.

— C'est peut-être seulement une expédition de pêche, suggéra-t-elle pour tenter de l'apaiser. S'il voulait recruter pour sa plantation, il ferait le tour des villages en distribuant de l'argent et de l'opium.

— Il veut ma perte.

Jock n'en démordait pas.

— Le vieux Robson était pareil. Il a causé la ruine de mon grand-père. Je ne lui ai jamais pardonné. Et maintenant, ils sont en Inde. Mon Inde. Ils en ont après moi…

— Ne t'échauffe pas, répondit Clarrie en le faisant asseoir dans le fauteuil. Personne ne causera notre ruine. Le prix du thé finira forcément par remonter.

Il ne dit rien pendant qu'elle soufflait doucement sur les braises mourantes et ajoutait du petit bois. Le feu se ranima en crépitant et la pièce s'emplit du parfum sucré du bois de santal. Elle lança un regard prudent à son père : le menton retombant sur sa poitrine, les paupières lourdes, il avait le visage émacié, la peau parcheminée comme du vieux cuir et le crâne presque chauve. S'il n'y avait pas eu ses vêtements à l'européenne, il aurait davantage ressemblé à un ascète hindou qu'à un ancien militaire reconverti en planteur de thé.

Accroupie devant le feu, elle se remémora la voix argentine de sa mère qui la grondait : « Assieds-toi à la manière d'une lady, Clarissa, pas comme une pauvre villageoise ! » Elle avait maintenant du mal à se rappeler le visage de sa mère : son sourire timide et ses yeux marron attentifs, ses cheveux noirs coiffés en macarons serrés sur sa nuque. Sur le bureau de son père, il y avait une photo d'eux tous, en train de prendre le thé sur la véranda : on voyait bébé Olivia sur les genoux de leur père, une Clarissa de cinq ans aux traits flous, pour avoir bougé au moment crucial, et leur mère impassible, telle une belle et mince figure préraphaélite au sourire mélancolique.

Ama, leur vieille nounou, lui avait dit qu'elle lui ressemblait de plus en plus en grandissant. Elle avait hérité du teint mat et des grands yeux sombres de Jane Cooper, tandis qu'Olivia avait les cheveux blond vénitien et la peau claire des Belhaven. Les deux sœurs ne se ressemblaient pas du tout, et seule l'apparence de Clarissa laissait deviner l'aïeule indienne de leur mère métisse. Bien qu'elles fussent protégées du monde, ici à Belgooree, elle savait néanmoins qu'on les jugeait un peu scandaleuses dans les cercles britanniques. De nombreux hommes prenaient des Indiennes pour maîtresses, mais pas pour épouses, comme son père l'avait fait. Fille d'un employé anglais et d'une ouvrière de la soie assamaise, Jane Cooper avait été abandonnée à l'orphelinat catholique, puis avait reçu une formation d'institutrice à l'école de la mission de Shillong.

Comme si ce mariage n'était pas déjà assez choquant, Jock s'attendait en plus à ce que ses filles soient accueillies dans la société anglo-indienne telles d'authentiques roses anglaises. Et pour couronner le tout, ce petit soldat monté en grade, originaire du fin fond du Northumberland, se prétendait maintenant capable de cultiver le thé.

Oh, Clarrie avait entendu les remarques blessantes à l'église et au club-house et senti la réprobation des femmes du camp militaire de Shillong, dont les conversations s'arrêtaient net quand elle entrait dans les magasins du bazar. Pour cette raison, Olivia détestait aller faire des courses en ville, mais Clarrie refusait de se laisser atteindre par ces gens mesquins.

Elle avait plus le droit de vivre ici qu'aucun d'eux, et elle aimait avec passion leur maison dans les montagnes d'Assam.

Elle partageait cependant l'inquiétude de son père à propos du domaine. Lors du terrible tremblement de terre survenu sept ans plus tôt, des flancs entiers de collines s'étaient affaissés, et il leur avait fallu replanter à grands frais. Et maintenant que les théiers arrivaient enfin à maturité, les débouchés pour leurs feuilles délicates paraissaient s'être évaporés comme la rosée du matin. Les palais de ces insatiables Anglais réclamaient désormais les thés plus forts et plus corsés des vallées humides et chaudes du Haut-Assam. Elle aurait tant voulu avoir quelqu'un vers qui se tourner et à qui demander conseil, car son père semblait décidé à se détruire.

Voyant qu'il s'était assoupi, Clarrie alla prendre une couverture sur le lit de camp dans un coin de la pièce. Son père dormait là depuis sept ans, incapable de pénétrer dans la chambre où sa bien-aimée Jane était morte. Lorsqu'elle arrangea la couverture autour de lui, il remua et ouvrit les yeux.

— Jane, dit-il d'une voix groggy. Où étais-tu partie, chérie ?

Clarrie en eut la gorge nouée. Lorsqu'il était ivre, il la prenait souvent pour sa mère, ce qui la bouleversait chaque fois.

— Rendors-toi, fit-elle doucement.

— Les filles… Elles sont couchées ? Il faut que j'aille leur dire bonsoir.

Comme il tentait de se redresser, elle le repoussa gentiment.

— Elles vont bien. Elles dorment. Ne va pas les réveiller.

Il se pelotonna sous la couverture.

— Bien, chuchota-t-il dans un soupir.

Elle se pencha pour l'embrasser sur le front, les larmes aux yeux. À seulement dix-huit ans, elle se sentait accablée par le poids des responsabilités. Combien de temps pourraient-ils continuer comme ça ? Non seulement la plantation déclinait, mais la maison nécessitait des réparations et la professeure de musique d'Olivia venait de réclamer ses gages. Clarrie ravala sa panique. Dès que son père serait sobre, elle lui parlerait. Tôt ou tard, il devrait bien affronter leurs problèmes.

De retour dans le salon, elle trouva Olivia recroquevillée dans le rocking-chair et Kamal qui montait la garde près de la théière en argent posée sur la table devant la fenêtre.

— Il dort, annonça-t-elle.

Pendant que Kamal lui servait une tasse de thé, elle alla s'asseoir à côté de sa sœur. Quand elle voulut écarter une mèche de cheveux qui barrait le visage d'Olivia, celle-ci tressaillit et se recula, tendue comme une corde de piano. Clarrie perçut sa respiration sifflante, annonciatrice d'une nouvelle crise d'asthme.

— Tout va bien, lui dit-elle d'un ton rassurant. Tu peux recommencer à jouer si tu veux.

— Comment veux-tu que je joue ? Je suis trop nerveuse. Pourquoi est-ce qu'il crie comme ça ? Pourquoi est-ce qu'il casse tout ?

— Il ne fait pas exprès.

— Pourquoi tu ne l'en empêches pas ? Pourquoi tu ne l'empêches pas de boire ?

Clarrie en appela silencieusement à Kamal, qui posa la tasse de thé sur la table en marqueterie à côté d'elle.

— Je vais tout remettre en ordre, mademoiselle Olivia. Demain matin, tout ira mieux.

— Rien n'ira jamais mieux ! Je veux ma maman ! gémit Olivia.

Elle fut prise d'une quinte de toux, cette toux qui la tourmentait durant la saison froide et donnait l'impression qu'elle tentait d'expectorer de l'air vicié. Clarrie la prit dans ses bras et lui frictionna le dos.

— Où est ta pommade ? Dans ta chambre ? Je vais aller la chercher pendant que Kamal fera chauffer de l'eau pour préparer une inhalation, n'est-ce pas, Kamal ?

Tous deux s'occupèrent d'Olivia jusqu'à ce que la jeune fille se calme et que sa toux s'apaise. Kamal fit infuser du thé avec des épices – cannelle, cardamome, clous de girofle et gingembre – dont Clarrie huma les arômes en sirotant le breuvage doré. Chaque gorgée était comme un baume sur ses nerfs à fleur de peau. Même le visage blême d'Olivia reprit des couleurs.

— Où est Ama ? demanda Clarrie, prenant conscience qu'elle ne l'avait pas vue depuis le déjeuner.

Elle avait été trop occupée à superviser le sarclage sur la plantation pour remarquer l'absence de sa vieille nourrice.

— Elle a filé au village en n'en faisant qu'à sa tête, répondit Kamal, désapprobateur.

— L'un de ses fils est malade, expliqua Olivia.

19

— Pourquoi ne m'a-t-elle rien dit ? J'espère que ce n'est pas grave.

— C'est jamais grave, dit Kamal. Mais au moindre petit bobo, Ama court comme une poule vers son poussin.

Il ponctua ses mots d'un caquètement qui fit rire Clarrie.

— Ne te moque pas d'elle. Elle est aux petits soins pour toi autant que pour nous tous.

Kamal sourit et haussa les épaules, comme si le comportement d'Ama et de ses semblables dépassait son entendement.

Peu de temps après, ils allèrent tous se coucher. Olivia se blottit contre Clarrie entre les draps froids et humides. Les nuits où leur père abusait de l'alcool, la jeune fille de treize ans suppliait Clarrie de la laisser partager son lit. Non pas que Jock fasse irruption dans leur chambre et les réveille, mais n'importe quel bruit – le hululement d'un hibou, le hurlement d'un chacal ou le cri d'un singe – la terrorisait.

Clarrie demeura éveillée bien après que la respiration sifflante de sa sœur se fut apaisée pour prendre le rythme régulier du sommeil. Elle dormit par intermittence et se réveilla avant l'aube. Jugeant inutile de rester couchée là à ruminer ses soucis, elle se leva et s'habilla sans bruit, puis rejoignit les écuries où Prince, son poney blanc, l'accueillit d'un doux hennissement.

Son cœur s'allégea quand elle le cajola et respira son odeur chaude. Ils l'avaient acheté à des marchands bhoutanais, lors du séjour qu'ils avaient effectué dans les contreforts de l'Himalaya après la mort de leur mère. À l'époque, son père ne supportait plus Belgooree et les avait emmenées en randonnée de plusieurs mois. Clarrie se rappelait le visage inquiet d'Olivia, coiffée d'un grand chapeau en raphia, qui pointait de la nacelle suspendue entre deux perches dans laquelle on la transportait.

Dès qu'elle avait posé les yeux sur le poney robuste et agile, Clarrie en était tombée amoureuse, et son père avait approuvé.

— Des animaux supérieurs, les poneys du Bhoutan. Bien sûr que tu peux l'avoir.

Depuis, Clarrie l'avait monté presque tous les jours. On la voyait souvent parcourir le domaine et les chemins des forêts alentour. Les villageois et les chasseurs la saluaient, et elle s'arrêtait souvent pour échanger avec eux des nouvelles sur le temps, des prédictions concernant la mousson ou des informations sur les pistes suivies par les animaux.

Elle sella Prince en lui parlant doucement et, dans l'air vif de l'aube, le guida sur le sentier qui s'éloignait de la maison en serpentant à travers leur jardin luxuriant. Une fois au milieu des aréquiers, des bambous, des rotangs et des chèvrefeuilles, elle le monta, s'enveloppa d'une épaisse couverture rugueuse et se mit en route sur la piste.

Dans la semi-pénombre, elle distinguait les rangées de théiers qui cascadaient à perte de vue sur la pente raide. Des colonnes fantomatiques de fumée montaient des premiers feux allumés dans les villages cachés dans la jungle en contrebas. Tout autour d'elle, les collines densément boisées dressaient leur volume sombre contre l'horizon qui s'éclairait. Alors qu'elle s'enfonçait dans la forêt de pins, de sals et de chênes, les bruits nocturnes laissèrent place au pépiement des oiseaux qui se réveillaient.

Après avoir chevauché pendant presque une heure, elle atteignit la clairière au sommet de sa colline préférée, au moment où le soleil faisait son apparition. Tout autour, les ruines d'un ancien temple étaient depuis longtemps colonisées par la végétation. Un *swami* vivait là, sous le couvert d'un grand tamarinier, dans une cabane faite de feuilles de palmier et de mousse, au toit envahi par du jasmin et des mimosas. Le saint homme cultivait un beau jardin de roses. Une source claire coulait entre des pierres à proximité, remplissait un bassin avant de disparaître dans le sol. L'endroit, magique, embaumait et offrait une vue spectaculaire qui s'étendait sur des kilomètres.

Mettant pied à terre, Clarrie conduisit Prince près du bassin pour qu'il se désaltère et s'assit sur une colonne de pierre cassée, sculptée de tigres, d'où elle contempla l'aube naissante. À l'est, les montagnes vert sombre du Haut-Assam émergèrent de l'obscurité. Le puissant Brahmapoutre, qui coulait à travers la vallée fertile, disparaissait dans des tourbillons de brume. Plus loin, vers le nord, Clarrie vit la lumière accrocher les pics de l'Himalaya, qui pointèrent du brouillard, déchiquetés et aériens.

Enveloppée dans sa couverture, elle demeura un long moment immobile, comme envoûtée, à observer les montagnes qui se paraient d'or comme les toits des temples, à mesure que le soleil gagnait en force. Ce lieu avait le don d'apaiser ses pensées tourmentées.

Un peu rassérénée, elle laissa un sachet de thé et un de sucre à la porte de la cabane du *swami* et remonta en selle. Un léger bruit la fit se retourner : un daim gracieux était venu s'abreuver au bassin, sans se soucier de leur présence.

Une seconde plus tard, un coup de feu assourdissant retentit en provenance des arbres. Le daim releva brusquement la tête. Un deuxième tir passa si près que Prince se cabra, obligeant Clarrie à tirer frénétiquement sur les rênes. Un troisième tir atteignit le daim au cœur, et ses pattes flanchèrent comme un château de cartes qui s'écroule.

Choquée par la brutalité de la scène, Clarrie relâcha sa prise sur les rênes. Prince se mit à danser en cercles affolés, glissant sur les feuilles mouillées. L'instant suivant, elle était désarçonnée. Sa tête heurta une pierre et tout devint rouge autour d'elle. Elle perçut encore des voix d'hommes qui criaient et des pas qui couraient vers elle.

— Vous êtes fou !

— Ce n'était qu'un indigène. Et j'ai tiré un coup de semonce.

— Bon sang, c'est une femme !

Puis elle perdit connaissance.

2

Lorsque Clarrie reprit conscience, elle était couchée sous un auvent de toile. Un homme à l'épaisse moustache rousse l'observait, assis sur un tabouret.

— Elle se réveille ! cria-t-il en se levant à moitié.

Un autre homme écrasa sa cigarette sous sa botte, s'approcha et se pencha au-dessus d'elle. Il avait les cheveux noirs coupés très court, le menton rasé de frais, des yeux verts pénétrants. Il lui sembla familier, mais elle ne réussit pas à le replacer. Qui était-il ? Et que faisait-elle là ?

— Mademoiselle Belhaven ? demanda-t-il en arquant un sourcil épais. Nous sommes soulagés de vous voir revenue à vous.

— Je suis horriblement désolé, ajouta le premier. Je n'aurais jamais dû tirer sur ce daim si près de vous. Si j'avais su que vous étiez… enfin… vous étiez cachée sous cette couverture et portiez un pantalon d'homme… Je me suis dit… Vous voyez, je traquais cette bête depuis vingt minutes… je ne voulais pas laisser passer ma chance.

— Prince… où est-il ? s'enquit-elle dans un souffle.

L'autre homme la contempla d'un regard ironique.

— Je suppose que vous ne parlez d'aucun de vos sauveteurs ?

— Mes sauveteurs ? riposta-t-elle en tentant de se redresser. Vous avez failli nous tuer, mon poney et moi. Et ce pauvre daim...

Elle se rallongea et porta la main à sa tête douloureuse. Quelqu'un lui avait mis un bandage.

— Où est mon poney ?

— Il va très bien, répondit l'homme à la moustache militaire. Les porteurs sont en train de le nourrir. Je dois dire que c'est une brave bête, mademoiselle Belhaven. Mais franchement, vous ne devriez pas vous promener toute seule à une heure aussi matinale. Je suis surpris que votre père vous y autorise. Ces collines sont sauvages et dangereuses.

Clarrie lui lança un regard acéré.

— Le seul danger semble provenir des chasseurs à la détente facile.

L'homme rougit et fit un pas en arrière.

— Eh bien, Robson, je vois qu'elle a le tempérament batailleur de son père.

Son compagnon éclata de rire.

— Je vous avais prévenu, dit-il sans quitter Clarrie des yeux. Les Belhaven sont connus pour leur fierté farouche.

C'est alors que Clarrie reconnut cette voix profonde, avec ce même léger accent du Nord qu'avait son père.

— Wesley Robson ! s'écria-t-elle. Maintenant, je me souviens de vous.

— J'en suis flatté, compte tenu de tous ces jeunes gens qui cherchaient à attirer votre attention à la réunion des planteurs.

— Il n'y a pas de quoi. Mon père m'a mise en garde contre les Robson et m'a conseillé de garder mes distances.

Une remarque qui, à la consternation de Clarrie, parut amuser son interlocuteur.

— Et vous suivez toujours les conseils de votre père ?

Elle piqua un fard.

— Bien sûr.

— Est-ce qu'il conseille à sa jeune et jolie fille d'aller chevaucher à l'aube, à plus d'une heure de chez vous ?

Agacée par son ton hautain, Clarrie s'efforça de se redresser.

— Mon père sait que je suis bonne cavalière. Je connais ces montagnes bien mieux que vous ou vos amis ne les connaîtrez jamais, même si vous vous en croyez propriétaire.

Sa tête l'élança quand elle posa les pieds par terre pour se relever.

— Ramenez-moi Prince, s'il vous plaît.

À sa plus grande honte, ses genoux se dérobèrent sous elle et Wesley la rattrapa de justesse.

— Tout doux, fit-il en la tenant fermement contre lui.

Il dégageait une odeur de feu de bois et de terre humide. Elle était suffisamment proche de lui pour remarquer une petite cicatrice qui gaufrait son sourcil gauche, accentuant son regard sardonique, et les fines rides qui creusaient la peau bronzée autour de ses yeux. Le vert vif de ses iris était hypnotique.

— Vous n'êtes absolument pas en état de monter à cheval, mademoiselle Belhaven, intervint l'autre homme.

— Vous allez devoir nous laisser nous occuper de vous, je le crains, ajouta Wesley.

Clarrie perçut la pointe de moquerie dans sa voix. Elle avait une conscience aiguë de ses bras puissants qui la maintenaient debout, et de son haleine dans ses cheveux. Tremblante, elle se rassit.

Wesley ordonna à un de ses porteurs d'apporter du thé et des œufs brouillés, ignorant les protestations de la jeune femme qui affirmait qu'elle n'avait pas faim. Elle n'en mangea pas moins tout ce qu'on lui servit et accepta même d'en reprendre, tandis que les hommes fumaient en la regardant, comme si elle était une nouvelle espèce bizarre qu'ils avaient découverte dans la forêt.

— Bravo, continuez, dit le jeune soldat.

Il se présenta sous le nom de Harry Wilson et lui assura qu'il serait à son service tant qu'il serait stationné au cantonnement de Shillong.

— Wesley est un ami, poursuivit-il. Nous nous sommes rencontrés sur le bateau en venant ici. On s'entend du tonnerre. Nous adorons la chasse et la pêche tous les deux. Ce pays est merveilleux pour tirer des oiseaux. J'ai entendu dire qu'on trouvait aussi pas mal de sangliers et d'ours, mais je n'ai pas encore eu la chance d'en voir. Votre père pourrait peut-être me donner des conseils ?

— Sa passion à lui, c'est la pêche. Il déteste la chasse au gros gibier.

— Vous savez qu'on a trouvé un léopard en pleine ville la semaine dernière ? poursuivit Harry comme si

27

elle n'avait pas répondu. En plein jour. Il a carrément traversé le bazar des indigènes, avant d'entrer dans le cimetière du cantonnement. Quand on l'a encerclé, il prenait tranquillement le soleil sur une tombe. Une bête splendide. L'épouse du colonel va se faire faire un tapis avec la peau.

— Harry, intervint Wesley, je crois que Mlle Belhaven est fatiguée. Laissons-la se reposer. L'un de nous peut aller prévenir son père qu'elle est en sécurité.

— Bien sûr. Je vais y aller, s'empressa de répondre Harry. C'est la moindre des choses.

— C'est inutile, dit Clarrie sans enthousiasme.

— Vous, vous restez couchée, ordonna Wesley. Quand vous serez reposée, nous vous ramènerons chez vous.

Clarrie capitula et s'allongea sur le lit de camp. Wesley la couvrit de sa propre couverture.

— Elle est un peu rêche, s'excusa-t-il, mais assez confortable.

Elle comprit alors qu'elle se trouvait dans la tente de Robson et dans son lit. Si elle n'avait pas eu aussi mal à la tête, elle aurait peut-être protesté. Mais elle n'avait qu'une envie : fermer les yeux en attendant que la douleur passe.

Elle s'endormit aussitôt. Lorsqu'elle se réveilla, la première chose qu'elle vit fut Wesley, assis sur une chaise pliante à l'entrée de la tente, ses longues jambes étendues devant lui, en train de lire. Il lui avait fait l'effet d'être un homme d'action, pour qui la lecture aurait été une activité futile, et pourtant son large front et ses traits acérés montraient une totale absorption dans l'ouvrage. Sentant qu'elle le regardait, il se tourna vers elle et ils se dévisagèrent en silence. Clarrie rougit en songeant qu'elle reposait dans le lit d'un étranger et qu'il veillait sur elle.

— Que lisez-vous ? demanda-t-elle pour cacher sa gêne.

Il referma le livre.

— *Chasse et pêche en Birmanie britannique*, répondit-il, citant le titre. Du capitaine Pollok. Je l'ai emprunté à Harry. Il prétend révéler les meilleurs coins de pêche en Assam, mais il a trente ans de retard. Moi-même, je serais capable de faire mieux.

Il le laissa tomber par terre, se leva et s'approcha d'elle.

— Vous vous sentez mieux, Clarissa ?

— Merci, oui, répondit-elle en baissant les yeux, troublée qu'il l'ait appelée par son prénom. Je voudrais rentrer chez moi.

— Il n'est pas question que vous remontiez à cheval pour le moment. Laissez-moi vous examiner.

Il lui prit la main mais, la voyant se crisper à ce contact, la lâcha aussitôt.

— Pourquoi me détestez-vous autant ? demanda-t-il.

— Je ne vous connais pas suffisamment pour avoir une opinion sur vous.

Il lui adressa un sourire.

— Moi aussi, j'aimerais beaucoup vous connaître davantage.

— Ce n'est pas ce que je voulais dire !

— Alors, comptez-vous laisser les préjugés mesquins de votre père à l'égard de ma famille nous empêcher de devenir amis ?

Clarrie s'agaça qu'il parle ainsi de son père. Il n'avait aucune idée de ce qu'avait enduré Jock et aucun droit de le juger mesquin. Sa première impression de Wesley Robson se confirmait : c'était un homme arrogant et imbuvable. Et plus vite elle quitterait cette tente spartiate, mieux ça vaudrait.

— Je pense que vous avez la tête qui enfle autant que les chevilles, asséna-t-elle.

Wesley en resta ébahi. Il fit un pas en arrière et fourra les mains dans ses poches.

— Eh bien, je me serais attendu à un peu plus de gratitude.

— De gratitude ? Vous ne manquez pas de toupet ! J'étais bien tranquille en train d'admirer le lever du soleil dans mon endroit préféré quand je me suis fait tirer dessus… j'ai été blessée… j'ai eu une belle frayeur… j'ai encore mal à la tête… en plus vous vous êtes moqué de moi devant votre ami comme si j'étais une enfant… et mon père sera furieux quand il l'apprendra… et je veux rentrer chez moi !

Ils se défièrent du regard. Un muscle tressautait dans la mâchoire de Wesley. Manifestement, il n'avait pas l'habitude des critiques, en particulier quand elles venaient d'une jeune femme. Eh bien, elle se fichait de l'avoir vexé. Tout ça était sa faute. C'était à lui de lui présenter des excuses.

Wesley fit volte-face et quitta la tente. Elle l'entendit donner des ordres et, lorsqu'elle sortit à son tour, elle vit qu'ils avaient fabriqué un *dooli*, une espèce de chaise à porteurs en bambou.

— Les porteurs vont vous emmener, lui indiqua-t-il d'un ton sec.

— Je préférerais monter Prince.

Il lui lança un regard moqueur.

— Je me charge de ramener votre poney. Je ne prends pas la responsabilité de vous voir vous évanouir et tomber. Votre père sera déjà bien assez mécontent comme ça.

Clarrie lui lança un regard furieux, mais monta dans le *dooli* sans un mot de plus – une docilité qu'elle regretta dès que les porteurs se mirent en route. À chaque cahot du chemin, tout son corps lui faisait mal et sa tête recommençait à l'élancer. À mesure qu'ils approchaient de Belgooree, son inquiétude augmenta. Dans quel état Harry Wilson avait-il trouvé son père ? Jock avait peut-être chassé le jeune soldat à coups de fusil et d'injures, pour avoir mis sa fille en danger. À moins qu'il ne soit encore en train de dormir après ses excès de la veille.

Enfin, les porteurs gravirent en chancelant la pente raide menant au domaine et passèrent le mur d'enceinte. Kamal et Olivia se précipitèrent à leur rencontre.

— Mademoiselle Clarissa ! Allah est miséricordieux ! s'écria Kamal en l'aidant à descendre du *dooli*.

— Où étais-tu partie ? demanda Olivia. J'ai eu peur, toute seule. Tu es blessée ?

— Non, seulement un peu endolorie, répondit-elle en étreignant sa sœur. Je suis désolée pour toute cette agitation.

Olivia baissa la voix.

— On a mis des heures à réveiller papa. J'ai dû parler à M. Wilson pendant que Kamal le rasait. Sa sœur joue de l'alto, tu le savais ?

— Non, je l'ignorais…

Clarrie se força à sourire. Sans ce satané Wilson, elle aurait pu rentrer de sa promenade sans que son père en sache rien.

Kamal envoya les porteurs à la cuisine pour y prendre des rafraîchissements et accompagna les jeunes filles jusqu'à la véranda, ombragée par de luxuriantes plantes grimpantes, où son père et Harry étaient plongés dans une conversation sur la pêche.

— Voici ma Clarrie ! s'exclama Jock. Viens ici, ma petite fille, que je puisse te regarder.

Alors qu'il se levait, Clarrie fut frappée par son apparence fragile. Il ne remplissait plus ses vêtements, les bras qu'il tendit vers elle tremblaient, et sa peau avait la couleur du vieux parchemin. Son ivrognerie commençait à faire des ravages visibles. Jamais il n'avait eu l'air si mal en point qu'aujourd'hui.

— Je vais bien, papa, répondit-elle très vite. Juste une égratignure à la tête.

Il s'avança vers elle en chancelant et l'aurait prise dans ses bras si Olivia ne s'était pas agrippée à elle d'un geste possessif. Dès qu'il fut à proximité, Clarrie sentit son haleine chargée d'alcool, et remarqua la cruche sur la table. Surprenant son regard, son père fut aussitôt sur la défensive.

— Qu'est-ce qui t'a pris de partir vadrouiller avant le lever du soleil ? Tu aurais dû me réveiller pour que je t'accompagne. Vraiment, Clarrie, que va penser de nous ce sympathique jeune officier ?

Clarrie préféra se taire : elle aurait difficilement pu répondre qu'au moment où elle était partie il cuvait encore son vin de la veille.

— J'ai une haute opinion de vous deux, s'empressa de dire Harry, se levant et offrant un siège à la jeune femme. Ne soyez pas dur avec Mlle Belhaven. Je suis seul responsable de l'incident.

Jock soupira, comme s'il n'avait pas le cœur à se disputer.

— Enfin, tout ce qui compte, c'est que ma petite fille soit rentrée saine et sauve.

Quand ils furent installés autour de la table, Kamal apporta à Clarrie un sirop de rhododendron ainsi que des galettes au miel et du gâteau à la noix de coco, qu'elle partagea avec Olivia, pendant que Harry parlait de pêche avec animation et que Jock sirotait un verre de liqueur locale. Clarrie se demanda quand Wesley allait arriver et s'étonna que le sujet n'ait pas été abordé. Maintenant qu'elle était en sécurité à la maison, elle commençait à regretter les propos désagréables qu'elle lui avait tenus. Elle était sous le choc, certes, mais il n'avait pas mérité son mépris.

Ils furent interrompus par les cris du gardien annonçant un nouvel arrivant.

— Ce doit être votre ami, dit Jock.

— Il ramène Prince, expliqua Clarrie en se levant.

— Oui, un type bien, fit Harry en s'éclaircissant la gorge.

— Lui aussi est officier ?

— Pas exactement…

À l'expression du jeune soldat, elle devina qu'il n'avait pas révélé l'identité de son ami : il ne voulait pas être porteur d'une autre mauvaise nouvelle.

— Son ami est Wesley Robson, expliqua Clarrie en lançant un regard d'avertissement à son père.

— Robson ? répéta Jock. Il n'est pas question qu'il mette les pieds ici…

— Nous ferions peut-être mieux d'y aller…, déclara Harry, rouge d'embarras.

— Je vous en prie, restez, répliqua Clarrie.

Puis, se tournant vers son père :

— M. Robson a eu la bonté de s'occuper de moi et de ramener Prince. De plus, c'est l'ami de M. Wilson. Nous devons nous montrer courtois.

Elle descendit les marches, avant que son père ait pu l'arrêter. Prince hennit dès qu'il la vit ; elle se précipita vers lui et passa les bras autour de son encolure. Derrière, Wesley était toujours à cheval.

— Merci, monsieur Robson, dit-elle en levant les yeux. Je vous en prie, venez prendre un rafraîchissement. Mon père souhaiterait vous remercier lui aussi.

Il lui adressa un regard étonné, puis hocha la tête et mit pied à terre. Kamal appela un palefrenier pour qu'il emmène les chevaux à l'écurie, tandis que Clarrie guidait Wesley jusqu'à la véranda. Jock accueillit le nouveau venu d'un bref hochement de tête et lui indiqua un siège, mais ce fut Clarrie qui lui proposa et lui servit un verre. Pour meubler le silence inconfortable, Harry se lança dans un monologue sur la pêche à la mouche et répéta à son ami ce que Jock lui avait raconté sur la pratique locale consistant à utiliser de l'écorce pour attirer les poissons à la surface.

Très désireuse de se plonger dans un bain chaud et d'enfiler des vêtements plus seyants, Clarrie s'excusa et rentra dans la maison. Olivia la suivit.

— Il est beau, n'est-ce pas ? déclara timidement la jeune fille en jouant avec ses longs cheveux roux.

Clarrie lui lança un coup d'œil dans le miroir en retirant son pansement à la tête.

— Oui, sans doute.

La plaie à sa tempe était propre. Celui qui s'en était occupé, sans doute un domestique, avait fait du bon travail.

— Eh bien, moi, je le trouve très beau, poursuivit Olivia en rougissant. C'est tout à fait le genre d'homme que je voudrais épouser plus tard.

Surprise, Clarrie se retourna en riant.

— Vraiment ?

— Oui, vraiment. Sauf qu'on voit bien que c'est toi qui lui plais.

— Ne sois pas ridicule ! De toute façon c'est le genre d'homme qui ne se soucie que de lui-même.

— Pourquoi tu dis ça ? En tout cas, moi, je l'aime bien. Et peut-être qu'un jour, quand je serai plus grande, je lui plairai aussi.

— Pourvu que papa ne t'entende pas ! s'exclama Clarrie.

— Et pourquoi ? Papa l'aime bien. Il était tellement absorbé dans leur discussion sur la pêche qu'il n'a même pas pensé à venir t'accueillir.

Alors qu'elle prenait conscience de sa méprise, Clarrie sentit le sang affluer à ses joues.

— Ah, tu parles de Harry Wilson ?

— Bien sûr. De qui croyais-tu que je parlais ?

Clarrie se détourna et commença à se déshabiller.

— De personne, je suis bête. Tu as raison, il est très sympathique.

— On peut l'inviter à dîner ce soir ?

Devant l'enthousiasme de sa sœur, Clarrie fit taire son inquiétude et acquiesça.

À sa surprise, leurs visiteurs acceptèrent volontiers l'invitation à dîner, pourtant prononcée du bout des lèvres par Clarrie et ponctuée d'un grommellement désapprobateur de Jock. Pendant que Wesley et Harry partaient pêcher au pied d'une chute d'eau des environs, Clarrie mit les choses au point avec son père.

— Tu nous as toujours dit que les gens du Northumberland ne laissaient personne repartir de chez eux le ventre vide. De plus, M. Wilson et toi semblez vous entendre à merveille.

— Ce n'est pas lui qui me dérange, répliqua Jock, avant d'aller s'enfermer dans son bureau.

Avec un soupir résigné, Clarrie alla discuter du menu avec Kamal.

— Ama est-elle rentrée? lui demanda-t-elle.

Et comme Kamal secouait la tête en évitant son regard, elle insista:

— Est-ce que tu me caches quelque chose?

Kamal gonfla les joues et poussa un gros soupir.

— Les domestiques… ils parlent.

— Et?

— Ils disent que son plus jeune fils est très malade. Elle le soigne.

— Qu'est-ce qu'il a?

— D'abord, c'était la malaria, répondit Kamal à voix basse, et maintenant la dysenterie.

— La malaria? Mais nous n'en avons pas, ici dans les montagnes. Est-ce qu'il est allé travailler chez nos concurrents dans la vallée?

Kamal hocha la tête et regarda autour de lui d'un air apeuré.

— Il ne faut pas le dire, mademoiselle Clarissa.

Clarrie sentit son cœur se mettre à tambouriner.

— Il a rompu son contrat, c'est ça? Il s'est enfui?

Comme Kamal hochait de nouveau la tête, elle lui saisit le bras.

— De quel domaine? Je t'en prie, ne me dis pas qu'il s'est échappé du domaine Oxford!

— Si, murmura-t-il.

— Mon Dieu! Nous avons un fugitif de la plantation des Robson dans le village, et leur chef recruteur à dîner ce soir!

Kamal porta un doigt à ses lèvres pour lui intimer le silence.

— Il faut que j'aille voir Ama, reprit Clarrie.

— Non, mademoiselle Clarissa, ça ne ferait qu'aggraver les choses. Votre père posera des questions. Il sera très fâché qu'un des fils d'Ama aille travailler pour les gros planteurs. Ensuite le sahib Robson sera au courant et ce sera épouvantable.

Clarrie hésita, puis convint qu'il avait raison.

— Tu pourrais faire parvenir des médicaments à Ama?

Kamal acquiesça, et Clarrie alla se reposer dans sa chambre. Olivia ne tarda pas à la rejoindre.

— Tu veux que je te fasse la lecture? proposa sa petite sœur.

— Ce serait gentil.

Olivia choisit un roman de Thomas Hardy dans la bibliothèque que leur avait fabriquée leur père, et commença à lire. Elle avait une diction claire et fluide. Clarrie s'émerveillait que sa jeune sœur, largement autodidacte, se révèle si accomplie dans les domaines artistiques. Leur mère leur avait fait la classe lorsqu'elles étaient toutes petites, mais Olivia n'avait que sept ans au décès de celle-ci. Clarrie avait continué à lui enseigner les mathématiques, et Ama et elle lui avaient appris à coudre et à cuisiner. Mais c'était Jock qui lui avait transmis sa passion pour la lecture et qui l'avait encouragée à développer son talent pour la musique et le dessin. Il avait joué du violon dans sa jeunesse et, à l'âge de dix ans, Olivia maniait son vieil instrument aussi bien que lui. Si, ces dernières années, Jock s'était désintéressé des progrès de sa cadette, Clarrie s'était débrouillée pour que sa sœur prenne des cours tous les quinze jours avec un professeur de Shillong.

Bercée par la voix mélodieuse de sa sœur, Clarrie s'assoupit. Quand elle se réveilla, le soleil avait déjà plongé derrière la colline et la jungle se remplissait des bruits de la nuit. Se sentant bien mieux, elle enfila sa plus belle tenue, une ancienne robe de sa mère en soie couleur pêche agrémentée de dentelle crème. Elle se brossa soigneusement les cheveux et les coiffa en tresses lâches pour couvrir l'égratignure sur sa tempe. Tout en se préparant, elle ne cessait de penser à Wesley Robson. Peut-être l'avait-elle jugé trop vite ? Il venait d'arriver en Inde et devait encore se familiariser avec le pays.

Il lui apparut alors que Wesley pourrait peut-être lui être utile. Il commençait déjà à se faire un nom dans le commerce du thé et disposait de puissants appuis. Pourquoi ne pas profiter de sa présence et la tourner à leur avantage ?

Elle se dépêcha de gagner la cuisine, mais Kamal la chassa.

— Allez vous occuper de vos invités, mademoiselle Clarissa. Je maîtrise la situation.

Sur la véranda, leurs hôtes avaient manifestement réussi à persuader Olivia de jouer pour eux. S'attardant un instant dans la pénombre, Clarrie se sentit gagnée par l'émotion en entendant le son du violon et en voyant l'expression passionnée de sa sœur. Olivia n'était jamais plus heureuse que lorsqu'elle s'absorbait dans sa musique ou dans ses dessins. À la voir ainsi, elle se sentit en devoir de la protéger et de veiller à ce qu'elle puisse faire fructifier ses dons. Ils devaient sauver leur plantation afin d'assurer l'avenir de la jeune fille. Ils avaient besoin d'une injection de capital pour tenir, le temps que les arbustes arrivent à pleine maturité. Ils avaient besoin d'un bailleur de fonds. Elle observa Wesley, apparemment détendu et perdu dans ses pensées. Ils avaient besoin du soutien financier que des gens comme les Robson pouvaient leur fournir. Il serait sans doute difficile de le convaincre, et plus encore de persuader son père de collaborer, mais elle devait essayer. Pour commencer, elle allait se montrer plus aimable avec leur hôte.

Quand Olivia acheva son morceau et que les hommes l'applaudirent, Clarissa entra dans la lumière. Aussitôt, Harry se leva.

— Mademoiselle Belhaven, vous êtes superbe. Vous vous sentez mieux, j'espère ?

— Beaucoup mieux, merci.

Wesley la contemplait avec étonnement, comme s'il la voyait pour la première fois. Il se leva à son tour et tira la chaise voisine de la sienne.

— Voudriez-vous vous asseoir ?

Elle prit place à côté de lui.

— La pêche a-t-elle été bonne ? leur demanda-t-elle.

Il n'en fallut pas davantage pour que Harry se lance dans une longue histoire où il était question de la cascade, de la transparence des bassins et de la taille des poissons. Pendant tout ce temps, Clarrie eut conscience du regard de Wesley sur elle, même si elle ne parvenait pas à déchiffrer son expression. Nul doute qu'il se méfiait d'elle depuis son éclat de ce matin, lorsqu'elle l'avait accusé d'arrogance et lui avait laissé entendre qu'il n'était pas un ami des Belhaven. Elle devait pourtant trouver le moyen de l'amadouer si elle voulait mettre son plan à exécution et réussir à obtenir de lui un prêt.

Quand Harry fit enfin une pause pour reprendre son souffle, elle se tourna vers Wesley.

— Monsieur Robson, j'espère que vous appréciez autant les montagnes Khasi que votre ami ?

Il scruta son visage, comme s'il la soupçonnait de vouloir lui tendre un piège.

— Je les apprécie beaucoup. Elles possèdent une beauté sauvage que je n'ai vue nulle part ailleurs en Assam.

— Demain, ça vous intéresserait peut-être de visiter notre domaine ? Nous produisons un thé délicat de qualité supérieure. N'est-ce pas, père ?

Jock fronça les sourcils.

— Nous ne voudrions pas que la concurrence connaisse tous nos secrets, si ?

— Pas la concurrence, s'empressa de corriger Clarissa. Un autre producteur de thé.

Wesley lui lança un regard intense, incapable de cacher sa surprise de la voir ainsi prendre sa défense.

— Après tout, poursuivit-elle, nous avons besoin les uns des autres pour prospérer. Il y a de la place pour nous tous sur le marché, non?

Wesley finit par sourire.

— Vous avez tout à fait raison, mademoiselle Belhaven. Aucun de nous ne peut survivre seul. Et je serais ravi que vous me fassiez faire le tour du propriétaire.

— Non, intervint Jock. C'est moi qui m'en chargerai.

Il y eut un silence embarrassé.

Clarrie changea sa méthode d'approche et interrogea Wesley sur sa vie dans la vallée. Travailler dur et profiter de chaque instant : telle semblait être sa devise. Il consacrait de longues heures à apprendre les ficelles du métier, et passait son temps de loisir aux rencontres hippiques de Tezpur ou en expéditions de chasse.

— Wesley n'est pas le genre d'homme à gâcher ses soirées à jouer aux cartes au club, expliqua Harry. Incapable de rester assis suffisamment longtemps.

Kamal annonça que le dîner était servi, et Clarrie guida ses hôtes dans la salle à manger, si rarement utilisée. Le feu qui crépitait avait chassé l'humidité froide qui y régnait d'ordinaire, tandis que les taches de moisissure sur les murs disparaissaient dans la faible lumière des beaux chandeliers. Grâce au bavard Harry, il n'y eut pas de temps mort dans la conversation. Olivia aussi se montra plus enjouée que de coutume, et Clarrie les fit rire en leur contant des anecdotes sur les habitants de Shillong. Elle veilla à ce que leur père soit inclus le plus possible dans la discussion. Jusqu'ici, il n'avait pas trop bu, et paraissait même stimulé par la compagnie. Au grand soulagement de Clarrie, Wesley s'en remettait aux connaissances de son père sur la région d'Assam et lui posait des questions sur tout, des différentes espèces de bambous à la constitution des sols. Jock semblait flatté, et son attitude vis-à-vis du jeune homme se dégela.

Le dîner se passait si bien que Clarrie décida d'orienter de nouveau la conversation vers la culture du thé.

— Quels sont les aménagements prévus au domaine Oxford ? demanda-t-elle à leur invité.

Wesley lui parla avec enthousiasme de mécanisation et décrivit les énormes machines modernes qu'il était en train d'installer pour sécher et rouler les feuilles.

— C'est le progrès, déclara-t-il. Les économies d'échelle et la production de masse.

— Mais il existera toujours une demande pour les variétés de thé plus délicates, fit remarquer Clarrie. Celles qui poussent à plus haute altitude et sont récoltées plus tôt dans la saison.

Wesley haussa les épaules.

— Peut-être… si le domaine est bien géré. Mais beaucoup de petits producteurs ont déjà mis la clé sous la porte parce que leurs méthodes d'exploitation étaient trop coûteuses et inefficaces.

— Vous pensez à quoi ? s'enquit Jock.

— À l'organisation du travail. Il faut des ouvriers sur place toute l'année, et non pas des hommes qui vont et viennent au gré des saisons, de leurs envies, ou des récoltes.

42

Voyant son père se hérisser, Clarissa se hâta d'intervenir :

— À mon avis, un ouvrier efficace est un ouvrier heureux. Nos cueilleurs vivent dans les villages et rentrent retrouver leur famille tous les soirs.

— Les nôtres aussi, répondit Wesley. Simplement, ils sont installés sur nos domaines, où nous pouvons mieux utiliser leur temps.

— Comme des pièces d'une machine ! s'indigna Jock.

— Le travail est dur, mais ils sont bien traités. Nombre d'entre eux viennent d'endroits bien pires, où ils n'ont aucune chance de gagner de quoi vivre.

Songeant soudain au fils d'Ama, Clarrie ne put s'empêcher de demander :

— Si la vie y est si facile pour eux, pourquoi les forcez-vous à signer des contrats contraignants pour les obliger à rester ?

— Personne n'est obligé de rester, mais le système ne peut pas fonctionner si on autorise les coolies à aller et venir à leur guise. Cela ne se fait pas dans les autres industries, alors pourquoi dans la production de thé ?

— Même s'ils attrapent la malaria et ne sont pas soignés ?

Il plissa les yeux.

— J'ai l'impression que vous pensez à quelqu'un en particulier.

— Non, répondit Clarrie en s'empourprant. C'était une remarque générale.

— Nous avons des médecins sur place pour veiller à la santé de nos coolies et de leur famille, dit Wesley. Vous devez être mal informée.

Jock abattit son poing sur la table.

— Ma fille est très bien informée. Elle en sait plus sur le thé que vous n'en saurez jamais! Et comment osez-vous accuser les petits producteurs d'être responsables de la chute des prix du thé? Ça n'a rien à voir avec notre manque d'efficacité! Ce sont les grands domaines comme le vôtre qui sont trop avides. Vous plantez trop, et du thé de qualité inférieure. Et ce sera de pis en pis avec vos nouvelles machines modernes et votre façon de gérer des plantations comme des usines. Vous savez peut-être tout ce qu'il faut savoir sur les chaudières et les charrues, jeune Robson, mais le thé, c'est autre chose. On ne mène pas une plantation comme une armée.

— Mais si! contra Wesley, s'échauffant tout autant. C'est là que vous vous trompez!

— Il y a peut-être de la place pour les deux méthodes? suggéra Clarrie, s'en voulant d'avoir provoqué le jeune planteur.

— Absolument pas.

Jock et Wesley avaient parlé d'une même voix.

Harry lâcha un rire contraint, mal à l'aise devant la tension qui montait.

— Dites-moi, mademoiselle Belhaven, enchaîna-t-il, pour une jeune fille vous avez l'air très calée sur le commerce du thé. Mais mieux vaut laisser ces affaires aux hommes, vous ne croyez pas? Pendant que ces messieurs feront le tour du domaine demain, votre sœur et vous aimeriez peut-être venir me regarder pêcher?

— Oh oui! répondit aussitôt Olivia. Ce serait merveilleux, n'est-ce pas, Clarissa? Je pourrais emporter mon carnet à dessin.

44

— Vous dessinez également ? s'exclama Harry, ravi de changer de sujet.

— Et très bien, assura Clarrie, étouffant l'agacement qu'avait suscité en elle la remarque du jeune soldat. Olivia, tu pourrais aussi prendre ton chevalet et tes couleurs.

Le visage d'Olivia s'éclaira.

— Avec plaisir.

— Tout est donc réglé, conclut Harry, le sourire aux lèvres.

Peu de temps après, Clarrie et Olivia se retirèrent afin de laisser les hommes fumer. Clarrie réussit à persuader sa sœur d'aller se coucher, avec la promesse qu'elles se lèveraient tôt le lendemain pour aller retrouver M. Wilson près de la cascade. Elle retourna ensuite sur la véranda et écouta les voix étouffées en provenance de la salle à manger. En entendant son père et Wesley se disputer encore à propos de la production du thé, elle ressentit une grande lassitude. Comment avait-elle eu la stupidité de croire qu'elle pourrait rallier à sa cause l'un ou l'autre de ces hommes obstinés ? Ils se ressemblaient trop tous les deux.

Une demi-heure plus tard, les invités sortirent de la maison et prirent congé.

— Je crois que votre père est un peu fatigué, dit Harry. Il est parti dans son bureau.

Puis il la remercia pour le dîner et la salua. Wesley lui lança un de ses regards indéchiffrables. Elle lui tendit une main qu'il sembla sur le point de serrer puis, se ravisant, il la porta à ses lèvres et l'effleura d'un baiser. Un frisson la parcourut à ce contact. Wesley haussa un sourcil interrogateur, comme s'il avait perçu le changement en elle. Il garda sa main dans la sienne plus longtemps que ne le voulait la politesse. Clarrie ne la retira pas.

Harry se racla la gorge.

— Allez, venez, mon vieux.

— Merci pour cette si agréable soirée, murmura Wesley en lâchant sa main.

— C'était un plaisir.

Il lui adressa un sourire sceptique, comme s'il pensait qu'elle se moquait de lui.

— J'attends la journée de demain avec beaucoup d'intérêt, ajouta-t-il.

Au moment où il se tournait pour partir, Clarrie le retint.

— Monsieur Robson, un mot à propos de mon père. Il en connaît beaucoup sur l'Inde et la culture du thé. S'il vous plaît, écoutez-le. C'est un homme orgueilleux, mais si vous gagnez son respect je sais qu'il vous écoutera à son tour.

Wesley parut sur le point de la contredire, puis se ravisa et se contenta de hocher la tête.

Les deux hommes descendirent les marches et appelèrent pour qu'on leur amène leurs chevaux. Elle les regarda monter en selle et passer le portail, derrière leurs porteurs armés de torches. Pendant plusieurs minutes, elle suivit leur progression dans la forêt grâce à la lueur des flammes. Puis ils contournèrent le flanc de la colline et disparurent.

3

Clarrie se réveilla à l'aube, inquiète pour Ama et son fils. Malgré un mal de tête persistant après sa chute de la veille, elle se leva et sortit de sa chambre sur la pointe des pieds. Dix minutes plus tard, elle entrait dans la maison au toit de chaume d'Ama et appelait sa vieille nourrice.

Celle-ci apparut en boitillant, le corps raide, enveloppée dans un châle. Elle semblait épuisée. Clarrie s'adressa à elle dans un mélange d'anglais et de khasi.

— Comment va Ramsha ? Kamal t'a-t-il fait parvenir des médicaments ?

Ama acquiesça et esquissa un sourire las.

— Merci. Il dort mieux. La fièvre est tombée. Mais il est tellement faible… il n'a plus que la peau et les os. Ma crainte, c'est qu'ils le retrouvent avant qu'il soit guéri.

— Il est sûrement en sécurité ici, dit Clarrie, se voulant rassurante.

— Qui sait ? Ceux qui traquent les coolies n'hésitent pas à aller très loin pour retrouver les fugitifs. Et il y a toujours des gens prêts à en trahir d'autres pour quelques roupies.

— Tu ne dois pas t'inquiéter. Nous ne laisserons personne lui faire du mal. Quelques semaines à respirer le bon air de la montagne et à manger ta cuisine, et il sera guéri.

Clarrie lui sourit. Ama lui tendit les bras.

— Vous avez une bonne âme, Clarissa memsahib. Comme votre maman.

Elles s'étreignirent. Clarrie fut frappée de trouver Ama si petite, si semblable à un oiseau fragile. Lorsqu'elle était enfant, les bras de sa nounou l'encerclaient et la protégeaient comme le couvert d'un grand arbre. Ama était beaucoup plus démonstrative que ne l'était sa mère, et Clarrie la suivait comme son ombre. Combien de fois n'avait-on pas envoyé Kamal la chercher chez Ama et ne l'avait-on pas grondée pour être allée chez les domestiques? Mais même lorsqu'elle n'était qu'une fillette, Clarrie sentait qu'Ama était quelqu'un d'important. C'était la matriarche de sa famille et la propriétaire de leur maison, car, chez les Khasi, la propriété se transmettait par les femmes. De sorte que Clarrie avait grandi avec la certitude que les femmes autour d'elle avaient un statut social et étaient respectées. Son père, quant à lui, l'avait encouragée à être indépendante et ne l'avait jamais cantonnée aux tâches domestiques. Lorsqu'elle rendait visite à d'autres foyers anglo-indiens, elle s'étonnait toujours de la vie ennuyeuse et confinée des femmes.

Clarrie ruminait encore ces pensées en parcourant au petit trot le chemin qui la ramenait à Belgooree. Soudain, un cavalier émergea du couvert des arbres à sa gauche. Elle reconnut l'étalon alezan et la carrure musclée du cavalier, avant de voir le visage de celui-ci dans l'obscurité. Wesley.

— Que faites-vous ici ? demanda-t-elle, le souffle court.

— Je vous cherchais. Je me suis dit que vous étiez peut-être sortie pour une promenade matinale. Où êtes-vous allée ?

Clarrie hésita, troublée.

— Seulement faire un tour.

Il se rapprocha et leurs chevaux se reniflèrent avec curiosité.

— Voudriez-vous poursuivre la balade ? suggéra-t-il. Assister au lever du soleil ?

Elle ressentit une pointe d'excitation et accepta.

— Il y a une belle vue en haut de Belgooree. Suivez-moi, je vais vous montrer.

Ils gravirent la colline à travers la forêt dense, contournèrent l'enceinte de la maison puis serpentèrent sur le chemin abrupt que Clarrie connaissait si bien. Vingt minutes plus tard, au milieu d'une cacophonie de chants d'oiseaux, ils débouchèrent dans une clairière où s'arrêtait le sentier. Un promontoire rocheux se dressait devant eux. Clarrie mit pied à terre et attacha les rênes de Prince à un buisson.

— De là-haut, nous verrons le soleil se lever sur l'Himalaya. Ce n'est pas très facile d'accès. Vous voulez continuer ?

Il haussa les sourcils, surpris.

— Bien sûr, si vous pensez y arriver…

Il s'interrompit devant son air moqueur.

Sans attendre qu'il descende de cheval, Clarrie se dirigea vers les rochers et escalada le premier.

— Dépêchez-vous, si vous voulez voir apparaître le soleil ! s'écria-t-elle.

De là, il fallait grimper sur des éboulis glissants, parsemés de broussailles. Dans sa hâte d'arriver au sommet, Clarrie perdit l'équilibre et se raccrocha à un petit arbuste. Poussant un cri quand une grosse épine traversa son gant d'équitation pour se planter dans sa paume, elle lâcha prise et bascula en arrière, s'écorchant les genoux à travers son jodhpur au passage. Wesley bondit en avant pour amortir sa chute, la clouant au sol.

Clarrie sentit le corps athlétique de Wesley contre le sien, son haleine sur sa joue, les battements de son cœur contre sa poitrine. Aucun d'eux ne fit un mouvement.

— Vous êtes blessée ? demanda-t-il finalement.

— Ma main… elle s'est prise dans un buisson d'épines.

— Montrez-moi.

Lui retirant délicatement son gant, il vit l'extrémité de l'épine toujours fichée dans sa paume.

— Ne bougez pas, ordonna-t-il.

D'un geste sec, il l'extirpa. Clarrie tressaillit et étouffa un cri de douleur. Wesley sortit une flasque de la poche de sa veste et, à l'aide d'un mouchoir, tamponna la plaie de whisky.

— Aïe ! Ça fait encore plus mal !

— Attendez une minute, dit-il sans lui lâcher la main.

Clarrie se redressa en position assise, et il remarqua ses genoux écorchés.

— Il faut désinfecter, ajouta-t-il en faisant mine de reprendre sa flasque.

— Ne vous avisez pas! Je vais parfaitement bien.

L'éclat de rire de Wesley se répercuta contre les rochers.

— Je vois ça.

Ils se dévisagèrent dans la lumière naissante.

— Pourquoi êtes-vous sorti si tôt? demanda Clarrie.

— Je vous l'ai dit: je voulais me promener. Je me réveille toujours avant l'aube. Harry est incapable de se lever de si bonne heure. J'ai pensé que vous, vous seriez debout, et j'avais raison.

— Donc, vous n'êtes pas sorti pour espionner?

— Espionner qui, grand Dieu?

— Voir la configuration des lieux, les villages peut-être. Vous êtes le genre d'homme qui pense toujours au travail en premier.

Elle soutint son regard et ajouta:

— Et vous cherchiez peut-être des nouvelles recrues là-haut.

— Et quand bien même ce serait le cas?

— Eh bien, je vous dirais que vous perdez votre temps. Les Khasi n'ont pas envie de travailler dans les grandes plantations. Ce sont avant tout des éleveurs. Ils sont trop attachés à leur terre pour s'aventurer au-delà de ces collines, même quand la récolte est très mauvaise.

Il se pencha plus près, plissant ses yeux verts. Prisonnière de l'intensité de son regard, elle avait l'impression qu'il était capable de voir en elle.

— Vous êtes allée au village, déclara-t-il doucement. Je vous ai vue.

— Vous me suiviez!

Il ne prit même pas la peine de nier.

51

— Pourquoi ne vouliez-vous pas que je sache où vous étiez ? Vous me cachez quelque chose. Pas un de nos fugitifs, n'est-ce pas ?

— Bien sûr que non. Et vous n'avez aucun droit de venir fouiner à Belgooree ou de me surveiller !

Il sourit, sans aucune contrition.

— Vous m'intriguez. Je ne parviens pas à vous saisir, Clarissa. Au début, vous sembliez me détester, mais hier soir vous paraissiez différente. Bienveillante, attentive… et si belle. Disparue, la gamine impétueuse, montant comme une indigène : j'étais face à une femme. Je dois avouer que j'étais fasciné.

Il s'approcha plus près encore.

— Remplissiez-vous seulement votre devoir d'hôtesse, ou vos sentiments pour moi ont-ils changé, comme les miens pour vous ?

Clarrie sentait ses joues s'empourprer en entendant ces mots si pleins d'audace. Jamais elle n'aurait dû se retrouver ici seule avec lui.

— Je vous ai peut-être jugé un peu durement au début, admit-elle. Nous sommes partis du mauvais pied. Je ne veux pas que vous ayez une opinion négative des Belhaven, peu importe le passé. En fait, j'espérais même que nous pourrions peut-être réussir à travailler ensemble… que mon père et vous puissiez faire des affaires.

— Des affaires ?

Wesley rejeta la tête en arrière et éclata d'un rire sarcastique.

— Oh, Clarissa ! Pendant tout ce temps, vous faisiez des projets pour la plantation de votre père, et moi qui espérais que vous étiez aimable parce que vous m'appréciiez.

— C'est le cas.

— Mais…?

— Mais j'ai aussi vu là l'occasion pour mon père et vous d'enterrer vos différends pour le bien de vos entreprises. Je me suis dit que, si vous visitiez notre domaine et voyiez son immense potentiel, vous trouveriez peut-être un intérêt à… eh bien… à investir un certain capital pour…

L'espace d'une seconde, Wesley parut à court de mots.

— Vous cherchez des investisseurs? Les choses vont-elles si mal, pour que votre père vienne mendier auprès d'un Robson?

— Jamais nous ne mendions! Et les choses ne vont pas si mal… nous traversons seulement une mauvaise passe. Je suis sûre que beaucoup sauteraient sur l'occasion de s'associer avec mon père. Je vous donnais juste la priorité.

De manière inattendue, Wesley lui prit la main et sourit.

— Vous êtes une jeune femme remarquable. Jock Belhaven ne mesure pas la chance qu'il a.

Il pencha la tête et baisa sa paume meurtrie. Clarrie retint son souffle. Leurs yeux se croisèrent. L'instant d'après, il l'attirait à lui et posait un baiser sur ses lèvres. Malgré le choc qu'elle ressentit, elle ne le repoussa pas. Il hésita, esquissa un demi-sourire puis prit son visage entre ses mains et l'embrassa de nouveau – un long baiser avide qui fit tourner la tête de Clarissa.

Lorsqu'il la lâcha, elle était partagée entre l'indignation et le désir qu'il l'embrasse encore.

— Vous feriez vraiment tout pour votre père et Belgooree, n'est-ce pas ? reprit-il. Flirter avec l'ennemi. Permettre à un Robson de vous embrasser. Jusqu'où iriez-vous, douce Clarissa ?

Il l'examinait d'un regard si insolent que ce fut plus fort qu'elle : levant sa main intacte, elle le gifla de toutes ses forces. Il lui attrapa la main, l'air triomphant.

— Et maintenant, vous allez jouer à l'innocente Clarissa, offensée par les avances d'un homme.

Il rit.

— Mais j'ai vu vos yeux, Clarrie. J'ai senti comment vous répondiez à mon baiser. Peut-être faites-vous cela pour obtenir de l'argent pour la précieuse plantation de votre père, mais il n'empêche que vous avez apprécié.

S'il n'avait pas tenu sa main fermement, elle l'aurait frappé de nouveau pour son arrogance !

— Ne vous flattez pas. Je n'en ai tiré aucun plaisir. Vous avez cependant raison sur un point : vous ne m'intéressez que si vous pouvez nous aider à Belgooree. Mais j'imagine que vous n'en prendrez pas ombrage : en tant que Robson, votre seul souci est de savoir si nous représentons un bon profit potentiel.

Wesley laissa retomber sa main.

— Eh bien, vous ne mâchez pas vos mots, n'est-ce pas ? Vous parlez comme une vraie Belhaven.

Clarrie se détourna, mais Wesley lui attrapa le bras.

— Pas si vite ! Vous aviez promis de me montrer le lever du soleil. Venez.

Il passa le premier, escalada les éboulis et tendit la main pour l'aider à grimper. Elle se laissa faire et, la seconde suivante, ils se tenaient au sommet de la colline, entourés de rochers déchiquetés, au moment où le soleil apparaissait derrière la crête des montagnes à l'est. Clarrie montra du doigt les cimes enneigées de l'Himalaya au nord. Wesley contempla le spectacle, fasciné.

— Je ne les avais jamais vues aussi nettement, murmura-t-il. On dirait le toit du paradis.

Clarrie l'observa. Alors que la plupart du temps il se montrait hautain ou moqueur, elle découvrait un Wesley différent, capable d'humilité devant une vue d'une telle beauté. Dans son émerveillement, ses traits acérés paraissaient presque juvéniles. Tous deux demeurèrent silencieux tandis que le soleil gagnait en intensité, jusqu'au moment où un perroquet, volant devant eux en poussant un cri, rompit le charme.

— Je dois rentrer, annonça Clarrie. Olivia m'en voudra d'être en retard pour la pêche. Je crois que votre ami, M. Wilson, lui plaît bien.

— À vous, beaucoup moins, semble-t-il. Si vous aviez vu votre tête quand il vous a conseillé de laisser les affaires aux hommes.

— J'y suis habituée : c'est le genre de remarque que j'entends tout le temps à Shillong. Mais dites-moi, qu'y a-t-il de choquant à ce que des filles s'intéressent à l'entreprise familiale quand il n'y a pas de fils ?

— Vous avez raison, je suppose.

— Chez les Robson, y a-t-il des femmes qui s'inté-ressent aux affaires familiales ?

— Non, reconnut Wesley.

— Eh bien, ça viendra. Ma génération ne se satisfera pas de jouer les potiches. J'ai lu ce qui se passait en Angleterre : les choses commencent à bouger.

Wesley pouffa.

— Vous parlez de ces dames excitées qui réclament le droit de vote ? Elles ne l'obtiendront pas… pas de notre vivant.

— N'en soyez pas si sûr.

— Je vois que Jock Belhaven a élevé une rebelle dans sa plantation ! Finalement, je ne suis plus persuadé de vouloir faire des affaires avec lui.

Clarrie lui lança un regard grave.

— S'il vous plaît, gardez l'esprit ouvert, c'est tout ce que je vous demande.

Alors qu'ils s'apprêtaient à redescendre, il la questionna :

— Pourquoi votre père a-t-il refusé que vous me montriez le domaine ?

— Je ne sais pas du tout, répondit Clarrie en rougissant.

— Il a peur que nous devenions amis ?

— Pour ça, il n'a pas de souci à se faire.

Elle entendit Wesley étouffer un rire dans son dos.

La partie de pêche se révéla plus agréable qu'elle ne l'avait imaginé. Harry lui permit d'utiliser la canne de Wesley, un modèle spécial de chez Hardy dans le Northumberland.

— Le berceau des Belhaven, déclara-t-elle. Ça va me porter chance.

Elle pêcha un mahseer de bonne taille, que les porteurs préparèrent avec du riz pour le déjeuner. Ensuite, elle fit une sieste au soleil pendant qu'Olivia peignait en conversant avec Harry. Mais alors que les ombres s'allongeaient, elle fut de plus en plus impatiente de rentrer pour découvrir si Wesley et son père avaient trouvé un terrain d'entente.

Au moment où elle rassemblait leurs affaires, Wesley déboucha au petit galop dans la clairière, l'air furieux.

— Tout va bien ?

— Parfaitement. Votre père vient de me jeter dehors, en m'interdisant de jamais remettre les pieds sur cette propriété.

— Qu'avez-vous dit pour le contrarier autant ? s'exclama Clarrie.

— Presque rien. Il ne m'en a même pas laissé l'occasion. Mais peut-être que vous, vous voudrez bien m'écouter.

Il sauta à bas de sa selle et prit la jeune femme par le bras.

— Votre domaine est dans un état bien pire que je ne le pensais.

— Ne dites pas n'importe quoi…

— Les arbres que vous avez replantés : ils poussent en désordre sur le flanc de la colline, comme dans les plantations chinoises. Vous auriez dû aménager des terrasses, et planter les théiers plus près les uns des autres : plus d'arbres, plus de feuilles, plus de profit. Et la nature du sol n'est pas adaptée là-haut ; il n'est pas assez sableux. Votre père a acheté Belgooree avec son cœur, pas avec sa tête. Il s'intéresse beaucoup trop à la pêche pour s'occuper du thé, si vous voulez mon avis.

Clarrie l'écoutait, abasourdie. Sans lui laisser le temps de protester, il reprit :

— Quant au processus de transformation, il est archaïque ! Vous employez encore des hommes pour rouler les feuilles à la main. Vous ne serez jamais rentables. Le seul moyen de sauver votre domaine de la ruine est de vous associer avec une grosse exploitation afin de pouvoir utiliser ses machines modernes. Vous devez changer vos méthodes. J'ai essayé d'en parler à votre père, mais il m'a envoyé promener sans ménagement !

— Pas étonnant. Je vois que vous avez fait de votre mieux pour l'insulter et le dénigrer. Il gagnait bien sa vie à Belgooree quand vous étiez encore en culottes courtes.

Wesley lui lâcha le bras, la mine sombre.

— Les temps ont changé. Je pensais que vous aviez davantage de bon sens, mais je m'aperçois que vous êtes aussi bornée que lui.

— Belgooree a un avenir ! Lorsque nous trouverons quelqu'un possédant l'imagination nécessaire pour voir à quel point le domaine est spécial, et l'énergie de faire autre chose que critiquer. J'ai cru que vous pourriez être cet homme-là, dit-elle en lui lançant un regard de mépris, mais je me suis trompée. Mon père a raison : vous avez l'esprit aussi étroit et êtes aussi prétentieux que les autres Robson !

— Et vous, les Belhaven, êtes bien tous les mêmes. Vous ne voulez pas accepter que les Robson sont meilleurs en affaires que vous ne le serez jamais.

Furieuse, Clarrie se détourna de lui.

— Olivia, rassemble tes affaires, nous rentrons.

— Mais je n'ai pas fini, protesta sa sœur.

— Il se fait tard, et nous avons une demi-heure de trajet à cheval.

Harry sortit de la rivière, attiré par les éclats de voix.

— Merci pour cette journée, lui lança-t-elle en aidant Olivia à préparer son sac de selle. J'espère que vous reviendrez nous voir, monsieur Wilson.

— J'en serais ravi, répondit-il. Et je pourrais peut-être vous inviter à prendre le thé lors de votre prochaine visite à Shillong.

— Oh oui, s'il vous plaît! répondit Olivia pour toutes les deux.

Clarrie enfila ses gants d'équitation, monta en selle et lui sourit.

— Ce sera avec plaisir, merci.

Wesley se tenait là, les dents serrées.

— Adieu, monsieur Robson, fit-elle d'un ton bref. Je ne crois pas que nous nous reverrons de sitôt.

Il leva vers elle des yeux étincelants de colère. Elle ressentit une petite pointe de triomphe à avoir réussi à le laisser sans voix. Mais alors qu'elle éperonnait Prince, Wesley se précipita en avant et attrapa les rênes.

— Écoutez-moi, dit-il d'un ton pressant. Vous avez tort d'ignorer mes conseils. Belgooree est au bord de la ruine. Si vous ne réagissez pas très vite, vous n'aurez plus rien à offrir à personne. Très franchement, le principal atout de votre père, c'est vous.

— Comment osez-vous? s'écria-t-elle, tirant sur les rênes pour le faire lâcher prise.

Elle lança le poney au trot, obligeant Wesley à se reculer sous peine de se faire piétiner, et ne tourna la tête que pour s'assurer qu'Olivia la suivait. Elle avait hâte de mettre le plus de distance possible entre cet homme et elle.

4

Au cours des semaines suivantes, Clarrie eut tout le temps de réfléchir à la désastreuse visite de Wesley Robson. Quand le printemps arriva, il s'accompagna d'une chaleur inhabituelle, et non des pluies légères qui d'ordinaire faisaient apparaître les premiers bourgeons sur les théiers. Ils cueillirent ce qu'ils purent, mais les négociants de Calcutta firent la grimace en découvrant la récolte et leur en offrirent une somme dérisoire.

Le début de l'été fut également chaud et sec. Les feuilles de thé étaient peu abondantes et trop petites. Ils attendirent en vain l'arrivée des pluies.

— La mousson ne va plus tarder, prédit Kamal, si Dieu le veut.

Au village, on organisa des *puja* pour prier les dieux d'envoyer la pluie, car les pâturages étaient desséchés et le bétail maigrissait. Clarrie entendait les tambours battre de l'aube au coucher du soleil.

Mais sa plus grande inquiétude concernait son père. Après la venue de Wesley, il avait sombré dans une profonde dépression, comme s'il ne croyait plus à l'avenir de Belgooree. Clarrie maudissait le jeune planteur pour avoir ainsi semé le doute dans l'esprit déjà perturbé de son père. Elle s'efforçait de lui remonter le moral, mais il préférait s'enfermer dans son bureau pour s'assommer d'alcool.

Dans ces moments-là, Clarrie se demandait si elle n'avait pas commis une erreur en refusant l'aide de Wesley Robson. Leur seule chance de survie était peut-être de se soumettre aux exigences d'un plus grand domaine et d'accepter toute proposition qu'on voudrait bien leur faire. Car la prédiction de Wesley selon laquelle ils frôlaient la ruine menaçait chaque jour un peu plus de devenir réalité.

En désespoir de cause, elle tenta d'aborder le sujet avec son père, mais il se montra si scandalisé à l'idée qu'elle envisage une association avec les Robson qu'elle s'empressa de faire machine arrière.

— Ma petite fille, tu ne sais pas de quoi ces gens sont capables. Ils sont impitoyables ! Impitoyables ! Ils t'embobineront avec des promesses qu'ils ne tiendront pas. Les Robson ne seront heureux que quand ils t'auront soutiré jusqu'à ton dernier penny. Ils ont ruiné mon grand-père et mon père, qui n'ont rien pu me léguer. J'ai eu le choix entre aller travailler dans le petit pub de mon cousin Jared à Newcastle ou m'engager dans l'armée.

Il se mit à s'agiter et à transpirer.

— Je me suis fait moi-même. Toute une vie de labeur et d'économies. Belgooree m'appartient. Jamais je ne les laisserai tout me prendre une seconde fois !

— Cela n'arrivera pas, papa, affirma Clarrie en tentant de le calmer. Bien sûr que non. Nous trouverons un autre moyen.

Si les sentiments de Clarrie à l'égard de Wesley s'étaient modifiés, tout changea brusquement la semaine suivante. Alors qu'elle se trouvait sur la plantation, Ama se précipita vers elle, bouleversée.

— Il est parti ! Ils l'ont emmené ! gémit-elle. Ils me l'ont volé, mon fils chéri.

— Ramsha ?

— Oui, mon Ramsha.

Ama fondit en larmes dans les bras de Clarrie.

Celle-ci retourna à la maison avec sa vieille nounou, la fit asseoir sur les marches de la véranda, lui offrit un jus de citron pour lui redonner des forces, et l'écouta raconter comment trois brutes avaient fait irruption chez elle et embarqué son fils malade.

— Tu es sûre qu'ils venaient du domaine Oxford ?

Ama hocha la tête.

— Ils ont dit qu'ils voulaient faire un exemple, sinon, d'autres risqueraient de s'enfuir aussi. Ils sont venus quand les hommes étaient partis dans les collines avec les bêtes. J'ai essayé de les arrêter, mais ils m'ont repoussée, ils ont éteint le feu à coups de pied et battu Ramsha avec un bâton. Maintenant, je ne sais pas si je reverrai mon fils un jour…

Comme elle se remettait à pleurer, Clarrie la prit dans ses bras.

Tout ça, c'était la faute de Wesley Robson. Sans réfléchir, elle l'avait attaqué sur le traitement qu'il infligeait à ses ouvriers et avait éveillé ses soupçons. Le lendemain matin, il l'avait suivie dans le seul but de retrouver le fugitif – elle en était sûre. Et il avait prétendu vouloir admirer le lever du soleil et chevaucher avec elle uniquement pour dissimuler des intentions moins avouables. Quelle idiote elle avait été de ne pas le comprendre. Une vague de honte et de colère monta en elle. Elle avait conduit Wesley à Ramsha ; c'était elle la responsable. Jamais elle ne se le pardonnerait.

Clarrie emmena Ama à l'intérieur de la maison, et Kamal et elle tentèrent de la réconforter en lui servant du thé et des pâtisseries. Mais lorsqu'elle retourna au village, elle prit le deuil de son fils comme s'il était mort.

Tandis que leur situation empirait, Clarrie fit de son mieux pour cacher la vérité à Olivia. Pour le quatorzième anniversaire de sa sœur, elle accepta de l'emmener à Shillong et fit prévenir Harry de leur venue. Après avoir rendu visite aux religieuses de la mission où leur mère avait enseigné, elles le rejoignirent à l'hôtel *Pinewood*, où il leur offrit le thé et complimenta Olivia pour les dessins qu'elle lui montra.

— Vous êtes très douée pour représenter les oiseaux, lui dit-il. Tant de détails !

Olivia, ravie, lui offrit plusieurs croquis. Au moment du départ, Harry prit Clarrie par le coude et lui demanda si elle avait eu des nouvelles de Wesley.

— Non, et je ne souhaite pas en avoir, répondit-elle. Pourquoi me posez-vous cette question ?

Il rougit.

— Eh bien, je sais que vous avez eu un désaccord à propos de votre père, mais j'avais l'impression que Robson s'intéressait à vous.

— Vous vous trompez. D'après ce que j'ai vu de lui, M. Robson ne s'intéresse qu'à lui-même et à sa réussite.

Remarquant l'embarras du jeune homme, elle s'empressa d'ajouter :

— Je suis désolée, je sais que c'est votre ami, mais M. Robson et moi sommes incompatibles.

— Donc, vous ne m'en voudrez pas de… de passer vous voir lors de ma prochaine permission ?

Clarrie en conçut une certaine gêne. Elle n'avait maintenu le contact avec le jeune militaire que pour faire plaisir à Olivia. De son côté, elle ne ressentait aucune attirance pour lui.

— Olivia et moi serons ravies de vous voir, répondit-elle prudemment en lançant un coup d'œil vers sa sœur. Vous avez eu la bonté de l'encourager dans son art et votre amitié compte beaucoup pour elle.

Il lui adressa un regard perplexe, puis hocha la tête et lui serra la main chaleureusement.

Tandis qu'elles rejoignaient Kamal, qui les attendait dehors, Olivia lui pinça le bras.

— Qu'est-ce qu'il te disait ? C'est mon ami. Tu essaies de me le voler. Ce n'est pas juste !

— Ne sois pas idiote, répliqua Clarrie. M. Wilson ne m'intéresse pas du tout. Je n'ai fait ça que pour toi.

— Il veut te revoir, hein ? insista Olivia. Il prétend aimer mes dessins uniquement pour te faire plaisir.

— Il les aime parce qu'ils sont très bons, la rassura Clarrie. Je te promets que je n'ai aucune intention d'encourager M. Wilson.

Cela parut rassurer Olivia, mais, au cours des semaines suivantes, Clarrie reçut des lettres enflammées du jeune soldat, auxquelles elle ne répondit pas et qu'elle jeta aussitôt dans le feu. Elle supposa qu'il devait se sentir seul, stationné dans une caserne isolée, et qu'elle devait être la seule jeune femme en âge de se marier qu'il avait rencontrée depuis son arrivée en Inde. L'intérêt qu'il lui portait s'évanouirait dès qu'il aurait trouvé quelqu'un de plus convenable ou entendu assez de remarques désobligeantes sur les Belhaven.

La mousson n'arrivait toujours pas, et la deuxième récolte de thé se révéla aussi mauvaise que la première. Clarrie supervisa le processus de flétrissage, de roulage et de fermentation avec une inquiétude grandissante. Une fois que les feuilles noircies furent séchées et triées, il y en avait à peine assez pour remplir deux caisses.

Quand le négociant revint, il jeta un seul coup d'œil à leur Orange Pekoe et décréta qu'il était très inférieur à celui de la saison précédente. Il repartit sans l'acheter. Découragée, Clarrie alla se réfugier en haut de la colline, dans la clairière où vivait l'ermite, et pleura amèrement. Elle ne voyait aucune issue à leurs problèmes.

C'est alors que le *swami* apparut. Le vieil homme au corps ratatiné, s'appuyant sur son long bâton, la contempla de ses yeux chassieux. Elle sécha ses larmes et le salua, joignant les paumes en inclinant la tête.

Il lui sourit et lui parla doucement en hindi. Bien qu'elle ne comprît pas grand-chose à ce qu'il disait, la compassion qu'elle percevait dans son ton la réconforta. Il s'agenouilla à côté d'elle et se mit à chanter, d'une petite voix aiguë qui remplit la clairière tel un chant d'oiseau. Lorsqu'il eut fini, ils demeurèrent assis là en silence, et une étrange paix descendit sur elle. Elle ne devait pas perdre espoir, lui disait le *swami*, elle avait un chemin à suivre et devait l'emprunter avec confiance.

Au moment de partir, Clarrie sortit de sa poche le sachet de thé et celui de sucre qu'elle laissait toujours sur le pas de sa porte et les lui tendit. Ils échangèrent un sourire, il leva la main pour la bénir, et elle s'en alla, rassérénée par cette rencontre.

Quelques jours plus tard, elle vit des nuages noirs s'amonceler à l'horizon.

— Les pluies ! s'écria-t-elle avec un immense soulagement. Les pluies, les merveilleuses pluies !

Plus tard ce jour-là, le ciel s'obscurcit comme au crépuscule et les premières grosses gouttes s'abattirent sur le toit de la maison. Bientôt, l'averse balaya la campagne tel un lourd rideau d'eau, trempant tout sur son passage. Clarrie et Olivia se ruèrent dans la cour avec Kamal, et tous trois se mirent à danser dans la boue, poussant des cris et riant comme des enfants. Jock apparut sur la véranda, aussi pâle qu'un spectre, mais souriant. Il leva le visage vers la pluie et la laissa ruisseler sur ses joues creuses.

Ouvrant grand les bras, il hurla vers les cieux :

— Belgooree !

Les jours suivants, la jungle sembla renaître en une explosion de couleurs : à côté du vert lumineux des feuilles, il y avait des fleurs d'un rouge éclatant ou pourpres en forme de becs de perroquet, des clochettes jaunes et la floraison blanche et odorante du bokul. La maison disparut presque sous l'abondance du chèvrefeuille et du jasmin. Quant aux fleurs de l'hibiscus qui poussait près du portail – la plante préférée de Clarrie – elles étaient blanches le matin et d'un rouge profond la nuit.

Pendant une semaine ou deux, l'arrivée de la mousson lui rendit son optimisme. Même l'humeur de Jock s'améliora. Mais ce répit fut de courte durée. Les pluies étaient venues trop tard pour les délicats bourgeons des théiers, et tout ce qu'ils récolteraient maintenant serait de qualité inférieure. Les feuilles étaient tellement mouillées qu'il fallait utiliser une plus grande quantité de charbon pour le séchage, ce qui rendait le processus plus onéreux. Leurs finances ne pourraient pas s'améliorer avant l'année suivante au plus tôt.

Des rumeurs concernant leur situation précaire avaient dû se répandre, car des lettres de leurs créanciers commencèrent à arriver de Calcutta. Une banque exigeait le remboursement d'un prêt, un tailleur le règlement d'une vieille facture et un exportateur celui d'une dette pour l'achat de caisses à thé. Jock refusa de s'en occuper.

— Ils n'ont qu'à attendre, dit-il avec irritation. Je ne me laisserai pas intimider.

— Ils n'attendront pas éternellement, lui fit remarquer Clarrie. Avec quoi va-t-on les payer ?

Jock n'avait aucune réponse à apporter. S'armant de courage, Clarrie suggéra :

— Le moment est peut-être venu de songer à vendre une parcelle du domaine… ou du moins à louer la maison ? Je suis sûre que ça pourrait intéresser des chasseurs.

Il lui lança un regard tellement courroucé qu'elle eut un mouvement de recul.

— C'est notre maison ! La maison de ta mère. C'est ici qu'elle est enterrée. Comment peux-tu envisager une chose pareille ?

— Eh bien, cette maison ne restera pas longtemps à nous si on continue comme ça ! s'écria-t-elle.

Après cette conversation, Jock s'enferma dans son bureau et refusa d'en sortir pendant trois jours. Pour Clarrie, la seule échappatoire était les longues promenades qu'elle faisait avec Prince. Dans les montagnes elle retrouvait une certaine sérénité. De là-haut, elle contemplait la plantation, si petite et insignifiante au milieu des forêts et des sommets majestueux. Ces montagnes seraient encore là longtemps après la disparition des domaines et de leurs habitants. Elle repensait au commentaire de Wesley sur la beauté sauvage des Khasi. Était-il revenu pêcher ou chasser dans les environs ? Si c'était le cas, sachant qu'il n'était pas le bienvenu à Belgooree, il avait sûrement évité de s'approcher de la propriété.

Dans ces moments-là, elle s'autorisait à considérer l'idée d'aller trouver les Robson pour implorer leur aide. Mais non, elle ne pouvait pas tomber si bas. Comment oublier qu'ils étaient les ennemis de son père ? Et que Wesley, un recruteur impitoyable, avait sûrement donné l'ordre de retrouver Ramsha, de le battre et de le ramener à sa servitude au domaine Oxford ?

Lors d'une de ses promenades, au terme d'une journée chaude et humide, Clarrie remarqua un amoncellement de nuages au nord. Des éclairs illuminaient le ciel sombre, annonciateurs d'une violente tempête de nord-ouest. Saisie d'un étrange malaise, elle rebroussa chemin pour rentrer. L'atmosphère était moite et oppressante. Alors qu'elle éperonnait Prince, les nuages se rapprochèrent à toute allure. Ils se dressaient en formant un arc dont le sommet évoquait la crête d'une gigantesque vague sur le point de se briser. Tout autour d'elle les bruits de la forêt se turent, comme si la nature retenait son souffle. L'air était d'une immobilité de mort.

Clarrie comprit qu'elle n'atteindrait pas la maison avant que la tempête éclate : celle-ci devait être à un kilomètre de là, et elle avançait vite. Des tourbillons de vent se mirent à fouetter les feuilles et à soulever la poussière. La température chuta. Vite, elle alla chercher refuge dans la forêt. Avisant un immense banian, elle guida Prince au milieu de ses racines aériennes et arracha des branches de bambou pour fabriquer un toit de fortune.

À l'instant même où elle se baissait pour s'abriter, de violentes bourrasques se déchaînèrent autour d'eux. En quelques minutes, l'abri de bambou avait été emporté, tandis que des jeunes arbres étaient arrachés du sol. Un coup de tonnerre retentit, accompagné d'un éclair éblouissant. Prince hennit de peur. Mais les bras solides des racines du banian les protégeaient, et Clarrie calma le poney avec des caresses et des mots apaisants. C'est alors que des torrents de pluie se déversèrent, qu'elle écouta s'écraser sur la canopée dense au-dessus de sa tête.

Une heure plus tard, la pluie cessa. Clarrie sortit de son refuge, trempée mais saine et sauve. De retour sur le sentier, l'air était frais. La jungle brillait d'un vert émeraude contrastant avec le violet des nuages qui s'éloignaient. De la vapeur montait du sol mouillé et dégageait une odeur entêtante. Le mauvais pressentiment qu'elle avait eu un peu plus tôt était passé en même temps que la tempête. Elle chevaucha avec précaution sur le chemin glissant transformé en petit ruisseau. Lorsque enfin elle atteignit la maison, le crépuscule était tombé.

— Où étais-tu passée ? s'écria Olivia en se précipitant à sa rencontre. Pourquoi tu n'étais pas là quand il est venu ? Tu te cachais, c'est ça ? Papa est dans un état !

— De quoi parles-tu ? Qui est venu ici ?

— Mademoiselle Clarissa !

Kamal courut vers elle à son tour, portant un vieux parapluie noir qu'il tendit au-dessus de la tête de la jeune femme, pourtant déjà trempée.

— Venez vite vous sécher.

La pluie dégoulinait du toit pour tomber dans le tonneau de récupération, et gouttait des plantes grimpantes sur les vieux meubles de jardin.

— Que se passe-t-il ? demanda-t-elle.

— Wesley Robson est venu ici, expliqua Olivia. Papa et lui se sont violemment disputés. Pourquoi tu n'étais pas là pour les arrêter ?

— J'ai été surprise par la tempête et j'ai dû me mettre à l'abri. Que voulait M. Robson ?

Kamal et Olivia échangèrent des regards anxieux, comme si ni l'un ni l'autre ne voulait être celui qui lui annoncerait la nouvelle. Kamal l'aida à retirer son manteau mouillé, la fit asseoir dans un fauteuil près du feu et l'enveloppa dans une couverture. Clarrie lui attrapa la main.

— Dis-moi !

Le domestique soupira et s'assit.

71

— Sahib Robson… il a entendu dire que Belgooree était à vendre.

— Et alors ?

— Il est venu avec une offre. Il a dit que la grande plantation Oxford s'occuperait de Belgooree à la place des Belhaven. Il règle toutes les dettes, mais Belgooree doit être gérée comme une vraie plantation de thé.

— Une vraie plantation de thé ? s'exclama Clarrie. Non mais de quel droit…

— Écoute la suite, Clarrie ! supplia Olivia.

Kamal avait l'air peiné.

— Il dit que les Robson font toute la gestion du domaine, pas sahib Belhaven. Et qu'il aime beaucoup cet endroit. Sahib Robson veut vivre ici.

— Vivre ici ? Et nous, alors ? Il veut nous envoyer dans une pension minable de Shillong, c'est ça ? Il doit bien savoir que papa n'acceptera jamais de quitter Belgooree. Quelle arrogance !

— M. Robson a dit qu'on pourrait rester, intervint Olivia d'une voix tendue.

Clarrie vit sa sœur et Kamal échanger un nouveau regard hésitant.

— Comment ça ?

— Si tu te maries avec lui, lâcha Olivia. Si tu acceptes d'épouser Wesley Robson, on pourra tous rester. Il a demandé ta main à papa.

Clarrie en perdit la voix.

— Sahib Robson dit que, comme ça, les Belhaven sauvent la face. Il vous sauve du caniveau.

— Du caniveau ? Mais comment ose-t-il ?

— C'est ce que papa lui a répondu, poursuivit Olivia. Il a hurlé des choses horribles à M. Robson.

Il a dit qu'il ne donnerait jamais son consentement, même si M. Robson était le dernier homme en Inde. L'autre s'est mis en colère. Il a exigé de te parler, en affirmant que tu devais être consultée.

Olivia se mit à haleter en cherchant ses mots.

— Mais papa a dit que, s'il t'approchait, il le tuerait avec son revolver. Il a dit que tu détestais M. Robson autant que lui et qu'il ne devait plus jamais remettre les pieds ici. Il a dit qu'il préférait crever de faim plutôt que de laisser un Robson lui prendre tout ce qu'il aimait…

Elle dut s'interrompre à cause d'une quinte de toux.

— Lève les bras, ordonna Clarrie, qui alla lui frictionner le dos.

Kamal se hâta de lui apporter du thé glacé.

Quand Olivia recouvra l'usage de sa voix, elle demanda :

— Pourquoi est-ce qu'il déteste autant M. Robson ?

— Il ne lui fait pas confiance. Et moi non plus.

— Donc, tu ne te marieras pas avec lui ?

Clarrie la fusilla du regard.

— Bien sûr que non. C'est impensable. En plus, il ne m'apprécie même pas. Il agit ainsi uniquement pour mettre la main sur Belgooree.

— Mais pourquoi il le ferait si ça ne vaut rien ? s'enquit Olivia.

— La propriété vaut quelque chose, répondit Clarrie. Elle a même une grande valeur en tant que plantation de thé et domaine de chasse. Crois-moi, M. Robson est très conscient de son potentiel. Pourquoi penses-tu que le domaine Oxford est si avide de la récupérer ? Robson est avant tout un homme d'affaires.

Olivia lui lança un regard déçu.

— Mais si tu l'épousais, nous pourrions au moins rester ici.

— Nous resterons ici ! s'exclama Clarrie. Mais papa a pris une décision et je le soutiens. Il n'est pas question que j'épouse cet homme.

Peu de temps après, Clarrie alla trouver son père. Il était dans son bureau, devant la fenêtre, le regard perdu au loin, et bougea à peine quand elle posa la main sur son épaule.

— Olivia et Kamal m'ont raconté la visite de M. Robson.

Enfin il se tourna vers elle, les yeux hagards.

— Il voulait t'arracher à moi. Me prendre non seulement ma terre, mais aussi ma fille chérie.

— Jamais ça n'arrivera, papa.

— J'ai refusé de lui donner ta main. J'ai bien fait ?

Jock l'examina, cherchant son approbation. Clarrie hésita en se remémorant avec quelle ardeur elle avait répondu au baiser de Robson. Puis elle se sentit déloyale.

— Oui, bien sûr. Je ne pourrais jamais être heureuse avec lui. Et je sais à quel point tu serais blessé.

Jock poussa un long soupir, presque un gémissement, et ferma les yeux. Lorsqu'il reprit la parole, sa voix paraissait éteinte et dénuée de toute émotion.

— Dans ce cas, ne prononçons plus jamais le nom de cet homme.

Si Clarrie avait espéré que l'humeur de son père s'améliorerait une fois dissipée la menace que représentait la proposition de Wesley, elle se trompait. Au contraire, il se retira plus profondément encore dans le monde crépusculaire de l'ivresse et de la désillusion, où elle ne pouvait l'atteindre.

Tandis que l'été laissait place à l'automne, il arrivait qu'il ne sorte pas de sa tanière pendant des jours d'affilée, sauf pour aller chercher de l'alcool ou des boulettes d'opium. D'une maigreur maladive, chancelant, il trouvait néanmoins la force de descendre au village, où il troquait couteaux, montre, canne à pêche ou selle contre sa drogue. Clarrie savait, d'après l'odeur douceâtre et écœurante qui s'échappait du bureau, quand son père fumait. L'opium l'affaiblissait encore davantage, le laissant tremblant et mélancolique, et lui provoquait des douleurs à l'estomac et aux articulations. Ni Kamal ni elle ne réussissaient à lui faire manger quoi que ce soit. Il dépérissait sous leurs yeux et elle ne pouvait rien faire pour l'empêcher de se détruire. Avait-elle eu tort de rejeter si promptement l'offre de Wesley ? Souvent son visage sensuel et moqueur s'imposait à son esprit, et elle se demandait alors ce que ça aurait fait d'être mariée avec lui. Mais elle repoussait bientôt ce genre de pensées perfides, qui ne menaient à rien.

Avec l'arrivée de l'hiver, les angoisses de Clarrie s'accrurent, car elle savait que le moindre coup de froid pourrait être fatal à son père. Ils passèrent un Noël lugubre, sans argent pour acheter des cadeaux ou de quoi préparer un dîner de fête. Un jour de janvier, juste après le dix-neuvième anniversaire de Clarrie, la professeure de musique d'Olivia annonça que son mari était muté à Lahore et qu'elle les quittait. Son soulagement à l'idée qu'elle n'aurait plus à gratter les fonds de tiroir pour la payer fit bientôt place à la culpabilité quand elle vit le désespoir de sa sœur. Olivia déambulait dans la maison en broyant du noir et refusait de pratiquer son instrument.

— À quoi bon ? Il n'y a plus personne qui apprécie mon jeu.

— Moi, si, répondit Clarrie, et Kamal aussi.

— Mais vous ne le comprenez pas. Il n'y a que papa qui comprenne, sauf que ça ne l'intéresse plus du tout.

À bout de ressources, Clarrie décida d'affronter son père. Elle fit irruption dans son bureau et remonta les stores, pour laisser la lumière entrer à flots dans la pièce confinée et poussiéreuse. Son père tressaillit et grommela.

— Tout ça a assez duré ! s'écria-t-elle. Je ne vais pas te laisser tout abandonner comme ça. Tu as deux filles à entretenir, au cas où tu l'aurais oublié. C'était quand, la dernière fois que tu as pris la peine d'écouter Olivia jouer du violon ? Ou d'aller inspecter ta plantation et de parler à tes ouvriers ?

Elle s'avança vers la silhouette recroquevillée sur le lit de camp et lui arracha ses couvertures.

— Lève-toi, papa. Lève-toi tout de suite !

Elle faillit flancher en le découvrant si squelettique dans sa chemise de nuit. Ses bras et ses jambes étaient deux fois plus maigres qu'autrefois ; sa tête paraissait trop grande pour son corps, ses yeux trop grands pour son visage. S'armant de courage, elle tenta de le faire sortir du lit, paniquée à la pensée que, si elle ne faisait rien, il risquait de mourir là.

— J'ai bien envie d'aller au domaine Oxford pour dire aux Robson qu'ils peuvent venir s'emparer de Belgooree, parce que Jock Belhaven a baissé les bras. C'est ça que je devrais faire, à ton avis, papa ?

Il la regarda comme si elle était une étrangère et ne fit pas un mouvement.

— Wesley Robson a raison, poursuivit-elle. Cet endroit tombe en ruine. Qui en voudrait dans cet état ? J'ai dû être folle de refuser son offre de mariage. Il n'est peut-être pas trop tard pour accepter.

L'argument parut porter. Le visage de Jock s'assombrit et il fit un effort pour se redresser.

— Non… ne fais pas ça…, murmura-t-il d'une voix aussi frêle qu'un roseau.

Elle se pencha pour l'aider.

— Alors, lève-toi, Babu ! Fais-le pour moi et pour Olivia. Lève-toi et vis !

Mais il se laissa retomber sur le lit.

— Je ne peux pas… Je suis trop fatigué. Tu peux gérer la situation.

— Non ! Pas sans toi !

Il la regarda de ses yeux sans vie.

— Écris… à cousin… Jared. Il t'aidera.

— Comment pourrait-il nous aider ? Il vit en Angleterre, à des milliers de kilomètres. Il dirige un pub, pas une banque. Nous avons besoin d'argent, papa !

Il détourna la tête et ferma les yeux.

— Je suis… désolé. Je veux juste… qu'on me laisse… tranquille.

Clarrie ressentit un coup au cœur. Tous ces mois d'angoisse et de lutte pour faire tourner Belgooree n'avaient servi à rien. Une vague de colère et de peur menaça de l'engloutir. Alors qu'elle regardait son père vaincu, quelque chose finit par se briser en elle.

— Je te déteste ! cria-t-elle. Tu es un lâche ! Je me réjouis que maman soit morte et ne voie pas à quel point tu es faible et inutile.

Elle tremblait de tous ses membres en continuant de hurler :

— Où est mon père ? Où est le soldat courageux, le gars solide du Northumberland ? Ce n'est pas toi. Si tu ne te lèves pas pour essayer d'aider tes propres filles, je ne t'adresserai plus jamais la parole !

Apparemment insensible à ces réprimandes, il demeurait immobile, les yeux clos, comme si elle n'était pas là. Elle aurait aussi bien pu s'en prendre aux murs humides, ça n'aurait pas fait de différence. Elle finit par quitter la pièce en trombe, claquant la porte si violemment que toute la maison trembla. Il était inutile de raconter à Kamal et Olivia ce qui s'était passé : à en juger par leur expression choquée, ils avaient tout entendu. Elle traversa le salon sans s'arrêter et sortit sur la véranda.

Agrippant des deux mains la balustrade, elle entendit Olivia se mettre à pleurer, mais pour une fois elle n'alla pas la consoler. Sa fureur était telle qu'elle s'en sentait incapable. Serrant les dents, elle se força à ravaler ses propres larmes.

— Mademoiselle Clarissa, dit Kamal dans son dos. Rentrez dans la maison, je vais vous préparer du thé aux épices.

Incapable de supporter sa gentillesse, elle descendit les marches en titubant.

— Je vais chez Ama, annonça-t-elle en étouffant un sanglot.

Alors qu'elle montait Prince, elle entendit Kamal lui crier de rester. Olivia sortit sur la véranda et l'appela à son tour :

— Laisse-moi venir avec toi ! Ne m'abandonne pas !

— Je veux y aller seule !

Et elle lança Prince sur le chemin descendant au village.

La fumée des feux du soir montait dans le ciel étoilé. C'était l'heure où l'on ramenait les derniers troupeaux. Des femmes intimaient à leurs enfants l'ordre de rentrer. Le son d'une flûte en bambou résonna quelque part, emplissant l'air d'une mélodie entêtante. Et soudain, le chagrin de Clarrie s'apaisa, comme si on avait retiré un grand poids de sa poitrine.

Elle trouva Ama et sa famille assises autour du feu, en train de mâcher des noix d'arec enveloppées de feuilles de bétel et de recracher le jus rouge doux-amer. Aussitôt, Ama la mit à l'aise, sans la questionner sur la raison de sa visite tardive. L'une de ses filles apporta à la jeune femme un bol de *dahl* et de riz, tandis qu'une autre lui servait un thé sucré.

Ensuite tous se retirèrent pour la laisser seule avec sa vieille nourrice. Elle lui fit part de ses soucis et lui raconta la dispute avec son père.

— Je lui ai dit des choses horribles… des choses épouvantables, avoua-t-elle. Mais le voir comme ça… J'étais tellement inquiète et tellement en colère contre lui. Je le suis encore. Je ne sais pas quoi faire. Dis-moi, Ama.

Pendant un moment, Ama continua de chiquer en contemplant le feu, la main de Clarrie dans la sienne. Puis elle se mit à parler.

— Ce soir, vous devez laisser votre colère retomber et dormir dessus. Quand le soleil se lèvera, vous irez faire la paix avec sahib Babu.

Elle posa sur Clarrie un regard grave.

— Il vous a donné la vie et vous lui devez le respect. C'est un homme bon, mais son esprit est las ; il s'est égaré et cherche le chemin du retour à la maison. Mais il vous aime toujours.

Clarrie baissa la tête en sentant un flot d'émotion monter en elle. Elle lâcha un soupir et, enfin, éclata en sanglots. Ama la prit dans ses bras et la berça pendant qu'elle pleurait tout son soûl, lui caressant les cheveux et lui murmurant des paroles de réconfort.

Quand elle n'eut plus de larmes, elle resta couchée là, la tête sur les genoux d'Ama, à contempler le feu. Elle avait l'esprit merveilleusement vide. Elle savait, sans avoir besoin de le demander, qu'Ama l'accueillerait sous son toit pour la nuit. Plus tard, elle se pelotonna sur un matelas de paille, sous une épaisse couverture de laine, et s'endormit avec le parfum du feu de bois dans les cheveux.

Clarrie se réveilla à la lueur de l'aube, étonnamment calme et débarrassée de sa fureur de la veille. La couverture autour des épaules, elle sortit dans le matin glacé.

Elle aidait Ama à remuer le porridge quand elle entendit un bruit de pas pressés et vit Kamal apparaître.

— Mademoiselle Clarissa ! cria-t-il.

— Que se passe-t-il ?

Elle se leva aussitôt, le cœur battant.

— Votre père…

Soudain, le visage barbu du domestique se décomposa comme celui d'un enfant. Il laissa échapper un étrange mugissement de douleur. Clarrie se figea.

— Non! souffla-t-elle. Non!

Immobile, elle regarda les larmes déborder des yeux de Kamal et inonder ses joues. Le chagrin du Bengali disait tout. Son père était mort.

5

Selon ses instructions, Jock Belhaven fut enterré auprès de sa femme, dans le petit carré de terre derrière la maison, plutôt que dans le cimetière de Shillong avec les autres Britanniques. Kamal l'avait découvert non pas dans son bureau, mais dans la chambre conjugale, recroquevillé dans le lit humide où la mère de Clarrie était morte. Le médecin du cantonnement avait déclaré que son cœur fatigué avait lâché après des années de fièvre paludéenne. Il était fréquent que les planteurs meurent avant cinquante-cinq ans.

Clarrie était hantée par le souvenir des mots cruels qu'elle avait adressés à son père – les derniers qu'il eût entendus d'elle. Elle l'imaginait allant se réfugier, tel un animal blessé, dans le sanctuaire de son ancienne chambre. À sa propre culpabilité s'ajoutaient les reproches d'Olivia.

« Tu l'as tué, disait-elle en sanglotant. Comment as-tu pu lui dire des choses aussi atroces ? »

Clarrie ne tentait pas de se défendre, car elle n'était pas loin de croire que sa sœur avait raison.

Peu de gens, en dehors des villageois, assistèrent aux funérailles, menées promptement par un missionnaire de passage qui travaillait à l'hôpital de la mission à Shillong. Deux religieuses du couvent de Loreto firent le déplacement, ainsi qu'un planteur de Gowhatty qui avait pêché avec Jock en des temps meilleurs. À mesure que la nouvelle se répandait chez les planteurs installés plus loin, des lettres de condoléances commencèrent à arriver. Clarrie reçut un bref mot de Harry Wilson, mais il ne leur rendit pas visite. Il n'y eut aucun message du domaine Oxford. Clarrie ne sut si elle en concevait du soulagement ou de l'amertume.

Elles reprirent le cours de leur vie dans un état d'hébétude, attendant que quelque chose se passe. Bien vite, la banque de Calcutta et d'autres créanciers leur envoyèrent des lettres de condoléances, dans lesquelles ils les exhortaient aussi à vendre Belgooree. Clarrie fut assaillie par le spectre de l'expropriation ; elle se vit avec Olivia errant dans les rues de Shillong, ou pire, de Calcutta, sans un sou. Peut-être pourraient-elles supplier les religieuses de les recueillir ? Mais la perspective d'une vie aussi limitée la remplissait de désespoir.

Olivia s'était éloignée d'elle, ce qui ajoutait à sa peine. Sa sœur lui adressait à peine la parole, pour la punir de l'avoir laissée seule la nuit de la mort de leur père. Elle passait ses journées à pleurer sur son lit en suçant son pouce, comme une enfant malheureuse. Même Kamal ne parvenait pas à la consoler.

En triant les papiers de Jock, Clarrie trouva l'adresse de son cousin Jared et lui écrivit pour lui apprendre la nouvelle du décès. Pour la première fois, elle envisagea la possibilité de quitter l'Inde pour s'aventurer dans cette région inconnue du nord de l'Angleterre. Jock parlait avec émotion de son enfance passée dans les collines du Northumberland, même si la ferme des Belhaven avait été vendue depuis longtemps. Apparemment, il ne leur restait pour seule famille que ce cousin Jared, parti travailler à Newcastle. Son père méprisait le fait qu'il dirige un pub, mais peut-être possédait-il un plus grand sens des affaires que ce dernier. Si elle réussissait à décrocher un emploi là-bas, elle pourrait subvenir aux besoins d'Olivia jusqu'à ce qu'elle soit adulte ; ensuite, elles trouveraient un moyen de rentrer en Inde. Plus elle s'inquiétait de leur situation, plus elle avait la certitude qu'il leur faudrait quitter l'Assam pour survivre.

Bien que Clarrie n'eût reçu aucune réponse de Jared, elle lui écrivit une seconde fois, lui demandant s'il accepterait de l'aider à chercher un emploi à Newcastle, comme gouvernante ou dame de compagnie. Elle savait cuisiner, coudre et tenir une comptabilité, diriger des domestiques et passer des commandes. Elle en savait aussi beaucoup sur le thé, apprit-elle à ce cousin inconnu.

Ce fut seulement après avoir envoyé sa deuxième missive qu'elle s'inquiéta de sa démarche, car elle ne savait pratiquement rien de lui. Était-il marié ? Avait-il une famille ? Était-il seulement en vie ? Comme son père ne s'était pas donné la peine de maintenir le contact et n'écrivait à personne sauf en cas de nécessité, elle n'avait aucun moyen de le savoir.

Lorsqu'un mois plus tard une réponse arriva, elle fut soulagée de découvrir qu'il existait quelqu'un vers qui elles pouvaient se tourner. Elle se précipita dans la chambre de sa sœur pour l'avertir.

— Regarde, cousin Jared nous a écrit ! Il dit qu'il est désolé et qu'il aimait beaucoup papa quand ils étaient enfants. La lettre est signée Jared et Lily Belhaven. Ce doit être sa femme.

Elle s'assit sur le lit à côté de sa sœur.

— Tu ne trouves pas merveilleux d'avoir une famille quelque part en ce monde ?

— À quoi ça sert puisqu'ils sont tellement loin ?

— Ils m'aideront peut-être à trouver du travail. C'est ce que je leur ai demandé.

— Quoi ?

Olivia se redressa.

— Partir vivre en Angleterre ? Ce n'est pas possible !

— Pourquoi pas ?

Olivia paraissait horrifiée.

— Mais on ne sait rien de ce pays, sauf qu'il y fait froid, qu'il pleut tout le temps et qu'il est plein de villes enfumées. Et on ne connaît pas non plus ces cousins. Si ça se trouve, ils sont méchants et nous réduiront en esclavage !

Clarrie éclata de rire.

— Ne dis pas de bêtises ! Tu as lu trop de contes de fées.

— Pas la peine de te moquer de moi. Je suis sérieuse. Je ne veux pas partir d'ici. Jamais.

Clarrie lui prit les mains.

— Écoute, je n'en ai pas plus envie que toi, mais il semble que nous n'ayons pas le choix. Nous devons vendre Belgooree pour payer les dettes de papa. Nous ne pouvons pas superviser le domaine nous-mêmes, tu t'en rends compte ?

— Il y aurait un moyen, répliqua Olivia, le regard suppliant. Tu pourrais changer d'avis et épouser Wesley Robson.

Clarrie se dégagea.

— Comment peux-tu dire ça, après ce qu'il a fait à Babu ? Papa a sombré après la visite de Robson. À cause de lui, il a perdu toute combativité.

— Non, rétorqua Olivia. C'était à cause de toi.

Clarrie se leva, lasse des plaintes de sa sœur.

— Je n'ai pas l'intention de me disputer avec toi.

— C'est ta faute ! cria Olivia. Toi et ton fichu orgueil ! Si tu avais accepté d'épouser M. Robson, tout irait bien. Et papa en aurait pris son parti quand il aurait vu Belgooree redevenir prospère.

— Tu vis dans un monde imaginaire ! Jamais ça ne se serait passé comme ça. Robson se serait emparé de notre terre, puis il n'aurait pas tenu ses promesses.

— Tu te trompes, riposta Olivia, de nouveau au bord des larmes. C'était notre seule chance, et tu as tout gâché. Si tu t'étais mariée avec lui, papa serait encore en vie !

Clarrie sortit en trombe de la pièce, l'accusation résonnant à ses oreilles. C'était ridicule ! Quand bien même elle aurait accepté cette union détestable, son père n'aurait jamais donné son consentement.

Mais elle ne réussit pas à s'ôter de la tête ces questions dérangeantes : avait-elle précipité la mort de son père en refusant d'envisager d'épouser Robson ? La survie de Belgooree n'aurait peut-être pas été assurée, mais au moins la famille aurait-elle été sauvée. Aurait-elle dû essayer de persuader son père d'accepter avant qu'il soit trop tard ? Elle ne le saurait jamais, mais ces pensées aggravaient son sentiment de culpabilité.

La semaine suivante, le domaine fut mis en vente. Et Clarrie dut continuer à supporter le refrain d'Olivia sur l'égoïsme dont elle avait fait preuve en repoussant Wesley.

— Ce qui est fait est fait, rétorqua-t-elle. Il est trop tard pour revenir en arrière.

— Peut-être pas. Pourquoi n'écrirais-tu pas à M. Robson pour lui dire que tu as changé d'avis ? Ou mieux, va le voir. Je t'accompagnerai.

— Non ! Je ne peux pas faire une chose pareille. Il ne s'est même pas manifesté après la mort de papa.

— Donc, tu n'aimes pas Belgooree autant que tu le prétends… Moi, je ferais n'importe quoi pour rester ici… même épouser quelqu'un comme Wesley Robson.

— Arrête, Olivia !

— Non, je n'arrêterai pas ! Et je ne partirai pas d'ici. Je n'irai jamais en Angleterre, et tu ne pourras pas me forcer !

Clarrie voulut connaître l'avis de Kamal, mais il refusa de prendre position.

— Vous devez accepter la volonté d'Allah, lui dit-il, avant de retourner vaquer à ses occupations, la tristesse s'accrochant à lui comme la brume du matin.

Quand une seconde lettre de Jared et Lily arriva, dans laquelle ils proposaient d'accueillir les filles jusqu'à leur majorité dans leur foyer de Newcastle, Clarrie se sentit soulagée d'un grand poids. Mais Olivia pleura à s'en rendre malade. Elle eut plusieurs crises d'asthme qui la laissèrent affaiblie et apathique.

Puis elle attrapa un refroidissement qui lui tomba sur les bronches. Clarrie et Kamal la soignèrent avec une inquiétude croissante, tandis qu'Olivia se murait dans le silence, les yeux fiévreux et accusateurs.

Clarrie commença alors à envisager l'impensable : aller trouver Wesley Robson et implorer son aide ; prononcer les humiliantes paroles de contrition, s'il fallait en passer par là pour accélérer la guérison d'Olivia. Après avoir confié sa sœur aux bons soins d'Ama, elle se mit en route avec Kamal pour le Haut-Assam.

Ils chevauchèrent une journée entière à travers la forêt et la jungle, s'arrêtèrent pour la nuit dans une maison de thé et repartirent le lendemain en direction de Gowhatty, au bord du Brahmapoutre. Là, ils laissèrent les poneys dans un gîte et embarquèrent sur un vapeur pour remonter le fleuve. Deux jours plus tard, ils débarquèrent à Tezpur, où ils louèrent un *tonga* pour les conduire dans les montagnes autour de la ville de Nowgong.

Alors qu'ils s'aventuraient en territoire inconnu et se rapprochaient du domaine Oxford, Clarrie sentit croître sa nervosité. Qu'allait-elle bien pouvoir dire lorsqu'elle se retrouverait face à Wesley Robson ?

Quand ils arrivèrent devant le portail de la propriété, Kamal et elle furent impressionnés par la taille de la plantation. Les théiers s'étendaient sur des kilomètres, recouvrant le flanc des collines à perte de vue. Une fois qu'ils furent autorisés à entrer, il leur fallut une heure pour atteindre la maison du planteur, en passant devant une série de vastes et solides hangars à thé. Des dizaines d'ouvriers agricoles travaillaient entre les rangées de théiers, courbés sous le poids de leurs lourds paniers. Clarrie fut étonnée de voir autant d'activité si tôt dans la saison, mais ici les arbres bourgeonnaient déjà, et l'air était doux et humide. À Belgooree, ils avaient encore des gelées nocturnes.

Au centre du domaine, entourés de magnifiques jardins ornementaux, il y avait les bungalows, ainsi qu'un club-house bordant un terrain de polo bien entretenu.

Le chef *mohurer* sortit des bureaux administratifs pour venir les accueillir et leur offrit des rafraîchissements. Il était bengali et s'entretint aimablement avec Kamal.

— Il dit qu'il peut vous emmener voir le sous-directeur, traduisit Kamal. Il est dans l'usine.

— Et M. Robson ? demanda-t-elle, la bouche sèche.

Kamal secoua la tête.

— Il n'est pas là, je suis désolé.

Clarrie était contrariée.

— Quand reviendra-t-il ?

— Vous devez parler à son adjoint.

À l'intérieur de l'usine, le bruit était assourdissant. Des machines à vapeur cliquetaient et sifflaient, faisant tourner de gigantesques cylindres et des ventilateurs qui séchaient d'énormes quantités de feuilles. Clarrie songea à leur petit hangar avec ses plateaux en bambou et aux trois kilos de bon bois qu'il fallait brûler pour produire le charbon nécessaire au séchage de seulement cinq cents grammes de thé. Elle commença à entrevoir le gouffre qui séparait Oxford de Belgooree. Pas étonnant que Robson se soit montré si caustique.

Peut-être était-ce la raison pour laquelle son père se montrait si réticent à la voir lier connaissance avec les planteurs du Haut-Assam. En visitant leur domaine, elle se serait rendu compte de l'insignifiance du leur. Elle avait honte en se remémorant la façon dont elle s'était vantée de leur belle plantation. Peut-être y avait-il eu autrefois de la place pour les petits producteurs, mais un seul regard à ces installations industrielles montrait que Belgooree était devenu obsolète.

M. Bain était un homme affable, aux joues roses, qui ne paraissait guère plus âgé qu'elle. Il ne cacha pas sa surprise lorsqu'elle lui apprit d'où elle venait.

— Belgooree? Le domaine est à vendre, n'est-ce pas? J'ai entendu dire que le planteur était décédé.

— Mon père, lui apprit Clarrie.

— Oh, mon Dieu, je suis navré. Que puis-je faire pour vous aider?

— Je cherche M. Wesley Robson, lui dit-elle en rougissant. L'année dernière, il a manifesté son désir d'acheter Belgooree.

— Vraiment?

— Je me demandais quand je pourrais lui parler.

— Je suis désolé, mademoiselle Belhaven, mais il n'est plus ici. Plus depuis septembre.

— Septembre?

— Oui, je l'ai remplacé. Il a affirmé avoir appris tout ce qu'il y avait à savoir. Je dois avouer qu'il m'a fait l'effet d'être un homme pressé.

Effectivement, songea Clarrie, ça ressemblait bien à Wesley de croire qu'il avait tout compris à la culture du thé en moins d'un an.

— Où est-il allé? demanda-t-elle.

— Eh bien, je crois qu'il est parti pour Ceylan, dans l'intention d'étudier les plantations de thé là-bas. Il voulait aussi en profiter pour visiter l'Inde et tirer quelques tigres.

— Donc, il ne reviendra pas ?

Clarrie se sentit étrangement déçue.

— Pas que je sache, répondit le sous-directeur, en la regardant avec curiosité. Dites-moi, y avait-il un quelconque accord entre Robson et vous ?

Clarrie s'empourpra.

— Non, rien de tout cela. L'année dernière, nous n'étions pas prêts à vendre Belgooree, mais aujourd'hui, avec le décès de mon père, nous le sommes.

Bain hocha la tête.

— Je comprends, mais je ne suis pas sûr que sa présence eût changé quoi que ce soit.

— Pourquoi ?

— Eh bien, Robson n'est pas le genre d'homme à laisser repousser le gazon sous ses pieds. Si son offre a été rejetée, je doute qu'il l'eût renouvelée. Il se sera vite concentré sur un nouveau projet.

Il lui adressa un sourire d'excuse.

— Hélas, ça ne vous aide pas beaucoup. Laissez-moi vous faire servir à déjeuner.

Clarrie déclina son invitation. Elle n'avait soudain qu'une envie : quitter ce lieu prospère et oppressant. Aussi lui demanda-t-elle de lui fournir à la place un panier de pique-nique pour leur voyage de retour. L'homme parut choqué qu'elle ait parcouru une telle distance avec pour tout chaperon le *khansama* de son père. Mais elle rejeta aussi sa proposition de

91

rester au moins pour la nuit, et le laissa stupéfait devant un comportement aussi excentrique.

Avant de repartir, Clarrie voulait s'acquitter d'une autre mission. Retournant vers les bureaux, elle demanda au contremaître bengali si elle pouvait jeter un coup d'œil à ce qu'on appelait « les rangs », c'est-à-dire les rangées de huttes des ouvriers agricoles. Devant l'air soupçonneux de l'homme, elle affirma avoir eu l'autorisation de M. Bain.

En pénétrant dans le quartier des ouvriers, elle fut assaillie par une puanteur d'égout. Des enfants jouaient dans la boue autour des cabanes en terre. Ignorant les cris du *chowkidar* qui surveillait les rangs, Clarrie se baissa et pénétra dans l'une d'elles. C'était une petite pièce sans fenêtre, étouffante, et si obscure qu'au début elle ne distingua rien. La seule source de lumière et de ventilation était une déchirure dans le toit de chaume. Nul doute qu'à la saison des pluies le sol se transformait en une mer de gadoue. Des casseroles et au moins six nattes de couchage étaient posées dans un coin, tandis qu'à en juger par l'odeur le coin opposé devait servir de latrines.

Clarrie ressortit, prise de nausée. L'été, avec l'humidité, les moustiques devaient proliférer. Dans son assamais rudimentaire, elle demanda au garde s'il connaissait un Ramsha, originaire de Belgooree dans les montagnes Khasi.

— Un homme des tribus ? demanda-t-il avec mépris. Ils ne sont pas fiables. Toujours en train de se bagarrer et de s'enfuir.

Clarrie décrivit le fils d'Ama, mais son interlocuteur haussa les épaules, comme pour dire : pourquoi perdre du temps avec ces gens-là ?

Clarrie se sentit gagnée par la colère.

— Sa mère est une amie de ma famille !

Kamal tenta de l'éloigner.

— Il ne nous dira rien.

— Je dois trouver Ramsha ! Je l'ai promis à Ama.

Elle ne supportait pas l'idée que ce voyage se termine par un double fiasco.

Lorsqu'ils repartirent vers les bureaux, le mot avait couru qu'elle espionnait, et le sous-directeur l'attendait de pied ferme. Disparue, sa mine affable.

— Vous n'auriez pas dû vous rendre aux habitations des coolies. Je n'ai jamais donné mon autorisation. Si le directeur le découvre…

— Je cherche le fils d'une amie, expliqua-t-elle, sans se démonter. Je voudrais pouvoir lui dire que je l'ai vu et qu'il va bien.

— L'un de nos coolies ? demanda-t-il, incrédule.

— S'il vous plaît ! Je vous promets que je m'en irai ensuite. Je ne suis pas ici pour vous causer du souci.

Avec un soupir d'impatience, il pénétra dans le bureau du *mohurer* et demanda à ce dernier d'accéder à la requête de la visiteuse.

— Ensuite, vous veillerez à ce que Mlle Belhaven et son domestique soient raccompagnés hors du domaine.

Après avoir consulté ses registres, le *mohurer* secoua la tête.

— Je suis désolé. Il est mort il y a deux mois. Comme de nombreux montagnards, il n'était pas fait pour le climat d'ici.

— Ou pour les conditions de vie, murmura Clarrie.

Kamal l'entraîna hors du bureau et l'obligea à monter dans leur *tonga*, avant qu'elle provoque une nouvelle scène. Aucun d'eux ne réussit à parler avant d'avoir rejoint le Brahmapoutre.

Les semaines suivantes, la nécessité de vider la maison et de faire les bagages empêcha Clarrie de trop s'appesantir sur le départ imminent. Le domaine n'ayant pas trouvé acquéreur, la banque allait le saisir, et elle voulait partir avant de subir l'humiliation de l'expropriation. Elle espérait que la vente de leurs biens personnels permettrait de payer leur voyage en Angleterre. Une vente aux enchères fut organisée, qui attira des visiteurs du cantonnement de Shillong : des épouses de militaires et des employés curieux d'assister à la déconfiture des Belhaven.

Clarrie envoya Olivia se promener avec son carnet à dessin pour lui épargner la vue de la foule avide et s'arma de courage pour jouer les hôtesses et servir le thé. À la fin, il restait à peine une chaise où s'asseoir ou un livre à lire. Seul le violon d'Olivia avait été épargné, Clarrie refusant de s'en séparer malgré les supplications de la femme d'un policier qui le voulait pour son fils. Quoi qu'il arrive, l'instrument d'Olivia irait avec elles à Newcastle.

On acheta des tickets pour le vapeur effectuant la traversée de Calcutta à Londres. Clarrie tenait à partir avant le début de la mousson, époque où la descente du fleuve devenait dangereuse. Kamal refusa de les accompagner.

— Je vais retourner dans mon village et ouvrir une maison de thé, dit-il. Et peut-être une pension.

Clarrie redoutait le moment où elle devrait leur dire adieu, à lui et à Ama. Et à Prince.

Un ami de Harry Wilson vint dans l'intention d'acheter le poney, pour lequel il offrit un bon prix.

— Il n'est pas à vendre ! s'exclama-t-elle en voyant l'homme examiner l'animal.

Plus tard, Kamal tenta de la raisonner.

— Vous ne pouvez pas emmener Prince en Angleterre, vos cousins l'ont dit. Pourquoi ne pas le vendre à ce soldat ?

— Je veux l'offrir à quelqu'un de spécial, qui saura prendre soin de lui.

— Vous avez besoin de roupies, mademoiselle Clarissa. Qui est ce quelqu'un de spécial ? Pas un vaurien du village ?

Clarrie rit.

— Pas un vaurien, non. Toi, Kamal. Prince est pour toi.

Le domestique écarquilla les yeux, incrédule. Il porta la main à sa bouche en faisant mine de tousser.

— Je ne peux pas…

— Bien sûr que si. Je regrette de ne pouvoir t'offrir davantage après tout ce que tu as fait pour nous.

— Merci, marmonna-t-il, se détournant pour cacher ses larmes.

Le dernier jour, Clarrie se leva avant l'aube et monta avec Prince jusqu'au lieu de retraite du *swami*. Pour la dernière fois, elle regarda le soleil se lever et embrasser les pics de l'Himalaya, et écouta le réveil de la forêt. En repensant à ce terrible matin où Harry Wilson avait tué le daim et où Wesley l'avait portée, inconsciente, jusqu'à sa tente, elle se demanda dans quelle mesure les choses auraient été différentes si elle ne l'avait jamais rencontré.

Wesley avait ranimé la vieille rivalité entre les Belhaven et les Robson, et précipité la crise qui avait scellé le sort de Belgooree. Dans la solitude romantique de son lieu favori, elle pouvait s'avouer qu'il l'attirait, même si elle se reprochait ses sentiments. Wesley était déterminé et égoïste, et après avoir vu les conditions dans lesquelles Ramsha avait dû vivre et mourir sur la plantation des Robson, elle ne pourrait jamais lui pardonner la manière dont avait été traqué le fils d'Ama.

L'arrivée du *swami* interrompit le cours de ses pensées. Ils se saluèrent, puis le vieil homme s'avança et passa une guirlande de fleurs autour du cou de Clarrie, comme s'il savait qu'elle s'en allait. Il lui mit dans la main une pierre lisse et rose, de la couleur des montagnes à l'aurore. Émue, elle le remercia et sortit de sa poche le présent qu'elle lui avait apporté.

— Ce sont des coquillages, expliqua-t-elle. Ils viennent d'une plage du Northumberland, en Angleterre. Mon père les gardait pour se souvenir de la mer… et de sa terre natale. C'est là-bas que je vais. Je n'ai jamais vu la mer du Nord. Mon père disait qu'elle a souvent la couleur des nuages d'orage.

Elle plaça les coquillages dans la paume du vieil homme.

— Je me suis dit qu'ils seraient jolis dans votre jardin.

Il hocha la tête et sourit. Au moment où elle repartit, il entonna un chant joyeux, qu'elle entendit encore bien après que la jungle se fut refermée sur elle.

Pour le petit déjeuner, Kamal leur prépara des œufs brouillés, que ni Olivia ni Clarrie ne purent avaler. Il devait les accompagner jusqu'à Gowhatty où elles prendraient le vapeur, puis poursuivre son chemin vers l'ouest du Bengale. Le bruit de leurs pas résonna dans le bungalow vide alors qu'elles en faisaient le tour pour la dernière fois. Sur la véranda, Olivia passa les bras autour de sa sœur et s'accrocha à elle.

— Je ne veux pas partir, déclara-t-elle en sanglotant. Je regrette toutes les méchancetés que je t'ai dites. Je ne les pensais pas.

— Je sais.

— Promets-moi que tu ne me quitteras jamais, comme maman et Babu, supplia Olivia.

— Je te le promets, répondit Clarrie en serrant fort sa sœur. Maintenant, viens. Kamal nous attend.

Après un dernier regard au bungalow, dont la porte et les volets avaient été définitivement fermés, elle entraîna sa sœur en pleurs vers le *tonga* que Kamal conduirait, tandis qu'elle-même monterait Prince. Ils firent halte au village, où Ama et ses filles sortirent de leur maison pour les étreindre. Clarrie remarqua que sa vieille nourrice portait la broche et le collier qu'elle lui avait offerts en cadeau d'adieu. Ils avaient appartenu à sa mère et revenaient à Ama, qui avait été pour elle une mère de substitution ces dernières années.

— Nous reviendrons un jour, promit Clarrie. Vous verrez.

Elle se réjouit de pouvoir chevaucher derrière le *tonga* à travers la jungle pendant les heures suivantes, de sorte que ses pleurs se fondirent au milieu des cris des oiseaux et des singes.

Le lendemain, ils arrivèrent à Gowhatty, d'où elles prendraient le vapeur. Il faisait chaud et humide. Les premières pluies avaient déjà gonflé le fleuve, qui était deux fois plus haut qu'en avril, et certaines îles étaient submergées. Le limon descendu des montagnes brunissait l'eau.

Dans le jardin de l'auberge où ils s'arrêtèrent, elles dirent adieu à leur bien-aimé Kamal. Des larmes ruisselèrent dans sa barbe pendant qu'il se laissait embrasser et leur promettait de leur donner des nouvelles.

— C'était un honneur de vous connaître, vous et le sahib Belhaven, dit-il d'une voix que l'émotion nouait. Qu'Allah vous protège.

— C'était un honneur de te connaître, Kamal.

Clarrie sourit et pleura en même temps.

— Tu as été notre ami le plus cher. Merci.

Puis elle caressa Prince et enfouit pour la dernière fois le visage dans son encolure chaude.

— Porte-toi bien, mon Prince, chuchota-t-elle à son oreille.

Le poney s'ébroua et, agité, la poussa du museau, comme s'il devinait qu'ils allaient se séparer.

La dernière image qu'elles gardèrent de Gowhatty, alors que le vapeur s'éloignait du *ghat* encombré, fut celle de Kamal, monté sur Prince, qui leur faisait signe. Elles agitèrent les bras et lui crièrent adieu jusqu'au moment où il ne fut plus qu'un point au loin.

Assises sur le pont avant, engourdies, elles regardèrent passer les montagnes Garo, aux pentes boisées, au-delà desquelles se trouvait leur maison de Belgooree. À mesure que le bateau descendait le fleuve, s'arrêtant ici et là pour embarquer des passagers, le Brahmapoutre s'élargit jusqu'à devenir presque une mer. Des crocodiles paressaient sur des bancs de sable, et le soir l'équipage pêchait à la poupe.

Après deux jours à bord, elles arrivèrent à Rangpur, où elles prirent le train pour rejoindre Calcutta. Clarrie n'avait que de très vagues souvenirs de ce trajet qu'elle avait emprunté autrefois avec ses parents, quand ils étaient allés à la grande ville pour affaires, mais aussi pour s'acheter de nouveaux vêtements et passer une soirée au théâtre. Olivia, quant à elle, ne se le rappelait pas du tout. Plus elles s'éloignaient de l'Assam, plus la jeune fille s'enfonçait dans le silence. Lorsqu'elles arrivèrent à Calcutta et se rendirent à la maison de la mission où elles devaient passer deux nuits avant de quitter l'Inde, elle ne disait plus le moindre mot.

Elles embarquèrent le 8 juillet. Il soufflait un vent chaud et le soleil qui se réverbérait sur l'eau les aveuglait. Clarrie dut plisser les paupières et mettre la main en visière pour apercevoir une dernière fois la terre, avant que leur bateau mette le cap sur la pleine mer. Le quai grouillant de monde, avec ses vendeurs de nourriture et ses odeurs de cuisine, s'évanouit beaucoup trop vite. L'Inde, le seul foyer qu'elle eût jamais connu ou voulu, disparut de sa vue. Et pourtant, il faisait nuit et les étoiles constellaient le ciel quand Clarrie et la silencieuse Olivia se résolurent à quitter leur poste d'observation près du bastingage pour rentrer dans leur cabine.

6

En descendant du train à l'aube, dans la bruyante gare de Newcastle, Clarrie sentit la main d'Olivia serrer son bras comme un étau. Tous les gens qui traversaient l'immense bâtiment semblaient savoir où ils allaient ; ils appelaient des porteurs et filaient sans s'intéresser aux deux jeunes femmes bizarrement habillées de châles de laine colorés et coiffées de casques coloniaux retenus par un foulard.

— Ne t'inquiète pas, lui dit Clarrie. Cousin Jared a promis de venir nous accueillir.

Elles restèrent plantées à côté de leur petite malle, se tenant par le bras, attendant nerveusement que quelqu'un vienne les chercher. Après être restées debout toute la nuit, elles étaient fatiguées et elles avaient faim. Tandis que le quai se vidait, Clarrie aperçut un homme qui leur faisait signe derrière la barrière. L'espace d'une seconde, elle crut voir son père : le même crâne chauve, le même visage allongé, la même carrure robuste. Mais là s'arrêtait la ressemblance. Cet homme-là avait aussi d'énormes favoris qui formaient presque un collier de barbe, et un ventre proéminent qui tirait sur les boutons de son gilet marron.

— Oh eh, mes jolies ! cria-t-il. Si c'est Jared Belhaven que vous cherchez, je suis votre homme.

Clarrie comprit que leur cousin n'avait aucune intention de payer pour pouvoir entrer sur le quai. Elle empoigna un côté de la malle d'une main et le violon d'Olivia de l'autre.

— Viens, Olivia, prends l'autre côté. Ce n'est pas loin.

Sa sœur ne dit rien. Elle n'avait pratiquement pas prononcé une parole de toute la traversée, qu'elle avait passée dans leur cabine, en proie au mal de mer. Quand elles rejoignirent tant bien que mal la barrière avec leurs bagages, un jeune porteur vint les aider et hissa la malle sur son chariot. Il dit quelque chose à Clarrie d'un ton joyeux, mais elle ne comprit pas quoi.

Jared les accueillit d'une poignée de main maladroite.

— Les filles de Jock, pas vrai ? Désolé pour votre père… c'est bien triste.

Il les examina avec une curiosité non dissimulée.

— Alors, laquelle est laquelle ?

— Je suis Clarissa, mais papa m'appelait toujours Clarrie. Et voici Olivia.

Il sourit à Olivia et lui pinça la joue.

— Toi, tu es une vraie Belhaven. Le portrait craché de ton père. Toi, Clarrie, ajouta-t-il d'un ton moins assuré, tu dois ressembler à ta mère. J'ai cru comprendre qu'elle était un peu indienne.

— Oui, répondit Clarrie en rougissant. Moitié anglaise, moitié assamaise.

— Eh ben, on n'y peut rien.

Il se détourna et les conduisit vers la sortie.

— Le tombereau nous attend dehors, indiqua-t-il mystérieusement.

Le tombereau se révéla être une charrette à fond plat, tirée par un solide poney noir. Jared ordonna au porteur de charger la malle à l'arrière. Ensuite, le garçon resta là à siffloter, attendant son pourboire. Comme Jared l'ignorait, Clarrie sortit une pièce de six pence en argent, l'une de ses dernières, et la lui tendit. Le garçon écarquilla les yeux.

— Merci, mamzelle! s'exclama-t-il, tout sourire, en l'empochant aussitôt.

Dès qu'il eut disparu, Jared la réprimanda.

— Un penny aurait suffi. Ça sert à rien de les gâter.

Avant que Clarrie ait pu répondre, il ajouta:

— Où sont vos autres bagages? Ils seront envoyés plus tard, c'est ça?

— Non, c'est tout ce que nous avons.

Il parut d'abord ne pas y croire, puis haussa les épaules.

— Eh bien, vous pourrez sûrement acheter de nouveaux vêtements. Ma Lily sera ravie de vous emmener dans les boutiques.

Clarrie hocha la tête, tout en se demandant avec quel argent elles paieraient ces nouvelles tenues. Elle allait devoir trouver du travail sans perdre de temps, afin de ne pas être une charge pour ses cousins.

Ses soucis financiers lui sortirent de la tête dès qu'elles furent installées dans la carriole qui rejoignit le flot de la circulation. Jared lança le poney au trot, en direction de l'ouest. Bouche bée, Olivia et elle regardèrent les grands immeubles qui bordaient la rue, la pierre joliment sculptée autour de leurs portes et fenêtres, les toits pentus ou en coupole et les hautes cheminées pointant vers le ciel gris.

Clarrie avait déjà vu des bâtiments imposants à Calcutta, mais jamais une telle variété de styles, et tous si sombres. En Inde, les constructions étincelaient dans le soleil; ici, la pierre était noire de suie.

Soudain, Jared fit une embardée pour éviter un énorme véhicule qui avançait dans un bruit de ferraille. Olivia poussa un cri et s'agrippa à sa sœur quand la machine les frôla en faisant sonner sa cloche.

— Qu'est-ce que c'était? demanda Clarrie, le souffle coupé.

Jared éclata de rire.

— Le tram électrique, ma jolie. Vous n'avez pas ça en Inde?

— Pas là d'où l'on vient.

— Il vous emmène en ville en un rien de temps, expliqua-t-il. Mais ma Lily préfère marcher. Si Dieu nous a donné deux bonnes jambes, c'est pour s'en servir, qu'elle dit. Et il n'y a rien qu'on ne trouve pas dans les magasins d'Elswick, alors quel besoin d'aller en ville?

Pendant le reste du court trajet, Jared parla de son commerce. Il tenait un très respectable pub, ou plutôt un hôtel, comme il préférait l'appeler. Il y avait un bar ainsi qu'une salle où l'on pouvait se faire servir pour un demi-penny supplémentaire. Au fond, Lily tenait un comptoir où elle vendait ses tourtes, qui avaient beaucoup de succès.

— Les gens viennent de partout pour les tourtes de Lily. Ah, même des riches de Westgate Hill lui passent commande.

Il lança un regard à Clarrie.

— Dans ta lettre, tu disais que tu savais cuisiner. Tu pourras aider Lily en cuisine pendant qu'Olivia me donnera un coup de main au pub. Son jeune visage tout frais va enchanter nos clients.

— Je serai ravie d'aider chaque fois que j'aurai le temps, répondit Clarrie. Mais pour Olivia, c'est différent ; elle a une santé fragile. J'espérais qu'elle pourrait aller à l'école.

— À l'école ? Mais quel âge elle a ?

— Elle vient juste d'avoir quinze ans.

— Quinze ans ! Les gamines commencent à travailler à douze ou treize ans dans le coin.

Jared s'esclaffa comme s'il venait d'en entendre une bien bonne.

— Non, non, vous allez devoir gagner votre pitance, toutes les deux.

Malgré sa déception, Clarrie adressa à sa sœur un sourire encourageant. Le visage d'Olivia trahissait une angoisse croissante à mesure qu'ils avançaient. Les grands immeubles cédèrent bientôt la place à des rangées uniformes de maisons de brique alignées le long d'une rue qui montait en pente raide. En bas à gauche, on apercevait des entrepôts, des grues, et des remorqueurs sur une rivière couleur de boue. Ils parcoururent ensuite une longue rue commerçante, déjà en pleine activité. Les vitrines des magasins étaient ombragées par des auvents usés.

— Voici Scotswood Road, leur annonça Jared avec fierté. On peut faire des courses à l'abri du soleil, ici.

Clarrie observa les gens qui passaient sur le trottoir poussiéreux, vêtus de lourdes robes sombres et de manteaux, alors que cette journée d'été s'annonçait douce. Comme pour compenser l'austérité de leurs vêtements, les femmes portaient toutes sortes de chapeaux merveilleux, à large bord ou ornés de rubans, de plumes ou de fleurs artificielles.

Deux garçons pieds nus, qui gardaient une carriole, ouvrirent de grands yeux en les voyant passer.

— Eh, regarde-moi ces filles ! s'écria l'un d'eux en les montrant du doigt.

— Vous allez à un bal costumé, mam'zelle ? demanda l'autre.

Leur exubérance rappela à Clarrie les gamins du village. Elle agita le bras vers eux, ce qui provoqua de nouveaux éclats de rire.

— Ne faites pas attention, dit Jared. Ce ne sont que des gamins des rues.

— Ça ne me dérange pas, répondit Clarrie avec un sourire. Nous devons avoir l'air un peu bizarres avec nos chapeaux de soleil.

— Eh bien, vous n'en aurez pas souvent besoin à Elswick.

Il vira brusquement et s'engagea dans une ruelle.

— Et voici Cherry Terrace.

Clarrie fit de son mieux pour cacher sa consternation. Elle s'était figuré une rue large, plantée de jolis cerisiers ombrageant des maisons entourées de grilles et de jardins bien entretenus, comme elle en avait vu sur les photos ornant les murs de l'hôtel *Pinewood* à Shillong. Mais Cherry Terrace était un passage étroit, au sol pavé, bordé par une suite ininterrompue de maisons de brique, sans un arbre ni le moindre brin d'herbe en vue.

— Nous sommes arrivés ! s'exclama Jared, tout sourire, en s'arrêtant devant une rangée de vieilles fenêtres en verre à moitié dépoli. Vous descendez là. Moi, je vais emmener Barny et le tombereau par-derrière.

Dès qu'elle poussa la porte, Clarrie fut assaillie par l'odeur familière et écœurante du whisky et de la fumée de pipe. Le bureau de son père. Elle dut ravaler sa bile et bannir la soudaine image du corps émacié de Jock sur le vieux lit de camp. Elles se tenaient dans une petite entrée en bois sombre et verni. À gauche, une porte donnait sur le « Bar », comme l'indiquait le panonceau, et à droite, une autre, sur le « salon ». Un murmure de voix d'hommes s'entendait en provenance du bar. Pourtant, personne ne devait boire si tôt le matin ? En face, il y avait une troisième porte que Clarrie se dépêcha d'ouvrir.

— Cousine Lily ? appela-t-elle.

Elles se retrouvèrent dans une arrière-salle faisant aussi office de cuisine, imprégnée d'une forte odeur de viande bouillie. De grandes casseroles mijotaient sur un fourneau. La solide table était couverte de farine et de pâte, le parquet bien briqué, et le mobilier, spartiate, puisqu'il n'y avait qu'un fauteuil tapissé près du feu. Les murs étaient nus, à l'exception d'une affiche religieuse à l'illustration tapageuse, exhortant les fidèles à emprunter la porte étroite. Beaucoup essaieront d'entrer, mais peu y parviendront, prévenait-elle.

Clarrie lança un regard à Olivia, dont le visage avait pris une teinte maladive. Elle la fit asseoir sur un tabouret. Ce fut alors qu'une petite femme de forte carrure arriva de l'arrière-cuisine. Elle avait les manches retroussées sur des bras épais et des cheveux gris coiffés en un chignon serré.

— Cousine Lily, dit Clarrie en souriant et en lui tendant la main.

— Appelez-moi Mme Belhaven, répondit la femme en ignorant la main tendue.

— Bien sûr.

Clarrie se présenta et présenta sa sœur.

— Qu'est-ce que tu as? demanda Lily à Olivia. Tu m'as l'air bien pâlotte.

— Elle a été malade pendant toute la traversée en bateau, expliqua Clarrie. Elle aura bien besoin de quelques jours au lit pour se remettre et reprendre des forces.

— Personne ne se prélasse au lit dans ma maison, répliqua Lily.

Elle s'approcha d'Olivia et lui posa la main sur le front. La jeune fille eut un mouvement de recul en sentant l'odeur d'oignon sur les doigts rugueux.

— Tu as surtout besoin de te remplumer. Tu ressembles à un sac d'os. Est-ce que tu aimes la tourte au porc?

— Nous ne mangeons pas de porc, précisa Clarrie.

Lily lui lança un regard incrédule.

— Et pourquoi donc?

— Kamal, notre *khansama*, n'avait pas le droit de le cuisiner. Il est musulman, vous comprenez. Donc, nous n'en mangions pas.

Lily gonfla les joues, comme si ces propos la scandalisaient.

— Ici, vous mangerez ce qu'on vous donnera, et en disant merci. J'avais prévenu M. Belhaven qu'il cherchait les problèmes en recueillant deux gamines. Mais il a le cœur sur la main. Il dit que vous êtes de la famille et qu'il pouvait pas faire autrement. Même si je comprends pas pourquoi il se sent si redevable vis-à-vis de ce cousin. Jock a toujours été une brebis galeuse. Quelle idée de renoncer à sa pension militaire pour un morceau de jungle au milieu des sauvages ! Ça pouvait que mal finir.

Sans reprendre son souffle, elle poursuivit sa diatribe tout en remuant le contenu des casseroles sur le fourneau.

— Et maintenant vous voilà, deux orphelines qu'on doit prendre sous notre aile, comme si on n'avait pas déjà assez de mal à gagner notre pain et à tenir un établissement respectable dans cette partie de la ville. Enfin, c'est le Seigneur qui vous envoie pour nous mettre à l'épreuve.

Soudain, Olivia émit un gémissement d'angoisse et éclata en sanglots. Clarrie lui passa un bras autour des épaules.

— Qu'est-ce qu'elle a ? s'écria Lily.

— Vous l'avez bouleversée avec votre discours sur les orphelines ! C'est encore une petite fille, et elle a laissé la seule maison qu'elle ait jamais eue à des milliers de kilomètres. Vous ne voyez pas qu'elle est terrorisée ?

Lily la dévisagea, comme si elle n'avait pas l'habitude que quiconque lui réponde. Elle grommela, mais s'approcha et posa la main sur la tête baissée d'Olivia.

— Pas la peine de pleurer, ma fille. Je ne veux pas de larmes dans ma cuisine. Si tu n'aimes pas le porc, tu pourras manger du fromage et des pommes de terre. Les gens adorent ma tarte au fromage et pommes de terre. C'est celle qui marche le mieux. Ça te plairait ?

Clarrie hocha la tête.

— Ça lui plairait beaucoup, merci.

Lily se tourna vers Clarrie.

— Ma parole, la gamine peut pas répondre toute seule, ou c'est toi qui aimes entendre le son de ta propre voix ?

Clarrie éclata de rire.

— Un peu des deux, madame Belhaven.

Mais le visage sévère de Lily prouvait qu'elle n'avait pas eu l'intention de faire de l'humour. Clarrie se hâta de se lever.

— Puis-je vous aider à faire quelque chose ?

À cet instant, Jared entra par la porte de derrière.

— Ah, c'est beau de voir que vous vous entendez si bien, dit-il, rayonnant.

Lily fusilla son mari du regard.

— Va au bar ! Il y a des hommes à servir, et j'ai pas confiance en cet Harrison. Sûr qu'il va se faire rouler.

Docile, Jared obtempéra, adressant au passage un clin d'œil complice à Clarrie.

Malgré la fatigue du voyage, elle passa le reste de la journée à aider Lily à préparer des tourtes et à écouter sa longue litanie de critiques contre les clients, les voisins, les concurrents. Elle réussit à la convaincre de laisser Olivia aller se coucher tôt, mais quand elle-même fut enfin autorisée à aller rejoindre sa sœur, après la fermeture du pub, elle avait mal à la tête et aux yeux tant elle était épuisée.

La mansarde qui deviendrait leur chambre n'était pas plus grande que le cellier de Belgooree. Avec un petit vasistas comme unique source de lumière, elle était également presque aussi sombre. Les filles partageraient un lit, une table et une chaise, et deux caisses à thé posées l'une sur l'autre pour ranger leurs vêtements. Alors qu'il y avait des lampes à gaz dans les salles du bas, on leur donna une chandelle pour éclairer le chemin jusqu'aux latrines au fond de la cour.

— Arrangez-vous pour qu'elle dure la semaine, avertit Lily.

Elles devaient faire leur toilette dans l'arrière-cuisine.

Olivia avait trop peur de descendre seule, en passant devant la chambre à coucher des Belhaven et l'unique chambre d'hôte qu'ils louaient à des voyageurs et qui leur permettait de prétendre tenir un hôtel. De sorte que Clarrie dut l'accompagner aux toilettes au fond de la cour, et monter la garde dans le froid. Alors qu'elle flattait Barny, installé dans la remise adjacente, et enfouissait la tête dans son cou pour sentir son odeur, elle éprouva un profond sentiment de nostalgie en songeant à Prince et à son ancienne vie perdue.

Que faisait Kamal à l'instant même ? Comment se portaient Ama et sa famille ? Quelqu'un s'était-il installé à Belgooree ? L'idée que des étrangers habitent sa maison lui faisait horreur, mais l'imaginer tomber en décrépitude, sans avoir été achetée ni être aimée, paraissait pire encore.

De retour dans leur mansarde, les sœurs, incapables de trouver le sommeil, considérèrent avec angoisse ce qui les attendait.

— Je ne supporte pas d'être ici, murmura Olivia. Cette chambre est comme une cellule de prison. Et cette femme est une brute. Jamais je ne travaillerai dans leur horrible pub. Ils ne peuvent pas m'obliger.

110

— Ne t'inquiète pas, la rassura Clarrie, nous ne resterons pas longtemps. Je vais trouver une bonne position.

Olivia s'accrocha à elle.

— Tu ne me laisseras pas ici, hein ?

— Bien sûr que non ! Comment peux-tu penser une chose pareille ? Je serai toujours là pour m'occuper de toi, je te le promets.

Clarrie eut l'impression d'avoir à peine fermé l'œil quand des coups sourds frappés à la porte la réveillèrent.

— C'est l'heure de se lever, mes jolies ! cria Jared. Il y a du travail qui attend. Pas le temps de paresser au lit.

Tandis que Clarrie se levait en soupirant, Olivia remonta la fine couverture sur sa tête et éclata en sanglots.

7

À la fin de la semaine, Clarrie frôlait l'épuisement. Jamais elle n'avait travaillé aussi dur : levée à cinq heures pour ranimer le feu, elle faisait la cuisine et le ménage pour Lily, servait les clients puis nettoyait les verres pour Jared jusque tard le soir. Elle avait constamment mal au dos à force de porter des seaux de charbon de la remise à la maison, et les mains rouges à cause de la vaisselle.

Mais elle était en partie responsable de cette charge de travail, ayant voulu dès le début épargner Olivia.

« Elle est trop jeune pour servir des hommes adultes dans un bar, avait-elle affirmé. Et la fumée de leur pipe sera très mauvaise pour son asthme.

— Eh bien, j'ai besoin de quelqu'un pour servir en salle, avait grommelé Jared, surtout les soirs où c'est plein.

— Comment faisiez-vous avant ? avait osé demander Clarrie.

— On avait une gamine de l'âge d'Olivia qui travaillait pour nous.

— Une bonne à rien, était intervenue Lily. Quand on a su que vous arriviez, on l'a renvoyée. »

112

Clarrie avait caché son mécontentement.

« Dans ce cas, je m'en chargerai. »

Quoi qu'en pensent ses cousins, la situation ne serait que temporaire.

« Et la petite ? avait répliqué Lily. Ne va pas croire qu'elle peut rester assise à ne rien faire comme une tête couronnée… on n'a pas les moyens. Elle devra effectuer sa part de boulot pour gagner sa croûte.

— Elle est très douée de ses mains, avait dit Clarrie. Elle sait coudre et repriser. Et elle pourra vous aider à faire les tourtes si vous lui apprenez à fabriquer la pâte.

— Vous n'avez jamais fait de pâte ?

— Non, notre *khansama*… »

Clarrie s'était interrompue. Elle s'était vite rendu compte que ses cousins ne supportaient pas de l'entendre parler de sa vie en Inde, ni du fait qu'ils avaient eu des domestiques. Souriant, elle avait repris :

« Nous vous serions très reconnaissantes si vous nous appreniez. »

Olivia accepta de rester confinée dans la cuisine de Lily, même si elle avait peur chaque fois que sa sœur s'éloignait. Pour sa part, Clarrie s'aperçut vite qu'elle préférait servir les clients en salle le soir, plutôt que d'entendre les sempiternels sermons et critiques de Lily. Si elle avait redouté de pénétrer dans le bar enfumé, elle fut surprise de trouver la plupart des hommes sympathiques et amicaux. Jared ayant fanfaronné sur le fait qu'elle avait grandi dans la plantation de thé de son cousin, ils la taquinèrent gentiment.

— Tiens, mais c'est l'impératrice des Indes !

113

— Comment va la memsahib aujourd'hui ?

La seule corvée qu'elle refusait était de laver le crachoir à l'entrée du pub : ça lui donnait des haut-le-cœur. Devant sa résolution, Jared céda.

— Cet Harrison pourra s'en occuper, j'imagine.

« Cet Harrison » était un homme joufflu d'une trentaine d'années, à qui il fallait toujours expliquer les choses trois fois. Il aidait Jared au bar et livrait les tourtes dans le tombereau, même s'il se perdait dès qu'il devait changer d'itinéraire et se décomposait quand quiconque lui criait dessus. Mais la plupart du temps, il était de bonne humeur et ne rechignait pas à la tâche. Au grand soulagement de Clarrie, il ne vit pas d'objection à s'occuper du crachoir.

Dans la salle, Clarrie s'étonna de servir des femmes aussi bien que des hommes. Certaines venaient avec leur mari pour prendre une demi-pinte de bière ou un verre de xérès, tandis que d'autres étaient là sans chaperon. Quand elle en fit la remarque à Lily, celle-ci ne cacha pas sa désapprobation.

— Elles sont vulgaires, bien sûr. Mais tant qu'elles paient et ne causent pas de problème, on fait avec.

Clarrie se sentit désolée pour ces femmes. La plupart paraissaient sous-alimentées et exténuées. Un ou deux verres les mettaient de bonne humeur et il arrivait qu'elles commencent à chanter. Parfois, elles étaient accompagnées de leurs enfants, que Jared faisait attendre dehors.

Par une fin d'après-midi très chaude, quand Clarrie leur apporta des tasses d'eau sur un plateau, il se mit en colère.

— Non mais qu'est-ce que tu fabriques ? Bon sang, on ne tient pas une association de bienfaisance !

— Mais ils ont soif, répondit Clarrie, outrée par sa véhémence.

Elle ne l'avait jamais vu s'emporter ainsi et eut presque peur.

— Si tu continues comme ça, la moitié des petits vauriens du quartier viendront faire la queue devant chez nous ! Maintenant, retourne servir les clients et ne refais plus jamais ça !

Une fois qu'il eut le dos tourné, les femmes assises en salle la consolèrent.

— Faut pas écouter ce vieux salopard, lui dit l'une d'elles, coiffée d'un immense chapeau violet.

— Il a juste peur que sa bonne femme le découvre, renchérit une plus jeune. Cette vieille sorcière déteste les mioches.

— Allons, ma belle, c'était gentil de votre part, déclara une troisième en vidant son verre et en se levant d'un mouvement raide.

Clarrie remarqua qu'elle boitait beaucoup.

Ces femmes paraissaient convenables, même si elles dégageaient une odeur un peu rance et portaient des chaussures usées. Elle aurait voulu leur demander pourquoi elles fréquentaient un établissement aussi sordide, où elles ne pouvaient pas amener leurs enfants, mais craignit de les vexer.

— En tout cas, c'est un plaisir d'être servi par quelqu'un comme vous, dit la femme boiteuse, nommée Ina, en souriant. Vous avez un joli visage et une voix sympathique.

— Ouais, vous êtes beaucoup trop bien pour un endroit comme ça, dit Lexy, la plus jeune. Où est-ce que ce gros balourd vous a trouvée ?

— Je suis de sa famille, répondit Clarrie. Mes parents sont morts. Cousin Jared nous a accueillies, ma sœur Olivia et moi.

Les femmes compatirent. Leur gentillesse lui donna presque envie de pleurer.

— Prenez soin de vous, ma belle. Vous êtes comme un rayon de soleil à côté de la vieille bique.

Maggie, la femme au chapeau violet, fit la grimace et désigna la cuisine d'un mouvement de tête.

— Elle est tout le temps à nous regarder de haut.

Ina baissa la voix.

— Elle vaut pas mieux. Ma maman était sage-femme. C'est elle qui l'a mise au monde, et je peux vous dire que c'était pas dans un palais. Lily-sans-chaussettes, voilà comment on l'appelait.

— Ah, c'est pour ça qu'elle est si rosse, ajouta Lexy. Je parie qu'elle vous en fait voir. Aucune des autres filles n'a tenu plus de cinq minutes.

— Il y en a eu beaucoup ?

— Pour ça, oui ! répondit Lexy. Ils ont eu plus de serveuses ici que j'ai eu de repas chauds.

Clarrie leur sourit.

— Je n'ai pas l'intention de m'éterniser non plus. Seulement jusqu'à ce que je trouve une autre situation.

Les femmes éclatèrent de rire.

— Une situation, hein ?

— Eh bien, bonne chance, ma belle, lança Ina.

— Allez, Maggie, dit Lexy en pouffant. On doit retourner à notre *situation* à la blanchisserie !

Elles sortirent du pub en lui lançant des au revoir enjoués. Malgré leurs taquineries, Clarrie riait en débarrassant leur table et espéra les revoir.

Clarrie vit avec soulagement arriver le dimanche et sa promesse d'une grasse matinée. Hélas, elle fut réveillée d'un profond sommeil par des coups sur leur porte à six heures trente. Il y avait du ménage à faire et le déjeuner dominical à préparer avant la messe de onze heures. À dix heures trente, ils se retrouvèrent pour partir à l'église. Vêtue d'une robe bleu marine sous un manteau noir et d'un chapeau noir en raphia, Lily lança un regard de travers à la robe couleur pêche de Clarrie et à celle, jaune primevère, que portait Olivia.

— Vous n'avez pas de manteaux ? demanda-t-elle.

— Uniquement nos châles, répondit Clarrie. Nous devrons en acheter pour l'hiver.

— Vous en aurez besoin avant ! On ne peut pas vous laisser aller à l'église comme si vous partiez au bal. Je passerai chez le fripier demain. Et vous ne pouvez pas garder ces chapeaux !

Elle partit aussitôt chercher quelque chose de plus convenable, et revint avec une capote couleur lilas qu'elle enfonça sur la tête de Clarrie. Ignorant les protestations de la jeune femme, Lily la lui attacha sous le menton avec un large ruban noir.

— Ça fera l'affaire, grommela-t-elle. Olivia est encore assez jeune pour sortir tête nue. On lui en trouvera une pour la semaine prochaine.

Jared et Lily ouvrirent la marche, tandis que les sœurs traînaient les pieds derrière. Son champ de vision était tellement réduit par la capote que Clarrie devait tourner la tête à droite et à gauche pour voir autour d'elle. Olivia, qui était restée silencieuse et déprimée toute la semaine, ne put s'empêcher de pouffer.

117

— Tu as vraiment une drôle d'allure, murmura-t-elle.

— J'ai l'impression d'être dans un tunnel, dit Clarrie. Préviens-moi si je manque me faire renverser par un tram, d'accord ?

Elles réprimèrent leur rire quand Lily leur lança un regard noir par-dessus son épaule.

En haut de la côte, Lily et Jared s'arrêtèrent pour reprendre leur souffle. Clarrie en profita pour regarder autour d'elle. C'était une belle journée ensoleillée, et la première fois depuis leur arrivée qu'elles quittaient l'intérieur confiné de l'hôtel *Cherry Tree*. La rivière brumeuse disparaissait à l'horizon, bordée sur ses deux rives par des usines tentaculaires et des logements ouvriers serrés les uns contre les autres. Au-delà, cependant, on distinguait des collines verdoyantes parsemées de bosquets d'arbres. Clarrie fut prise d'une envie folle de se libérer de ce chapeau ridicule et d'aller chevaucher dans ces collines inconnues.

— C'est quoi ? demanda-t-elle en pointant le doigt.

— Au sud, c'est le comté de Durham, répondit Jared. Mais à l'ouest et au nord, ajouta-t-il en esquissant un ample geste du bras, c'est le Northumberland.

Le cœur de Clarrie s'accéléra. Le Northumberland, la région natale de son père !

— Peut-on voir la ferme de papa d'ici ? demanda-t-elle.

— Non, ma jolie. C'est à des kilomètres au nord, près de la mer.

— Vous nous y emmènerez un jour ?

— Sûrement pas ! intervint Lily. On n'a pas le temps de faire des excursions. Et il n'y a rien à voir là-haut, juste de l'herbe et de l'eau.

Que n'aurait pas donné Clarrie pour voir de l'herbe fraîche et de l'eau claire ! En cet instant, elle s'imagina de retour dans la clairière où vivait le *swami*. L'endroit où le destin lui avait fait croiser la route de Wesley Robson. C'était étrange de penser à lui maintenant. Il serait tellement content de la voir tombée si bas après qu'elle l'eut repoussé, songea-t-elle, contrariée. Au moins n'y avait-il aucune chance qu'il la surprenne dans le quartier populaire d'Elswick.

Ravalant sa déception, elle se promit qu'un jour elle verrait l'ancienne maison de son père.

Les Belhaven fréquentaient l'église presbytérienne John Knox d'Elswick Road, un édifice imposant avec des colonnades en façade et une galerie au premier étage. Lorsqu'ils arrivèrent, il y avait déjà foule. Jared les conduisit jusqu'à un banc au milieu de l'allée centrale. L'église était simple et dépouillée en comparaison de celle de la garnison à Shillong ou de la chapelle des religieuses : il n'y avait ni bougies, ni encens, ni prêtres en vêtements colorés. Jock, anglican non pratiquant, ne les avait presque jamais emmenées à l'église.

Clarrie gardait pourtant le souvenir de leur mère, élevée dans la religion catholique, qui organisait de petites cérémonies dans leur jardin de Belgooree, le jour de certaines fêtes religieuses. Parfois, elle les emmenait, Olivia et elle, au village, pour observer les fêtes locales et déposer des offrandes sur les marches des temples. Clarrie adorait l'atmosphère exubérante de ces événements, les tambours qui battaient, les gens qui chantaient et dansaient, le corps couvert de teinture rouge et le cou orné de guirlandes de fleurs.

Le service auquel elles assistèrent ce jour-là était beaucoup plus austère, avec ses prières et son long sermon. Mais quand arriva le moment des cantiques, l'orgue et les voix remplirent la nef. Olivia se joignit au chœur, et son visage pâle s'illumina comme une fleur s'ouvre au soleil. Jusqu'ici, Lily avait interdit à la jeune fille de pratiquer son violon.

« Je suis pas pour les violons… des instruments du diable. Après, ça mène à la danse et au péché. »

À la fin du long service, les membres les plus prospères et les mieux habillés de la paroisse quittèrent les bancs des premiers rangs. Un couple élégant s'arrêta devant les Belhaven – grand et grisonnant, l'homme tenait une canne dans une main et un haut-de-forme dans l'autre, tandis que la femme aux jolis yeux bleus était manifestement enceinte.

— Bonjour, madame Belhaven, dit l'homme en souriant. Comment allez-vous ?

Clarrie vit avec surprise Lily rougir et minauder.

— Très bien, merci, monsieur Stock. J'espère que la tourte à la viande et aux rognons était à votre goût ?

— Excellente, répondit-il. N'est-ce pas, Louisa ?

Il se tourna vers sa femme, pendue à son bras.

— L'une de vos meilleures, confirma la dame. Envoyez-nous Harrison demain pour prendre une commande. M. Stock doit recevoir des clients dans la semaine et vos tourtes ont toujours beaucoup de succès au déjeuner.

Lily esquissa un mouvement qui ressemblait presque à une révérence.

— Oui, madame Stock, je serai ravie de vous obliger.

Les Stock échangèrent quelques plaisanteries avec Jared. M. Stock lança un regard curieux aux filles, mais, comme leur cousin ne se donna pas la peine de les présenter, son épouse et lui s'éloignèrent. Ils étaient suivis d'un jeune homme guère plus âgé que Clarrie, qui ressemblait tant à M. Stock qu'il ne pouvait être que son fils, et d'un garçon d'une douzaine d'années, aux cheveux blonds qui retombaient sur ses beaux yeux bleus et au sourire radieux comme celui de sa mère.

— Bonjour, madame Belhaven, dit le jeune garçon avec un sourire. Vous pensez que vous pourriez enlever les rognons, la prochaine fois ? Maman et moi, on n'en raffole pas trop.

— Silence, Will !

Son père se retourna pour le réprimander.

— Ne faites pas attention à lui, madame Belhaven. Will a tendance à parler d'abord et à réfléchir ensuite. Ne changez surtout rien à vos recettes, elles sont délicieuses.

Clarrie croisa le regard de Will et lui sourit. Le garçon piqua un fard et se dépêcha de suivre ses parents.

Sur le chemin du retour, Clarrie interrogea ses cousins à propos des Stock. Jared bomba le torse et répondit d'un ton important :

— M. Stock est un avocat très respecté. Il vit à Summerhill, près de Westgate Road : un quartier chic. Moi-même, j'ai eu recours à ses services. Il m'a aidé à acheter ces deux appartements à Benwell, pas vrai, Lily?

— Va pas raconter aux gamines nos affaires privées, le rabroua-t-elle.

Jared eut l'air contrit.

— Non, bien sûr que non, chérie… Enfin, M. Stock est un vrai gentleman et sa dame… eh bien, ça se voit qu'elle est très distinguée.

— Pardon, railla Lily, mais ce n'est pas digne d'une dame d'être dans sa condition à son âge.

— Quelle condition? demanda Olivia d'une petite voix.

Lily devint toute rouge. Clarrie répondit très vite:

— Je crois que Mme Belhaven pense que Mme Stock va bientôt avoir un bébé.

— Vraiment? Elle n'est pas trop vieille? Ses fils doivent avoir…

— Assez de commérages sur Mme Stock et sa famille! coupa Jared, embarrassé par une discussion aussi franche.

Le reste du trajet se passa dans le silence.

Après un solide déjeuner composé de tourte au porc et de légumes, suivis d'un pudding à la crème anglaise, les sœurs découvrirent à quel point un dimanche pouvait être morne chez leurs cousins. Avant que les Belhaven ne se retirent pour la sieste, Lily leur donna l'ordre de faire la vaisselle.

— Ensuite, vous pourrez vous reposer, ajouta-t-elle avec un sourire magnanime.

— Je crois qu'on va aller faire une promenade, annonça Clarrie. Il fait beau, et j'ai remarqué un parc sur le chemin du retour…

— Une promenade ? Non, il n'est pas question d'aller traîner un dimanche après-midi. Si c'est de l'exercice que vous voulez, vous pouvez retourner à l'église pour le service du soir.

Clarrie n'en revenait pas.

— Nous n'avons pratiquement pas mis le nez dehors de la semaine. Quel mal y aurait-il à se promener dans le parc ?

— Deux filles toutes seules dans le parc ? Avec tous ces gens peu recommandables ? Non. Vous resterez à la maison et lirez la Bible, un point c'est tout.

— Nous ne sommes pas des enfants, répliqua Clarrie en s'efforçant de garder son calme. Et nous sommes habituées à plus de liberté que ça.

Elle faillit ajouter qu'en Inde elle partait seule à cheval pour se promener pendant des heures, mais se retint, sachant qu'elle ne ferait qu'agacer son interlocutrice.

— Eh bien, maintenant vous vivez avec nous et vous respecterez nos règles, rétorqua Lily. Pas vrai, monsieur Belhaven ?

Elle lança un regard sévère à son mari qui hocha la tête, apparemment mal à l'aise.

— Mettez les doigts de pied en éventail, les filles. Le dimanche est un jour de repos. Profitez-en.

— Posez la bouilloire sur le feu pour le thé à quatre heures, ordonna Lily.

Avec un sourire contrit, Jared suivit sa femme en haut.

Une fois la vaisselle terminée, Clarrie et Olivia lancèrent un coup d'œil morose à la grosse bible à reliure de cuir, posée sur la table à côté du feu. Il faisait une chaleur étouffante dans la cuisine. Si elle n'allait pas prendre l'air, Clarrie craignait de devenir folle.

— On va attendre qu'ils dorment, dit-elle à voix basse, et ensuite on sortira.

— On ne peut pas !

— Bien sûr que si.

— Mais elle le saura, s'inquiéta Olivia. Elle a des yeux derrière la tête.

— Et quand bien même elle le saurait, que pourrait-elle faire à part crier ? Et comme c'est déjà ce qu'elle fait...

— Elle nous jettera dehors et nous n'aurons nulle part où aller... On nous mettra dans un hospice, nous serons séparées et...

— Ça n'arrivera pas, affirma Clarrie en prenant sa sœur dans ses bras. Cousine Lily sait très bien où est son intérêt, or elle nous fait marner autant que des coolies. Et ce n'est pas comme s'ils étaient pauvres ; non, ils sont avares, c'est tout. Tu as entendu cousin Jared lâcher qu'ils avaient des appartements à Benwell, en plus de cette maison. Je me suis demandé où il partait hier, avec son costume et son chapeau melon. Il a dû aller collecter ses loyers, parce qu'à son retour il a donné de l'argent à Lily.

Elle serra les épaules d'Olivia.

— Elle ne veut pas nous perdre, cette Mme Radine. Elle a beau prétendre que nous sommes un fardeau, elle est tout émoustillée à l'idée d'avoir des domestiques. Elle s'imagine que ça la met au même niveau que des gens comme les Stock.

— Elle n'est pas du tout comme eux. Et elle était ridicule, à prendre cette voix.

124

Clarrie se leva et fit une révérence devant sa sœur, imitant Lily.

— Moins de rognons dans vos tourtes ? Oui, madame Stock, je serai ravie de vous obliger.

Olivia ricana. Clarrie poursuivit :

— Pardon, mais attendre un enfant à votre âge, ce n'est pas digne d'une dame. Vous auriez dû passer vos dimanches après-midi enfermée, à lire la Bible, au lieu de vous promener dans le parc en prenant du bon temps... Viens, ajouta-t-elle, sortons et allons chercher des gens peu recommandables.

— Oui, madame Stock, je serai ravie de vous obliger ! répondit Olivia en se levant.

Le parc que Clarrie avait repéré en rentrant de l'église était assez vaste, aménagé de parterres de fleurs et de bancs, de terrains de boules sur gazon et d'un kiosque à musique très coloré. Pour leur plus grand plaisir, il était plein de gens qui profitaient du soleil, se promenaient en famille ou écoutaient la fanfare. Elles déambulèrent, profitant du spectacle et observant les tenues à la mode. Leurs robes paraissaient trop amples et trop chargées, comparées aux modèles plus droits des femmes qu'elles croisaient. Cependant, la plupart portaient des corsages richement brodés et des chapeaux volumineux.

— Moi, je veux un chapeau avec d'énormes roses et des plumes d'autruche citron vert, déclara Clarrie.

— Tu ressembleras au jardin de Belgooree !

— Exactement.

— Puisque c'est comme ça, moi j'en veux un orné d'un perroquet et de feuilles de bambou.

— Moi, j'en veux un avec deux perroquets et un singe.

— Deux perroquets, un singe et un pied d'hibiscus.

Clarrie pouffa.

— Cinq perroquets, un tigre, un bétel et…

— Un pin sylvestre! s'écria Olivia.

Clarrie fit la révérence:

— Oui, madame Stock, je serai ravie de vous obliger.

Elles éclatèrent de rire en chœur, tout étourdies d'avoir pu s'échapper dans le parc baigné de soleil. Des promeneurs s'arrêtaient et tournaient la tête sur leur passage, souriant gentiment aux jolies sœurs en robes colorées, et des jeunes gens les saluaient en effleurant leur casquette.

Bien trop tôt, l'horloge du kiosque leur apprit qu'il était quinze heures trente. Alors qu'elles faisaient demi-tour à contrecœur, un cerceau de fer dévala le sentier à toute allure et heurta la jambe de Clarrie.

— Pardon! cria un garçon, rattrapant le cerceau avant qu'il n'atteigne la route.

Clarrie se retourna pour découvrir le visage rougissant de Will Stock.

— Ce garçon! s'exclama son père en les rejoignant. Je suis terriblement navré. Vous êtes blessée?

— Non, pas du tout, j'ai été surprise, c'est tout.

— Will! Excuse-toi immédiatement, dit-il en attrapant son fil par le col de son blazer.

Le gamin lâcha le cerceau, qui tomba par terre avec un bruit de ferraille.

— Désolé, fit-il, le visage écarlate. Je ne suis pas très doué avec les cerceaux… ni dans aucun sport, d'ailleurs. Sauf pour monter à cheval.

— Cette jeune femme n'a pas besoin de le savoir, le coupa son père avec impatience. Un « excusez-moi » aurait suffi.

Clarrie effleura le bras de Will.

— Ne vous inquiétez pas, je survivrai. Je marcherai avec les jambes arquées pour le restant de mes jours, mais je survivrai.

Les yeux du garçon s'agrandirent d'inquiétude. Clarrie rit.

— Je vous taquine. Tout va bien, je vous assure. Un cerceau, ce n'est rien. Là d'où je viens, il faut prendre garde aux serpents et aux tigres quand on va se promener le dimanche.

— Vraiment ? s'exclama Will. Vous n'êtes pas de Newcastle, alors ?

— Non, nous avons grandi en Inde. Mais maintenant, nous vivons ici.

— Ah ! Vous me raconterez ?

— Pas maintenant, Will ! intervint son père.

Il examina Clarrie de ses yeux bleu nuit.

— Nous sommes-nous déjà rencontrés ?

— Ce matin, après la messe, acquiesça Clarrie. Nous étions avec les Belhaven.

— Ah oui ! Mais je ne vois pas…

— Je suis Clarrie Belhaven, et voici ma sœur, Olivia. Nous sommes des cousines de M. Belhaven, et… euh… les circonstances nous ont amenées ici.

Elle voulut tendre la main, puis remarqua à quel point celle-ci était rouge et calleuse, et elle la cacha très vite.

— Herbert Stock, se présenta-t-il avec un signe de tête.

Son fils aîné apparut à ce moment-là sur le sentier, une jeune femme mince et élégante à son bras. Elle avait de grands yeux noisette au-dessus d'un nez pointu et une petite bouche pincée.

— Will est encore en train de faire l'idiot ? demanda le grand frère.

Il avait les traits réguliers et les yeux bleus de son père, les cheveux déjà clairsemés et le menton bien en chair.

— Au contraire, il nous a trouvé de nouvelles amies, les demoiselles Belhaven, répondit Herbert. Voici mon fils aîné, Bertie, et voici Verity Landsdowne, une amie de la famille.

Bertie ne se donna même pas la peine de leur tendre la main.

— Vous êtes apparentées aux marchands de tourtes ? demanda-t-il.

Clarrie rougit.

— Oui, mais…

— Excellentes, la coupa Bertie. De la nourriture simple mais honnête.

Là-dessus, il tourna la tête.

— Il fait tellement chaud, Bertie, soupira Verity. Ne pourrions-nous pas retourner dans la voiture ?

— Bien sûr.

Ils s'éloignèrent, et Clarrie vit le véhicule tiré par une jument gris pommelé au bout du sentier.

— Pouvons-nous vous raccompagner chez vous en voiture ? proposa Herbert.

— C'est très gentil, répondit Clarrie, piquée au vif par la grossièreté de Bertie, mais nous aimons bien marcher. Nous n'avons pas souvent l'occasion…

Elle s'interrompit, peu désireuse de décrire sa semaine de labeur à cet homme sophistiqué. En Inde, elle aurait appartenu au même monde que les Stock, alors qu'ici elle leur était socialement inférieure. Mais cela n'excusait pas l'attitude cavalière de Bertie. Elle avait trouvé plus de courtoisie chez les ouvriers d'Elswick que dans le petit doigt de ce garçon, songea-t-elle avec colère.

Herbert souleva son chapeau pour leur dire au revoir et ordonna à Will de le suivre. Après avoir ramassé son cerceau, le jeune garçon adressa à Clarrie un sourire timide.

— Prenez garde aux serpents et aux tigres ! dit-il.

— Comptez sur nous ! répondit Clarrie. Et continuez à vous exercer au cerceau.

Il les salua et courut derrière son père.

Lorsqu'elles rentrèrent à Cherry Terrace, il était presque quatre heures et Lily s'agitait dans la cuisine, le visage furieux.

— Comment avez-vous osé me désobéir ? s'écria-t-elle. Vous avez ignoré le jour du Seigneur et déshonoré ma maison.

Clarrie ne se laissa pas intimider.

— Désolée de vous contrarier, mais nous avons été élevées dans l'idée qu'il fallait profiter du bon air et de la nature que Dieu a créée pour nous.

— Vous avez été élevées comme des sauvageonnes ! Vous n'avez pratiquement jamais mis les pieds dans une église, alors ne venez pas me parler de ce que Dieu a créé ! Il a fait du septième jour un jour de repos, et ça veut dire rester à la maison et lire la Bible.

— Un jour de repos ? s'exclama Clarrie. Je suis debout depuis six heures trente à faire vos corvées ! Et Olivia et moi avons passé une heure à faire la vaisselle avant de sortir. Le dimanche doit être une rupture par rapport à la semaine de travail, ce qui veut dire sortir et profiter du soleil.

Lily, rouge écarlate, en resta sans voix. Jared entra alors, les yeux bouffis de sommeil.

— Qu'est-ce que c'est que ce bruit, mesdames ?

Lily pointa le doigt vers Clarrie.

— Celle-là, avec sa langue de vipère…

— Nous sommes allées nous promener, cousin Jared, expliqua Clarrie. Je suis désolée que ça fasse toute une histoire.

Jared ouvrit la bouche, apparemment stupéfié par son audace.

— Dis-lui ! ordonna Lily. Dis-lui qu'elle ne doit jamais recommencer.

— Eh bien…

— Je ne vois pas en quoi ce serait un péché, s'empressa d'ajouter Clarrie, alors que M. Stock et ses fils trouvent très bien de marcher dans le parc le dimanche.

— M. Stock ? demanda Jared. Vous l'avez vu ?

Clarrie leur raconta l'incident avec le cerceau.

— Bertie Stock a redit à quel point il appréciait vos tourtes, madame Belhaven.

— C'est magnifique, n'est-ce pas ? argua Jared avec un sourire crispé.

Une certaine confusion apparut sur le visage de Lily, mais il en fallait plus pour l'amadouer.

— C'est une affaire entre les Stock et leur conscience, s'ils choisissent d'ignorer le jour du

Seigneur. Ça n'arrivera pas chez moi et, tant que vous vivrez ici, vous ferez comme nous.

Sur le point de continuer à batailler, Clarrie surprit l'expression anxieuse d'Olivia. La jeune fille était terrifiée, et Clarrie craignit que Lily ne s'en prenne à elle durant la semaine, lorsqu'elle-même était trop occupée au pub pour protéger sa sœur. Inutile de contrarier Lily encore davantage, alors qu'il y avait des batailles plus importantes à mener, comme celle concernant leur salaire.

Ravalant ses mots de rébellion, elle déclara :

— Je suis désolée. Je ne pensais pas que ça vous contrarierait à ce point. Nous ne le ferons plus.

Ils prirent le thé dans un silence tendu, seulement rompu par les tentatives de Jared pour faire la conversation. Tout de suite après, les sœurs allèrent se réfugier dans leur mansarde étouffante et s'allongèrent en laissant le vasistas grand ouvert, pour écouter le pépiement des étourneaux et les cris des enfants qui jouaient dans l'allée de derrière.

Clarrie avait du mal à croire qu'elles étaient ici depuis une semaine seulement. Comment imaginer qu'elles aient vécu une autre vie que celle-ci ? L'Inde paraissait tellement éloignée, comme un rêve qu'elle aurait inventé ou qui serait arrivé à quelqu'un d'autre. Elle vit aussi à quel point il serait facile de se laisser briser par le quotidien abrutissant de Cherry Terrace et l'autorité de Lily. Ce devait être là le sort de milliers d'ouvriers, pour qui c'était déjà une victoire que d'arriver au bout de chaque journée éreintante.

Dans les limites étroites de cette chambre minable, Clarrie comprit qu'elle allait devoir lutter pour entretenir le souvenir de cette autre vie, sous peine de

131

perdre espoir. Sortant de sous sa combinaison de coton la petite pierre rose du *swami*, au bout de son cordon de cuir, elle caressa sa surface lisse et ferma les yeux. Aussitôt, elle se retrouva dans la fraîcheur de la forêt, montant Prince, qui pénétrait en trottinant dans la clairière de l'ermite juste au moment où l'aube apparaissait au-dessus des montagnes.

La pierre serrée dans sa main, elle laissa libre cours à ses larmes. Rien ni personne, se jura-t-elle, ne lui volerait ses précieux souvenirs, ni ne briserait le caractère de la fille de Jock Belhaven.

8

Le soir de Noël, 1905

— Je vais y aller, proposa Clarrie, en rapportant un plateau chargé de verres sales dans la cuisine. J'ai l'habitude des chevaux et Barny me connaît.

— Mais le sol est verglacé, répliqua Jared. Mieux vaut que je m'en charge.

— Non, toi, tu restes ici, décréta Lily. Avec celui-ci qui ne sert à rien, ajouta-t-elle en lançant un regard furieux à Harrison, on a besoin de toi au pub.

Allongé sur le banc, la cheville bandée après une chute dans l'escalier du cellier, où il était descendu chercher un tonneau de bière, Harrison pleurait sans bruit.

— Clarrie ira livrer les tourtes, reprit Lily. Olivia n'aura qu'à s'occuper du service. Il est temps qu'elle apprenne à se rendre utile.

Clarrie faillit rétorquer que c'était à Lily d'aller servir les clients, maintenant qu'elle avait fini les tourtes, mais Olivia la devança :

— D'accord, fit-elle, s'essuyant les mains et repoussant ses cheveux roux en arrière.

— Laisse-moi te montrer comment faire, dit Clarrie.

— Inutile. Je t'ai suffisamment observée.

133

— Tu vois, intervint Lily, tu la couves bien trop. Elle n'est plus une gamine. Je veillerai à ce qu'elle fasse ce qu'il faut. Toi, va livrer les tourtes.

Glissant un mot de réconfort à Harrison, Clarrie alla charger la charrette et guida Barny dans la ruelle, lui flattant l'encolure et lui murmurant des encouragements. Le poney était nerveux et trébuchait sur le sol gelé, de sorte que Clarrie marcha à côté de lui en tenant fermement les rênes. Arrivée en haut de la côte, elle poussa un soupir de soulagement. Malgré la température glaciale, l'air vif et le ciel plombé, elle ressentait une pointe d'excitation à l'idée d'être dehors au crépuscule et de parcourir Elswick Road, dont les vitrines étaient décorées pour Noël de houx et de boules de verre multicolores.

Elle avait acheté un carnet de croquis et des crayons pour Olivia, avec le maigre salaire qu'elle avait réussi à extorquer aux Belhaven. Cela avait été l'une des nombreuses batailles livrées contre Lily ces dernières semaines. Très vite, elle avait en effet compris qu'ils ne la laisseraient pas trouver du travail ailleurs.

« Personne ne vous emploiera toutes les deux, avait dit Jared, donc, inutile de chercher.

— C'est tous les remerciements qu'on reçoit, avait maugréé Lily, pour vous avoir recueillies quand personne ne voulait de vous ? Sans nous, vous seriez à la rue. La moindre des choses, c'est de nous aider.

— Nous vous sommes reconnaissantes. Mais cela fait plusieurs mois que nous travaillons dur sans percevoir le moindre salaire. Si nous restons, nous devons être payées.

— Vous êtes logées et nourries, avait répliqué Lily.

— Mais nous n'avons pas un centime pour acheter des vêtements, et il nous faut des bottes pour l'hiver. Vous pourriez nous donner la même chose qu'aux autres filles, en déduisant le prix du gîte et du couvert. »

À contrecœur, et avec les encouragements de Jared, Lily avait accepté de leur verser quatre shillings d'argent de poche par semaine, dont un shilling allait à la quête du dimanche. Les sœurs avaient maintenant l'œil pour repérer les bonnes affaires chez les fripiers autour de Scotswood Road, et elles cousaient elles-mêmes leurs sous-vêtements et chemises de nuit dans des chutes de tissu bon marché. Mais ces gages dérisoires signifiaient qu'elles ne pouvaient rien épargner et n'étaient pas en mesure de prendre un logement. De toute façon, Clarrie n'aurait pas su où chercher. Depuis leur arrivée, elle n'avait pas dépassé Elswick et le quartier ouest de Newcastle, et pas revu le centre de la cité. Jusqu'ici, sa bataille pour obtenir un après-midi de congé par semaine n'avait abouti à rien.

« Il y a trop à faire, avait décrété Lily. Et nous ne nous sommes pas accordé une journée de vacances depuis des années.

— Ce n'est pas prudent de vous promener en ville toutes les deux, les filles, avait ajouté Jared. Un jour, on vous emmènera faire un tour, même s'il n'y a pas grand-chose à voir. »

Clarrie ne le croyait pas. Même du haut d'Elswick, on distinguait les flèches élégantes des églises et de la cathédrale, et l'étendue des beaux toits géorgiens sous le voile de fumée.

Aussi décida-t-elle de profiter du moment de liberté que lui offrait la tournée de livraison. D'après le morceau de papier sur lequel figuraient les adresses et l'itinéraire, elle avait quatre habitations à desservir dans le nord d'Elswick, ainsi qu'une maison de repos, une pension de famille et un salon de thé à Westgate Road. En y entrant, Clarrie éprouva un accès de nostalgie au son des tasses qui cliquetaient et à la vue des groupes de clients qui se réchauffaient près du feu en jouant aux cartes et aux dames. Combien de soirées d'hiver avaient-ils passées à Belgooree, à boire du thé en jouant ainsi, alors que le parfum du feu de bois emplissait la pièce ?

Les réverbères s'allumèrent et elle pressa le pas pour se rendre chez les Stock, à Summerhill, sa dernière livraison. Clarrie se demanda ce qu'elle allait trouver dans l'élégante maison de ville, nichée sur une place tranquille à l'écart de l'agitation de Westgate Road. Un mois plus tôt, Louisa Stock avait brusquement cessé d'apparaître à l'église.

« Elle doit être confinée chez elle avec le bébé, avait supposé Jared.

— Oui, Mme Stock ne sortira pas avant le baptême, avait acquiescé Lily. Ce ne serait pas convenable. »

Mais aucun baptême ne s'annonçait, et Clarrie n'avait pu s'empêcher de remarquer l'air attristé des hommes de la famille Stock quand ils quittaient sans s'attarder l'église le dimanche. Seul Will ralentissait le pas en passant devant le banc des Belhaven pour adresser à Clarrie un sourire timide, bien qu'il ne s'arrêtât plus pour discuter de chevaux ou de cerceau comme il l'avait fait après leur rencontre au parc. Manifestement, il se passait quelque chose, et en descendant les marches menant à la cuisine en sous-sol, Clarrie espéra que Louisa n'était pas tombée malade.

Will fut la première personne qu'elle vit, perché sur la table de la cuisine, balançant les jambes et mangeant une banane.

— Clarrie! s'exclama-t-il. Qu'est-ce que vous faites ici? Est-ce que ce sont des tartes de Noël aux fruits secs? Mes préférées!

Une fille de cuisine, portant un tablier et une coiffe, le chassa de la table.

— Que la cuisinière ne vous trouve pas grimpé là-dessus!

Puis, prenant le plateau de tartes des mains de Clarrie:

— Vous êtes nouvelle, pas vrai?

— C'est une cousine des Belhaven, Dolly. Elle vient d'Inde.

— Arrêtez de dire des bêtises, le rabroua la jeune fille.

— C'est pourtant vrai, fit Clarrie en riant.

Dolly la contempla comme si elle avait deux têtes.

— Mince alors!

Elle alla ranger le plateau de tartes dans le garde-manger.

— Il vaut mieux que la cuisinière ne les voie pas. Elle est vexée que Monsieur préfère les tourtes des Belhaven aux siennes. Si elle met la main dessus, elle ira les donner à l'Armée du salut.

— Venez voir les personnages de ma crèche, proposa Will à Clarrie en la prenant par la main.

Avisant ses bottes sales et sa veste élimée, Clarrie hésita.

— Je ne peux pas monter comme ça.

— Mais si, insista Will. C'est dans l'entrée. Vous n'aurez pas à marcher sur le tapis.

Dolly réapparut.

— Je ne m'inquiéterais pas à votre place. Personne ne vous verra. Monsieur et M. Bertie sont encore au bureau, et Madame est couchée.

— Je pensais que c'était le genre de famille à recevoir la moitié du quartier pour les fêtes, dit Clarrie.

— Pas cette année.

— Il est arrivé quelque chose?

Dolly lança un coup d'œil prudent à Will.

— Ce n'est pas à moi de raconter.

— Allez, venez, Clarrie, s'impatienta Will en la tirant par le bras.

— Juste pour une minute, alors! Je ne peux pas laisser Barny dans le froid trop longtemps.

Il lui fit monter un escalier de pierre et passer une porte verte capitonnée donnant sur le vestibule du rez-de-chaussée. Au fond, elle aperçut un vaste salon, seulement éclairé par la lueur fantomatique d'un réverbère dehors. Un large escalier montait dans la pénombre. D'après ce qu'elle voyait, il n'y avait aucune décoration de Noël nulle part. La maison paraissait vide, sombre et froide.

Clarrie s'accrocha au bras de Will.

— C'est juste là-haut sur le palier, indiqua-t-il en la guidant vers l'escalier.

— Vous m'aviez dit que c'était dans l'entrée. Je ne suis pas sûre d'avoir le droit d'être ici.

— S'il vous plaît, Clarrie!

Percevant la note de désespoir dans sa voix, elle se laissa faire.

Une douce lumière scintillait au bout du palier, et Clarrie vit une crèche disposée sur un coffre bas en bois. Un tel silence régnait dans la maison qu'ils avancèrent sur la pointe des pieds, en retenant leur souffle. Dans la crèche, les petites figurines en paille étaient habillées de vêtements colorés. Il y avait des bœufs et des moutons et, dans un berceau de bois sculpté, un bébé emmailloté de blanc. Toute la scène était éclairée par une rangée de minuscules chandelles qui la baignaient d'une lumière intime.

— C'est magnifique, souffla Clarrie. Qui l'a faite ?

— C'est maman, murmura Will. Elle me l'a fabriquée quand j'avais cinq ans. Je la ressors tous les ans, même si je suis trop grand pour jouer avec.

Clarrie effleura le bébé du bout d'un doigt.

— Si petit et pourtant si délicat. Olivia adorerait le voir.

— Vous pouvez l'emporter si vous voulez, suggéra Will.

— Merci. Vous êtes très gentil.

Il secoua la tête.

— Non, pas du tout. Je suis un casse-pieds. C'est ce que père dit toujours. Il me dit de ne pas entrer dans la chambre de maman et de faire moins de bruit.

— Eh bien, d'après mon expérience, on peut faire du bruit et être gentil quand même.

Il lui adressa un sourire rayonnant.

— Je vous aime bien, Clarrie. Vous voudriez venir pour le déjeuner de Noël ?

— J'aimerais beaucoup, mais je dois rester avec Olivia et aider M. et Mme Belhaven.

— Vous fêtiez Noël en Inde ?

— Oui, répondit-elle, en se remémorant leur dernier Noël, gâché par les soucis financiers et l'état de leur père.

— De la dinde et du plum-pudding ? demanda Will.

— Non, de la bécasse et du gâteau au gingembre.

— C'est normal que Noël ne soit pas pareil partout, déclara-t-il, songeur.

Il se tut en contemplant la crèche. Clarrie allait rebrousser chemin quand il reprit :

— Maman a eu un bébé, mais il est mort.

— Oh, Will, c'est terrible. Je suis désolée. Elle doit être très triste.

Will haussa les épaules.

— Elle n'en parle pas. Personne n'en parle. Ils pensent que je ne le sais pas parce que je n'ai que onze ans. Mais j'ai vu le médecin sortir de sa chambre avec une boîte, et il l'a laissée dans le vestiaire pendant qu'il allait parler à papa.

Will hésita, et Clarrie le vit déglutir avec difficulté.

— C'était une boîte comme celle dans laquelle je range mes petits soldats. J'ai regardé dedans, poursuivit-il, sa voix réduite à un murmure. Il était enveloppé dans des langes comme l'enfant Jésus. Mais c'était un vrai. Je l'ai touché. Il était chaud.

Clarrie étouffa un gémissement.

— Je sais que je n'aurais pas dû, fit-il en s'agitant. Vous… vous croyez que je l'ai tué ? Peut-être que le médecin l'emmenait pour le soigner ?

Il ne put retenir un sanglot. Clarrie l'attira contre elle.

— Oh, mon pauvre petit ! Non, vous n'avez pas tué le bébé, bien sûr que non. Le médecin ne l'aurait jamais mise dans une boîte si elle avait été encore vivante.

Will se laissa aller contre elle et pleura sans bruit, pendant qu'elle lui caressait les cheveux.

— Vous ne le direz pas, n'est-ce pas ? demanda-t-il en s'écartant.

— Bien sûr que non, mais vous n'avez rien fait de mal. Vous ne devez pas vous sentir coupable, vous me le promettez ?

Il hocha la tête puis s'essuya le visage sur sa manche.

— Je dois m'en aller à présent, ajouta doucement Clarrie. Vous êtes sûr que ça ira ?

Il acquiesça de nouveau, puis, alors qu'ils retraversaient le couloir, il lui demanda :

— Pourquoi avez-vous dit « elle » en parlant du bébé ?

— Je ne sais pas, répondit Clarrie. J'ai seulement eu le sentiment que ta maman portait une fille. Le bébé a-t-il eu des funérailles ?

— Je ne sais pas. Personne ne me l'a dit.

Clarrie descendit l'escalier en lui tenant la main, le cœur serré à la pensée de la tristesse et de la confusion du petit garçon. Arrivée en bas, elle perçut un mouvement à l'étage et se retourna. Elle crut apercevoir une silhouette en chemise de nuit qui passait devant la balustrade, mais ne fut sûre de rien.

Dehors, la neige s'était mise à tomber fortement.

— Regardez, Will ! s'écria Clarrie. C'est beau, non ?

Elle pivota sur elle-même, offrant son visage à la caresse des flocons.

— Ma première neige en Angleterre.

Aussi excité qu'elle, Will se mit à courir en poussant des cris de joie et en donnant des coups de pied dans la neige. Il confectionna une boule qu'il lança sur Clarrie. Elle l'atteignit dans le cou et lui arracha un cri de surprise. Une seconde plus tard, la jeune femme le poursuivait sur la place silencieuse en le bombardant à son tour.

— Will ! aboya une voix dans le noir. C'est toi ?

Tandis que Will filait devant, Clarrie le visa avec une grosse boule. Le jeune garçon entra en collision avec la silhouette d'un homme à l'instant où le projectile touchait sa cible. Tous deux furent couverts de neige mouillée. Will éclata de rire, mais l'homme cria d'indignation.

— Arrête ça, petit vaurien !

Trop tard, Clarrie se rendit compte qu'il s'agissait de Herbert Stock. Elle se précipita vers lui, glissant dans la neige fraîche, les cheveux en bataille et les vêtements trempés.

— Je suis navrée, monsieur Stock, dit-elle, à bout de souffle. Je crois que je me suis laissé emporter.

Il la contempla dans la faible lueur du bec de gaz.

— Qui êtes-vous ?

— Clarrie Belhaven. J'étais venue livrer les tartes.

— Clarrie, grand Dieu ! J'ai cru qu'il s'agissait d'un ami de Will.

— C'est mon amie, père, affirma Will, tout sourire. On a fait une formidable bataille de boules de neige. Clarrie est aussi bonne qu'un garçon.

— Je prends ça comme un compliment, déclara Clarrie en riant.

Herbert esquissa un sourire las en retirant la neige de ses épaules.

142

— Tout à fait. Je confirme que vous visez très bien.

— Je suis navrée, répéta-t-elle.

— Pas de quoi. Je n'ai pas vu Will aussi joyeux depuis des semaines.

Clarrie aurait voulu lui transmettre ses condoléances pour la perte du bébé, mais ne voulut pas causer d'ennuis à Will. De sorte qu'elle dit :

— Je suis désolée d'apprendre que Mme Stock a été malade.

Il lui lança un regard surpris.

— Dolly m'a dit qu'elle était couchée, s'empressat-elle d'ajouter. Si nous pouvons vous aider en quoi que ce soit… avec les courses ou la cuisine… n'hésitez pas, je vous en prie.

— C'est très gentil, répondit-il avec raideur, mais nous ne voudrions pas vous importuner.

— Pas du tout. J'ai l'habitude de tenir une maison. J'ai dû le faire après le décès de ma mère. Alors, je sais à quel point un petit peu d'aide peut être utile.

Pour la première fois, il abandonna son expression austère.

— Merci.

— Père, je peux avoir un chocolat chaud et de la tarte aux fruits secs ? demanda Will. Et est-ce que Clarrie peut rester ?

Clarrie vit Herbert Stock hésiter, apparemment embarrassé.

— Je ne peux pas, hélas, intervint-elle. Je dois rentrer pour aider à l'hôtel.

— Vous vivez dans un hôtel ? demanda Will, les yeux ronds. Est-ce qu'il est très chic ?

Clarrie réprima un rire amer.

— Pas vraiment, non.

Alors qu'elle allait retrouver le poney, elle entendit Will raconter à son père qu'il lui avait montré sa crèche. Herbert Stock serait sûrement mécontent d'apprendre qu'elle était montée à l'étage, comme si elle était leur égale. Pour lui, elle n'était qu'une serveuse de pub et une bonne à tout faire. Son fils Bertie ne daignait même pas lui adresser la parole à l'église. D'ici à un an ou deux, Will comprendrait qu'il ne pouvait pas inviter des gens comme elle dans la maison. Elle reprit sa route au plus vite, chassant de son esprit les images de la belle demeure des Stock. Si elle s'autorisait à faire des comparaisons avec l'environnement sordide de Cherry Terrace, d'où il ne semblait pas y avoir d'échappatoire, elle deviendrait folle.

Quand Clarrie revint de la tournée de livraison, Lily faisait la vaisselle tandis que Harrison essuyait.

— Où diable étais-tu passée ? s'exclama Lily, le visage tout rouge. Harrison serait allé plus vite sur une seule patte.

— Les rues sont glissantes dehors, et il neige, répondit Clarrie en s'approchant du feu pour réchauffer ses mains engourdies.

— Ne t'imagine pas que tu vas rester près du feu à te tourner les pouces ! Va aider ton empotée de sœur. Elle est plus lente qu'un cheval de trait.

Clarrie et Harrison échangèrent un regard de sympathie, puis la jeune femme quitta la cuisine. Elle trouva Olivia au bord des larmes.

— Il y a tellement de bruit ! Ils n'arrêtent pas de crier et je n'arrive pas à me souvenir des commandes, gémit-elle dans le couloir, tenant un plateau très chargé. Et Lily la sorcière dit que je ne vais pas assez vite.

— Bon, donne-moi ça. Quelle table?

— Celle qui est à côté de la porte à droite, je crois.

— Va dans la cuisine et propose de faire la vaisselle. Dis à cousine Lily qu'elle a bien mérité de se reposer un peu.

— Elle n'a rien mérité du tout.

— Si ça peut t'éviter de servir en salle, ne te plains pas, répliqua Clarrie en prenant le plateau dans ses mains glacées.

Elle fit volte-face et se dirigea vers la table à servir.

— Où est passé le petit elfe roux? demanda l'un des hommes.

— Parti aider le père Noël, répondit Clarrie en déchargeant les verres.

— Elle avait promis de s'asseoir sur mes genoux.

— Notre Clarrie va le faire à sa place, Billy, dit son ami en lui donnant un coup de coude.

C'était un client régulier du nom de Burton, qui parfois jouait de l'harmonica.

— C'est une gentille fille, ajouta-t-il.

— Ça vous coûtera deux fois plus cher, plaisanta Clarrie. C'est une livre et trois pence.

Billy paya la note, et Clarrie se hâta vers une table qui la réclamait.

Elle n'eut pas un instant de répit de toute la soirée, passant d'une salle à l'autre et se frayant un passage au milieu de la foule des buveurs avec des plateaux dégoulinant de bière. Certains hommes tentaient de la peloter, d'autres lui déclaraient leur flamme, et quelques-uns, trop entreprenants, se virent remettre à leur place par Jared, qui leur ordonna de surveiller leur langage ou d'aller boire ailleurs.

Clarrie commença à se sentir mal par manque de nourriture, mais Lily, arguant que c'était sa faute si elle avait raté le thé, lui interdit de s'arrêter pour manger avant la fermeture. La jeune femme redoutait ce moment, qui s'accompagnait souvent de bagarres. Le truc consistait à faire sortir les ivrognes avant que les troubles n'éclatent. Il y avait du désespoir chez ces hommes, qui cherchaient dans les alcools forts et la bière un moyen d'oublier les longues heures de labeur sur les chantiers ou à l'usine. L'espace d'un moment, ce triste pub, au sol nu, aux fenêtres crasseuses et aux tables branlantes, était pour eux un havre, entre la tyrannie des sirènes d'usine et l'exiguïté de leurs logements enfumés. Même si elle le comprenait, Clarrie était en colère. Elle avait vu les ravages provoqués par l'alcool. À la place de Jared, elle aurait renvoyé la moitié des clients des heures plus tôt. Déjà, elle percevait un changement dans l'atmosphère : la bonne humeur laissait place à un tapage agressif, des querelles éclataient et menaçaient de dégénérer à tout instant.

Quand enfin Jared annonça la dernière tournée, il y eut un afflux bruyant de commandes. Olivia apparut avec un plateau de verres propres et le tendit à Jared derrière le comptoir. L'air exténué, elle avait les mains rouges après des heures de vaisselle. Clarrie ressentit un pincement de culpabilité en voyant ses beaux doigts de musicienne tout enflés. Mais sans se plaindre, Olivia l'aida à charger un nouveau plateau.

Alors qu'elles se dirigeaient vers la porte du pub, un homme recula en chancelant, bousculant Olivia, qui fit basculer le plateau des mains de Clarrie. Les verres se fracassèrent par terre et de la bière gicla partout. Des cris de protestation retentirent tandis que les hommes tentaient de s'écarter.

— Espèce d'imbécile ! hurla celui qui avait provoqué la bousculade, en voyant sa veste souillée.

C'était un dénommé Hobson, un homme d'ordinaire tranquille qui travaillait comme contremaître à l'usine d'armement Armstrong. Il attrapa Olivia et la secoua sans ménagement.

— C'était ma faute, intervint Clarrie. Lâchez-la, s'il vous plaît.

— Ma veste neuve ! beugla-t-il d'une voix pâteuse. Bon sang, deux semaines de salaire foutues !

— Je suis désolée. Je vais la sécher.

Sentant qu'il relâchait sa prise sur Olivia, elle l'écarta fermement.

— Qu'est-ce qui se passe, ici ? cria Jared par-dessus le brouhaha.

Les clients piétinaient déjà les verres brisés comme s'il ne s'était rien passé.

— Juste un petit accident, répondit Clarrie en tentant d'entraîner le contremaître loin d'Olivia.

— Tout va bien, monsieur Hobson ?

Il n'en fallut pas plus pour ranimer la colère du client.

— Nan ! Foutues gamines !

L'espace d'une seconde, il tenta de fixer ses yeux vitreux sur Clarrie. C'était un regard qu'elle n'avait que trop vu chez son père, un regard agressif et menaçant, comme s'il ne la reconnaissait plus. Elle le lâcha. Il dut lire la peur dans ses yeux, car l'instant d'après il lui décocha un coup de poing en plein visage.

Clarrie chancela contre le bar. Olivia hurla. Jared se précipita. Un autre homme frappa Hobson, et la rixe éclata. Une douleur cuisante avait explosé dans le nez de Clarrie. Elle se plia en deux, se prenant le visage dans les mains, incapable d'ouvrir les yeux. Tout autour d'elle, elle entendait les clients brailler et les coups fuser. Elle se tassa sur elle-même et se colla au comptoir pour se tenir à l'écart de la mêlée, mais une lourde botte s'abattit sur sa hanche.

— Au secours ! cria Olivia à proximité.

Toujours incapable d'ouvrir les yeux, Clarrie tendit un bras, que sa sœur saisit. Elle l'attira à elle et toutes deux s'accrochèrent l'une à l'autre tandis que la bagarre faisait rage autour d'elles. Quelques minutes plus tard, elle entendit la voix de Lily rugir par-dessus le chaos.

— Tout le monde dehors !

Clarrie entrouvrit les paupières pour la voir pousser les clients vers la porte avec un balai. Bientôt, la salle se vida et le bruit se déplaça dans la rue.

— Debout, vous deux, ordonna Lily en leur donnant des petits coups de balai. Que diable s'est-il passé ici ?

Clarrie se leva tant bien que mal. Son nez l'élançait et dégoulinait de sang. Avant même qu'elles aient pu s'expliquer, Lily les réprimandait :

— Vous avez laissé tomber un plateau, c'est ça ? Regardez-moi tous ces verres cassés. Ce sera retiré de vos gages.

Olivia se leva et s'agrippa à sa sœur.

— Ce n'était pas la faute des filles, ma chérie, dit Jared, escortant Clarrie jusqu'à une chaise et lui fourrant un mouchoir sale sous le nez. Cet Hobson n'aurait pas dû la frapper comme ça.

Le fait de voir son mari défendre Clarrie sembla déchaîner la rage de Lily. Ses joues étaient écarlates et ses yeux brillaient de colère.

— Et toi, espèce d'imbécile, qui as laissé la situation s'envenimer ! Je ne peux absolument pas te faire confiance.

Puis elle approcha le visage si près de celui de Clarrie que cette dernière eut un mouvement de recul.

— Je parie que tu étais en train de l'insulter, pas vrai ?

— Pas du tout, j'essayais de le calmer. Il s'en prenait à Olivia.

— Vous êtes vraiment deux bonnes à rien !

Lily donna un coup de pied dans une chaise renversée.

— C'était un établissement tranquille, avant que vous arriviez avec vos grands airs, en vous croyant supérieures à ces honnêtes travailleurs. Ils s'en rendent compte, quand quelqu'un les prend de haut.

Elle les dévisageait avec une véritable haine.

— Eh bien, vous allez me nettoyer tout ça, poursuivit-elle en agitant son balai dans leur direction.

Clarrie, qui ne l'avait jamais vue aussi enragée, craignit qu'elle ne blesse Olivia. Elle se leva et, malgré son vertige, plaça un bras protecteur devant sa sœur.

— Très bien, je vais le faire.

149

— Et quel que soit le temps que ça prendra, rugit Lily, vous serez debout à cinq heures pour rallumer le feu.

Clarrie s'accrocha à Olivia pour ne pas se trouver mal.

— Mais c'est le jour de Noël!

— Et alors? J'ai des tourtes à préparer, moi.

Elle tendit le balai à Clarrie puis sortit comme une furie. Avec un soupir, Jared alla chercher un torchon derrière le bar pour arrêter le saignement de nez de Clarrie. Il leur fallut une heure entière pour tout nettoyer et remettre en ordre, laver les verres et les ranger. Jared s'attarda pour leur donner un coup de main sans que sa femme s'en aperçoive, mais elle lui ordonna de ramener Harrison chez lui en haut de la rue et dit au barman de revenir travailler deux jours plus tard.

En partant, Jared murmura:

— Tu ferais bien de mettre un gant de toilette froid sur ton nez cette nuit, si tu ne veux pas te retrouver avec un pif de boxeur demain matin.

Lorsque enfin elles eurent fini, Lily était déjà montée se coucher, après avoir fermé à clé le garde-manger, comme elle le faisait toujours.

Affamées, les sœurs fouillèrent la cuisine, mais n'y trouvèrent rien de comestible, à part quelques croûtes de tarte rassises destinées à Barny, dont elles durent se contenter.

— Je la déteste, gémit Olivia. Ce soir, on aurait dit une folle. Pourquoi papa ne nous a jamais raconté à quel point ses cousins étaient horribles?

Clarrie était affalée sur le banc à côté de sa sœur.

— Jared n'est pas si terrible, et papa ne connaissait peut-être pas bien Lily. Il ne s'imaginait pas que nous les rencontrerions un jour.

— Eh bien, il aurait dû y penser, répliqua Olivia en luttant contre les larmes. Il aurait dû savoir où son alcoolisme et ses dettes nous mèneraient.

Clarrie ferma les yeux, rompue de fatigue.

— Ça ne durera pas éternellement.

— Tu dis toujours ça ! Mais comment veux-tu que ça change ? On est comme des esclaves ici. Cette sorcière ne nous laissera jamais partir !

Et elle éclata en sanglots. Clarrie voulut passer le bras autour d'elle, mais Olivia la repoussa.

— Je vais m'enfuir ! Tu ne pourras pas m'en empêcher.

— Où iras-tu ?

— Je m'en fiche ! N'importe où. Jamais nous n'aurions dû venir en Angleterre. Nous aurions dû aller avec Kamal… tout sauf ici. Plus jamais nous ne retournerons en Inde !

Clarrie savait qu'il était inutile d'argumenter quand Olivia se mettait dans cet état.

— Allons nous coucher tant que nous le pouvons, coupa-t-elle en se levant.

L'horloge sur le manteau de la cheminée indiquait qu'il était presque minuit.

— C'est le jour de Noël, et nous allons en profiter, quoi qu'en dise Lily-sans-chaussettes.

Olivia fit la grimace, mais la suivit néanmoins dans l'escalier obscur menant à la mansarde. Elles avaient pris l'habitude de monter et descendre dans le noir, gardant ainsi leur chandelle pour lire au lit les quelques vieux livres de leur père qu'elles avaient rapportés de Belgooree.

Enfilant des gants, des chaussettes de laine et une couche de vêtements supplémentaires pour lutter contre le froid glacial, elles se blottirent l'une contre l'autre dans le lit.

— Demain, si tu sortais ton violon pour jouer un peu de musique ? suggéra Clarrie dans un murmure. Ça illuminerait la journée.

— Elle ne voudra pas.

— On demandera à Jared quand il aura bu son verre de Noël. Il aime bien entendre les clients jouer de la musique au pub.

Elles se turent, et Clarrie glissa dans un demi-sommeil. Quand soudain, Olivia se redressa.

— Ça y est ! J'ai compris !

— Quoi ? marmonna Clarrie.

— Elle boit.

— Qui ?

— Lily-sans-chaussettes.

Clarrie fut soudain parfaitement réveillée.

— Ne dis pas de bêtises.

— Si, j'en suis sûre. Elle conserve quelque chose dans un grand bocal à cornichons dans le garde-manger. Un jour, je l'ai vue se remplir une tasse avec, et elle m'a passé un savon pour l'avoir surprise. Elle a prétendu que c'était du vinaigre blanc, pour l'aider à digérer.

— C'est peut-être vrai.

— Non, cet horrible type, là, Hobson, buvait la même chose. C'était la même odeur, comme des fleurs pourries.

— Du gin, dit Clarrie. Hobson boit du gin pur.

152

— Eh bien, voilà ce qu'elle met dans son pot de pickles.

— Mais j'aurais remarqué… Je sais reconnaître un alcoolique.

— Tu ne passes pas autant de temps avec elle que moi. Elle cache bien son jeu, et elle empeste tellement l'oignon que je ne sens l'autre odeur que quand elle se penche vers moi pour me rabrouer. Elle est toujours de mauvaise humeur le matin, avant de boire son vinaigre.

— Eh bien, ça alors !

— Quand je faisais la vaisselle ce soir, je l'ai vue en prendre une lampée dans le garde-manger.

— Pas étonnant qu'elle ait surgi dans le pub comme une furie. Ça expliquerait beaucoup de choses.

— Tu crois que cousin Jared est au courant ?

— Je me demande…, répondit Clarrie. C'est peut-être pour ça qu'il emploie des jeunes serveuses pour le pub : pour être sûr qu'elle reste dans la cuisine à faire ses tourtes.

— Elle ne vaut pas mieux que ces femmes vulgaires qui viennent ici.

— Elles ne sont pas vulgaires, protesta Clarrie en songeant à Lexy et ses amies. Moi, je les trouve sympathiques, et au moins elles ne sont pas hypocrites comme Lily, qui joue toujours à la mère la vertu.

Olivia eut un petit rire satisfait.

— Lily-gin, voilà comment on va l'appeler dorénavant. Lily-gin-sans-chaussettes.

9

Clarrie se réveilla tôt le matin de Noël, frigorifiée et endolorie. Elle n'avait même plus besoin qu'on tambourine contre la porte, tant elle était habituée à se lever avant l'aube. Elle avait mal à la hanche et le visage qui l'élançait. Laissant le cadeau d'Olivia au pied du lit afin qu'elle le trouve à son réveil, elle descendit en boitillant et posa deux présents pour Jared et Lily sur la table de la cuisine : des mouchoirs faits main qu'elle avait convaincu Olivia de broder d'oiseaux.

Ce fut seulement quand elle ranima le feu dans la cuisine qu'elle surprit son reflet dans le pare-feu d'acier. Horrifiée, elle se précipita vers le miroir craquelé de l'arrière-cuisine et, à la faible lueur de la bougie, vit qu'elle avait l'arête du nez enflée et les yeux tuméfiés.

Elle se prit la tête entre les mains, envahie par la honte. Qu'allaient dire les gens en la voyant ? Si seulement elle avait pu s'enfuir et aller se cacher ! De retour dans la cuisine, elle posa son châle sur sa tête et s'en couvrit le visage comme d'un voile. Accroupie près du feu, son pouls battant trop vite, elle se sentit minuscule, vulnérable et parfaitement insignifiante.

— Bonjour, Clarrie, dit Jared, entrant en bâillant. Joyeux Noël !

Clarrie serra les dents, étouffant un gémissement.

— Clarrie ? Que se passe-t-il ?

Lentement, elle se tourna pour lui faire face et écarta le châle. Elle le vit tressaillir de dégoût.

— Je… je t'avais dit de mettre quelque chose sur ton nez hier soir. Laisse-moi regarder de plus près.

Elle se crispa lorsqu'il lui toucha le visage de ses doigts maladroits.

— J'ai l'impression qu'il est cassé, annonça-t-il. Il faudra apprendre à te baisser plus vite la prochaine fois.

Elle le dévisagea, guère d'humeur à l'entendre plaisanter… mais il semblait parfaitement sérieux. Il siffla entre ses dents.

— J'ai vu de sacrés beaux coquards dans ma vie, et celui-là en est un. Une compresse au vinaigre, voilà ce qu'il te faut. Ça soigne presque tout. Je demanderai à ma Lily de t'en faire une quand elle descendra avec les clés.

Alors qu'il la contournait pour aller se servir une tasse de thé, elle rajusta son châle en se retenant de hurler. Peu après, Olivia entra et se précipita vers elle pour la remercier pour le carnet de croquis et les crayons, mais ses mots moururent sur ses lèvres lorsqu'elle découvrit la figure de sa sœur.

— Oh, Clarrie ! s'exclama-t-elle en passant les bras autour d'elle.

— Qu'est-ce que c'est que tout ce tapage ?

Lily fit son apparition, les yeux vitreux, irascible. Comment Clarrie avait-elle pu ignorer les signes évidents de son alcoolisme ?

155

— Mon Dieu, ma fille, dans quel état tu t'es mise ? dit-elle en examinant Clarrie. Tu ne peux pas venir à l'église avec cette tête-là.

Clarrie se ratatina sur elle-même, ravalant un haut-le-cœur.

— Va chercher le vinaigre, ma chérie, suggéra Jared. C'est ce qu'il lui faut.

Voyant Lily hésiter, Clarrie et Olivia échangèrent un regard entendu.

— Du vinaigre, rien que ça ! s'écria Lily. Je ne vais pas gaspiller du bon conservateur pour un petit bleu.

Même Jared parut choqué par sa dureté.

— Mais enfin, ma chérie…

— Il n'y a pas de chérie qui tienne ! C'est la faute de la gamine ! Elle n'avait qu'à pas énerver le client. M. Hobson est un contremaître respectable. On ne peut pas se permettre d'offenser des gens comme lui. Que ça lui serve de leçon.

Elle se frotta le front et tourna vers Clarrie ses yeux injectés de sang.

— Maintenant, debout, et arrête de t'apitoyer sur ton sort. Olivia, pourquoi la table n'est pas mise ?

Olivia baissa la tête et se dépêcha d'obtempérer. Clarrie se leva, accablée. Lily savait bien qu'elles lui obéiraient toutes les deux parce qu'elles n'avaient pas le choix. Bien qu'elle s'en voulût de sa docilité, Clarrie ne se sentait plus la force de résister.

Avant de partir pour l'église, Lily lui ordonna de préparer les légumes pour le déjeuner et de finir les tourtes qu'Olivia et elle avaient commencées. Quand Olivia avait demandé la permission de rester avec sa sœur, Lily l'avait rembarrée.

« Certainement pas ! Tu diras des prières pour vous deux. »

Une fois seule, Clarrie réprima son désir de quitter la maison pour aller au parc. Comment aurait-elle pu se montrer avec ce visage-là ? Contre toute logique, elle se sentait aussi coupable que si ç'avait été elle l'ivrogne agressif pris dans une rixe.

Vidée de toute énergie, elle s'attela à ses tâches. Elle n'avait qu'une pensée en tête : tenir toute la matinée, puis le reste de la journée, jusqu'à ce qu'elle puisse s'effondrer dans son lit et trouver l'oubli dans le sommeil. Mieux valait considérer qu'il s'agissait d'un jour comme un autre, ainsi que Lily l'avait déclaré, car se remémorer les Noëls d'autrefois dans la beauté vivifiante de Belgooree, en compagnie de ses parents et de Kamal, c'était ouvrir la voie au désespoir le plus noir.

Le déjeuner de Noël n'eut rien de festif puisqu'il se composa d'un reste de mouton réchauffé, accompagné de pommes de terre et de navets à l'eau. Tout juste les filles eurent-elles droit, pour l'occasion, à une petite part de tarte aux fruits secs, et Jared à un unique verre de bière. Leur cousin s'efforça d'animer la conversation.

— L'église était pleine. Les chants étaient magnifiques, pas vrai, chérie ?

— Comme si tu étais capable de reconnaître une note juste ! grommela Lily.

— Toujours aucun signe de Mme Stock, reprit Jared. La rumeur dit qu'elle a eu un enfant mort-né et qu'elle est mal en point.

— Elle devrait déjà s'estimer heureuse d'avoir ses deux gars. Qu'est-ce que je n'aurais pas donné pour avoir deux paires de bras solides pour faire tourner cette maison. Louisa Stock ne connaît pas sa chance.

Clarrie reposa sa cuillère, l'appétit coupé. Elle avait contemplé la profonde tristesse qui recouvrait la maison des Stock comme un voile mortuaire, or Lily n'était même pas capable d'un mot de sympathie pour eux. Obnubilée par la dureté de sa propre vie, elle avait laissé l'amertume la ronger et détruire toute compassion envers autrui. Clarrie ne savait pas si elle devait la mépriser ou avoir pitié d'elle.

— Tu ne vas pas gâcher ça ! s'écria Lily en voyant Clarrie repousser sa tranche de tarte presque intacte. Donne-la-moi.

Et elle fit glisser le contenu de l'assiette de Clarrie dans la sienne.

Olivia ne desserra pratiquement pas les dents de tout le déjeuner. Une fois qu'elles furent seules dans leur mansarde, elle sortit un petit paquet de sa poche.

— Je suis désolée de ne t'avoir rien offert pour Noël, dit-elle, mais Will Stock m'a demandé de te donner ça. Il avait l'air très déçu de ne pas te voir.

À la lueur de la bougie, Clarrie défit le papier de soie et découvrit l'un des bœufs de la crèche. Il était en velours côtelé, avec des petites perles noires pour les yeux et du fil chenille recourbé pour les cornes. Le tissu était usé là où les petits doigts de Will l'avaient tenu lorsqu'il avait joué avec au fil des années. Le jeune garçon avait joint un message :

« *Je sais que vous préférez les chevaux, mais père m'a dit qu'il y avait aussi des bœufs en Inde. J'espère qu'il vous plaît.*

Joyeux Noël de la part de William. »

158

Clarrie enroula délicatement les doigts autour de la figurine.

— Cher Will, fit-elle, la gorge nouée par l'émotion.

C'était le cadeau le plus simple et en même temps le plus généreux qui soit, car elle savait à quel point sa crèche comptait pour lui. Sa gentillesse lui alla droit au cœur.

Soudain, un sanglot monta du plus profond d'elle-même ; la seconde suivante, les larmes coulaient sur ses joues, sans qu'elle puisse les arrêter.

— Oh, Clarrie, non ! s'écria Olivia. Je ne supporte pas de te voir pleurer.

Elles tombèrent dans les bras l'une de l'autre, s'estimant heureuses de ne pas affronter seules les épreuves.

— Nous partirons d'ici, murmura Clarrie avec ferveur. Je te le promets !

Ce jour morne s'acheva comme tous les autres, dans leur mansarde nue et glaciale, mais le cadeau surprise de Will leur apparut comme un signe d'espoir dans un monde effrayant. Au plus profond d'elle-même, Clarrie sut qu'elle trouverait la force de continuer à se battre.

10

1906

Pendant presque un mois, Clarrie resta confinée dans la maison, jusqu'à ce qu'il ne reste plus trace de contusion sur son visage, même si elle conservait une petite bosse sur son délicat nez droit, en souvenir de cette terrible nuit. Lily la fit travailler en cuisine et obligea Olivia à servir au pub, ce que la jeune fille détestait. Souvent, la fumée du bar lui déclenchait des crises d'asthme, mais Lily n'en avait cure.

À force de passer ses journées dans la cuisine surchauffée et fétide, à subir les ordres et les critiques de Lily, Clarrie en vint à la mépriser encore plus. Elle remarqua *de visu* que celle-ci buvait en cachette et s'étonna une fois encore de ne pas s'en être rendu compte plus tôt. Après ses incursions dans le garde-manger, Lily était d'humeur imprévisible : au mieux, elle devenait somnolente et distraite, au pire, agressive et grossière. Clarrie mesura alors tout ce qu'Olivia avait dû endurer au cours des mois d'automne sans rien lui dire.

Puis arriva le moment tant redouté où Lily la renvoya au pub. D'une manière assez perverse, elle choisit le jour du vingtième anniversaire de la jeune femme.

— On ne fête pas les anniversaires dans cette maison, décréta-t-elle quand Olivia demanda la permission de préparer un gâteau pour sa sœur. Tu peux en acheter un avec ton salaire si tu veux, mais moi, je n'ai pas d'argent à gaspiller.

Par défi, ce matin-là avant le petit déjeuner, Olivia sortit son violon de sous leur lit et joua pour Clarrie dans la cuisine. C'était la première fois qu'elle touchait son instrument depuis des mois, et ses doigts raides manquaient de pratique. Mais Clarrie fut transportée de joie en voyant la lumière revenir dans les yeux fatigués de sa sœur.

— C'est le plus beau cadeau qu'on m'ait jamais fait, dit-elle en l'embrassant. Merci. Maintenant, va le ranger avant que Lily se plaigne et le confisque pour en faire du petit bois.

Plus tard, Clarrie s'arma de courage pour retourner au pub, oppressée à l'idée de se retrouver face à Hobson. Heureusement, il ne se montra pas ce jour-là.

L'arrivée de Lexy, Maggie et Ina au cours de l'après-midi lui remonta le moral.

— Où vous étiez passée, ma belle? s'écria Maggie.

— On se disait que vous aviez dû vous enfuir avec un gars de la brasserie, la taquina Lexy.

— Si seulement…! répliqua Clarrie.

— Mais vous êtes maigre comme un clou, fit remarquer Ina. Ce dragon ne vous donne donc pas à manger?

— Votre sœur aussi n'a que la peau sur les os, dit Maggie. Elle est pas très causante, votre Olivia. Chaque fois que je lui adressais la parole, j'avais l'impression qu'elle allait fondre en larmes.

— Moi aussi, tu me donnes envie de fondre en larmes quand t'ouvres ton bec, Maggie, plaisanta Lexy.

Maggie la poussa gentiment.

— Faites pas attention à elles, intervint Ina en levant les yeux au ciel. On a quelque chose pour vous. Donne-lui, Lexy.

Lexy sortit un savon et le glissa dans le tablier de Clarrie.

— Il vient de chez Pears, et il est pas au phénol. Laissez pas la sorcière mettre la main dessus.

— Non, c'est uniquement pour vous, renchérit Ina.

Clarrie ouvrit de grands yeux.

— Comment saviez-vous que c'était mon anniversaire ?

Elles rirent, surprises.

— Eh ben, on savait pas, reprit Ina, mais c'est formidable, pas vrai ?

— C'est tellement gentil, dit Clarrie en rougissant, mais qu'ai-je fait pour mériter ça ?

Maggie baissa la voix :

— On a entendu parler de l'incident avec Hobson. C'est un sale type quand il a bu. Sa femme a déjà tâté de sa ceinture.

— Pour sûr, renchérit Lexy. Elle vient aux bains publics l'air de rien, mais on a vu les marques sur elle, la pauvre.

Clarrie sentit les larmes lui monter aux yeux, et sa gorge se noua, au point qu'elle ne réussit plus à parler. Ina lui prit la main.

— Gardez la tête haute, ma belle. Les types comme Hobson ne sont même pas dignes de vous lécher les bottes. C'est lâche d'utiliser les poings contre vous.

162

— Ouais, et on va lui apprendre, ne vous en faites pas, déclara Lexy. La prochaine fois que sa femme apportera ses vêtements à la blanchisserie, Maggie et moi on mettra du poivre dans ses caleçons longs.

Et elle éclata d'un rire rauque. Clarrie sourit.

— Voilà qui est mieux, dit Ina. La tristesse ne vous va pas.

— Je ne pourrais pas être triste plus de deux minutes avec vous ici.

Et elle ajouta, repoussant l'argent que Maggie lui tendait :

— C'est pour moi. Gardez vos sous pour le poivre.

Clarrie cacha le savon dans leur mansarde et, chaque fois qu'elle l'utilisa, songea à la bonté de ces femmes et se demanda comment elles réussissaient à conserver leur bonne humeur jour après jour. Elle savait qu'Ina était veuve et que, pour nourrir ses cinq enfants, elle vendait des vieux vêtements d'occasion dans une brouette. Maggie était mariée à un alcoolique. Quant à Lexy, elle avait perdu ses parents et subvenait aux besoins de ses six petits frères et sœurs.

Elle ne leur reprochait pas les moments de camaraderie qu'elles s'octroyaient au pub, mais considérait qu'elles méritaient mieux. L'atmosphère y était parfois explosive, et des bagarres éclataient pour un oui, pour un non. Les femmes étaient souvent la cible de plaisanteries grivoises ou de remarques déplacées, et il arrivait que Lily sorte de sa cuisine pour les chasser sans raison. Clarrie avait pitié des troupes de gamins qui attendaient sous la pluie ou la neige, pendant que leur mère ou leur grande sœur se réchauffaient avec un verre d'alcool. Si seulement il existait un lieu plus sûr et agréable où les femmes de la classe ouvrière pourraient aller avec leurs enfants. Mais tout le monde s'en fichait, les brasseurs comme les tenanciers des pubs, tant qu'elles payaient l'addition.

Par un jour de printemps venteux, alors que Clarrie venait de finir d'étendre le linge dans la ruelle de derrière, elle entendit une charrette de livraison dévaler la pente.

— Attention à votre lessive, mam'zelle! cria un jeune homme.

Elle se précipita vers les chemises et les tabliers, mais trop tard. La charrette, tirée par un poney, fonçait vers elle en roue libre, et elle n'eut que le temps de faire un bond de côté. La corde à linge se prit dans l'auvent de bois de la charrette, qui emporta la lessive avec lui. Le jeune homme courait derrière, agitant sa casquette.

— Attrapez-le, mam'zelle!

Clarrie s'élança derrière le poney et réussit à saisir les rênes et à stopper l'animal avant qu'il atteigne le bout de la ruelle.

— Oh là, tout doux!

Le livreur la rejoignit. Il avait les cheveux blonds coiffés en brosse et des yeux marron et pétillants. Pendant un instant, ils restèrent là à reprendre leur souffle.

— Merci, mademoiselle. Sans vous, Bella serait déjà rentrée à la maison. Elle est trop fougueuse.

Clarrie flatta le solide petit cheval.

— Vous devez être plus ferme avec elle et lui montrer qui commande.

164

— Ah, parce que vous vous y connaissez en chevaux? répondit-il en lui lançant un sourire moqueur.

— Assez pour les empêcher de s'emballer et d'abîmer la lessive de quelqu'un d'autre.

Elle récupéra une chemise qui s'était coincée dans le harnais de Bella.

— Désolé, mademoiselle.

Rougissant, il l'aida à ramasser le linge éparpillé.

— Je m'appelle Clarrie, dit-elle.

— Moi, c'est Jack. Jack Brewis. Je vais raccrocher la corde à linge.

— Il faudra que je relave presque tout, dit Clarrie, mi-figue, mi-raisin.

Il décrocha la corde avec les tabliers, qui s'était prise dans l'auvent de la charrette.

— Vous travaillez au *Cherry Tree*, n'est-ce pas? Clarrie hocha la tête.

— Ça chauffe parfois, là-bas, pas vrai?

— Parfois, confirma-t-elle. Je ne vous y ai jamais vu.

— Non, je ne bois pas. Moi, je préfère aller danser ou aller au Pavilion.

— Le Pavilion? Qu'est-ce que c'est?

— La salle de spectacle de Westgate Road. Vous n'y êtes jamais allée?

Et comme Clarrie secouait la tête, il ajouta:

— Ah, vous ne savez pas ce que vous manquez.

Comment aurait-elle pu lui expliquer qu'elle vivait pratiquement prisonnière, n'avait pas droit à un après-midi de congé, encore moins à une soirée de liberté pour aller au spectacle? Elle imaginait sans mal Lily fulminant contre la musique du diable et les traînées qui se pavanaient sans honte sur scène.

— Que vendez-vous ? lui demanda-t-elle.

— Du thé, répondit-il en lui tendant un tas de linge.

Lorsqu'elle vit « Tyneside Tea Company » écrit en gros caractères sur la charrette, son intérêt fut aussitôt en éveil.

— Quelles variétés avez-vous ?

Il observa sa robe défraîchie et ses souliers cloutés.

— Le moins cher que nous avons, c'est le thé de ménage.

Clarrie posa les mains sur ses hanches.

— Il est fait avec quoi ? Du Flowery, de l'Orange Pekoe, du Broken Pekoe, du Souchong ?

— Ma foi… je n'en sais rien. C'est du bon thé pour ouvriers. Ma mère ne jure que par lui.

Clarrie dissimula un sourire.

— Si vous voulez que je vous en achète, il va falloir essayer de me le vendre un peu mieux que ça !

— D'accord, Clarrie. Nous avons de l'Assam Breakfast, du Darjeeling et du Ceylan. Le Ceylan est très bien pour le thé de l'après-midi, c'est ce que boivent tous les gens chics. Venez que je vous montre.

Il sortit de la charrette un panier rempli de sachets de thé, chaque variété étant emballée dans un papier de riz de couleur différente. Clarrie en prit un et l'ouvrit.

— Eh, qu'est-ce que vous faites ? demanda-t-il avec méfiance.

— Je le sens.

166

L'arôme des feuilles brunes, fort et terreux, évoquait une chaleur humide. Le sachet suivant était plus parfumé, le troisième contenait du thé fumé et le quatrième offrait un mélange de feuilles de qualité inférieure. Fermant les yeux, elle revit les méandres sombres du Brahmapoutre, les collines plantées de théiers émeraude, d'où montait de la vapeur après la pluie. Elle ouvrit un dernier sachet et inhala. Aussitôt, son délicat parfum épicé lui rappela le bois de santal et le chêne, l'eau de source et la brume matinale. Elle fut saisie par une nostalgie douce-amère. C'était le parfum de Belgooree.

— Celui-là, dit-elle, les larmes aux yeux.

Il lui lança un regard incertain.

— C'est du Darjeeling, il n'est pas donné.

— Je sais.

Souriant malgré ses larmes, elle sortit la bourse qu'elle gardait sur elle en permanence, et lui tendit presque tout son salaire de la semaine.

— Vous êtes une drôle de fille, Clarrie. Comment se fait-il que vous en connaissiez autant sur le thé ?

Elle hésita. À quoi bon lui dire qu'elle était la fille d'un planteur de thé ? Il ne la croirait sans doute pas.

— Mon père a été soldat en Inde. Il m'a transmis tout ce qu'il avait appris sur le sujet.

Il lui lança un regard curieux.

— Vous ne parlez pas comme tout le monde. Vous n'êtes pas d'ici, hein ?

Avant qu'elle ait pu répondre, une voix beugla derrière lui :

— Qu'est-ce qui se passe, ici ?

Lily se tenait, agressive, derrière le portail de la cour.

— Qu'est-ce que tu as fabriqué avec ma lessive ?

Voyant la tension s'imprimer sur les traits de Clarrie, Jack intervint :

— Désolé, m'dame ! C'était ma faute. Je vais tout remettre en ordre.

— Vous, du balai ! Et toi, tu reviens ici tout de suite, espèce de petite effrontée.

— Une charmeuse, murmura Jack à Clarrie.

— Vous feriez mieux de partir, lui glissa-t-elle, avant qu'elle vous fasse bouillir et vous serve en tourte.

Jack éclata de rire.

— Désolé si je vous ai causé des soucis. Et merci encore d'avoir rattrapé Bella.

— Merci pour le thé.

Elle sourit, fourra le sachet dans son tablier et se détourna.

— J'espère que je vous reverrai, Clarrie, dit-il en remettant sa casquette.

— Moi aussi, répondit-elle avant de se dépêcher de remonter la ruelle, chargée d'une brassée de linge.

Clarrie supporta les remarques acerbes de Lily sur son impudence, son incompétence et sa paresse, car elle savait que ce soir-là, une fois les Belhaven couchés, elle servirait à Olivia une tasse de vrai thé. Elle le ferait infuser avec le gingembre qu'Ina lui avait apporté pour faciliter la respiration d'Olivia, comme Kamal le faisait autrefois.

Tard cette nuit-là, les deux sœurs, assises devant le feu de la cuisine, sirotèrent leur thé noir brûlant en papotant. Clarrie raconta à Olivia sa rencontre avec le séduisant livreur et son cheval emballé.

— Il aime la musique et la danse. Et en plus, il ne boit pas.

— Il me plaît déjà, ce Jack. Tu crois qu'il repassera ?

Clarrie soupira.

— Si Lily-gin ne lui a pas fichu la frousse.

— Tu imagines, aller à un concert ou à un bal ? dit Olivia, rêveuse. Quand est-ce que ça nous arrivera ?

Sur le point de promettre que ce serait pour bientôt, Clarrie se ravisa. Combien de promesses non tenues avait-elle déjà formulées ? Sa sœur n'était plus une enfant qu'on pouvait consoler avec de belles paroles.

— Je ne sais pas, répondit-elle.

Olivia baissa la tête, l'air abattu. En contemplant son visage blafard et sa chevelure devenue si terne, Clarrie se sentit envahie d'une vague de tendresse pour sa petite sœur qui avait supporté le déracinement et leur nouvelle vie de labeur bien plus stoïquement que Clarrie ne l'aurait imaginé. Des deux, elle s'était toujours considérée comme la plus solide, mais en cet instant de calme, elle se rendit compte qu'elle n'aurait pas pu endurer les mois écoulés sans Olivia à son côté.

Olivia était la seule à qui elle pouvait parler de l'Inde et de leur vie passée, la seule qui comprenait ce qu'elle ressentait. Elle lui rappelait aussi beaucoup leur père : elle avait le même caractère passionné, mais aussi ses sautes d'humeur et son manque de confiance en soi. Olivia était son unique et précieux lien avec Belgooree et les parents qu'elle avait aimés et perdus.

Un jour, Lexy et Ina vinrent au pub sans Maggie. La première semblait d'une humeur inhabituellement sombre. Quand Clarrie leur demanda des nouvelles de leur amie, Lexy secoua la tête.

— Son foutu mari ! Ce coup-ci, il a bien failli la tuer.

— Que voulez-vous dire ?

— Il l'a proprement tabassée, expliqua Ina.

— Pourquoi ?

— Pour avoir laissé brûler son maudit bacon, peut-être, fit Lexy. Il n'a pas besoin de raison.

Choquée, Clarrie s'assit à leur table.

— C'est épouvantable ! Où est-elle ?

Ina lança un regard soupçonneux autour d'elle et adressa un signe de tête à Lexy.

— Elle est chez moi, avoua celle-ci.

— Chut, parle plus bas, chuchota Ina. Ses collègues de boulot viennent boire ici.

— J'ai demandé aux enfants de garder un œil sur elle.

— Il n'aura pas l'idée de la chercher chez vous ?

— Il est déjà passé, en hurlant comme un fou, mais je ne lui ai pas ouvert.

Ina soupira.

— Ce n'est qu'une question de temps avant qu'il la trouve et la ramène chez eux.

Clarrie sentit la colère monter en elle.

— Personne ne peut l'arrêter ? Pourquoi ne pas le dénoncer à la police ?

— Ils ne font rien, répondit Lexy. Ce qui se passe derrière des portes closes est considéré comme une affaire privée. Un homme peut traiter sa femme comme il veut.

— Eh bien, il ne faut pas qu'elle y retourne, affirma Clarrie. Elle doit trouver un autre endroit.

— Facile à dire, répondit Ina. Sa fille vit dans les environs, mais elle a aussi peur du bonhomme que sa mère.

— En plus, elle perdra son travail à la blanchisserie si elle n'y retourne pas très vite, ajouta Lexy, lugubre. Je ne vais pas pouvoir la couvrir très longtemps.

Clarrie ne trouva rien à dire pour réconforter les deux femmes. Pendant tout le reste de la journée, elle dut se forcer à accomplir son travail qu'elle commençait à haïr passionnément. Bien qu'elle n'eût jamais servi le mari violent de Maggie, elle se sentait complice, d'une certaine manière. Combien de rages alcooliques avait-elle alimentées chez d'autres hommes ?

Cette nuit-là, incapable de trouver le sommeil, elle écouta la respiration difficile d'Olivia en tentant de mettre de l'ordre dans ses idées. Le lendemain était un dimanche. Sur le chemin de l'église, elle rassembla son courage afin d'aborder le sujet qui lui avait occupé l'esprit toute la nuit.

— Cousin Jared, j'ai pensé à une nouvelle idée commerciale.

— Ben voyons, se moqua Lily.

— On peut toujours écouter ce qu'elle a à dire, ma chérie, intervint Jared en se tournant vers Clarrie.

Tout ce qui pouvait rapporter de l'argent susciterait son intérêt, elle le savait.

— J'ai entendu dire que les salons de thé avaient beaucoup de succès en ce moment. Donc, je me demandais si nous ne pourrions pas servir du thé dans la salle ? Nous pourrions aussi l'aménager

171

joliment, avec des nappes sur les tables et des rideaux aux fenêtres. Et nous vendrions les tourtes de Mme Belhaven, et pourquoi pas aussi des gâteaux.

— Des gâteaux ? répéta Lily d'un ton railleur.

— Oui, poursuivit Clarrie, comme ça se fait chez *Lockhart Cocoa Rooms*. Olivia et moi pourrions les préparer.

Après un instant de stupéfaction, Jared fut le premier à réagir.

— Pourquoi est-ce qu'on ferait une chose pareille ? Les hommes n'ont pas envie de boire du thé, ni de manger des gâteaux.

— Ils en auraient peut-être envie si on rendait l'endroit plus chaleureux et accueillant.

— S'ils veulent de la chaleur, répliqua Lily, ils n'ont qu'à rentrer dans leur foyer.

— Et nous attirerions davantage de femmes, poursuivit Clarrie, sans se laisser démonter. Elles n'ont aucun endroit où se rendre pour s'asseoir autour d'une tasse de thé.

Lily eut un reniflement moqueur.

— Eh bien, nous ne voulons surtout pas les encourager. Elles devraient être chez elles, à s'occuper de leur mari et de leurs enfants. Si M. Belhaven n'était pas aussi gentil, je ne les laisserais même pas entrer.

Clarrie se sentit déconfite.

— Et pas la peine de me regarder comme ça, reprit Lily. On n'a pas d'argent à dépenser pour des belles nappes ou des rideaux. Et si on le faisait, les gens du coin n'apprécieraient pas.

Jared secoua la tête.

— Non, Clarrie, les clients ne veulent pas de ça. Les salons de thé, c'est pour les bourgeois du

172

centre-ville. On mettrait la clé sous la porte en quinze jours si on se lançait là-dedans. Les hommes iraient boire ailleurs.

Lily et lui tournèrent le dos aux deux sœurs et poursuivirent leur route.

— Un salon de thé, marmotta Lily. Jamais entendu une bêtise pareille.

Clarrie ravala sa déception. Jamais elle ne réussirait à les faire changer d'avis. Olivia glissa un bras réconfortant sous le sien.

— C'est une excellente idée, murmura-t-elle. Pas bête du tout.

Clarrie lança à sa sœur un regard reconnaissant alors qu'elles suivaient les Belhaven dans l'église.

Louisa Stock n'était jamais plus reparue à l'office. La rumeur avait couru chez les paroissiens qu'elle était malade, et personne ne l'avait vue quitter sa maison de Summerhill depuis des mois. Il ne fut jamais question de la mort d'un bébé; tout au plus entendit-on dire que Mme Stock avait eu des «problèmes féminins». Les traits tirés et l'air anxieux, Herbert Stock paraissait vieilli de dix ans depuis l'été précédent; sa boiterie était plus prononcée, et il se contentait d'un bref hochement de tête quand il passait devant eux le dimanche. Seul Will s'attardait à la fin de chaque office pour parler à Clarrie, malgré les remontrances de Bertie lui ordonnant de se dépêcher. Le jeune garçon s'était inquiété quand Clarrie n'avait pas paru pendant un mois.

«J'ai cru que vous étiez malade et que vous ne pouviez plus vous lever, comme maman, lui avait-il confié timidement. Je voulais venir vous rendre visite, mais père et Bertie m'ont dit qu'il n'en était pas question. »

Pendant l'office, Will n'arrêta pas de se retourner pour lui sourire, à tel point que Lily finit par la pincer et la tira derrière un pilier afin que le garçon ne puisse plus la voir.

— Arrête de te donner en spectacle ! chuchota-t-elle d'une voix grinçante.

Lorsqu'ils ressortirent de l'église, Lily parut sur le point de lui faire un sermon sur la façon de se tenir, quand Herbert Stock s'approcha d'eux. Lily adopta aussitôt son allure de soumission et lui sourit quand il la salua. Will accourut en sautillant derrière son père.

— J'ai une requête à vous transmettre de la part de Mme Stock, déclara-t-il d'un ton guindé.

Lily parut étonnée, et aussi ravie.

— Bien sûr, monsieur, nous serions heureux de pouvoir vous aider. Comment va Mme Stock ?

— Pas très bien.

— Mon Dieu, nous sommes désolés de l'apprendre. N'est-ce pas, monsieur Belhaven ?

Jared grommela un assentiment.

— Alors, que pouvons-nous faire pour vous, monsieur ?

— C'est à Clarrie que je souhaiterais parler, dit-il en se tournant vers elle. Mon épouse désirerait vous rencontrer. Peut-être seriez-vous autorisée à passer à la maison cet après-midi, disons à quatre heures ?

Clarrie lança un coup d'œil à ses cousins, qui étaient bouche bée.

— Oui, monsieur Stock, répondit-elle. J'en serais ravie.

174

Herbert esquissa un bref hochement de tête.

— J'espère que cela ne vous causera pas de souci, madame Belhaven?

Lily lutta manifestement pour cacher son indignation.

— Non, je ne pense pas… mais c'est un peu bizarre. Pourquoi la gamine?

— Mon épouse a beaucoup entendu parler de Clarrie par Will. Elle veut faire sa connaissance. Si la date ne vous convient pas, nous pouvons peut-être en trouver une autre.

— Non, non, cet après-midi, ça ira.

— Bien, conclut Herbert en effleurant son chapeau.

Puis il s'éloigna.

— À cet après-midi, Clarrie! s'exclama Will.

Clarrie agita le bras, ignorant le regard furieux de Lily.

Pendant tout le trajet de retour, elle lui reprocha d'avoir sympathisé avec le fils Stock.

— Ne t'imagine pas que tu vas frayer avec des gens comme eux. Ce n'est pas naturel. Mme Stock veut très certainement te voir pour t'interdire toute familiarité. Crois-moi, tes grands airs finiront par t'attirer des ennuis. L'orgueil précède la chute, pas vrai, monsieur Belhaven?

Jared, sourcils froncés, secoua la tête.

— Je me demande ce qu'elle veut vraiment.

Seule Olivia était aussi excitée que Clarrie. Plus tard, lorsqu'elles se retrouvèrent seules, elle lui fit part de son regret de ne pas avoir été invitée elle aussi.

— Tu crois qu'ils vont te servir le thé ? Rapporte-moi une tranche de cake, Clarrie. Et s'ils t'invitent de nouveau, dis-leur que tu m'emmèneras la fois suivante.

Alors qu'elle se hâtait vers Summerhill, Clarrie essuya une averse de printemps et arriva trempée devant l'entrée de service. Personne ne répondit quand elle frappa, aussi décida-t-elle d'entrer pour se mettre à l'abri. Elle trouva la cuisine en désordre, et envahie par la fumée du fourneau. Elle appela, mais, n'obtenant aucune réponse, s'engagea dans l'escalier qu'elle avait pris avec Will le soir de Noël et se retrouva dans le vestibule sombre. Aucun bruit ne lui parvenait des pièces voisines, à part le lourd tic-tac d'une grosse horloge dans une alcôve. Il était seize heures cinq.

— Hello ? Il y a quelqu'un ? C'est Clarrie Belhaven.

La porte d'entrée s'ouvrit et Will apparut.

— Clarrie ! Je vous attendais sur les marches. Par où êtes-vous passée ?

— Par l'entrée de service, répondit-elle, mal à l'aise. Désolée.

— Ce qui compte, c'est que vous soyez là. Venez, père est dans son bureau.

Il la guida dans l'escalier, prit à gauche sur le palier, toqua à une porte et entra sans attendre de réponse. Dans la grande pièce garnie de rayonnages de livres du sol au plafond, Herbert Stock somnolait près du feu. Un vaste bureau d'acajou trônait devant l'élégante fenêtre, envahi par une masse de papiers et de dossiers. D'autres piles de documents étaient dispersées dans la pièce.

— Père, Clarrie est là ! s'écria Will.

Réveillé en sursaut, Herbert ouvrit des yeux embrumés. L'espace d'un instant poignant, Clarrie crut revoir son père dans son bureau de Belgooree. Puis Herbert se leva, passa la main dans ses cheveux grisonnants, et la ressemblance s'effaça.

— Mademoiselle Belhaven, merci d'être venue, je ne vous ai pas entendue arriver.

Il lui tendit la main.

— Elle est passée par l'entrée des domestiques, expliqua Will.

— Bien sûr, dit-il en lui serrant la main. Ah, mais vous êtes trempée. Venez vous réchauffer près du feu.

Il la poussa gentiment vers l'âtre en ajoutant :

— Je vais aller voir si Mme Stock est réveillée.

— Vous savez jouer au backgammon ? demanda Will quand son père fut parti.

Clarrie sourit.

— Très bien.

— Je parie que je vais vous battre !

Il sortit le plateau et les pions de derrière une pile de livres.

Quand Herbert revint dix minutes plus tard, il les retrouva en plein milieu d'une partie animée. Clarrie se leva aussitôt, tandis que Herbert coupait court aux protestations de son fils.

— Vous finirez plus tard, Will. Tu peux accompagner Clarrie auprès de maman ?

— Venez, Clarrie, dit Will en se mettant debout. C'est par là.

Il lui fit retraverser le couloir, passer devant le coffre bas sur lequel avait été disposée la crèche, et s'arrêta devant la porte du fond. Il frappa doucement et attendit une réponse. Une voix faible l'invita à entrer.

Clarrie fut soudain saisie d'une appréhension à l'idée de pénétrer dans la chambre d'une inconnue, sans savoir ce qu'elle allait y trouver. Puis elle se rappela l'état de son père pendant les derniers mois où elle l'avait soigné, ce qui lui donna le courage de franchir la porte. La maladie et la mort ne lui faisaient plus peur, car elle les avait déjà vues en face.

La chambre, aux rideaux fermés, était faiblement éclairée par une unique lampe à gaz et étouffante à cause du feu de charbon qui y crépitait. Deux petits fauteuils bleus entouraient le foyer et, sur l'élégante coiffeuse, des flacons et des brosses à cheveux prenaient la poussière. Un grand lit à baldaquin occupait le fond de la pièce. Adossée à une pile d'oreillers, il y avait une femme maigre coiffée d'un bonnet de dentelle. La table de chevet à côté d'elle était couverte de flacons de médicaments.

— Maman, annonça Will d'une voix étouffée, elle est là.

Il se précipita vers le lit comme dans l'intention de se jeter dessus, puis s'arrêta net.

Louisa leva une main frêle et fit signe à Clarrie d'approcher. En s'avançant vers le lit, celle-ci fut assaillie par une odeur corporelle douceâtre, l'odeur de la maladie. Clarrie tenta de dissimuler sa surprise. Cette femme au teint cireux, aux yeux caves, dont les cheveux en bataille s'échappaient de son bonnet, n'avait plus rien de la femme aux joues roses et au regard pétillant dont elle gardait le souvenir.

— Bonjour, Clarrie, murmura-t-elle d'une voix fluette. Vous permettez que je vous appelle Clarrie ?

— Bien sûr.

Clarrie sourit et prit la main que la maman de Will lui tendait. À sa surprise, elle lui trouva les doigts gonflés ; sa large alliance en or coupait sa chair moite.

— Je suis contente de vous revoir, madame Stock. Je suis désolée que vous soyez souffrante. Vous nous manquez à l'église.

Les yeux de Louisa brillaient de chagrin à la lumière de la lampe.

— Merci.

— Maman, dit Will, je suis en train de battre Clarrie au backgammon.

— Vous n'avez pas encore gagné ! protesta Clarrie. N'oubliez pas que j'y joue depuis plus longtemps que vous.

— Vous… vous… plaisez ici ? demanda Louisa d'une voix lente et laborieuse. Vous êtes bien installée ?

Clarrie hésita.

— Nous ne nous sentons pas encore chez nous, répondit-elle franchement, mais nous nous débrouillons, Olivia et moi. Mon cousin Jared a eu la bonté de nous accueillir.

— Olivia est votre sœur ?

— Oui, c'est la plus douée de nous deux. Elle dessine très bien, joue de la musique et elle aime beaucoup lire. Elle adorerait la bibliothèque de M. Stock.

— Peut-être pourrait-elle… emprunter un livre ou deux, répondit Louisa, dont les yeux ternes regardèrent par-delà Clarrie.

— Certainement, ma chérie, dit Herbert.

179

Tournant la tête, Clarrie s'aperçut que Herbert Stock les avait rejoints. Son visage reflétait tendresse et inquiétude.

— C'est très gentil, merci. Olivia en serait ravie… Enfin… Mme Belhaven risque de ne pas être d'accord. Elle ne tolère que la lecture de la Bible.

— Ce n'est pas un peu ennuyeux ? demanda Will.

— Will ! le tança son père. Ce n'est pas à toi de juger.

— On pourrait les faire passer en douce au milieu des plats à tourte, suggéra-t-il.

— William, ça suffit. Pourquoi n'irions-nous pas essayer de faire du thé tous les deux ? Dolly m'a dit qu'elle avait tout préparé.

Une fois qu'ils furent partis, Louisa fit signe à Clarrie de venir s'asseoir près du lit.

— Clarrie, parlez-moi de… l'Inde. Comment… était-ce ?

— C'est le plus bel endroit du monde, répondit Clarrie en s'asseyant. Notre maison se trouvait dans les collines, entourée par des forêts, dans la région du peuple khasi. Je montais mon poney tous les matins pour aller voir le soleil se lever au-dessus des montagnes. Tout ça me manque beaucoup.

— Continuez, pria Louisa d'une voix ensommeillée. Même si je ferme les yeux… je vous écoute.

Une fois lancée, Clarrie ne put plus s'arrêter. Elle parla de Belgooree, de son père au caractère volontaire de Northumbrien, de la douceur de sa mère métisse, de Kamal, d'Ama et de Shillong, de la difficulté à cultiver le thé dans cette région isolée, de Prince et du *swami* et de la beauté majestueuse de l'Himalaya. Les seules choses qu'elle passa sous silence furent la querelle entre son père et les Robson, et l'offre condescendante de Wesley pour les sauver. La pensée de Wesley suscitait en elle un tel tourbillon de ressentiment qu'elle ne réussit même pas à prononcer son nom. Comme il jubilerait aujourd'hui de la voir tombée si bas.

Après avoir évoqué brièvement la mort de son père et le départ définitif de Belgooree, Clarrie se tut, perdue dans ses souvenirs. Au cours des mois passés en Angleterre, pas une fois ses cousins ne l'avaient interrogée sur Jock ou sur la vie qu'Olivia et elle avaient menée. Elle était reconnaissante à cette femme malade de lui permettre d'en parler enfin.

Pensant que Louisa s'était endormie, Clarrie posa délicatement la main sur la sienne et murmura :

— Merci.

Louisa ouvrit les yeux et leurs regards se croisèrent.

— Je comprends… pourquoi Will… vous aime autant, dit-elle.

Clarrie sourit.

— C'est un très gentil garçon.

— Oui.

Elles demeurèrent silencieuses un moment. Clarrie songea au jour où Will lui avait montré la crèche et où, en partant, elle avait cru voir une silhouette traverser le couloir. La mère de Will avait-elle surpris leur conversation à propos du bébé mort ? Elle avait le sentiment qu'il lui fallait dire quelque chose, car l'énormité de cette perte envahissait tout – la chambre, la maison, la famille, comme des miasmes. Elle ignorait à quel point la naissance avait affecté la santé de cette femme, mais elle se rendait compte que la douleur la rongeait comme un cancer.

— Madame Stock, reprit doucement Clarrie. Je suis vraiment navrée que vous ayez perdu votre bébé.

Louisa retira sa main comme si on l'avait brûlée et détourna la tête en laissant échapper une plainte. Clarrie se leva. Elle avait mal apprécié la situation. C'était une affaire intime, et elle avait offensé la femme qui lui avait offert si gentiment son amitié.

— Je suis désolée d'avoir parlé de manière déplacée, dit-elle. Je ne voulais pas vous contrarier.

Alors qu'elle s'apprêtait à s'en aller, Louisa chuchota :

— Restez.

Lorsque la maman de Will tourna le visage vers elle, des larmes coulaient sur ses joues blêmes.

— Vous aviez raison, fit-elle. C'était une… fille. Une jolie petite fille.

Clarrie revint vers elle et lui effleura le bras.

— Vous nous avez entendus parler, Will et moi, le soir de Noël, n'est-ce pas ? Vous étiez là.

— Oui.

— Il se croit coupable.

— Je sais. Le pauvre petit… Je n'ai pas pu…

Elle ne réussit pas à en dire davantage.

— Lui avez-vous donné un nom ? demanda Clarrie, la gorge nouée.

Louisa lâcha un soupir tremblant et secoua la tête.

— Mais peut-être en aviez-vous choisi un ?

Tous les regrets du monde s'étaient rassemblés dans les yeux de Louisa quand elle répondit :

— Ce devait être… Henry pour un garçon, Lucinda… pour… une fille.

— Lucinda, c'est très joli.

Louisa essaya de tendre la main, et Clarrie la prit entre les siennes.

— Je dirai une prière pour Lucinda, promit-elle.

— Je ne sais… même pas… où elle est enterrée.

Clarrie chercha des mots de réconfort.

— Les Khasi croient que, lorsqu'un enfant meurt, son âme prend la forme d'un oiseau qui s'envole, débarrassé de toute souffrance.

— Un oiseau?

— Oui. Les montagnes Khasi sont peuplées de magnifiques oiseaux de toutes les couleurs.

Pour la première fois, Clarrie perçut l'ombre d'un sourire sur le visage douloureux de Louisa.

— C'est bien, dit-elle. Un merveilleux oiseau.

Elle regardait Clarrie de ses yeux hagards et murmura quelque chose d'une voix si ténue que la jeune femme dut se pencher pour l'entendre.

— Merci… d'être amie… avec Will.

Ensuite, comme elle fermait les yeux et ne disait plus rien, Clarrie quitta la chambre sur la pointe des pieds pour la laisser se reposer. Elle retrouva Herbert et Will qui montaient l'escalier, chargés d'un plateau avec le thé et des petits pains au raisin brûlés. Apprenant que sa femme s'était endormie, Herbert invita Clarrie à le suivre dans son bureau.

— Nous avons du mal à nous débrouiller sans Dolly, indiqua-t-il d'un ton d'excuse en lui tendant l'assiette de petits pains calcinés.

— C'est son jour de congé? demanda Clarrie en se servant malgré tout.

Lily ne préparait jamais rien de sucré, brûlé ou pas.

Herbert hocha la tête et, lançant un regard à Will qui était agenouillé près du feu et étudiait la partie de backgammon, baissa la voix :

— Notre cuisinière nous a quittés de manière inopinée le mois dernier pour aller s'occuper de la famille de sa sœur. Et comme vous le voyez, mon épouse doit garder le lit. C'était elle qui dirigeait la maison, elle y tenait et n'a jamais voulu avoir de gouvernante.

Il hésita, apparemment mal à l'aise.

— Mais d'un point de vue domestique… eh bien, les choses nous échappent un peu, comme vous pouvez vous en rendre compte.

Il s'interrompit le temps de servir le thé, qui semblait noir comme de la mélasse.

— J'ai essayé de convaincre Mme Stock d'engager quelqu'un pour nous aider pendant sa convalescence. Elle a fini par admettre que nous avons besoin d'une gouvernante et cuisinière. D'après Bertie, nous devrions mettre une petite annonce, mais Mme Stock ne veut pas d'une inconnue dans la maison. Elle veut une personne de la paroisse.

Il s'éclaircit la gorge.

— C'est pourquoi nous avons pensé… eh bien, Mme Stock voulait vous rencontrer au préalable. C'est important pour elle d'avoir quelqu'un qui puisse cadrer Will.

— Me cadrer ? intervint Will. Qu'est-ce que vous voulez dire, père ?

— Je parle à Clarrie, rétorqua son père d'un ton brusque.

— Êtes-vous en train de me proposer le poste de gouvernante ? s'exclama Clarrie.

— Hum… oui, j'en ai bien l'impression. Vous m'avez dit que vous aviez l'habitude de diriger une maison…

— Oui, répondit aussitôt Clarrie. Ça me plairait beaucoup. Bien sûr que j'accepte.

Will se leva et applaudit.

— Oh, père, Clarrie va venir vivre ici?

— Oui, répondit Herbert en souriant de soulagement. Il y a juste une chose qui m'inquiète. Êtes-vous sûre que les Belhaven pourront se passer de vous? Nous ne voulons pas perturber leur commerce.

— Ils se débrouillaient très bien avant notre arrivée. Je ne doute pas que Mme Belhaven se réjouira d'être débarrassée de nous. Elle n'a jamais caché à quel point elle nous détestait, Olivia et moi.

— Olivia? Oh, ciel, je n'avais pas l'intention d'offrir un emploi à votre sœur.

Clarrie se décomposa. Elle reposa sa tasse de thé trop fort.

— Je ne pourrais pas laisser Olivia seule dans cet endroit, monsieur Stock. Vous n'imaginez pas à quel point c'est dur là-bas, parfois. Elle ne s'en sortirait pas toute seule. De plus, elle sait cuisiner, coudre et elle joue du violon; elle pourrait donner des leçons à Will. Et elle dessine également.

— Oh, oui, père, dit Will avec ferveur. J'adorerais apprendre à jouer du violon en plus du piano. Je peux?

Herbert se gratta le menton, pensif.

— Je n'y avais pas pensé. Je suis désolé, je vais devoir consulter Mme Stock. Et Bertie, à son retour de chez les Landsdowne, aura sûrement un avis sur la question.

185

Clarrie hocha la tête, tandis que son ventre se nouait à la pensée qu'à peine formulée cette promesse d'évasion risquait d'être reprise.

— Et si nous refusions d'embaucher Olivia, demanda Herbert, quelle serait votre réponse ?

Malgré son désir fervent de quitter Cherry Terrace, Clarrie n'hésita pas.

— Je serais obligée de décliner votre proposition, monsieur Stock. J'ai promis à ma sœur que je ne l'abandonnerais jamais, et j'ai l'intention de tenir parole.

11

— Enfin, père, nous ne sommes pas un organisme de bienfaisance ! s'exclama Bertie avec indignation. Passe encore que vous vouliez engager une métisse de basse caste comme gouvernante – une serveuse de pub, bon sang ! –, mais il faudrait en plus prendre sa sœur tuberculeuse.

— Elle n'est pas tuberculeuse !

— Qu'en savez-vous ? Il semble que le moindre souffle de vent puisse l'emporter. Nous ne savons rien de ces filles, sinon qu'elles sont parentes de ces affreux Belhaven. Ils tiennent un pub minable dans le quartier le plus mal famé d'Elswick, et cette bonne femme infecte l'église de son odeur de tourte tous les dimanches.

Herbert se leva de son bureau et se mit à faire les cent pas devant la fenêtre. Il avait le sentiment d'être harcelé par son fils aîné depuis que celui-ci était rentré de la maison de campagne des Landsdowne. Ses critiques étaient implacables, mais c'était un jeune homme avisé, bien plus au fait que ses parents de ce qui se faisait ou non dans la bonne société. Peut-être était-ce l'influence de Verity, dont le frère, Clive, était allé à l'école avec Bertie ? Les Landsdowne se trouvaient à un degré au-dessus des Stock sur l'échelle sociale, et Bertie était manifestement amoureux de la jeune fille de la maison. Assez vaniteuse et dénuée d'humour, de l'avis de Herbert, mais ça ne regardait que Bertie.

— Père, reprit le jeune homme en affichant un sourire désarmant, si semblable à celui de sa mère, vous êtes un homme bon. Je sais que vous essayez de vous montrer généreux envers ces malheureuses orphelines, mais ce qui importe, c'est de savoir si elles ont les compétences requises et si elles feraient des dames de compagnie convenables pour mère. Je ne vois pas comment les filles d'une Indienne et d'un major de seconde classe qui a mené sa plantation de thé à la ruine pourraient être une compagnie adéquate pour ma chère mère malade.

Herbert lui lança un regard surpris.

— Comment diable sais-tu tout cela sur les demoiselles Belhaven ?

— J'ai jugé utile de me renseigner, depuis que vous avez émis cette idée folle. Les Landsdowne sont un peu au courant du commerce du thé en Inde. Une branche de la famille possède des plantations en Assam et fait commerce de thé à Londres. Verity prend cette affaire très à cœur.

— C'est fort aimable de sa part, mais il s'agit de notre décision, pas de celle des Landsdowne, malgré toutes leurs relations. En ce qui me concerne, je trouve Clarrie tout à fait acceptable ; elle est vive, travailleuse et toujours de bonne humeur. Will l'adore…

— Vous allez prendre une décision sur la foi de ce que pense ce garnement ? Cet enfant est un rêveur ; il s'est mis dans la tête que ce sont des princesses indiennes ou je ne sais quoi. Grand Dieu, père ! Ensuite, vous embaucherez un lutin pour entretenir le jardin et une fée pour faire la lessive !

— Ne sois pas ridicule. Ta mère aussi semble décidée à les engager toutes les deux. Et très franchement, je suis si inquiet pour sa santé que je prendrai qui elle voudra. Les filles Belhaven réussiront peut-être à la distraire.

— Mais c'est précisément le problème, riposta Bertie avec colère, voyant qu'il était en train de perdre la bataille. Elle n'est pas en état de prendre ce genre de décisions. C'est à nous de le faire pour elle. Et je crois qu'il est de notre devoir de la protéger de ces jeunes femmes bizarres. Elles n'ont aucune référence, à part l'enthousiasme de Will. Nous devons passer une annonce, comme cela se fait toujours, pour trouver une personne compétente. Mère devrait avoir une infirmière diplômée pour s'occuper d'elle.

Herbert n'apprécia guère le sous-entendu de son aîné, suggérant qu'il ne s'occupait pas bien de son épouse. Il avait tenté plusieurs fois d'embaucher des infirmières, mais Louisa les avait toutes renvoyées.

« Je ne suis pas malade, avait-elle dit d'une voix faible. Je suis seulement fatiguée. »

Herbert massa sa jambe atteinte de rhumatismes et regarda le jardin au milieu de la place, où fleurissaient les premières jonquilles.

— Non, j'ai pris ma décision, déclara-t-il d'un ton plus déterminé qu'il ne l'était. Je vais offrir une place aux deux sœurs Belhaven.

Dans son dos, il entendit Bertie lâcher un juron et sortir de la pièce en claquant la porte. Herbert poussa un long soupir. Il semblait incapable de rendre heureux quiconque dans sa famille. Louisa disait toujours qu'il était trop faible avec Bertie et trop dur avec Will. Eh bien, il venait de s'opposer à Bertie, et ne doutait pas que son énergique fils ne raterait aucune occasion de lui reprocher sa folie dans les semaines suivantes. Le talent de Bertie pour la polémique était gâché à son poste de stagiaire dans le cabinet juridique de son père : il aurait plutôt dû entrer au barreau. Herbert aurait voulu que son aîné trouve une satisfaction quelque part. Des fiançailles avec Verity seraient peut-être la solution. Un mariage heureux était un don du ciel.

Herbert serra les dents pour refouler ses larmes. Son épouse bien-aimée dépérissait dans cette chambre étouffante, et rien de ce qu'il faisait ou disait ne semblait en mesure de l'aider. Elle paraissait se moquer de vivre ou de mourir. Depuis ce jour terrible… Non ! il ne devait pas y penser. Il fallait qu'elle se remette. La vie sans elle était inimaginable. Si elle se rétablissait, il n'insisterait plus jamais pour partager son lit. L'idée que son amour et son désir pour elle lui avaient causé tant de douleur lui était insupportable.

Il s'installa à son bureau et commença à rédiger une lettre d'engagement pour Clarrie et Olivia. Elles apporteraient de la vie et de l'espoir dans ce foyer malheureux. À elles deux, elles aideraient sa femme à recouvrer la santé.

***

— Toi, viens par ici ! ordonna Lily, tenant l'épaisse enveloppe coûteuse comme si elle lui brûlait les doigts. Qui est-ce qui t'écrit sur du papier aussi chic ?

Sortant de la buanderie, Clarrie échangea un regard avec sa sœur. Devant la table de la cuisine pleine de farine, Olivia paraissait partagée entre l'excitation et l'anxiété. Toutes deux savaient que leur sort était contenu dans cette enveloppe.

— Bon, ouvre-la !

Clarrie prit la lettre, l'ouvrit et lut la proposition rédigée d'une écriture soignée, imaginant Herbert Stock derrière son bureau d'acajou. Puis elle la relut, pour être sûre.

— Ça vient de M. Stock, dit-elle.

— Qu'est-ce qu'il veut ? demanda Lily, soupçonneuse.

Clarrie lança un regard triomphant à sa sœur.

— Il m'offre un emploi de gouvernante, et de femme de chambre à Olivia.

Olivia porta la main à sa bouche, tandis que Lily en restait la mâchoire pendante.

— Nous devons commencer au plus vite. La semaine prochaine si c'est possible.

— Possible ? s'écria Lily. Je lui en ficherais, moi, des possibles ! C'est toi qui as tout manigancé, hein ? D'abord, cet imbécile de garçon, et maintenant son imbécile de père… tu l'as bien embobiné !

Elle marcha droit sur Clarrie.

— Qu'est-ce que tu lui as offert d'autre, je me le demande !

— Rien ! C'est lui qui me l'a proposé. Leur cuisinière est partie et Mme Stock n'est pas en état de

191

s'occuper de la maison. Ils voulaient quelqu'un de la paroisse.

— De la paroisse ? Mais vous n'êtes que deux petites sauvages, de sales petites métisses !

Elle arracha la lettre des mains de Clarrie et saisit la jeune femme par les cheveux.

Clarrie poussa une exclamation de douleur.

— Qu'est-ce qui vous prend ! hurla Olivia, se précipitant et plantant les doigts dans le bras de Lily. Lâchez-la !

Mais Lily se dégagea et la repoussa violemment. À cet instant, Jared fit irruption dans la cuisine, manquant trébucher sur Olivia affalée par terre.

— Qu'est-ce qui se passe, ici ? On entend le raffut jusqu'au bout de Scotswood Road.

Lily lâcha les cheveux de Clarrie en lançant un cri de rage.

— Calme-toi ! dit Jared, aux cent coups. Qu'est-ce qu'il y a ?

Lily, le visage écarlate, agita la lettre devant lui.

— Une trahison, voilà ce qu'il y a ! C'est toute la gratitude qu'on reçoit pour avoir recueilli les gamines de ton cousin et leur avoir montré tant de bienveillance. Je savais qu'elles ne nous causeraient que du souci, est-ce que je ne t'avais pas prévenu ? Mais tu n'as rien voulu entendre ! Maintenant, elles se sont immiscées jusque chez les Stock… mes propres clients ! C'en est trop ! Je ne le permettrai pas ! Dis-leur qu'il n'en est pas question !

Elle se laissa tomber sur une chaise et se mit à sangloter bruyamment.

Tandis que Jared lisait la lettre, Clarrie déclara d'un ton ferme :

— Nous allons travailler chez les Stock, cousin Jared, et personne ne pourra nous en empêcher. C'est la raison pour laquelle nous sommes venues en Angleterre : pour trouver un emploi et subvenir à nos besoins afin de n'être une charge pour personne. Nous vous sommes reconnaissantes de nous avoir accueillies et fourni du travail, mais vous devriez aussi nous être reconnaissants d'avoir sué sang et eau pour Mme Belhaven et vous.

Jared la dévisagea.

— Nous sommes toujours responsables de vous deux jusqu'à votre majorité, lui rappela-t-il. C'est-à-dire pas avant l'année prochaine. Tu aurais dû nous consulter. Je ne veux pas être un obstacle à ton avancement, Clarrie, poursuivit-il, le regard buté, mais nous devons obtenir des compensations.

— Des compensations ?

— Parfaitement. Vous êtes de la famille et vous êtes des sources de revenus. Il serait juste que M. Stock nous verse la moitié de vos gages.

D'un coup, Lily cessa de pleurer.

— C'est ça, vous allez nous payer. C'est la moindre des choses. Vous n'irez pas chez les Stock tant que la question ne sera pas réglée.

Clarrie se retint d'exploser. La famille, vraiment ! Les Belhaven avaient un sacré toupet de réclamer autant, après la façon dont ils les avaient traitées, Olivia et elle. Mais elle était prête à payer ce prix pour échapper à cet endroit sordide et à cet esclavage.

— La moitié de notre salaire, donc, jusqu'à mes vingt et un ans.

Lily pointa le doigt vers Olivia.

— Jusqu'aux vingt et un ans de la petite.

193

— Non, madame Belhaven. Quand je serai majeure, Olivia sera sous ma seule responsabilité.

Elle sentit la main d'Olivia serrer la sienne en signe de soutien.

— Nous verrons ça le moment venu, grommela Jared, avant de retourner dans le pub.

12

Lily n'adressa plus la parole aux deux sœurs jusqu'à leur départ la semaine suivante. Elle les fit manger dans l'arrière-cuisine, transmettait ses ordres par l'intermédiaire de Jared ou de Harrison, et leur imposa tout un tas de corvées en plus de leur travail quotidien.

Mais rien ne pouvait ternir leur excitation à l'idée qu'elles partaient. Lexy et Ina se montrèrent, elles aussi, ravies pour leur amie.

— Bravo, ma belle, s'écria Ina, vous méritez mieux qu'ici.

— Si c'est de la qualité qu'ils cherchent, glissez un mot en notre faveur.

Leur bonne humeur se dissipa seulement quand Clarrie demanda des nouvelles de Maggie.

— Elle est retournée avec son mari, dit Lexy en soupirant.

— Elle avait trop peur, expliqua Ina.

— Elle n'avait pas les moyens de faire autrement, ajouta Lexy avec indignation.

Se sentant désolée pour elles toutes, Clarrie faillit leur confier son idée de salon de thé, puis craignit de s'attirer leurs moqueries.

Clarrie et Olivia avaient si peu de choses à emporter qu'elles firent leurs bagages le lundi matin de leur départ. Mais quand Olivia regarda sous leur lit, elle poussa un cri d'angoisse.

— Il n'est plus là !

— Quoi donc ?

— Mon violon ! Il n'est plus là.

Clarrie posa la chandelle par terre et scruta les ténèbres sous le sommier.

— Quand en as-tu joué pour la dernière fois ?

— Il y a plusieurs semaines. Tu sais bien que la mégère ne supporte pas de l'entendre.

— Lily ! Elle a dû le cacher rien que pour nous contrarier.

Clarrie l'affronta au petit déjeuner.

— Dis-lui, monsieur Belhaven, que je n'ai pas caché cet instrument du diable, répondit Lily par le biais de son mari. Je n'en voudrais pas dans ma maison.

— Alors, où est-il ?

— Dis-lui qu'il a été vendu, déclara Lily avec un air satisfait.

— Vous ne l'avez pas vendu ? s'écria Olivia en se décomposant.

— Vous n'aviez pas le droit !

Clarrie était furieuse.

— Il appartenait à notre père !

— Lily, ma chérie…

Même Jared paraissait outré.

— Il n'y a pas de chérie qui tienne ! rétorqua Lily. Le peu d'argent qu'il a rapporté est loin de couvrir le prix de la nourriture que ces deux-là m'ont coûté. Donc, pas la peine d'avoir pitié d'elles.

Une fois qu'elles furent seules dans l'arrière-cuisine, Clarrie tenta de consoler sa sœur.

— Nous le rachèterons, affirma-t-elle. Je te jure que nous le rachèterons ! Et si elle refuse de nous dire chez quel prêteur sur gages elle l'a déposé, on le trouvera. Je demanderai à Ina et Lexy de se renseigner.

Avant de quitter l'arrière-cuisine pour de bon, Clarrie prit le bocal de pickles.

— Qu'est-ce que tu fais ? lui demanda Olivia.

— Je rends à Lily-gin la monnaie de sa pièce, répondit Clarrie, avant de vider le gin dans l'évier.

Le vent s'était levé, en ce matin d'avril où elles quittèrent Cherry Terrace dans la charrette de Jared, qui avait risqué le courroux de sa femme en proposant de les emmener. Une fois installée, Clarrie agita le bras vers Harrison.

— Passez nous voir à Summerhill ! lui cria-t-elle. Nous vous offrirons une tasse de thé quand vous viendrez livrer les tourtes.

Elle s'était forcée à faire des adieux polis à Lily, mais cette dernière l'avait ignorée. Son humeur s'allégea à mesure que Barny les emmenait loin du pub. Le bras passé autour des épaules d'Olivia, elle ne pouvait s'empêcher de sourire. Arrivé devant la porte de derrière de la grande maison des Stock, Jared l'aida à décharger la malle.

Dolly sortit les accueillir au milieu d'un nuage de fumée.

— Eh bien, je suis contente de vous voir, mademoiselle. Le fourneau fume comme une cheminée !

— Sûrement le conduit qui est bouché, dit Jared. Un de nos clients est ramoneur, je pourrais vous l'envoyer si vous voulez.

— Merci, cousin Jared, ce serait très gentil.

Celui-ci paraissait mal à l'aise.

— Je sais que vous ne vous êtes pas très bien entendues, ma Lily et toi, mais tu continueras à commander ses tourtes, n'est-ce pas ?

Clarrie fit taire son ressentiment et le lui promit. Elle ajouta néanmoins :

— Mais vous devriez peut-être vérifier ce qu'elle garde dans ses bocaux de pickles.

Elle le vit rougir.

— Ah, les bocaux de pickles... Je suis au courant.

Et soudain, Clarrie eut pitié de lui, qui devait supporter les humeurs et la langue de vipère de Lily tous les jours de l'année.

— Nous vous verrons à l'église le dimanche, dit-elle en lui souriant. Merci de nous avoir amenées.

— Alors, au revoir, mes jolies. Vous me manquerez au pub.

Clarrie lui lança un regard surpris.

— Au revoir, cousin Jared.

Dolly les conduisit au troisième étage, réservé aux domestiques, et les fit entrer dans une chambre simple mais propre, meublée d'une table de toilette, d'une armoire et d'un lit en fer. La lumière y pénétrait par une lucarne d'où l'on avait une belle vue sur les toits de la ville.

— La vôtre est à côté, expliqua Dolly à Olivia, et la mienne est juste après.

— Nous aurons notre propre chambre ? demanda Clarrie.

— C'est la première fois que nous ne dormirons pas ensemble.

Dolly s'amusa de leur étonnement.

— Oui, c'est bien, non? Quand je rentre à la maison, je dois partager une chambre avec mes deux sœurs et mon frère. J'ai toujours hâte de revenir ici après mon jour de congé!

— C'est comment de travailler chez les Stock? s'enquit Olivia.

— Monsieur et Madame sont sympathiques, déclara Dolly. Mais nous nous faisons du souci pour elle: elle ne mange presque plus et elle est très faible. Je dois l'aider à faire sa toilette parce qu'elle ne peut plus monter dans la baignoire. Mais c'est vous qui vous en occuperez dorénavant, mademoiselle Clarrie. Monsieur veut vous voir dans son bureau à dix heures, pour vous donner ses ordres. Bon, précisa Dolly en levant les yeux au ciel, c'est sûrement M. Bertie qui vous dira quoi faire. Celui-là, il aime bien s'écouter parler. On dirait que c'est lui le chef dans cette maison, pas son père. Enfin, si vous lui obéissez, il n'y aura pas de problème.

Clarrie hocha la tête, et Dolly se tourna vers Olivia.

— Vous, vous restez avec moi et je vais vous expliquer ce que vous aurez à faire. Il y a un uniforme dans l'armoire à côté… il sera peut-être un peu trop grand, vous êtes tellement maigre. Les Stock apprécient que leurs domestiques soient bien habillées.

— Je ne vais pas avec Clarrie voir M. Stock? demanda Olivia.

— Bien sûr que non. Les femmes de chambre ne vont au premier étage que quand Monsieur et M. Bertie sont au bureau, sauf si Madame a besoin de nous. On ne doit pas nous voir… surtout s'ils reçoivent des clients. M. Bertie est très strict là-dessus. Mais ne vous inquiétez pas : la cloche sonne dans la cuisine si Madame ou Mlle Clarrie ont besoin de quelque chose. Allez, Olivia, on y va.

Olivia lança à Clarrie un regard vexé en suivant Dolly hors de la chambre. Mais à quoi s'attendait-elle donc ? Où qu'elles aillent, elles seraient traitées comme des domestiques, or cette maison semblait plus agréable que la plupart. Prenant une inspiration pour se donner du courage, Clarrie s'apprêta à aller voir Herbert Stock.

— Avez-vous des questions, mademoiselle Belhaven ? lui demanda-t-il.

Il se tenait devant la fenêtre, appuyé sur sa canne. Affalé dans un fauteuil, Bertie la contemplait avec un mépris non dissimulé.

Clarrie avait la tête farcie de toutes les informations qu'on venait de lui donner à propos des clés, de l'approvisionnement, de l'heure des repas et des menus. Olivia aiderait Dolly à faire la cuisine et le ménage ; une femme nommée Marjorie venait deux fois par semaine s'acquitter de la lessive et du repassage, et un vieux jardinier du nom de Timothy, qui s'occupait de tous les jardins de la place, prenait ses repas ici le mardi.

— Vous connaissez la nourriture anglaise, n'est-ce pas ? demanda Bertie. Comme vous êtes indienne…

— Mon père était du Northumberland, répondit-elle. Et je sais cuisiner à peu près n'importe quoi.

— Vous direz «monsieur» quand vous vous adresserez à moi. Et à mon père également. Moi, je vous appellerai Belhaven.

Clarrie s'empourpra.

— Bien, monsieur.

Herbert, semblant mal à l'aise, s'éclaircit la voix.

— Bertie, je croyais que tu avais un client à voir à dix heures quinze ?

— J'ai annulé le rendez-vous pour vous aider avec Belhaven.

— Eh bien, je pense que l'un de nous deux devrait être au cabinet.

Herbert lui fit signe de partir.

— Je te rejoindrai dans vingt minutes.

Bertie se retira, visiblement à contrecœur.

— Nous avons pris un petit bureau sur Westgate Road, non loin d'ici, expliqua Herbert à Clarrie. C'était l'idée de Bertie. Il estime que c'est plus professionnel que de recevoir les clients à la maison. Je donne encore des déjeuners ici. Mme Stock aime bien s'en occuper.

Il s'interrompit et son visage se crispa.

— Enfin, elle aimait bien. Si vous vous croyez capable…

— Si c'est ce que vous voulez, je le ferai.

— Merci, Clar… euh… mademoiselle Belhaven. Comment dois-je vous appeler ?

— La plupart des gens m'appellent Clarrie, et ça me convient tout à fait.

— Ce sera donc Clarrie.

Herbert sourit et parut se détendre.

— Ne vous faites pas de souci à cause de Bertie. Il est très à cheval sur les principes, mais il n'a pas de mauvaises intentions.

— Et quelles tâches ferai-je pour Mme Stock ? demanda-t-elle.

— Je voudrais que vous passiez le plus de temps possible avec elle quand vous ne serez pas occupée ailleurs. Elle a cessé toute vie sociale. Le médecin dit qu'elle souffre de mélancolie. La compagnie d'une jeune femme lui sera peut-être bénéfique, et je sais qu'elle vous apprécie. Faites tout ce que vous pourrez pour l'égayer, Clarrie.

— Je vais aller la voir dès maintenant, si vous le permettez. Juste pour lui dire bonjour.

Herbert hocha la tête, manifestement soulagé.

Clarrie trouva Louisa endormie, aussi retourna-t-elle la voir plus tard avec Olivia, en lui apportant un plateau de thé. Elle ouvrit l'un des rideaux.

— Les jonquilles fleurissent, maintenant que nous avons eu un peu de soleil, lança-t-elle d'un ton enjoué. Regardez, madame Stock.

Elle versa le thé dans une tasse en porcelaine fine. La dernière fois qu'elle avait fait ce geste, c'était à Belgooree. Sa main tremblait quand elle posa la soucoupe sur la table de chevet.

— Voici ma sœur, Olivia, poursuivit-elle. Pouvons-nous vous aider à vous asseoir?

Louisa hocha la tête et cligna des yeux dans le soleil de l'après-midi. Délicatement, Clarrie et Olivia l'aidèrent à s'adosser contre la pile d'oreillers.

— La musicienne? dit Louisa d'une voix mal assurée. Vous jouez du violon.

Olivia acquiesça d'un signe de tête.

— Voudriez-vous qu'Olivia joue pour vous un jour? reprit Clarrie.

Louisa laissa retomber sa tête en arrière et murmura:

— Pourquoi pas?

— Le problème, intervint Olivia, c'est que Mme Belhaven a vendu mon violon à mon insu.

— Pourquoi ? demanda Louisa.

— Par pure méchanceté.

— Ma pauvre.

— Mme Belhaven n'avait pas compris ce qu'il représentait pour ma sœur, s'empressa de dire Clarrie. Mais nous le récupérerons.

— Oui, murmura Louisa, il le faut.

Clarrie l'aida à prendre quelques gorgées de thé, jusqu'à ce que Louisa, lasse, leur donne congé.

— Pourquoi as-tu défendu Lily-gin ? attaqua Olivia quand elles retournèrent à la cuisine.

— Il n'y a rien à gagner à raconter nos problèmes, répondit Clarrie, surtout à une femme malade comme Mme Stock.

— C'est elle qui en a parlé la première. Je croyais que j'allais donner des leçons à Will.

— Laisse faire le temps. Nous devons d'abord gagner leur confiance… surtout celle de M. Bertie.

Olivia fit la grimace.

— Je suis encore la bonne à tout faire, comme chez les Belhaven. Rien n'a changé.

— Bien sûr que si ! Tu as ta propre chambre, tu peux manger autant que tu veux et tu n'as plus à entrer dans cet horrible pub tous les jours sans savoir si tu vas devoir t'interposer dans une bagarre entre ivrognes. Et Lily-gin n'est plus là pour te tyranniser du matin au soir.

— Dolly m'a donné des ordres toute la journée, répliqua Olivia, au bord des larmes.

Clarrie prit les mains de sa sœur dans les siennes.

— Écoute, Olivia, le jour où papa est mort, notre ancienne vie est morte avec lui. Nous devons nous débrouiller toutes seules, personne ne nous aidera, ce qui veut dire que nous devons accepter ce qu'on nous offre et travailler dur. Tu devrais te réjouir d'avoir un emploi de domestique dans une bonne famille comme les Stock. Il y a plein de filles qui donneraient cher pour être à ta place, ne l'oublie pas.

Voyant Olivia refouler ses larmes, elle lui serra les mains. Elle savait à quel point les bouleversements de l'année écoulée avaient été traumatisants pour sa sœur sensible.

— La situation va s'améliorer à partir de maintenant, dit-elle. Tu fais ton travail, et je m'occupe de Dolly.

Le premier mois à Summerhill passa vite. Clarrie travaillait d'arrache-pied pour prendre en main l'organisation de la maisonnée, supervisant la préparation des repas familiaux et des déjeuners que Herbert donnait, et s'occupant des soins quotidiens de Louisa. Elle se couchait après minuit et se levait à quatre heures pour dresser la liste des tâches de la journée et traiter la paperasse dans le silence du petit salon réservé à la gouvernante à côté de la cuisine.

Elle reçut les fournisseurs qui passaient et les interrogea sur les maisons voisines et leur personnel. Puis elle se fit un devoir d'aller se présenter aux autres gouvernantes de la place, pour leur demander leur avis sur les commerçants et leur proposer son aide au besoin.

— Nous autres femmes pouvons nous entraider, leur dit-elle. Vous êtes la bienvenue pour venir prendre une tasse de thé lors de votre demi-journée de congé.

La plupart, qui avaient le double de son âge, furent stupéfiées par son initiative.

— En général, on ne se mélange pas trop, lui répondit l'une d'elles. Monsieur et Madame tiennent à leur intimité.

Mais d'autres se montrèrent plus accueillantes, s'enquirent de la santé de Mme Stock et se déclarèrent ravies de rencontrer un nouveau visage sympathique. Dans la maison du coin, appartenant à un fournisseur de matériaux de construction, Clarrie fit la connaissance d'une jeune veuve du nom de Rachel Garven, qui n'occupait son poste que depuis six mois.

— Ce peut être une vie solitaire, lui confia Rachel. Je suis du Cumberland, et je ne connais pratiquement personne à Newcastle. Quand je suis de congé, j'aime bien prendre le tram pour aller me promener au centre-ville, ne serait-ce que pour sentir du monde autour de moi.

— Nous pourrions peut-être y aller ensemble, un après-midi ? proposa Clarrie. Ça fait neuf mois que j'habite dans cette ville et je n'ai jamais dépassé Westgate Road.

— Je serais ravie de vous faire visiter. Je suis libre le mercredi après-midi et le dimanche matin.

— Je verrai comment je peux m'arranger.

À la maison, elle répartit les tâches entre Dolly et Olivia de manière à limiter les frictions entre elles. Dolly, très compétente en cuisine, se vit chargée de la préparation des repas, tandis qu'Olivia aidait sa sœur à s'occuper de Louisa et servait à table, une fois qu'elle avait terminé son travail du matin. Clarrie donnait un coup de main dans tous les domaines, ne demandant jamais à quiconque de faire quelque chose qu'elle n'était pas prête à accomplir elle-même. Comme elle l'avait espéré, Olivia cessa de se plaindre d'avoir à se lever tôt pour allumer les feux et d'astiquer sans cesse à mesure qu'elle apprit à connaître Louisa. Un jour qu'elle l'aidait à faire la toilette de la malade puis à changer ses draps, elle fit un commentaire sur sa collection de romans de Thomas Hardy et de George Eliot.

— Mon préféré, c'est *Le Moulin sur la Floss*, dit Olivia. Notre père l'avait, mais je l'ai lu tant de fois que les pages se détachaient.

Ce qui fut le prélude à la plus longue conversation que Clarrie ait jamais entendu Louisa tenir. À partir de ce jour, Olivia lui fit la lecture pendant une demi-heure tous les après-midi. Herbert était si content de voir son épouse montrer de l'intérêt pour quelque chose qu'il autorisa Olivia à emprunter d'autres livres de sa bibliothèque pour son seul plaisir.

Hélas, personne n'avait réussi à retrouver la trace du violon de Jock. Lexy avait envoyé un message peu après que les sœurs eurent quitté Cherry Terrace pour dire qu'Ina et elle avaient interrogé tous les prêteurs sur gages du quartier, sans résultat. Mais quand Herbert eut vent de la disparition du violon, il alla en acheter un neuf pour Olivia.

— Maintenant, vous pouvez apprendre quelques airs à Will, n'est-ce pas ? dit-il d'un ton bourru, embarrassé par les remerciements larmoyants de la jeune fille.

De sorte que tous les soirs, après le souper, on entendait Will manier l'archet dans la vieille nursery du deuxième étage et se montrer si prometteur que son père lui offrit bientôt son propre instrument. Olivia faisait preuve d'une patience admirable avec le garçon, et Clarrie vit le moral de sa sœur s'améliorer. L'été venu, quand Olivia s'adressait aux autres domestiques de la place, elle se présentait comme dame de compagnie et professeure de musique.

Elle avait seize ans et commençait à s'épanouir comme une fleur de la jungle après la pluie. Son visage se remplit et perdit son air pincé et angoissé ; ses cheveux roux s'épaissirent et devinrent plus brillants, et quand elle souriait ses yeux brun pâle s'illuminaient.

Lorsqu'il n'était pas à l'école ou en train de pratiquer son violon, Will suivait Clarrie partout comme un petit chien fidèle, papotant avec elle ou tentant de la persuader de jouer au backgammon ou aux cartes. Les jours de pluie, pour échapper à un frère trop critique et un père trop distrait, il cherchait refuge dans le salon de Clarrie, qui le retrouvait souvent pelotonné sur le petit canapé avec un livre.

« Maman n'a pas envie de parler aujourd'hui », disait-il tristement.

Ou alors, espiègle :

« Si Bertie vient me chercher, je me cacherai dans le garde-manger. »

Les fois où son frère aîné le surprit dans le salon de la gouvernante, il l'en fit sortir aussitôt en réprimandant Clarrie. Il ne ratait pas une occasion de la rabrouer. Jamais il n'était revenu sur son opinion selon laquelle les sœurs Belhaven n'étaient pas assez convenables ou qualifiées, et il semblait leur en vouloir d'avoir gagné la confiance de ses parents et l'affection de son frère. Clarrie remarqua que son hostilité à son égard augmentait chaque fois qu'il rentrait de chez les Landsdowne ou que Verity passait à Summerhill.

Celle-ci faisait comme si Clarrie était invisible. Jamais elle ne la saluait ou ne répondait à ses remarques ou questions polies. Un jour, alors que Clarrie disposait des fleurs dans les vases du salon, Verity passa en compagnie d'une amie après avoir fait des courses. Olivia les déchargea de leurs nombreux paquets pendant que Verity pénétrait dans le salon comme si elle était chez elle.

— Vous ! dit-elle en pointant le doigt sur Clarrie. Apportez-nous du thé tout de suite. Nous sommes épuisées.

— Certainement, mademoiselle Landsdowne, répondit Clarrie, ravalant la remarque cinglante qui lui brûlait les lèvres.

— Laissez ces fleurs, Belhaven. Vous faites ça n'importe comment, ajouta-t-elle en lui donnant une petite tape avec son gant.

Alors que Clarrie traversait la pièce, Verity se mit à réarranger le bouquet.

— On ne peut pas s'attendre à ce qu'une coolie sache faire ça, déclara-t-elle à son amie.

Clarrie ne put que serrer les dents en s'empressant de quitter le salon.

Quand les vacances scolaires arrivèrent en août et que Will se trouva désœuvré, Clarrie ne put l'empêcher de passer tout son temps dans les cuisines avec les domestiques, au risque de se faire taper sur les doigts. De fait, Bertie la prit à partie un jour, furieux:

— Vous savez très bien qu'il n'a pas le droit d'y aller, alors cessez de l'encourager. Jamais il ne deviendra un gentleman s'il passe son temps avec le personnel.

S'il se montrait toujours grossier avec elle quand son père avait le dos tourné, ce jour-là, il semblait particulièrement remonté contre elle.

— Mon père tolère peut-être vos tentatives pour imiter ceux qui vous sont supérieurs, mais vous risquez d'oublier votre position, poursuivit-il. Je me demande où va le monde: des femmes de chambre qui enseignent le violon et des gouvernantes qui font des visites mondaines chez leurs voisines en se prenant pour des aristocrates! Tout ça, c'est la faute de ces fauteuses de troubles qui réclament le droit de vote.

Il agita son doigt dodu vers elle.

— Eh bien, n'allez pas imaginer que vous pouvez semer la subversion dans cette maison. Nous savons tous où est notre place: la vôtre et celle de votre sœur se trouvent en bas. Vous comprenez?

Clarrie ne comprenait que trop bien. Deux jours plus tard, elle apprit que Verity Landsdowne et ses parents étaient invités à Summerhill. C'était un événement et tout devait être parfait. Herbert lui apprit que M. Landsdowne était armateur, même s'il avait délégué la gestion quotidienne de son entreprise à Clive, le frère de Verity.

— Landsdowne aime passer le plus de temps possible dans sa maison de campagne, Rokeham Towers, à chasser et pêcher. Je me demande comment sa fille a réussi à le faire revenir en ville, maintenant que la chasse est ouverte.

— Eh bien, je suis sûre que Mlle Landsdowne sait se montrer très persuasive, murmura Clarrie.

Il lui lança un regard amusé.

— Tout à fait. Vous discuterez du menu avec Mme Stock.

— Elle voudra descendre pour le dîner ? demanda Clarrie.

— Je ne pense pas. Mais je veux qu'elle soit associée à l'événement. C'est une occasion particulière, de nature à lui remonter le moral.

— Des fiançailles ? ne put se retenir de demander Clarrie.

— J'ai trop parlé, répondit Herbert, consterné. Ce n'est pas à moi de…

— Rassurez-vous. Je ne dirai pas un mot.

Tandis qu'elle discutait des préparatifs avec une Louisa peu intéressée, Clarrie se demandait dans quelle mesure des fiançailles et un mariage changeraient les choses à Summerhill. Verity viendrait-elle vivre ici, ou le couple s'installerait-il ailleurs ? Herbert prendrait-il modèle sur M. Landsdowne en déléguant davantage de travail à Bertie au cabinet ? Si cela lui permettait de passer plus de temps avec Louisa et Will, ce serait peut-être appréciable. Mais Clarrie avait vu à quel point Herbert était dévoué à ses clients. Il passait de longues heures à son bureau, et avait la réputation d'être un avocat compétent et de confiance. Son travail, c'était sa vie.

Louisa ayant refusé de quitter sa chambre pour la visite des Landsdowne, Clarrie et Olivia apportèrent des chaises supplémentaires et garnirent la pièce de fleurs, de manière qu'elle puisse recevoir ses invités pendant un petit moment. Les Stock et les Landsdowne s'assirent autour du lit où reposait Louisa, les traits tirés, mal à l'aise d'être au centre de l'attention.

Lorsque Clarrie servit le thé l'après-midi, M. Landsdowne l'étonna en s'adressant à elle :

— C'est vous dont le père avait une plantation de thé en Assam ?

— Oui, monsieur.

— Nous avons des relations dans ce secteur, déclara-t-il d'un ton pompeux. Du côté de ma femme. Le jeune Bertie s'est renseigné sur vos origines quand on vous a proposé ce poste. Nous avons pu l'aider.

Il souriait, mais ses yeux étaient aussi froids que ceux de Verity. Le ventre noué, Clarrie se demanda ce qu'il avait appris. Que son père était mort alcoolique et endetté ? Qu'Olivia et elle avaient une grand-mère indienne ? Était-ce la raison pour laquelle Verity faisait des remarques insultantes sur les coolies quand elle était à portée de voix ?

— Bien sûr, ces cousins de ma femme ne s'intéressent pas uniquement au thé, poursuivit le père de Verity, s'adressant cette fois aux Stock. Comme tous les hommes d'affaires qui ont réussi, ils se sont diversifiés au fil des années. Vous les connaissez peut-être : les Robson ?

Sous le choc, Clarrie reposa la théière trop brusquement et des gouttes de thé giclèrent sur le plateau. Verity la fusilla du regard.

211

— Faites un peu attention ! dit-elle, cinglante.

Clarrie rougit jusqu'à la racine des cheveux.

— Oui, j'en ai entendu parler, répondit Herbert. Ils ont fait fortune dans le matériel agricole et les chaudières, n'est-ce pas ?

— Oui, et maintenant ils ont un succès considérable avec le thé. Ils sont planteurs, importateurs et gèrent aussi la commercialisation. À en croire James, ça leur rapporte des mille et des cents. James Robson est le cousin issu de germain de mon épouse. Votre gouvernante l'a peut-être croisé en Inde.

— Non, monsieur, répondit Clarrie très vite.

— Alors, son neveu, peut-être, Wesley Robson ?

Le cœur de Clarrie battait la chamade, tandis qu'elle essuyait le thé renversé sur le plateau. Elle n'avait qu'une envie : sortir de cette chambre et s'éloigner de ces gens.

— Ce jeune homme a très bien réussi, poursuivit M. Landsdowne en se tournant vers Herbert. À vingt-six ans, il a visité des plantations dans toute l'Inde et à Ceylan, et maintenant il s'occupe de négoce à Londres. D'après ce qu'on dit, il connaît tout sur le thé.

— Vraiment ? répondit Herbert avec un hochement de tête admiratif. Il apprend vite.

Clarrie ne put en supporter davantage.

— Il faut des années pour pouvoir prétendre connaître vraiment le thé, intervint-elle. Le planter, le voir pousser, l'entretenir pendant les bonnes saisons et les mauvaises... jusqu'à ce qu'on ait ça dans le sang.

Comme tous la dévisageaient, elle prit le plateau en rougissant. Quelle idiote de s'emporter ainsi à la simple mention du détestable nom de Robson!

M. Landsdowne lui lança un regard glacial alors qu'elle se hâtait de sortir en marmonnant qu'elle allait refaire du thé. Par la porte fermée, elle entendit Verity dire:

— C'est un peu fort de se faire sermonner par la fille d'un planteur qui a fait faillite!

Clarrie se figea derrière la porte, incapable de se retenir d'écouter la suite.

— Pour le moins, répondit son père. Surtout quand on voit la réussite des Robson.

— Je vous prie d'excuser son impertinence, déclara Bertie. Je lui dirai deux mots.

— Allons, allons, messieurs, fit Herbert. Cette jeune fille défendait son père, c'est tout. On doit plutôt la plaindre de sa situation difficile.

Le père de Verity grommela:

— D'après ce que j'ai entendu dire, Belhaven a toujours été un raté qui rêvait de se hisser au-dessus de sa condition. Et il en a toujours voulu aux Robson de leur réussite. Surveillez ses filles, c'est tout ce que je peux vous conseiller.

— Ne vous inquiétez pas, papa, Bertie sait comment traiter les domestiques, affirma Verity. Et moi aussi.

Clarrie se précipita dans l'escalier, furieuse de leur mépris affiché pour son père et de leur condescendance vis-à-vis d'Olivia et elle. Elle fut à deux doigts d'arracher son tablier empesé et de s'en aller. Personne n'avait le droit de parler comme ça des Belhaven! Fulminant, elle s'affairait dans la cuisine à refaire du thé quand un gond grinça dans son dos. La porte du garde-manger s'ouvrit et la tête de Will apparut.

— Je peux sortir ? murmura-t-il.

— Ils vous ont cherché partout ! Vous devez monter dire bonjour aux Landsdowne.

— Je ne veux pas y aller. Ils sont ennuyeux, et Verity ne m'aime pas. Elle me dit toujours de m'en aller et de les laisser tranquilles, Bertie et elle.

— Eh bien, nous sommes tous obligés de faire des choses qui ne nous plaisent pas.

Il l'examina de plus près.

— Vous êtes toute rouge. Vous avez pleuré ?

— Non !

Will enfonça les mains dans ses poches en soupirant.

— Vous savez que Verity et Bertie vont se marier ?

Voyant le visage malheureux du jeune garçon, Clarrie se radoucit.

— Qu'est-ce que ça peut faire, si Bertie est heureux ?

— Mais pourquoi elle ? Elle ne sait même pas jouer au backgammon.

Riant soudain, Clarrie le prit dans ses bras.

— Oh, Will, vous êtes merveilleux ! Ne changez jamais.

Il passa les bras autour de la taille de Clarrie et lui fit un câlin.

— J'imagine que, si Bertie est heureux, il nous embêtera moins.

— Tout à fait, acquiesça Clarrie. Ou alors, ils seront deux à s'en prendre à nous.

Elle lui embrassa le haut de la tête.

— Allez venez, nous les affronterons ensemble. Les Deux Mousquetaires.

Avec Will à son côté, Clarrie put remonter l'escalier en levant fièrement son menton de Belhaven.

13

— Mlle Landsdowne souhaite se marier en décembre, dit Clarrie à son amie Rachel, lorsqu'elles se retrouvèrent au salon de thé l'*Empire* en ville.

C'était leur endroit préféré : une salle au plafond haut, aux fenêtres en vitraux, aux tables recouvertes de nappes en lin et de petits bouquets de fleurs fraîches, séparées par des plantes vertes pour offrir de l'intimité aux clients. Assise à côté de sa sœur, Olivia griffonnait dans un cahier.

— Elle n'arrête pas de passer à la maison pour discuter de l'organisation des noces… Mme Stock est déjà épuisée.

— Où vivront-ils quand ils seront mariés ? demanda Rachel en leur resservant une tasse de thé.

Clarrie fit la grimace.

— À Summerhill pour commencer. C'est un autre souci : Mlle Landsdowne a l'intention de réaménager tout le deuxième étage pour se faire un appartement. M. Bertie veut vivre près de son bureau et elle aime bien être en ville. Les Landsdowne vont leur offrir une maison sur leur propriété à la campagne pour le week-end.

Rachel fit la grimace.

— Eh bien, il y en a qui ne s'en font pas ! Bob et moi disposions d'une pièce dans un cottage, et nous nous estimions déjà heureux.

— Je me demande où le pauvre Will est censé aller, reprit Clarrie. Probablement dans le grenier, s'il ne tenait qu'à Verity.

— C'est un gentil garçon, dit Rachel en soupirant. Bob voulait un fils. C'est aussi bien qu'on n'en ait pas eu. Je ne sais pas comment je ferais, seule, avec un enfant.

Voyant les larmes monter aux yeux de son amie, Clarrie lui prit la main.

— Je suis désolée, je ne devrais pas jacasser comme ça à propos de mariage.

— Ne vous en faites pas pour moi. J'aime bien vous entendre jacasser.

Rachel se moucha dans un mouchoir amidonné.

— Et je suis contente de profiter de votre compagnie. Je n'oserais jamais venir ici toute seule.

— Moi aussi, ça me fait plaisir.

Puis Clarrie se tourna vers sa sœur :

— Montre-nous ce que tu as dessiné.

— Ce n'est pas bon, annonça Olivia en lui tendant son cahier sans enthousiasme.

Elle avait créé un motif de fleurs et d'oiseaux entremêlés qui semblaient jaillir de la page.

— Si, c'est même excellent, déclara Clarrie en montrant le cahier à Rachel.

— Vous êtes vraiment douée, Olivia. D'où vous viennent toutes ces idées ?

— Elles sont là, dans ma tête.

— En tout cas, c'est plus joli que tout ce qui est accroché aux murs du numéro 6, fit remarquer Rachel. Mon patron n'aime que les cartes et les bateaux ; c'est triste à mourir. Vous devriez peindre cela en couleurs vives, Olivia.

La jeune fille rougit de plaisir.

— C'est vrai, acquiesça Clarrie. Je regrette de ne pas avoir les moyens de lui offrir une vraie boîte de peintures.

— Avant, j'avais de la peinture, des pinceaux et un chevalet.

— Et tu en auras encore, dès que nous ne serons plus obligées de verser la moitié de notre salaire aux Belhaven. Un peu de patience.

— Un peu de patience ! s'exclama Olivia en lui prenant le cahier des mains. C'est tout ce que tu sais dire.

Clarrie ne voulait pas se disputer avec sa sœur devant son amie. Elle partageait la frustration d'Olivia, mais elle regrettait que celle-ci soit aussi capricieuse.

Pour bien montrer qu'elle s'ennuyait et qu'elle voulait s'en aller, Olivia se mit à tapoter le cahier avec son crayon. Clarrie tenta de l'ignorer : elle chérissait trop ces rares moments de luxe, où elle pouvait s'asseoir et se faire servir, parler avec Rachel et voir comment vivait la bourgeoisie de Newcastle. Dans un coin, un groupe de femmes discutait d'une élection partielle. À la table voisine, quatre amies faisaient un sort à une assiette de sandwichs et de gâteaux en parlant de leurs enfants. Dans un coin, un couple était arrivé séparément : Clarrie soupçonnait un rendez-vous clandestin.

À contrecœur, elle finit sa dernière goutte de thé.

— Bon, dit-elle avec un regard d'excuse à Rachel, allons marcher au soleil.

Le beau temps persista jusqu'en septembre. «L'été indien», comme l'appelait Herbert. En se souvenant des moments passés sur la véranda à Belgooree, Clarrie eut l'idée d'encourager Louisa à sortir du lit pour s'installer près de la fenêtre ouverte donnant sur le balcon, afin de profiter de l'air doux et de la vue sur le jardin. Sa patronne continuait de s'amaigrir, et il était de plus en plus facile à Clarrie et Olivia de la soulever.

Louisa paraissait contente de rester assise là. Son visage s'éclairait en voyant Will rentrer de l'école en courant et lui faire signe de l'autre côté de la place. Il montait l'escalier quatre à quatre et s'installait aux pieds de sa mère pour papoter.

Il avait beaucoup grandi au cours de l'été, et semblait embarrassé par son corps dégingandé. Un jour où Verity tentait d'intéresser Louisa à la rénovation du deuxième étage, il entra et renversa une pile d'échantillons de tissus. Clarrie, qui servait le thé, se dépêcha d'aller les ramasser.

Verity tenta de masquer son agacement derrière un rire qui sonnait faux.

— Quel maladroit tu fais!

— Désolé, dit Will en allant embrasser sa mère et en ignorant sa future belle-sœur. Regardez, maman, mon premier marron! Clarrie m'aidera à l'accrocher à une ficelle.

— Tu n'es pas un peu vieux pour les combats de marrons? demanda Verity. Tu as presque treize ans.

À ton âge, Clive faisait de la boxe et pratiquait des sports de garçon.

Louisa posa une main protectrice sur les cheveux blonds de son fils.

— Il est encore jeune, fit-elle. Il a tout le temps pour les activités d'adulte.

Peu de temps après cet épisode, Clarrie entendit Bertie suggérer à son père d'envoyer Will en pension.

— Il a besoin de s'endurcir. Et il passe beaucoup trop de temps avec les domestiques. Cet enfant n'a aucune éducation. Il se montre parfois grossier avec Verity.

Herbert poussa un soupir impatient.

— Je suis le premier à admettre qu'il est parfois pénible, mais je n'ai pas envie qu'il s'en aille. De plus, ta mère s'y opposerait. Verity s'y fera.

Le temps se refroidit soudain et Louisa ne quitta plus son lit. L'idée de la pension ne fut plus évoquée, alors que Verity se lançait dans les importants préparatifs du mariage. La cérémonie religieuse se tiendrait à la cathédrale Saint-Nicolas, et serait suivie d'une réception et d'un bal la semaine précédant Noël. La moitié de Newcastle semblait être invitée. Clarrie se doutait que la période allait être bousculée, car Bertie souhaitait donner une grande soirée la veille du mariage et héberger une partie de la famille venue du Yorkshire.

Ce fut Will qui alerta Clarrie sur l'état de sa mère.

— Maman a une drôle de toux, lui dit-il, et elle a encore refusé son souper.

Louisa mangeait d'ordinaire si peu que Clarrie ne s'était pas particulièrement inquiétée. De plus, c'était souvent Olivia qui lui apportait ses repas et débarrassait. Mobilisée par les exigences de Verity, elle avait passé peu de temps avec sa patronne, sauf pour lui faire sa toilette. Ces deux derniers jours, Louisa avait refusé qu'on la lave ou même qu'on la touche, et chaque fois que Clarrie était passée la voir elle l'avait trouvée endormie. Pourquoi n'avait-elle pas fait plus attention ? se demanda-t-elle avec une pointe de culpabilité.

Bertie et Verity étant au théâtre, Clarrie monta dans la chambre de Louisa, qu'elle trouva empourprée, les yeux embués et respirant avec difficulté. Lorsqu'elle lui toucha le front, Louisa murmura :

— Laissez-moi tranquille ! S'il vous plaît, partez !

— Vous êtes brûlante, madame.

Louisa fut prise d'une mauvaise quinte de toux.

— Je vais chercher le médecin, dit Clarrie.

— Non, chuchota Louisa entre deux spasmes. Plus… de… médecins.

Clarrie tenta de la redresser pour l'aider à respirer, mais Louisa grimaça et frissonna comme si elle l'avait effleurée avec des doigts glacés. Prise de panique, Clarrie alla chercher Herbert et le trouva en train de travailler dans son bureau. En voyant la peur imprimée sur son visage, il se leva aussitôt.

— Que se passe-t-il ?

— C'est Mme Stock… elle ne va pas bien. Je crois qu'elle a de la fièvre.

— De la fièvre ? Mais je l'ai vue ce matin…

— Elle est brûlante, et elle n'a rien mangé depuis deux jours. Elle n'a fait que dormir.

— Pourquoi ne m'avez-vous rien dit ?

— Je suis désolée, monsieur. Je crois que nous devrions appeler le médecin.

— Je vais le chercher, annonça Herbert.

— Laissez-moi y aller, pour que vous puissiez rester à son chevet.

Il hocha la tête et monta aussitôt.

Lorsque Clarrie revint avec le médecin, elle trouva Will assis sur le lit de sa mère, tandis que Herbert se tenait près du feu, les mains derrière le dos. Il chassa son fils de la pièce le temps que le praticien examine la malade.

— Olivia pourrait peut-être lui faire la lecture, suggéra le garçon, qui suivit Clarrie dans la cuisine. Ou alors, je pourrais lui jouer un air. Vous croyez que ça l'aiderait ?

— Certainement, mais peut-être demain, après une bonne nuit de sommeil. Pourquoi n'iriez-vous pas chercher Olivia, pour vous entraîner un peu à jouer ?

Trop content d'avoir quelque chose pour s'occuper, Will obtempéra. Puis la cloche du bureau sonna et Clarrie se précipita en haut, où elle trouva le médecin avec Herbert. Bertie était rentré et lampait un grand verre de whisky.

— Mme Stock a pris froid, lui dit le médecin.

— Pas étonnant, déclara Bertie. Belhaven a laissé ma chère mère assise pendant des heures dans les courants d'air, comme si nous vivions sous les tropiques.

Le médecin leva la main, indiquant qu'il était vain de chercher un coupable.

— Je lui ai prescrit des médicaments et une pommade. Sa température est trop élevée. Vous devez lui passer un linge tiède sur le corps au cours de la nuit pour la rafraîchir. Et essayez de la faire boire.

— Oui, docteur.

— Je reviendrai demain, ajouta-t-il à l'intention de Herbert, en lui donnant une tape sur l'épaule. D'ici là, le pire sera peut-être derrière nous.

Piquée au vif par les horribles accusations de Bertie, Clarrie s'apprêtait à passer la nuit auprès de Louisa, mais, à minuit, Herbert l'envoya se coucher.

— Je vais rester avec elle. Je ne pourrai pas dormir cette nuit.

Clarrie se leva, épuisée mais anxieuse. Les yeux fermés, Louisa s'agitait et gémissait, mais ne leur répondit pas quand ils lui parlèrent.

Au moment de sortir de la chambre, Clarrie dit :

— Sonnez si vous avez besoin de moi, monsieur… quelle que soit l'heure.

Herbert hocha la tête, mais sans quitter son épouse du regard.

Clarrie se prépara un lit de fortune dans le salon de la gouvernante au cas où il appellerait, et se coucha tout habillée. À trois heures du matin, elle se réveilla en sursaut en entendant quelqu'un entrer à pas de loup dans la pièce.

— Vous êtes là ! murmura Will, serrant contre lui son étui à violon. J'ai cru que vous étiez avec maman, mais, quand je suis entré dans sa chambre, père m'a ordonné de sortir. Il m'a dit que je ne ferais que la fatiguer. Mais je n'arrive pas à dormir. Je peux rester ici ? *S'il vous plaît !*

— Bien sûr que oui, répondit Clarrie sans hésiter.

Et tant pis si elle devait ensuite essuyer la colère de Bertie.

Elle se leva et enroula une couverture autour des épaules tremblantes de Will.

— Installez-vous sur le sofa, je vais aller nous préparer du lait chaud.

Elle ranima le feu, et tous deux restèrent là à siroter leur breuvage en parlant de petites choses du quotidien. Au bout d'un moment, Will se mit à bâiller. Quand elle revint de la cuisine après être allée laver les tasses, le garçon dormait. Clarrie se passa le visage sous l'eau froide et remonta en emportant un plateau de thé.

Herbert s'était endormi, les bras écartés sur le lit. Dès que Clarrie approcha, elle perçut le changement dans la respiration de Louisa : rauque et sifflante, elle évoquait des cailloux ballottés dans un torrent. Clarrie posa maladroitement le plateau.

Herbert se réveilla en sursaut.

— Quoi ? Que se passe-t-il ?

Clarrie prit la main de Louisa ; elle n'avait presque plus de pouls. Soudain, Louisa ouvrit les yeux et tenta de remuer les lèvres. Clarrie se tourna vers Herbert et mit la main de son épouse dans la sienne.

— Elle essaie de vous dire quelque chose.

— Qu'y a-t-il, mon amour ? demanda-t-il d'une voix cassée. Dis-moi !

— Will…, murmura Louisa. Will…

— Je vais le chercher, dit aussitôt Clarrie.

Sans attendre d'en avoir la permission, elle actionna la sonnette qui déclenchait la cloche au sous-sol et sortit.

Au milieu de l'escalier, elle croisa Will, les cheveux en bataille, les yeux agrandis par la peur.

— J'ai entendu la cloche et vous n'étiez plus là et…

— Votre mère vous réclame, lui expliqua Clarrie. Dépêchez-vous.

Will grimpa deux marches puis se retourna.

— J'ai oublié mon violon…

— Montez. Je vais le chercher. Allez!

Le garçon reprit sa course, en criant à sa mère qu'il arrivait. Le cœur serré par l'angoisse, Clarrie se dépêcha d'aller chercher l'instrument.

De retour dans la chambre, elle trouva Herbert tel qu'elle l'avait laissé, serrant toujours la main de sa femme, Will à son côté. Louisa avait les yeux mi-clos, la bouche entrouverte. Elle semblait respirer un petit peu plus facilement.

Le garçon se tourna vers Clarrie.

— Maman ne dit rien, murmura-t-il. Je crois qu'elle ne me reconnaît pas.

Sur une impulsion, Clarrie lui tendit le violon.

— Elle veut que vous jouiez pour elle. C'est ce qu'elle a dit.

Will hésita, lançant un coup d'œil à Herbert.

— Je peux, père?

Celui-ci ne sembla même pas l'entendre. Il s'accrochait à la main de sa femme, comme si, ce faisant, il avait pu la retenir en ce monde.

Clarrie effleura l'épaule de Will pour l'encourager.

— Faites-le pour votre maman, insista-t-elle doucement.

Will coinça le violon sous son menton et se lança dans une interprétation tremblante de *Water of Tyne*, qu'Olivia lui avait récemment appris. Une fois arrivé à la fin, il fit une pause puis le joua de nouveau, avec plus d'assurance, et les notes remplirent la pièce.

Au dernier coup d'archet, la musique continua de résonner autour d'eux comme si elle ne voulait pas s'évanouir. Le souvenir du morceau parut flotter dans l'air, alors que le silence reprenait ses droits. Un silence total. Will tenait toujours son violon, et Herbert la main de Louisa.

La malade avait cessé de respirer.

— Elle est partie, fit tout doucement Clarrie en tendant la main vers Will.

Mais il la repoussa, lâcha le violon et bondit sur le lit.

— Maman ? Maman !

Herbert poussa un terrible gémissement, comme s'il venait de recevoir un coup violent. Clarrie ramassa le violon et se dirigea vers la porte pour les laisser à leur chagrin. Un instant plus tard, elle entendit Herbert s'écrier :

— Sors d'ici ! Ne la touche pas !

Will hurla.

— Elle n'est pas morte ! Non !

Clarrie se figea. Elle aurait voulu se précipiter dans la chambre et serrer le jeune garçon dans ses bras pour le réconforter, comme son père aurait dû le faire.

— Sors d'ici ! hurla Herbert comme un animal pris au piège. Laisse-moi seul avec elle, pour l'amour du ciel.

Will sortit de la chambre en sanglotant, les yeux rougis.

— Will !

Elle voulut l'arrêter, mais il la bouscula, traversa le couloir en courant et fila dans l'escalier. Elle l'entendit s'escrimer sur la porte d'entrée pour

226

s'échapper. Vite, elle courut jusqu'à la chambre de Bertie et tambourina contre la porte.

— S'il vous plaît, monsieur, venez vite!

— Qu'y a-t-il?

— Pardonnez-moi, monsieur, c'est votre mère. Votre père a besoin de vous.

Sans plus attendre, Clarrie se précipita dans l'escalier à la poursuite de Will. Il avait réussi à ouvrir la lourde porte et l'avait laissée grande ouverte. Elle fit le tour de la place en courant, le cherchant au milieu des ombres, dans la faible lueur des becs de gaz. Tournant au coin de la rue, elle entendit des sanglots et l'aperçut, accroupi contre les grilles, tremblant. Elle se pencha et lui toucha l'épaule.

— Je suis désolée, Will, murmura-t-elle.

— C'est ma faute, dit-il entre deux sanglots. J'ai cru que je pouvais la guérir avec de la musique. C'était idiot. Je suis un idiot, un idiot!

Clarrie s'agenouilla à côté de lui. Voilà qu'il répétait les mots si durs de Herbert et de Bertie.

— Rien n'est de votre faute, répliqua-t-elle fermement. Votre maman était malade depuis longtemps. Elle n'avait plus la force de lutter. Même le médecin n'a pas pu la sauver.

— Il... il... m'a... dit... de... sortir. Père... me déteste.

— Non, sûrement pas. Votre père est trop bouleversé pour savoir ce qu'il fait.

Elle le prit dans ses bras.

— Il va avoir besoin de vous, Will. Vous allez devoir vous consoler l'un l'autre, pas vous fuir. Promettez-moi que vous ne vous enfuirez plus jamais?

Il hocha la tête et se laissa étreindre.

— Vous ne partirez pas, n'est-ce pas ? Maintenant que maman est…

Il ne réussit pas à prononcer le mot.

— Bien sûr que non, promit Clarrie. Je resterai tant qu'on aura besoin de moi.

Elle le tint serré contre elle dans le froid de la nuit, souhaitant pouvoir protéger cet enfant affectueux du chagrin qui, elle le savait, allait l'engloutir.

14

Cet hiver-là, le 12, Summerhill prit le deuil. Tous les engagements mondains furent annulés, et le mariage de Bertie fut ajourné. Herbert, inconsolable, s'enfermait pendant de longues heures dans son bureau, se noyant dans le travail pour oublier sa douleur. Il se montrait cassant avec Clarrie et ne laissa plus à Olivia le libre accès à sa bibliothèque, comme s'il voulait les punir de ne pas l'avoir averti de la dégradation de l'état de Louisa. Au début, il leur témoigna une froideur telle que Clarrie craignit qu'elles ne soient renvoyées et jetées à la rue.

Will errait dans la maison comme une âme en peine. Son treizième anniversaire passa sans donner lieu à la moindre célébration – sinon que Dolly lui prépara un gâteau, et que Clarrie et Olivia lui achetèrent des partitions. Clarrie essayait de le réconforter du mieux qu'elle pouvait et l'encourageait à jouer du violon, mais Herbert ne supportait plus d'en entendre le son.

«Arrête ce bruit épouvantable, pour l'amour du ciel! s'écriait-il en sortant dans le couloir. Nous portons le deuil de ta mère. N'as-tu donc aucun respect?»

Puis il claquait la porte de son bureau.

Après plusieurs réprimandes semblables, Will perdit tout appétit pour la musique et cessa de pratiquer avec Olivia. Clarrie souffrait pour lui et se demandait si elle devait intervenir en son nom. Mais Herbert semblait perdu dans des ténèbres de solitude; il lui rappelait son père après la mort de sa mère.

— Laissez du temps au temps, conseilla-t-elle à Will. Votre père doit pouvoir pleurer en paix, mais il ne sera pas toujours ainsi. Comme mon vieil ami Kamal disait toujours: « N'oubliez pas qu'après la pluie vient le soleil. »

Les mains enfoncées dans les poches, Will secoua la tête, peu convaincu. Il venait de moins en moins souvent dans le salon de la gouvernante en bas, et passait presque tout son temps dans sa chambre, quand il ne se glissait pas dans celle de sa mère, où il restait assis seul au milieu des livres et des flacons de parfum poussiéreux. Herbert avait interdit qu'on touche à quoi que ce soit, ou même qu'on nettoie la chambre. Le soir après l'école, Will rentrait tard, et Clarrie savait qu'il déambulait en ville, repoussant le moment de regagner la maison. S'il s'en rendait compte, son père semblait s'en moquer.

Bertie était le plus difficile de tous. La façon qu'il avait de tantôt amadouer, tantôt tyranniser son père pour obtenir ce qu'il voulait ne fonctionnait plus. Herbert refusait même de discuter d'une nouvelle date pour le mariage. Verity passait rarement, évitant cette maison sinistre, mais Clarrie se doutait qu'elle faisait pression sur son fiancé pour qu'il agisse.

Bertie, qui avait semblé peu affecté par le décès d'une mère qui lui accordait moins d'attention qu'à Will, se vengeait de ce deuil forcé sur les domestiques. Un jour, il fit pleurer Olivia en lui balançant une paire de chaussures.

— Vous appelez ça cirées ? C'est une honte !

Il vexa Dolly en renvoyant sa cuisine qu'il prétendait immangeable et saisissait la moindre occasion pour humilier Clarrie devant des clients.

— Belhaven, apportez-nous du thé ! Du bon thé anglais, pas de ce brouet épicé que boivent les sauvages.

Un jour, elle l'entendit parler d'elle à un épicier corpulent qui lui avait lancé un regard de travers sur le seuil.

— Elle est métisse ? avait demandé l'homme.

— Oui. Belhaven est une crève-la-faim que mon père a recueillie.

— C'est un homme bon, votre père. Il faut juste espérer qu'elle lui est reconnaissante.

Si ces remarques désagréables la faisaient bouillir intérieurement, Clarrie se forçait à n'en rien montrer. Elle ne pouvait pas risquer de perdre sa place, mais elle se promettait qu'un jour elle serait vengée de ces affronts et de ces mesquineries.

À la fin de janvier 1907, Clarrie eut vingt et un ans. Avec un sentiment de triomphe, elle alla rendre visite à ses cousins à Cherry Terrace, pour leur remettre le dernier salaire qu'elle leur verserait jamais.

La ruelle, glissante de boue, était aussi lugubre que dans son souvenir, avec ses rangées de maisons noires de suie. Lorsqu'elle entra par la porte de derrière, elle trouva Lily en train de sermonner une pauvre serveuse.

— Regardez-moi ce que le chat nous apporte, lança-t-elle d'une voix pleine de sarcasme en voyant Clarrie dans son uniforme de gouvernante.

À sa façon de tanguer et de se retenir à la table, Clarrie comprit qu'elle avait bu. Pour autant, la cuisine était comme toujours en pleine activité ; des tourtes refroidissaient sur la table et une couche de farine recouvrait tous les meubles. Sentant la tension, la jeune serveuse fila.

— Bonjour, madame Belhaven, je suis venue vous apporter le dernier règlement, annonça Clarrie sans préambule. J'ai eu vingt et un ans cette semaine. Je me suis dit que vous voudriez votre argent tout de suite plutôt que d'attendre dimanche.

— Quelle délicatesse de ta part, dit-elle en s'en emparant. Et bon anniversaire. J'espère que tu n'as pas eu l'indécence de le fêter, alors que les Stock sont en grand deuil.

— Bien sûr que non. Où est cousin Jared ?

— Parti avec le tombereau. Jamais là quand on a besoin de lui. Je n'ai que cette gamine inutile et cet idiot de Harrison pour m'aider.

Elle se laissa tomber sur une chaise.

— Tu ne me donnerais pas un coup de main pour l'après-midi, je suppose ?

— C'est mon après-midi de congé. J'ai rendez-vous avec une amie.

Lily lui lança un regard hargneux.

— Petite madame ingrate, marmonna-t-elle.

— C'est vous qui devriez montrer un peu de reconnaissance pour ce qu'Olivia et moi avons fait pour vous, sans parler de l'argent que je vous ai versé pendant presque un an sans rien en retour ! Mais maintenant, c'est terminé.

Lily se releva.

— C'est ce que tu crois ! Tu es peut-être majeure, mais pas ta sœur. Nous sommes encore ses tuteurs légaux et nous voulons une partie de son salaire jusqu'à ses vingt et un ans.

Clarrie s'avança vers Lily, l'air si furieux que l'autre recula d'un pas.

— Il n'en est pas question ! Vous n'extorquerez plus un penny à ma sœur, et si vous nous menacez je demanderai à M. Stock de vous attaquer en justice ! Je ne vous laisserai pas continuer à entraver Olivia. Elle a plus de talents que le reste d'entre nous pris ensemble, et je compte bien faire en sorte qu'elle les utilise !

Un instant sans voix, Lily finit par rétorquer, maussade :

— Tu n'oserais pas nous faire un procès ! Et je veux ce à quoi j'ai droit.

— Vous n'avez aucun droit sur le salaire d'Olivia. C'est ma sœur et elle est sous ma responsabilité. Et si vous voulez continuer à compter les Stock au nombre de vos clients, je vous conseille d'abandonner toute exigence.

Le visage de Lily traduisit une soudaine incertitude.

— Tu ne t'en prendrais pas à mon commerce ?

— Laissez Olivia tranquille et je laisserai votre commerce tranquille. Et tant que vous y êtes, dites-moi à qui vous avez vendu le violon.

— Je m'en souviens pas. Il était pas de bonne qualité… j'en ai à peine tiré le prix d'un sac de farine.

— Qu'est-ce que vous connaissez à la qualité d'un violon ?

— Je veux rien y connaître, répondit Lily, retroussant les lèvres avec dégoût. C'est un instrument qui mène au péché.

— Eh bien, quand la mémoire vous reviendra, dites-le-moi, pour que je puisse le racheter. Il était à mon père et il appartient à notre famille.

Soudain, le visage de Lily se décomposa comme un soufflé qui retombe. Elle s'affala de nouveau sur une chaise.

— Dès le début, j'ai su que ça se passerait mal, grommela-t-elle. Mon idiot de mari pensait qu'il vous resterait de l'argent d'Inde – il imaginait pas que son bon à rien de cousin aurait tout perdu !

Le regard qu'elle lança à Clarrie était rempli de haine.

— Mais moi, je savais que vous ne nous apporteriez que des soucis toutes les deux. Pas étonnant, avec ce dégoûtant sang étranger dans vos veines.

Clarrie agrippa le dossier d'une chaise pour contenir sa colère.

— Ma mère, que vous méprisez tant sans l'avoir jamais rencontrée, a montré plus de bonté dans sa courte vie que vous n'en aurez jamais même si vous viviez jusqu'à quatre-vingt-dix ans. Je suis fière du sang indien qui coule dans mes veines, si bien que vos insultes ne m'atteignent pas. J'ai plutôt pitié de vous, parce que vous ne serez jamais heureuse. Tant que vous continuerez à ne penser qu'à vous-même, vous demeurerez une femme amère et pitoyable. Je me demande comment cousin Jared arrive à vous supporter.

Le visage de Lily se déforma sous l'insulte.

— Comment oses-tu ? Sors d'ici !

Elle attrapa une cuillère en bois et se mit à frapper Clarrie.

— Je ne veux plus jamais te voir dans cette maison ! Tu m'entends ? Dehors ! Dehors !

Clarrie se précipita vers la porte de derrière, et partit en courant, poursuivie par les hurlements de Lily. Tournant au coin de la ruelle, elle entra en collision avec un homme qui portait un panier chargé.

— Attention !

Un paquet en tomba et s'ouvrit, répandant des feuilles de thé noires sur ses chaussures.

— Désolée !

Tout en essayant de ramasser ce qui pouvait l'être, Clarrie leva les yeux vers le visage du livreur.

— Jack Brewis ? s'exclama-t-elle.

— Oui, et vous êtes… ? Ah, c'est vous qui êtes incollable sur le thé ! Clarrie, c'est bien ça ?

Elle hocha la tête en souriant.

— Qu'est-ce que vous fuyez comme ça, le diable ou la police ? demanda-t-il, moqueur.

— Quelque chose de pire !

— La harpie du *Cherry Tree* ? Tout s'explique ! Mais je croyais que vous aviez déménagé. Cela fait des mois que je ne vous avais pas vue. Je me demandais où vous étiez passée.

— Vraiment ?

— Eh bien, personne n'achète du Darjeeling dans le quartier.

Clarrie éclata de rire.

— Je vais peut-être vous en reprendre, alors. Au moins, laissez-moi vous régler ce que j'ai renversé.

— Pas question, dit aussitôt Jack en reprenant le paquet à moitié vide. Un de plus ou de moins ne changera pas grand-chose. De toute façon, je serai peut-être bientôt sans travail.

— Pourquoi donc?

Jack soupira.

— Mon patron, M. Milner, traverse une mauvaise passe. Certains de ses concurrents sont jaloux et tentent de lui faire du tort. Vous n'imaginez pas de quoi ils sont capables. Enfin… je ne devrais pas vous raconter ça. Qu'est-ce que vous y pouvez, hein?

— Je peux peut-être vous aider plus que vous ne le pensez. Je travaille chez un avocat, maintenant. Je suis gouvernante, annonça-t-elle, non sans fierté.

— Je me disais bien que vous étiez très élégante. Vous travaillez pour qui?

— Pour les Stock, au numéro 12, Summerhill.

— Summerhill, rien que ça! Eh bien, vous avez fait du chemin!

— Oui, et je n'ai pas l'intention de m'arrêter là.

Il esquissa une petite révérence moqueuse.

— Je suis flatté que vous adressiez encore la parole à un pauvre livreur de thé comme moi, et qui plus est bientôt au chômage.

Jack soupira encore une fois, incapable de rester désinvolte.

— C'est vraiment désolant, Clarrie, parce que M. Milner est un bon patron. J'ai été malade à Noël, et il m'a payé jusqu'à ce que je me remette, alors qu'il n'en a pas les moyens, avec ses concurrents qui se liguent contre lui. C'est difficile de le prouver, mais il en est sûr.

Clarrie posa la main sur son bras.

— Dites-lui d'aller voir M. Stock. Si quelqu'un peut l'aider, c'est bien lui. Il ferait n'importe quoi pour ses clients. Et c'est justement ce dont il a besoin en ce moment, aider à réparer une injustice, parce qu'il a été très éprouvé par la mort de son épouse.

Voyant Jack rougir, elle se rendit compte qu'elle n'avait pas lâché son bras. Elle retira prestement sa main.

— Désolée !

— Pas de quoi. Cela faisait longtemps que je n'avais autant apprécié de me faire renverser et écraser le bras.

Clarrie s'esclaffa. Pendant un instant, ils se regardèrent sans rien dire. Il était aussi séduisant que dans son souvenir, et elle était sûre de lui plaire également.

— J'ai peut-être aussi un autre moyen d'aider M. Milner, dit-elle.

— Lequel ?

— En vous passant une commande régulière. C'est moi qui suis chargée de l'approvisionnement. Or l'épicier qui nous livre n'a qu'une gamme de thé limitée par rapport à vous.

— Je serai ravi de vous satisfaire, surtout si c'est vous qui recevez la livraison, répondit Jack avec un sourire espiègle.

— Bien sûr, répliqua Clarrie en lui rendant son sourire.

En rentrant à Summerhill, elle se sentit le cœur plus léger qu'elle ne l'avait eu au cours des longues semaines écoulées depuis la mort de Louisa. Elle se plaisait à croire que sa décision de commander du thé à la Tyneside Tea Company était une bonne action en faveur d'une entreprise en difficulté. Mais à la façon dont son pouls s'accélérait quand elle songeait au visage de Jack et à ses yeux pétillants, elle savait qu'il y avait une autre raison : l'espoir de revoir le jeune livreur.

15

Devant la porte du bureau de Herbert, alors qu'elle cherchait le courage de frapper, Clarrie se sentit aussi nerveuse que lorsqu'elle devait affronter les humeurs versatiles de son père. Mais elle n'avait pas l'intention de se dérober: Louisa avait disparu depuis huit mois, et la situation ne pouvait plus durer. Will était laissé à l'abandon, les fiançailles entre Bertie et Verity étaient compromises faute de projet de mariage, et Herbert, irascible, ne sortait plus de son bureau, négligeant ses clients et se négligeant lui-même.

— Allez-vous-en! grommela-t-il derrière la porte close.

Sans se laisser démonter, Clarrie entra avec un plateau chargé d'une citronnade et de biscuits. Assis dans la pénombre du soir, la barbe et les cheveux trop longs, Herbert regardait par la fenêtre, un livre posé à l'envers sur ses genoux. On aurait dit la silhouette de quelque prophète échevelé se découpant dans le crépuscule de mai.

— Je vous apporte un rafraîchissement, monsieur, dit-elle d'une voix apaisante, malgré son pouls qui battait en accéléré.

— Je ne vous ai pas permis d'entrer. Remportez ça, je vous prie.

— Je le laisse là et vous pourrez vous servir quand vous voudrez, répondit Clarrie en posant le plateau sur la table à côté de lui.

Il ne lui fit même pas la grâce d'un regard.

Elle prit une profonde inspiration.

— Je me demandais si vous aviez été contacté par M. Daniel Milner, le marchand de thé ? Nous avons commencé à utiliser ses services. Je sais qu'il a un problème commercial et je lui ai conseillé de s'adresser à vous.

— Qui ?

— M. Milner, de la Tyneside Tea Company. Certains autres négociants le poussent à la faillite… je ne sais pas très bien comment…

— Vous et votre fichu thé ! rétorqua-t-il, se retournant brusquement pour lui lancer un regard noir. Qu'est-ce que j'en ai à faire ?

Clarrie tressaillit.

— Il me semblait le genre de commerçant intègre que vous auriez à cœur d'aider. Il a développé une affaire honnête, et des hommes plus puissants tentent de lui faire mettre la clé sous la porte.

Herbert se tassa dans son fauteuil.

— Honnête ou véreux, quelle importance ? On a beau travailler dur, ça se termine toujours de la même façon, dans un caveau glacé.

— Mais bien sûr que c'est important, monsieur ! protesta Clarrie, choquée. Tout est important : de la façon dont nous nous disons bonjour le matin à la manière dont les fleurs se referment le soir.

Pourquoi Dieu nous aurait-il donné la vie si rien n'avait d'importance?

Elle vit les mains de Herbert se crisper sur les accoudoirs du fauteuil.

— Si la vie a un sens, pourquoi nous l'arrache-t-on si facilement, sans crier gare, de manière si cruelle?

— Je ne sais pas. Mais n'est-ce pas une raison, justement, pour vivre chaque jour pleinement, au lieu de s'enfermer dans des pièces obscures en se coupant de tout ce qui pourrait nous apporter du réconfort?

— Du réconfort? Qu'y a-t-il comme réconfort en ce monde?

— Vos fils, répondit Clarrie. Et vos amis, qui veulent vous voir heureux.

Herbert abattit son poing sur le fauteuil et lui lança un regard venimeux.

— Jamais plus je ne serai heureux! Jamais! Vous ne connaissez rien à l'amour si vous pensez qu'on peut se remettre d'une telle perte!

Clarrie aurait voulu crier qu'Olivia et elle savaient tout ce qu'il y avait à savoir sur la perte. C'était lui qui n'avait aucune idée de ce que cela signifiait de tout perdre – leurs parents bien-aimés, leur maison, leurs amis d'enfance –, et tout ça avant d'avoir atteint l'âge adulte. Mais elle se força à ravaler son indignation.

— Personne ne s'attend à ce que vous vous remettiez vite d'une telle tragédie, dit-elle d'une voix douce, mais vous n'êtes pas le seul à souffrir. Et en rejetant M. Bertie et M. William, vous les faites souffrir doublement. M. Bertie a hâte de se marier et M. Will est terriblement malheureux…

Herbert se leva brusquement de son fauteuil.

— Je n'ai pas de leçons à recevoir de vous ! Si vous aviez fait votre travail correctement, ma femme serait encore en vie aujourd'hui. Je comptais sur vous pour vous occuper d'elle, et vous avez trahi ma confiance, exactement comme Bertie l'avait prédit. Si seulement je l'avais écouté, au lieu de me laisser influencer par la compassion de Louisa pour votre situation. Je le regretterai jusqu'à la fin de mes jours !

Clarrie chancela comme s'il l'avait frappée.

— Je refuse d'endosser la responsabilité de sa mort ! protesta-t-elle. J'étais sa gouvernante, pas son mari, et cette pauvre femme était déjà malade bien avant mon arrivée. Elle était malade de douleur après la perte de son bébé, ce bébé dont personne ne veut parler, voilà ce qui a détruit sa santé.

Comme si les digues cédaient, toute l'angoisse et la frustration accumulées ces derniers mois la submergèrent.

— Savez-vous que Will se reproche la mort de sa petite sœur parce qu'il a osé la toucher et que personne ne s'est donné la peine de lui expliquer ce qui s'était passé ? Ne vous êtes-vous jamais rendu compte à quel point il souffrait de votre froideur ? Il a perdu sa mère, qu'il adorait autant que vous, mais comme vous refusez de le réconforter il s'imagine qu'il est aussi responsable de sa mort à elle.

Elle tremblait de tous ses membres.

— Pourquoi êtes-vous si dur avec lui ? Si dur avec vous-même ? Si dur avec ceux qui tiennent le plus à vous ?

Il se dressait devant elle, figé par la rage. L'espace d'un instant, elle crut qu'il allait la frapper. Elle était allée trop loin. Qu'est-ce qui lui avait pris de dire tout ça ? Elle allait se faire renvoyer sur-le-champ.

— Partez, fit-il entre ses dents serrées. Hors de ma vue !

Clarrie obtempéra. Arrivée à la porte, elle entendit un fracas de verre brisé et se retourna, effrayée. Il avait renversé le plateau avec la limonade sur le parquet ciré. Elle le vit ramasser un presse-papier et le lancer dans sa direction en poussant un cri de fureur. Elle n'eut que le temps de sortir et de claquer la porte, avant que l'objet ne se fracasse contre le montant de bois. C'était le genre de réaction qu'aurait pu avoir son père, mais voir Herbert, qui ne buvait jamais d'alcool, se mettre dans un tel état était terrifiant. Elle se précipita dans l'escalier en ravalant ses larmes. Malgré ses bonnes intentions, elle n'avait fait qu'aggraver la situation, tout ça à cause de sa manie de dire ce qu'elle pensait.

Une fois à l'abri dans sa chambre, elle éclata en sanglots. Elle n'avait décidément pas l'étoffe d'une gouvernante ! Jamais elle ne réussirait à renoncer à ses opinions pour complaire à autrui. En quelques instants de folie, elle venait de gâcher le dur labeur de toute une année. Comment pourrait-elle de nouveau regarder son employeur en face ?

Elle porta la main à sa bouche pour étouffer ses pleurs. Elle n'avait pas d'autre solution que de présenter sa démission. Herbert l'attendrait ; Bertie s'en réjouirait. Et Will ? Il ne lui parlait presque plus ces derniers temps, alors peut-être s'en fichait-il désormais.

Du moins devrait-elle dire un mot en faveur d'Olivia, afin que sa sœur ne perde pas son emploi.

C'était elle, Clarrie, et elle seule qui avait parlé de manière irréfléchie, Herbert le comprendrait.

Cette nuit-là, elle ne dormit pas et, tôt le lendemain matin, elle alla glisser sa lettre d'excuse, accompagnée d'une offre de démission, sous la porte du bureau de Herbert. Puis elle descendit à la cuisine pour rallumer le fourneau, préparer du thé et du porridge.

Vingt minutes plus tard, la sonnerie impérieuse du bureau la fit sursauter. Son ventre se noua alors qu'elle montait, s'apprêtant à subir les foudres de son employeur.

— Entrez, répondit-il quand elle frappa.

Elle le trouva debout devant la fenêtre, la lumière de l'aube illuminant les mèches grises dans ses cheveux en bataille. Il se tourna vers elle, brandissant sa lettre d'un mouvement accusateur.

— Je suis désolée, monsieur, fit-elle d'une voix mal assurée. Je n'avais pas le droit de vous dire des choses pareilles.

— Non, en effet.

Il s'écarta de la fenêtre, contourna le bureau et la dévisagea pendant un long moment. Il avait les traits tirés, le visage creusé de rides de chagrin et de fatigue.

— Mais vous avez raison. Je me suis montré égoïste dans ma douleur. Je me sentais tellement coupable...

Il s'interrompit, les larmes aux yeux.

— Et il a fallu la franchise d'une jeune femme pour que j'en prenne conscience.

Au plus grand étonnement de Clarrie, il lui tendit sa lettre.

— Je souhaiterais que vous reconsidériez votre décision.

— Vous… vous ne voulez pas que je m'en aille ?

— Non. S'il vous plaît, restez, Clarrie, pour moi et pour le bien de Will.

Mesurant à quel point il devait être difficile pour lui de s'abaisser ainsi devant elle, elle répondit aussitôt :

— Je reste, bien sûr. Je n'ai pas du tout envie de partir. Merci, monsieur.

— Non, Clarrie, c'est à moi de vous remercier, dit-il, tandis que l'ombre d'un sourire détendait ses traits.

Elle fourra la lettre dans la poche de son tablier et s'apprêta à prendre congé.

— Clarrie, ajouta-t-il, dites à Will que j'aimerais prendre le petit déjeuner avec lui avant qu'il parte à l'école.

— Oui, monsieur, répondit-elle, le cœur rempli de joie.

16

Été 1907

Jamais Clarrie n'avait connu d'été plus heureux depuis la mort de son père. Elle retrouvait souvent Rachel pour aller prendre le thé ou se promener au parc lorsqu'il faisait beau. Maintenant qu'elle disposait de l'intégralité de ses gages, elle put offrir à Olivia un chevalet et de la peinture, et, deux fois, elles empruntèrent les bicyclettes des Stock pour aller pique-niquer en dehors de la ville. Surtout, Clarrie attendait avec impatience le jeudi après-midi, jour où Jack venait livrer leur commande de thé. Elle trouvait alors un prétexte pour le retenir – un robinet qui fuyait ou quelque ustensile de cuisine à réparer – et le remerciait ensuite en lui offrant une tasse de thé et une tranche du gâteau aux graines de carvi de Dolly.

— Qu'est-ce que vous gribouillez ? demanda-t-il un jour à Olivia, assise face à lui à la table de la cuisine.

La jeune fille rougit.

— De simples esquisses.

— Montre-lui, l'encouragea Clarrie.

Olivia secoua vigoureusement la tête, mais Jack attrapa le carnet.

— Non ! s'écria-t-elle.

Jack éclata de rire.

— C'est un dessin de nous deux, dit-il en le montrant à Clarrie, avec Cupidon assis sur la théière !

Clarrie porta les mains à ses joues.

— Franchement, Olivia !

Le visage en feu, celle-ci récupéra son carnet.

— C'était juste pour m'amuser, Jack n'était pas censé le voir.

Jack se délecta de leur air consterné.

— Combien d'autres portraits de moi avez-vous faits ? Vous en avez toute une galerie dans votre chambre ?

— Non, mais écoutez-le ! plaisanta Clarrie. Il ne pourra bientôt plus marcher si ses chevilles continuent d'enfler !

— D'autant que vous n'êtes pas si beau que ça, fit remarquer Olivia en refermant son carnet.

— Ma foi, vous les filles Belhaven, vous savez remettre un gars à sa place ! Et dire que je fais des jaloux chez tous les livreurs sur cette rive de la Tyne ; s'ils savaient la façon dont je suis traité !

Clarrie lui donna une petite bourrade dans le bras alors qu'il remettait sa casquette pour partir.

— Ça vous dirait de venir au Pavilion demain soir ? lui demanda-t-il sur le pas de la porte.

Malgré l'envie qu'elle en avait, elle hésita.

— Je ne sais pas si je pourrai me libérer à temps. Mlle Landsdowne vient dîner.

— Je ferai le service, proposa Olivia.

Clarrie lui lança un regard reconnaissant.

— Tu veux bien ?

— Évidemment. Et j'ai plus l'habitude que toi.

Jack sourit.

— C'est donc entendu. Je passerai vous chercher à dix-neuf heures quarante-cinq.

Il envoya un baiser à Olivia.

— Merci beaucoup, mon petit cupidon.

Olivia leva les yeux au ciel.

— Je le fais pour Clarrie, pas pour vous.

Jack prit congé en pouffant de rire.

Au cours des mois d'été, Clarrie et Jack allèrent plusieurs fois au cinéma et au music-hall. Il lui offrait des chocolats, la raccompagnait après le spectacle et lui donnait un baiser timide à la porte de la cuisine en lui disant qu'elle était jolie. Malgré ses fanfaronnades, ses étreintes étaient maladroites et inexpérimentées. Rien à voir avec les baisers passionnés de Wesley Robson. Chaque fois que cette pensée l'effleurait, Clarrie se reprochait de faire la comparaison. Jack était gentil et drôle, et se comportait bien plus en gentleman que ne l'avait fait Wesley, malgré sa position sociale. Et Clarrie s'en voulait de ne pas pouvoir bannir Wesley de ses pensées chaque fois que Jack l'enlaçait.

L'atmosphère changea dans la maison de Summerhill cet été-là. Herbert sortit peu à peu de sa dépression, s'efforça de prendre ses repas avec Will et se remit au travail. Le mariage de Bertie et de Verity fut fixé au mois de septembre, et la jeune femme reprit ses projets de rénovation du deuxième étage. Will fut installé dans une chambre plus petite, mais ne protesta pas.

Il passait la plupart de son temps libre avec Johnny Watson, son camarade de classe, ou à chanter dans la chorale de la paroisse. Il arrivait encore qu'Olivia lui donne quelques leçons de violon, mais, pendant les longues soirées d'été, il préférait aller jouer au tennis ou s'occuper des chevaux dans l'écurie du père de Johnny. Pendant les vacances scolaires, il partit passer trois semaines en Écosse avec la famille de son ami et rentra bronzé et plus réservé envers les domestiques.

Il fut de nouveau question de l'envoyer en pension, une idée que Bertie encourageait.

— Ça le fera mûrir, dit-il à son père. Il est accroché au tablier de Belhaven depuis trop longtemps. Moi, j'aurais donné n'importe quoi pour avoir cette chance. Regardez le frère de Verity, qui est aussi accompli en sport qu'en affaires. Un vrai chef. Ce sont là les bienfaits de la pension.

— Je ne sais pas, répondit Herbert. Il semble assez heureux à la maison.

— La question n'est pas là. Il ne prendra jamais l'initiative de partir si on ne l'y pousse pas.

Herbert soupira.

— Nous lui poserons la question.

À la surprise de Clarrie, Will choisit, à la rentrée, de rejoindre le pensionnat du Yorkshire qu'avait fréquenté Clive Landsdowne.

— La maison ne vous manquera pas ? lui demanda-t-elle un jour qu'il était descendu à la cuisine en quête de nourriture.

Il était constamment affamé et grandissait comme un haricot à rames.

— Si, vous allez me manquer, vous, Olivia, Dolly… et père, répondit-il en haussant les épaules. Mais ce n'est plus pareil sans maman.

— C'est vrai.

Clarrie voulut lui passer un bras autour des épaules, mais il se dégagea.

— Et Clive dit qu'on s'amuse beaucoup dans cette école. Je pourrai monter à cheval le week-end, et j'aurai des vrais cours de musique.

Il rougit et s'empressa de préciser :

— Je… je ne veux pas dire qu'Olivia n'est pas un bon professeur.

— Et votre ami Johnny, insista Clarrie, cherchant des raisons de le faire rester. Il ne vous manquera pas ?

— Je ne suis plus un bébé ! De toute façon, Johnny va à l'école à Édimbourg à la rentrée.

Clarrie comprit qu'il avait pris sa décision.

— En tout cas, vous, vous nous manquerez beaucoup, avoua-t-elle en tapotant ses cheveux ondulés.

Il lui tapota la tête en retour et sourit.

— Mais non, vous serez trop occupée à flirter avec Jack, le livreur de thé.

Clarrie s'esclaffa.

— Espèce de petit impertinent !

Il descendit de la table sur laquelle il était perché, attrapa une des petites tourtes à la viande de Lily et sortit de la cuisine en riant.

Au cours du mois d'août, Clarrie fit la connaissance de Daniel Milner, le marchand de thé. Il passa à la maison pour un rendez-vous – le premier client reçu à Summerhill depuis le décès de Louisa –, et Clarrie prépara un déjeuner léger. C'était un petit homme avenant, mince et brun, dont la grosse moustache se soulevait quand il souriait.

— Mademoiselle Belhaven ? Je crois que c'est à vous que je dois d'avoir rencontré M. Stock. Mon commis, Brewis, m'a beaucoup parlé de vous.

Et comme elle rougissait, il s'empressa d'ajouter :

— En bien, naturellement.

Clarrie lui sourit.

— J'espère que vous allez pouvoir poursuivre votre activité, monsieur, car nous aimons tous beaucoup votre thé.

— Tant mieux. Je suis content d'apprendre que ce n'est pas seulement le charme de Jack qui opère.

Herbert apparut à ce moment-là.

— Qui est Jack ? demanda-t-il.

— Mon livreur, répondit le marchand. Vous ne saviez pas qu'il courtisait votre jolie gouvernante ?

— C'est vrai, Clarrie ?

— Non… non, pas vraiment, monsieur, répondit-elle, les joues brûlantes. Nous sommes amis, c'est tout.

— Bon, ça ne me regarde pas, dit-il avec un petit sourire ironique. Mais je détesterais perdre une gouvernante aussi compétente.

— Ça n'arrivera pas, monsieur.

Alors qu'elle allait et venait dans la salle à manger pour servir le déjeuner, elle ne put s'empêcher d'entendre une partie de leur conversation – les affaires et le commerce l'avaient toujours beaucoup plus intéressée que la musique et la littérature.

D'après ce qu'elle comprit, certains marchands de thé tentaient de couler Milner en le volant sur les prix. Clarrie savait que presque tout le thé était vendu aux enchères à Mincing Lane, à Londres.

— … appris que le courtier me roulait sur le prix de l'Assam, disait Milner au moment où Clarrie débarrassait les assiettes de viande froide. Il m'indiquait de fausses offres pour m'obliger à acheter plus cher que je ne l'aurais dû.

— C'est tout à fait regrettable d'apprendre que des intermédiaires agissent de manière aussi peu scrupuleuse, déclara Herbert. Ils sont censés privilégier l'intérêt de leurs clients.

— Eh bien, dans le secteur du thé, certains sont prêts à piétiner les petits s'ils craignent de perdre ne serait-ce qu'un penny. Bien sûr, le courtier a tout nié quand je l'ai accusé, et je ne sais pas qui est derrière tout ça. Ils se serrent les coudes face à moi, qui suis un indépendant.

— Ce genre de pratique est parfaitement inutile, fit remarquer Herbert. Il y a de la place pour tout le monde. La consommation de thé explose.

— Ça les dérange de voir un homme du peuple comme moi réussir mieux qu'eux grâce au porte-à-porte. Ils me considèrent comme un parvenu.

Clarrie dut se retenir d'intervenir. C'était précisément ces mêmes pratiques qui avaient mené son père à la ruine : de puissantes familles comme les Robson voulaient tout contrôler et rachetaient les petites plantations pour consolider leur pouvoir. Elle aurait voulu crier qu'elle savait quelle famille était derrière cette conspiration : qui d'autre que les Robson aurait voulu la ruine de la Tyneside Tea Company ? Les Landsdowne ne s'étaient-ils pas vantés de ce que Wesley était le négociant le plus redoutable de Londres ? Pour elle, cela ne faisait aucun doute : c'était lui qui était derrière les tentatives

252

pour ruiner Daniel Milner. En affaires, il ne faisait pas de quartier : le sort de Ramsha, le malheureux fils d'Ama, prouvait jusqu'où il était capable d'aller pour préserver les intérêts des Robson.

Soudain, Clarrie s'aperçut que les deux hommes la contemplaient.

— Tout va bien, Clarrie ? demanda Herbert. Vous voulez dire quelque chose ?

Elle hésita, partagée entre sa volonté de les prévenir contre Wesley Robson et son devoir de réserve. Le fait que les Robson soient liés aux Landsdowne rendait sa décision d'autant plus compliquée. Comment aurait-elle pu lancer des accusations contre des parents de Verity, quand elle n'avait pour preuve que son instinct ? Elle mettrait Herbert dans une position très délicate.

— Monsieur désire-t-il que le café soit servi ici ou dans son bureau ?

Il lui lança un regard surpris. Il ne buvait jamais de café à midi.

— Pas de café, merci. Apportez-nous seulement une carafe d'eau.

Clarrie hocha la tête et se retira, rongeant son frein. En refermant la porte, elle entendit Milner avouer ses difficultés financières et Herbert proposer d'investir dans son affaire. Elle devrait donc s'en remettre au bon sens de l'avocat.

17

— Il n'en est pas question ! s'écria Verity. On n'invite pas ses domestiques à son mariage !

— Mais sinon, j'aurai à peine le temps de les voir, plaida Will. Je n'ai qu'une journée de vacances et mon train repart à seize heures.

— Ce qui devrait t'intéresser, c'est de nous voir mariés, ton frère et moi, pas de pouvoir papoter avec ces satanées Belhaven.

Clarrie surprit cet échange peu de temps avant que Will parte en pension. Elle se trouvait dans la chambre du garçon, en train de remplir sa malle en cuir neuve, et ressentit une bouffée de tendresse pour lui. Quand il entra, la mine déconfite, elle le serra dans ses bras.

— Olivia et moi, nous irons à la cathédrale pour regarder le cortège, promit-elle. Mlle Landsdowne ne peut pas nous en empêcher.

— Mais vous ne serez pas à la réception. Je n'aurai personne à qui parler, il n'y aura que des adultes ennuyeux.

Clarrie lui sourit.

— Je pense que sur deux cents invités vous trouverez bien quelqu'un avec qui discuter, non? Et vous pourrez parler à Clive de votre nouvelle école.

— Oui, c'est vrai.

Il partit le lendemain, vêtu de son nouvel uniforme, l'air jeune et effrayé. Dans l'intimité de sa chambre, il jeta ses bras autour de la taille de Clarrie, enfouit la tête dans son tablier et pleura. Elle le serra un long moment contre elle en luttant pour refouler ses propres larmes.

— Nous nous verrons le jour du mariage, lui rappela-t-elle. Et ensuite, les vacances de Noël arriveront très vite.

Après son départ, un grand silence s'abattit sur la maison. Clarrie ne cessait de lancer des coups d'œil à la porte de la cuisine, s'attendant presque à le voir surgir pour venir chiper de la nourriture. Il manquait aussi à Olivia, qui passa les soirées de septembre à jouer du violon devant la fenêtre ouverte de la chambre de Will, sous prétexte de l'aérer et de faire la poussière.

« Le pauvre petit, disait Dolly. Quelle idée de l'envoyer au loin comme en pénitence. Tout de même, les patrons ont de drôles de manières. »

Tard le soir, alors qu'elle fermait la maison puis montait se coucher, Clarrie entendait Herbert dans son bureau. Parfois, la lumière était encore allumée le matin quand elle descendait. Elle était sûre que son fils lui manquait plus qu'il ne voulait l'admettre, et qu'il se plongeait encore plus dans le travail pour supporter cette nouvelle séparation. C'était sa bouée de sauvetage, et Clarrie se félicitait qu'il l'ait compris, plutôt que de se noyer dans le désespoir et la douleur. Avec ses cheveux coupés court et son menton écorché par un rasage maladroit, son visage dégagé paraissait souvent hagard, mais le sourire qui l'illuminait parfois lui rendait sa beauté et donnait à Clarrie l'espoir qu'il recouvre un jour sa tranquillité d'esprit.

Puis le mariage approcha, et même les domestiques furent contentes d'être très occupées.

Un matin, Herbert appela Clarrie dans son bureau.

— J'espère que vous vous réjouissez d'avoir une nouvelle maîtresse de maison, dit-il, joignant les mains et la regardant d'un œil circonspect. Ce sera plus vivant, j'en suis sûr. Bertie et Verity aiment beaucoup plus recevoir que moi.

Clarrie hocha la tête, se demandant où il voulait en venir.

— Verity m'a fait remarquer qu'on ne pourra pas vous demander de tout superviser dans la maison, et qu'il vous faudra de l'aide. Je regrette de ne pas y avoir pensé plus tôt.

— Oh, je suis très satisfaite de mon emploi, monsieur, s'empressa-t-elle de répondre. Et avec l'aide d'Olivia je suis sûre de pouvoir me débrouiller.

— Oui, sans doute, fit Herbert, baissant les yeux et remuant des papiers sur son bureau. Cependant, Verity vient d'une grande maison, et elle a l'habitude d'avoir sa propre femme de chambre. Elle amènera cette dame avec elle. Euh… ce qui signifie qu'Olivia et vous devrez partager une chambre. Cela posera-t-il un problème ?

Clarrie était consternée, mais pas vraiment surprise.

— Aucun, monsieur, lui assura-t-elle.

— Bien, dit-il, apparemment soulagé. Je vous laisse régler les détails avec cette dame.

Deux jours avant la cérémonie, un gros camion vint livrer les quatre malles contenant le trousseau de Verity, ainsi que sa femme de chambre, prénommée Lavender, qui se chargea de tout ranger dans la nouvelle suite richement décorée de neuf.

Lavender était une femme corpulente, aux cheveux frisés attachés en arrière, à la joue ornée d'une grande tache de naissance, qui était au service des Landsdowne depuis la naissance de Verity, dont elle avait été la nounou.

— Mon vrai nom, c'est Mary, confia-t-elle à Clarrie lorsque celle-ci l'aida à suspendre les robes de Verity dans l'armoire en noyer. Mais Mlle Verity a choisi Lavender, parce que la lavande est sa plante préférée au jardin.

Elle adressa à Clarrie un regard de satisfaction, comme si celle-ci aurait dû lui envier pareil honneur.

— Elle a toujours été une jeune fille adorable. Mon petit canard en sucre, voilà comment je l'ai toujours appelée. Je lui ai dit qu'elle briserait mon vieux cœur si elle partait sans moi. Vous n'aurez donc pas besoin de vous soucier des affaires personnelles de Mlle Verity.

— Si c'est ce qu'elle désire, répondit Clarrie, secrètement ravie de ne pas devoir être à sa disposition.

Elle laissa Lavender ranger les piles de mouchoirs et se dépêcha d'aller raconter à Olivia et Dolly que l'arrogante Verity était plus connue sous le nom de « petit canard en sucre ».

La veille du mariage, les Stock donnèrent une réception au club dont Bertie était membre, Herbert ayant refusé qu'elle se passe à la maison, comme cela avait été prévu l'année précédente.

« Ce ne serait pas convenable moins de un an après le décès de ta mère », déclara-t-il.

Et quand Bertie lui avait dit qu'il se montrait déraisonnable, Herbert s'était écrié :

« Ça ne te suffit pas que j'aie accepté que ton mariage ait lieu maintenant ? Les réceptions clinquantes n'ont jamais été à mon goût. Ta mère et moi nous sommes contentés d'une simple cérémonie religieuse à l'église presbytérienne et d'un thé en famille. Vous, les jeunes, êtes bien trop exigeants ! »

Par courtoisie envers les invités de Bertie, Herbert fit une brève apparition au club, mais ne s'attarda pas à la fête qu'il n'approuvait pas. Clarrie lui monta une cruche de thé glacé à la menthe dans son bureau. Elle sentit qu'il appréhendait la journée du lendemain, la considérant comme une épreuve qu'il lui faudrait endurer sans trahir ses émotions.

— Quel bonheur de voir Will demain, lança-t-elle gaiement.

— Oui, répondit-il sans lever les yeux de son livre.

— Et M. Bertie a l'air très heureux, ajouta-t-elle en lui servant un verre de thé.

Enfin, il lui lança un coup d'œil.

— Essayez-vous de me dire quelque chose, Clarrie ?

— Non… enfin, si. Je pense que Mme Stock aurait été contente que vous autorisiez M. Bertie à convoler avant la fin de l'année. Je trouve cela gentil et courageux de votre part. C'est tout.

— Clarrie, vous êtes la jeune femme la plus étrange que je connaisse. Chaque fois que je pense que je devrais vous rabrouer, je finis par vouloir vous remercier. Comment l'expliquez-vous ?

Clarrie dissimula un sourire.

— Peut-être parce que je suis une Belhaven, et que nous ne pouvons pas nous empêcher de dire ce que nous pensons. Je suis désolée.

— Il n'y a pas de quoi. C'est assez rafraîchissant chez une domestique.

Elle hocha la tête et sortit, cachant son irritation de se voir rappeler sa position subalterne. Tard cette nuit-là, lorsqu'elle entendit Bertie rentrer en compagnie de son garçon d'honneur, un vieil ami d'école nommé Tubby Blake, elle se prit à rêver de sa vie d'après Summerhill. Un jour, elle travaillerait pour son propre compte et ne serait plus l'employée de personne ; elle monterait son salon de thé et deviendrait une commerçante prospère. Couchée dans son lit, elle songea à Jack et se demanda à quoi ressemblerait un mariage avec lui. Si elle l'appréciait beaucoup, il ne suscitait pas en elle l'émoi qu'elle avait ressenti avec Wesley Robson. Mais des émotions aussi vives ne constituaient pas une base saine pour une union. Pour assurer le succès d'une vie commune, un couple avait besoin de stabilité et de bon sens – des qualités que possédait Jack.

De plus, Jack avait des ambitions semblables aux siennes et, bien qu'il feignît la désinvolture, c'était un garçon réfléchi. Si la compagnie de Milner se développait, il obtiendrait une promotion rapide et peut-être même un jour des parts dans l'entreprise. Ensemble, ils pourraient ouvrir leur propre salon de thé. Sauf que Milner pouvait aussi bien faire faillite, et Jack rester livreur toute sa vie.

Le plus important pour elle était de continuer à assurer leur sécurité, à Olivia et elle. Elle avait promis à sa sœur de toujours veiller sur elle et c'est ce qu'elle ferait. Si Jack n'était pas en mesure de lui fournir cette sécurité, elle ne l'épouserait pas, quels que soient ses sentiments pour lui. Car la plus grande peur de Clarrie était de se retrouver une fois encore sans argent et sans toit.

18

Clarrie se leva encore plus tôt que d'habitude pour superviser la préparation du petit déjeuner et aider Olivia à monter de l'eau chaude aux invités. Trois amis de Bertie logeaient à la maison, dont son garçon d'honneur, et ils s'attendaient à un petit déjeuner copieux en prévision de ce jour de fête. Tubby Blake était venu avec son valet de chambre, qui avait dormi dans le salon de la gouvernante et flirtait avec Dolly quand il n'était pas en haut à cirer les chaussures ou à aider les jeunes gens à s'habiller.

Clarrie se réjouit d'entendre leurs rires résonner dans la salle à manger et de sentir l'excitation dans l'air. La tristesse avait depuis trop longtemps pris possession de cette demeure, où l'on ne se déplaçait que sur la pointe des pieds. Leur bonne humeur était contagieuse, au point que même Bertie l'accueillit avec un sourire.

— Bonjour, Belhaven! Le *kedgeree*[1] sent très bon. Servez-vous, les garçons : il faut se cuirasser l'estomac en prévision du champagne des Landsdowne !

1. Plat indien de riz au curry et poisson fumé.

Herbert, qui depuis le départ de Will avait repris l'habitude d'avaler un petit déjeuner frugal dans son bureau, se joignit à la compagnie. S'il avait l'air fatigué et tendu, Clarrie remarqua à quel point sa soudaine apparition fit plaisir à son fils aîné.

— Père, dépêchez-vous, Tubby a déjà presque fini le bacon.

— Bonjour, messieurs. Restez assis, je vous en prie, dit Herbert. Je suis sûr que Clarrie pourra en préparer d'autre au besoin.

— Certainement, monsieur.

Il y avait tant de choses à faire ce matin-là qu'elle douta de pouvoir arriver à la cathédrale à l'heure pour voir entrer la mariée. Mais elle avait promis à Will qu'Olivia, Dolly et elle seraient là. Pour finir, elles coururent dans Westgate Road et Collingwood, retenant leur chapeau dans la brise, au moment où les cloches sonnaient onze heures.

Il était trop tard pour voir les invités pénétrer dans la cathédrale Saint-Nicolas, mais elles arrivèrent au moment où deux calèches étincelantes déposaient la mariée et ses proches.

— Est-ce qu'elle n'est pas ravissante ? s'écria Dolly alors qu'elles tentaient de se rapprocher pour mieux voir.

Le cocher aidait Verity – perdue dans un bouillonnement de soie et de dentelle, et le visage dissimulé derrière un long voile orné de perles – à descendre du landau. Son témoin et trois petites demoiselles d'honneur, toutes vêtues de soie lilas, sortirent de l'autre voiture, l'aidèrent à arranger son voile puis soulevèrent la traîne. Fièrement, M. Landsdowne lui offrit son bras.

Au moment où le cortège pénétra dans la cathédrale obscure, les orgues retentirent. Clarrie sentit Olivia s'agripper à sa main, émue par la musique.

— Tu imagines avoir un mariage pareil, murmura-t-elle. Une robe aussi belle, et les grandes orgues !

Clarrie regarda sa sœur, coiffée d'un chapeau de paille acheté d'occasion. Quand bien même elles travailleraient très dur, jamais elles ne pourraient s'offrir la robe de soie de Verity.

— Le jour venu, murmura-t-elle, tu seras deux fois plus belle que Mlle Landsdowne, peu importe la robe que tu porteras.

Olivia fit la grimace, mais elle ne retira pas sa main de celle de Clarrie avant que les lourdes portes se soient refermées, étouffant la musique. Elles restèrent là à attendre en papotant avec des gens dans la foule, dont certains connaissaient l'une ou l'autre des familles tandis que d'autres étaient venus par simple curiosité.

Alors qu'elles commençaient à frissonner dans le vent, les portes se rouvrirent et les cloches de la cathédrale sonnèrent. Bertie et Verity étaient maintenant mari et femme. Ils sortirent ensemble, souriant fièrement, et saluèrent de la main la foule qui attendait. Puis leurs invités quittèrent à leur tour la cathédrale, défilé élégant d'hommes en habit et haut-de-forme, et de femmes en belles robes, coiffées d'immenses chapeaux ornés de rubans et de plumes. Jamais Clarrie n'avait vu autant de chic et d'opulence. Bertie se mariait dans le grand monde, et la jeune femme lui trouva un air particulièrement content de lui.

— Monsieur Will ! s'écria soudain Dolly. Par ici !

Clarrie aperçut le garçon qui se tenait, mal à l'aise, les mains dans les poches. Dès qu'il les repéra, il leur sourit, ses yeux s'éclairèrent sous sa frange en bataille et il vint les rejoindre. Aussitôt, elles le bombardèrent de questions.

— Comment ça se passe à l'école? Est-ce qu'ils vous traitent bien?

— Je parie que vous avez encore pris dix centimètres!

— Est-ce qu'on vous donne assez à manger?

— Comment est votre professeur de musique?

— Vous êtes-vous déjà fait des amis?

Will leva les mains comme pour se protéger de cet assaut. Oui, il s'était bien acclimaté. Il prenait des cours de violoncelle et de violon, avait plein de choses à manger et s'était fait un ami du nom de Spencer-Banks.

— Spencer-Banks? répéta Dolly. Drôle de nom pour un garçon.

Will rit.

— C'est son nom de famille. On s'appelle tous par nos noms de famille.

À cet instant, son père lui fit signe de le rejoindre. Une voiture les attendait pour les emmener à la réception qui se tiendrait dans une salle à Westgate Road. Leur rencontre avec Will avait été si brève que Clarrie en eut le cœur serré. Il paraissait encore si jeune, engoncé dans son col rigide et perdu sous son chapeau trop grand. L'absence de Louisa semblait planer au-dessus d'eux, pour leur rappeler qu'elle aurait dû se trouver auprès de Herbert et de Will en un jour comme celui-là.

Dolly lui fourra une boîte en fer-blanc dans la main.

— Tenez, je vous ai préparé un gâteau à l'orange. Je n'ai pas l'intention de le remporter à la maison.

— Merci…, fit Will, la voix soudain plus rauque.

Clarrie lui mit une main sur l'épaule et la serra brièvement.

— Prenez soin de vous. Nous vous écrirons, si vous voulez.

Il hocha la tête, et les larmes lui montèrent aux yeux.

— Allez, et amusez-vous bien à la fête, dit Dolly en le repoussant gentiment.

Et alors qu'il s'éloignait, elle ajouta en plaisantant:

— À la revoyure, Stock!

Il sourit.

— Au revoir, Dawson!

Elles le regardèrent rejoindre son père et monter dans la voiture, tandis que les derniers invités sortaient de la cathédrale.

— Vous avez déjà vu autant de monde à un mariage? s'exclama Dolly.

Soudain, Olivia attrapa le bras de Clarrie en étouffant un petit cri. Clarrie suivit son regard. Là, au milieu d'un groupe, escortant une grande jeune femme coiffée d'un élégant chapeau rouge, se trouvait Wesley Robson. Clarrie sentit son ventre se nouer. Il était aussi beau qu'autrefois, grand, décontracté et magnifiquement vêtu, de ses guêtres luisantes jusqu'à son nœud papillon blanc. Ses cheveux bruns, qu'elle se rappelait courts, bouclaient maintenant autour de ses oreilles, et de fins favoris encadraient ses pommettes saillantes. Elle reconnut la fossette sur son menton rasé de frais. Il se pencha vers sa compagne et lui murmura quelque chose qui la fit rire.

La femme, aux cheveux d'un blond pâle et à la peau diaphane, portait une robe grise chatoyante et de longs gants sur ses mains sûrement très délicates. Des mains qui jamais ne cuisineraient, n'astiqueraient ou ne cireraient quoi que ce soit, songea Clarrie avec une pointe de ressentiment qui la surprit. Que lui importait la compagne que s'était choisie Wesley ? Elle les méprisait, lui et ses semblables. Et pourtant, elle ne pouvait détourner les yeux de lui. Son cœur cognait dans sa poitrine et ses mains furent soudain moites. Il ne fallait surtout pas qu'il l'aperçoive !

— Ça va, Clarrie ? demanda Dolly. On dirait que vous venez de voir un fantôme.

Sous le choc, Clarrie porta les deux mains à sa bouche, incapable de parler.

— Cet homme, expliqua Olivia en montrant Wesley, nous l'avons connu autrefois.

Dolly parut impressionnée.

— Vous avez travaillé pour lui ?

— Non ! répliqua Olivia, vexée. Nous l'avons connu en Inde, avant de tout perdre. Il voulait épouser Clarrie.

— Olivia, non ! protesta celle-ci.

— C'est ça, et moi, je suis la prochaine reine d'Angleterre, rétorqua Dolly.

— C'est vrai, insista Olivia. Dis-lui, Clarrie. Dis-lui qu'on fréquentait des gens comme Wesley Robson.

Clarrie secoua la tête. Elle savait qu'il ne servait à rien de ressasser leur ancienne vie, ce qui ne pouvait que réveiller leur amertume. En plus, Dolly risquait de s'imaginer qu'elles la prenaient de haut. Elles appartenaient maintenant à la classe des domestiques, et il n'était pas bon de se vanter d'un temps où ce n'était pas le cas.

— Je vais l'appeler, si vous ne me croyez pas, poursuivit Olivia.

— Arrête! ordonna Clarrie. Je ne tiens pas à me faire humilier par Robson devant tous ces gens. Imagine comment il va se moquer de nous!

Voyant la fureur dans les yeux de sa sœur, Olivia se tint coite. C'est alors que Wesley se tourna, comme s'il sentait qu'on parlait de lui. Il parcourut des yeux la foule des badauds et son regard se posa une seconde sur Clarrie. Elle retint son souffle. Puis la femme au chapeau rouge lui dit quelque chose et il se concentra sur elle.

Clarrie en conçut un étrange mélange de soulagement et de déception. Il ne l'avait pas reconnue. Avec un orgueil stupide, elle s'était imaginé qu'il la repérerait immédiatement dans la cohue, de la même façon qu'elle l'avait vu. Mais à ses yeux, elle n'était qu'une spectatrice, une femme du peuple en manteau de serge et chapeau ordinaire, venue admirer les membres de la haute bourgeoisie. À cet instant, elle éprouva une humiliation bien pire que s'il avait traversé le parvis pour venir se moquer de sa déconfiture.

Peu après, Wesley et son groupe d'amis s'éloignèrent en riant et parlant fort, pour rejoindre le lieu de la réception. Clarrie se sentait encore tout étourdie, et les émotions à fleur de peau.

Maintenant que l'excitation était retombée, Dolly avait hâte de rentrer à la maison.

— Pour voir si le valet de chambre de M. Blake a envie de manger un morceau, dit-elle avec un sourire espiègle.

À en juger par l'expression d'Olivia, sa sœur se sentait aussi découragée qu'elle.

— Allons nous offrir un thé et des gâteaux à l'*Empire*, suggéra Clarrie. On l'a bien mérité.

Bras dessus, bras dessous, elles prirent la direction de Grainger Street. Dans le calme opulent du salon de thé, où l'on n'entendait que le tintement de la vaisselle et le murmure des voix, leur humeur s'égaya un peu.

Sans préambule, Olivia lui demanda soudain :

— Tu vas épouser Jack Brewis ?

— Qu'est-ce qui te fait croire ça ? répliqua Clarrie, surprise.

— Ne me dis pas que ça ne t'a pas traversé l'esprit. Jack est gentil et sympathique, et il est évident qu'il tient à toi.

Clarrie reposa sa tasse d'une main un peu tremblante.

— Oui, Jack est un homme bien, mais…

Elle ne réussit pas à mettre en mots le désir étrange, l'envie d'autre chose qui lui comprimait la poitrine. Le simple fait d'avoir revu Wesley, et de manière si brève, avait-il pu engendrer un tel sentiment d'insatisfaction ? C'était ridicule. Et pourtant elle ne pouvait oublier son image ou cesser de l'imaginer en cet instant. Était-il installé à une longue table de réception, avec la bonne société de Newcastle, au milieu du cliquetis de l'argenterie et de la porcelaine ? Allait-il plus tard danser avec la femme sophistiquée au chapeau rouge, qui possédait cette langueur des riches oisives? Étaient-ils mariés tous les deux?

Puis Clarrie prit la mesure de sa folie. Qu'importait tout ça? Jamais elle ne ferait partie du monde des Robson, et jamais elle ne le voudrait. Jack, c'était autre chose. Il était joli garçon, d'une compagnie agréable, et ferait un bon parti pour une jeune femme qui n'avait d'autre dot qu'un emploi respectable.

— Mais quoi? insista Olivia.

— Mais rien. Si Jack me fait sa demande, ajouta-t-elle en souriant, j'accepterai.

— Vraiment? s'exclama Olivia, tout émoustillée.

— Oui, vraiment!

Puis sa sœur se rembrunit.

— Si tu épouses Jack, tu ne me laisseras pas toute seule à Summerhill, n'est-ce pas? Sans toi, je ne supporterai pas de me faire mener à la baguette par Mlle Landsdowne.

Clarrie couvrit la main d'Olivia avec la sienne.

— Non, bien sûr que non. Quoi qu'il arrive, je veux qu'on soit toujours ensemble.

Voyant le soulagement s'imprimer sur les traits de sa sœur, elle ressentit une bouffée d'affection pour elle. Prendre soin d'Olivia était la seule chose qui donnait un sens à sa vie. Rien ne pourrait les séparer.

Bien plus tard ce jour-là, Herbert rentra à Summerhill l'air épuisé. Il demanda qu'on lui serve un thé dans son bureau. Bertie et Verity étaient partis pour une semaine sur la côte sud, escortés jusqu'à la gare par une foule bruyante d'amis, restés dîner en ville ensuite.

— Je crains que Tubby et les autres ne rentrent très tard, dit Herbert d'un ton d'excuse, sachant que Clarrie devrait veiller jusqu'à leur retour.

— Ça ne me dérange pas, monsieur, répondit-elle. J'aurai tout le temps de me reposer demain quand ils seront repartis. C'était merveilleux de voir Will si en forme. Il a pris le train de seize heures ?

Herbert acquiesça et bâilla. Sentant qu'il voulait être seul, Clarrie se retira. Lorsqu'elle revint un peu plus tard pour débarrasser le plateau, elle le trouva profondément endormi dans son fauteuil près de l'âtre. Elle remit un peu de charbon dans le feu, lui posa une couverture sur les genoux et sortit sur la pointe des pieds.

Le chahut sur la place, plus tard dans la nuit, ne le réveilla même pas. Clarrie se précipita au rez-de-chaussée pour accueillir les amis de Bertie – une bande d'une dizaine de jeunes gens sentant l'alcool et la fumée de cigares, qui riaient bruyamment aux plaisanteries des uns et des autres.

— On prendrait bien un dernier verre avant d'aller se coucher, lança Tubby Blake à la cantonade.

— Vous trouverez les carafes dans la salle à manger, monsieur Blake, l'informa Clarrie. J'ai aussi préparé du poulet et des sandwichs. Si vous voulez une boisson chaude…

— Non, non, whisky pour tout le monde !

— Monsieur, n'oubliez pas que M. Stock n'apprécie pas qu'on fasse du bruit après minuit, dit-elle sans ambages.

Tubby émit un bruyant « chut ! » en posant le doigt sur ses lèvres.

— Nous promettons d'être silencieux si vous venez nous border dans notre lit.

— Bonsoir, monsieur Blake, répondit-elle, très digne.

Elle se retira au sous-sol, agacée de devoir rester debout jusqu'au départ des fêtards pour pouvoir verrouiller la porte d'entrée derrière eux. Le valet de chambre de Blake étant en train de ronfler dans son salon, Clarrie décida d'aller prendre l'air pour rester éveillée. En sortant, elle s'enveloppa d'un châle qu'elle remonta sur sa tête.

Le vent était tombé, mais la nuit était fraîche. Des étoiles apparaissaient entre les nuages, et la pleine lune, cachée derrière les hautes maisons, projetait un halo de lumière sur la place, comme un bec de gaz. Une domestique de la maison d'en face, qui sortait une caisse de bouteilles de lait vides, la salua.

Clarrie répondit d'un geste de la main, puis se dirigea vers le jardin au centre du square et passa les grilles de fer forgé. Fermant les yeux, elle huma la bonne odeur de feuilles humides, à laquelle se mêlaient de légers effluves de feu de bois. L'espace d'une seconde, il lui sembla retrouver le parfum moite de la jungle. Elle était de retour à Belgooree, au milieu des grands arbres, à écouter les bruits de la nuit. Comme elle aurait voulu tendre la main et sentir le flanc chaud et musclé de Prince, ouvrir les yeux et voir les spirales de fumée s'élever au-dessus des arbres en provenance des villages. Une vague de nostalgie la submergea. Son désir de retrouver sa vraie maison était si intense qu'il la laissa tremblante. Elle lâcha un faible gémissement.

— Ça ne va pas ? demanda une voix profonde, dans l'obscurité.

Surprise, Clarrie ouvrit les yeux. Personne. Puis elle distingua le rougeoiement d'un cigare. Un homme était assis sur le banc sous le saule. Voilà qui expliquait l'odeur de fumée. Il se leva et s'avança vers elle, chancelant légèrement comme s'il avait bu. Elle vit seulement qu'il était grand et portait un habit. Sans doute un ami de Bertie.

Ce fut seulement quand il passa dans le clair de lune qu'elle distingua les contours de son visage. Avec un choc, elle reconnut Wesley.

— Vous ne vous sentez pas bien ? insista-t-il.

— Si ! répondit Clarrie en rabattant son châle sur son front.

Elle aurait voulu s'enfuir, mais craignait de l'intriguer encore davantage. Il fit tomber son cigare et l'écrasa sous sa chaussure.

— Venez vous asseoir, dit-il en montrant le banc.

Mais Clarrie secoua la tête.

— Qu'est-ce que vous faites ici ? reprit-il. Une fille comme vous ne devrait pas se trouver seule dehors à cette heure.

Il la regardait droit dans les yeux, la seule partie visible de sa figure. Le cœur de Clarrie battait la chamade. Il se pencha si près qu'elle sentit le vin dans son haleine et vit la lueur d'intérêt dans ses yeux verts.

— C'est étrange… Quand je vous ai vue dissimulée sous ce châle, vous m'avez rappelé quelqu'un. Le clair de lune qui me joue des tours.

Il voulut dégager le châle pour voir ses traits, mais Clarrie s'y agrippa.

— Non, monsieur !

— Ces yeux ! Mon Dieu, comme c'est troublant. Qui êtes-vous ? D'où venez-vous ?

— Je… je… m'appelle Dolly, monsieur, répondit-elle en prenant l'accent du Nord de la cuisinière. Je travaille dans le quartier.

— Pourquoi êtes-vous venue dans ce jardin ?

— Sans raison, répliqua-t-elle, détournant le regard.

Wesley se mit à rire.

— Un rendez-vous galant, pas vrai ? Une liaison secrète ?

— Non, je voulais juste prendre l'air… tout comme vous.

Il s'approcha encore plus près.

— Il y a quelque chose en vous, Dolly…

Clarrie retint son souffle. Elle se sentait prisonnière de son regard. D'un moment à l'autre, il découvrirait qui elle était et son humiliation serait totale.

— Je dois m'en aller…

— Attendez ! dit-il en lui attrapant le bras. Restez et parlons un peu.

Clarrie tenta de se dégager de son emprise.

— Pourquoi parler à des gens comme moi, alors que vous avez tous vos amis rupins ?

— Quels amis ? Vous me connaissez ?

— N… non, bégaya-t-elle. Mais… vous deviez être à la grande noce. Tout le monde parle que de ça ici.

— La grande noce, c'était tout à fait ça. Mes amis rupins, comme vous dites, sont encore en train de faire la fête. À l'heure qu'il est, ils doivent sûrement vider le whisky de Bertie Stock. Pour ma part, j'en ai eu assez.

Il lui adressa un sourire enjôleur et l'attira contre lui.

— Je préfère toujours la compagnie d'une jolie femme.

Clarrie sentait battre son pouls affolé. Elle était partagée entre la peur et un brusque et traître accès de désir.

— Je vous en prie, monsieur, lâchez-moi.

La voix de Wesley ressemblait à un grondement sourd, tel le tonnerre au loin :

— Je veux d'abord voir votre visage !

En Clarrie, le trouble céda la place à l'indignation. Comment osait-il se comporter de la sorte avec elle, uniquement parce qu'il la prenait pour une domestique ? Se dégageant brusquement, elle leva la main à la vitesse de l'éclair et le gifla.

Wesley chancela en arrière avant de recouvrer son équilibre.

— Désolé… je crois que j'ai trop bu…

Elle se détourna et s'enfuit, courant à perdre haleine à travers le jardin et jusqu'à la maison. Tout ce qu'elle entendait était le sang qui pulsait à ses oreilles tandis qu'elle dévalait les marches du sous-sol et se précipitait dans la cuisine. L'avait-il suivie ? Elle s'adossa à la porte close, tremblante, luttant pour reprendre son souffle.

Dieu merci, elle n'entendit aucun bruit de pas derrière elle. Mais s'il décidait de rejoindre les hommes dans le salon ? Fermant les yeux, elle tenta de calmer son cœur emballé. Elle allait rester ici jusqu'à ce qu'ils soient tous partis ou allés se coucher, en espérant qu'ils ne l'appelleraient pas pour réclamer à manger ou du charbon pour le feu. Ensuite seulement, elle pourrait monter.

Assise sur une chaise de cuisine, elle se mit à somnoler, se réveillant en sursaut chaque fois qu'elle piquait du nez. Peu après une heure du matin, elle entendit la porte d'entrée claquer et des éclats de voix dans la rue. Elle attendit encore un quart d'heure puis monta à la salle à manger pour débarrasser la table.

Il était deux heures passées quand elle put enfin se mettre au lit, épuisée par les événements de la journée. Le fait d'avoir vu Wesley l'avait profondément remuée. Juste au moment où elle pensait avoir repris le contrôle de sa vie, il était apparu tel un orage d'été et avait réveillé en elle des désirs enfouis. Comme il était étrange qu'il se soit trouvé dans le jardin à l'instant où elle pensait si fort à Belgooree. C'était comme s'il avait le pouvoir de faire resurgir ses émotions les plus profondes. Elle se recroquevilla sur elle-même pour maîtriser la douleur physique qui la tenaillait.

Clarrie le détestait pour avoir détruit sa tranquillité d'esprit et révélé l'insatisfaction qu'elle éprouvait à l'égard de la nouvelle vie qu'elle avait forgée pour Olivia et elle. Mais malgré les larmes de colère qui lui piquaient les yeux, elle refusait de pleurer. Elle était plus forte que ça. Au contraire, elle allait se nourrir de cette rage qu'il avait réveillée en elle. Dorénavant, chaque fois qu'elle penserait à Wesley, elle se souviendrait qu'elle devait encore améliorer sa situation, jusqu'à ce qu'elle puisse de nouveau le regarder comme son égale.

— Je jure que ce jour viendra, murmura-t-elle.

19

Une fois Bertie et Verity de retour de leur voyage de noces, Clarrie n'eut plus le temps de ressasser les événements qui s'étaient produits le jour du mariage. La nouvelle organisation de la maisonnée lui donnait encore plus de travail qu'avant. Verity ne tarda pas à endosser le rôle de maîtresse de maison, et les Stock s'empressaient de satisfaire tous ses désirs domestiques.

Chaque jour, elle convoquait Clarrie dans son salon du deuxième étage pour lui dicter la liste des tâches à accomplir. Elle avait des exigences précises quant aux épiciers qu'elle voulait comme fournisseurs, à la tenue des domestiques ou aux heures de la journée où ces dernières étaient autorisées à faire les chambres. Elle annula sans tarder les commandes de tourtes à Lily, malgré les protestations de Clarrie.

— Elles sont indigestes et très mauvaises pour la santé, décréta-t-elle. Il n'est pas question que je serve de la nourriture préparée dans un pub.

— Mais ils ont besoin des commandes de personnes comme les Stock.

— Nous ne sommes pas une œuvre caritative. Je suis sûre que Dolly peut préparer des tourtes aussi bonnes… et dans le cas contraire, nous n'aurons pas de mal à trouver quelqu'un d'autre.

— Dolly en est parfaitement capable, répondit Clarrie. Mais une paire de bras supplémentaire ne serait pas superflue en cuisine.

— Je suppose qu'avec toutes les réceptions à venir ce serait peut-être une bonne idée, admit Verity.

Avant la fin de la semaine, celle-ci avait convaincu Bertie de la nécessité d'embaucher une fille de cuisine. Clarrie fit passer le mot à Lexy, à la blanchisserie d'Elswick, qui lui envoya aussitôt une de ses sœurs. Une semaine plus tard, la jeune Sarah, quinze ans, était engagée. Pour remercier Clarrie, Lexy lui fit porter un savon Pears.

Verity ne ratait pas une occasion de rappeler à Clarrie et Olivia qu'elles étaient là pour servir et non pas pour fraterniser avec leurs employeurs. Pour ce qui était des uniformes, un code compliqué fut adopté. Clarrie et Lavender devaient endosser des robes mauves le matin, beiges l'après-midi pour servir le thé, et noires le soir. Olivia et Dolly portaient du bleu marine dans la journée et des robes noires avec un tablier en dentelle blanc après seize heures. Sarah était en gris – la jeune fille n'avait de toute façon pas le droit de monter à l'étage quand les Stock étaient là.

Le jeune couple recevait beaucoup durant la semaine, sans parler du groupe d'amies de Verity qui venaient très fréquemment prendre le thé. Lavender était aux petits soins pour sa patronne, et adorait rapporter à Clarrie combien de fois celle-ci s'était changée dans une même journée: cinq, voire six fois quand ils sortaient le soir.

Marjorie, la vieille blanchisseuse des Stock, fut bien vite mise à la retraite et remplacée par deux jeunes femmes robustes qui purent s'acquitter du surcroît de lessives et de repassage.

Herbert et Bertie passaient de longues heures à leur cabinet et ne rentraient pas avant dix-huit heures. Il arrivait souvent que Herbert commande un repas léger dans son bureau, se dispensant des dîners guindés dans la grande salle à manger qu'exigeait Verity. Cet arrangement paraissait convenir à sa bru, qui ne comprenait pas son manque d'intérêt pour les réceptions et trouvait ses manières trop austères. Clarrie soupçonnait que cette discrétion était son armure contre le monde extérieur, qu'il évitait quand ça ne concernait pas son travail. Elle savait qu'il n'avait pas encore surmonté la perte de Louisa et qu'il avait perdu tout appétit pour les mondanités.

C'était le dimanche, à l'église, qu'il semblait le plus heureux, quand, assis seul sur le banc des Stock près de l'autel, il chantait ou se perdait dans ses pensées. Comme Bertie et Verity passaient la plupart de leurs dimanches à la campagne, ils l'accompagnaient rarement et, lorsqu'elle était en ville, Verity préférait aller à la cathédrale.

Clarrie faisait de son mieux pour satisfaire sa nouvelle patronne et garder ses pensées séditieuses pour elle. Elle attendrait patiemment que Jack progresse dans sa carrière et qu'il la demande en mariage, puis se ferait un plaisir d'annoncer à Bertie et Verity qu'elle les quittait. Sur un seul sujet, elle se heurta de front à la jeune mariée : les livraisons de Jack.

278

— Je ne vois pas pourquoi nous faisons une commande de thé séparée, se plaignit Verity. Ce serait tellement plus simple de tout prendre au Clayton's Emporium. Je sais que leur thé d'importation est de première qualité.

Clarrie serra les dents. Elle savait très bien où se fournissait l'épicier : chez la famille Robson. La plupart des maisonnées de la place achetaient leur thé chez lui, et Jack avait beaucoup de mal à convaincre les gouvernantes de changer leurs habitudes pour lui passer commande. Il devait s'éloigner de plus en plus du centre-ville pour démarcher dans les quartiers que d'autres négligeaient de livrer.

— La Tyneside Tea Company propose un excellent thé à un prix raisonnable, plaida Clarrie.

Verity arqua un sourcil.

— J'oubliais que vous vous preniez pour l'experte en la matière. Quoi qu'il en soit, les Landsdowne ont toujours fait appel à Clayton pour leur épicerie, et c'est ce que je veux pour ici aussi.

— Peut-être devriez-vous d'abord consulter M. Herbert ? La Tyneside Tea Company compte parmi ses clients.

Verity lui lança un regard irrité.

— Vraiment, Belhaven, je ne vais pas me laisser dicter mes choix par ma gouvernante. Et jamais je ne dérangerais M. Stock avec un détail domestique aussi insignifiant.

Clarrie, cependant, n'avait pas l'intention d'en rester là. Le lendemain soir, elle entra dans le bureau de Herbert sous prétexte de lui apporter une assiette de biscuits. Il la regarda par-dessus ses lunettes.

— Vous avez quelque chose à me dire, Clarrie ?

Elle acquiesça et lui fit part de son problème.

— Il est évident que M. Milner a besoin de toute l'aide nécessaire, concéda Herbert en soupirant et en reposant son stylo. Mais j'ai promis à Bertie de ne pas intervenir dans la façon dont son épouse dirige la maison, et il me semble…

— Mais enfin, monsieur, il suffit que un ou deux clients importants annulent leur commande et que la rumeur se répande, pour que d'autres fassent la même chose. Vous ne voulez tout de même pas que votre client mette la clé sous la porte, après tout le travail que vous avez fourni pour le sauver ?

— Je suis impressionné par votre loyauté, Clarrie. Mais quelque chose me dit que votre inquiétude a plus à voir avec le sort du livreur – comment s'appelle-t-il déjà, Jack ? – qu'avec l'entreprise de M. Milner.

Clarrie s'empourpra.

— Monsieur, Jack Brewis et le commerce de M. Milner dépendent l'un de l'autre.

Herbert la contempla pendant un long moment, avant de hocher la tête.

— Je m'en occupe, Clarrie. Et merci pour les biscuits.

Il se replongea dans ses papiers et elle prit congé.

La livraison de Jack fut maintenue, mais, furieuse d'avoir été contredite, Verity se vengea sur Clarrie en faisant en sorte qu'elle soit occupée à l'étage chaque fois qu'il passait. Sans doute avait-elle eu vent par Lavender des sentiments de sa gouvernante pour le livreur. Tous les jeudis après-midi, elle retenait Clarrie dans le salon pour servir le thé à ses amies, ou l'envoyait chez la modiste ou la couturière. Sous l'autorité de Verity, Clarrie était de service presque tous les soirs, de sorte qu'elle n'eut plus le loisir de prévoir une sortie au cinéma ou au music-hall avec Jack.

Malgré son mécontentement, Clarrie ne pouvait rien faire d'autre que transmettre des messages à Jack par l'intermédiaire d'Olivia. Un jour, apprenant que Bertie et Verity devaient partir à la campagne le samedi au lieu du dimanche, elle eut de nouveau recours à sa sœur :

— Dis à Jack que je suis libre samedi soir s'il veut que nous allions au Pavilion.

Mais il lui fit savoir en réponse qu'il n'aurait pas fini sa tournée.

— Il doit aller jusqu'aux villages miniers autour de Stanley et ne sera pas rentré avant vingt et une heures.

Clarrie eut bientôt l'impression désagréable que Jack ne faisait pas beaucoup d'efforts pour la voir.

— Tu crois qu'il a rencontré une autre fille ? demanda-t-elle, inquiète, à sa sœur. Il doit en croiser des dizaines pendant ses voyages.

— Ne sois pas bête, répondit Olivia. Il te demande toujours quand il effectue sa livraison.

— Mais il ne vient jamais à d'autres moments de la journée pour me voir.

— Parce qu'il a beaucoup de travail. Il ne peut pas passer sans arrêt juste au cas où tu aurais cinq minutes à lui consacrer.

— Mais il n'est pas libre non plus le dimanche après-midi.

— Tu sais bien que sa mère est très dévote et qu'elle tient à ce qu'il reste à la maison après la messe. Ce sera différent quand il aura économisé assez pour avoir un logement à lui.

— C'est vrai. Mais ça n'arrivera pas avant des années !

— Sois patiente. C'est ce que tu me dis toujours.

Si elle réussissait parfois à le saluer depuis la fenêtre de l'étage, Clarrie ne sortit que deux fois avec Jack pendant tout l'automne : une fois pour aller au cinéma, l'autre fois pour une promenade à Elswick Park. Ce jour-là, il lui parut morose et presque méfiant.

— Dites-moi ce qui ne va pas, le pria-t-elle.

Mais il se contenta de hausser les épaules sans répondre. Clarrie mit son attitude sur le compte de ses inquiétudes professionnelles et tenta de se montrer optimiste.

— M. Stock a une grande confiance en M. Milner. Il pense qu'avec le temps il bâtira une belle entreprise.

L'hiver arriva, et les exigences de Verity augmentèrent encore à l'approche de Noël. Les mois passant, Clarrie voyait si peu Jack que même Olivia s'en inquiéta.

— Il dit que M. Milner envisage de le changer de secteur. Il ferait les livraisons au sud de la Tyne.

— Pourquoi donc ? demanda Clarrie.

— Milner se développe et Jack est son meilleur vendeur. Il est doué pour fidéliser la clientèle.

Aiguillonnée par les mises en garde d'Olivia, Clarrie réussit à prévoir une soirée au Pavilion avec Jack, mais au dernier moment Verity organisa un dîner et exigea sa présence.

Elle envoya Olivia à sa place pour ne pas décevoir Jack. À son retour, sa sœur ne mâcha pas ses mots.

— Tu ne peux pas continuer comme ça. Il pense que tu ne tiens pas à lui.

— Mais si !

— Eh bien, pas assez apparemment. Ça fera deux fois.

— Deux fois que quoi ?

— Que tu rateras l'occasion de te marier.

— Tu ne vas pas remettre ça sur le tapis !

Mais Olivia commençait déjà à s'échauffer.

— C'est vrai ! Si tu épousais Jack, nous pourrions partir d'ici.

— Et faire quoi ?

— Ouvrir notre propre salon de thé, comme tu as toujours voulu le faire. Travailler à notre compte et non pas pour cette snob de Verity.

Clarrie poussa un soupir d'impatience.

— Il n'y a rien qui me plairait davantage. Mais nous n'en avons pas les moyens, pas avec le salaire de Jack. Nous serions encore obligées de travailler pour les autres.

Voyant Olivia se décomposer, elle se précipita pour la réconforter.

— Un jour, on aura notre salon de thé, rien que toi et moi.

Mais sa sœur la repoussa.

— Arrête de me traiter comme un bébé. Toi, tu es heureuse dans cette maison… plus que moi. Et par fidélité envers M. Stock, tu resteras ici et finiras vieille fille.

— Non, sûrement pas ! protesta Clarrie.

— Si j'étais toi, je me dépêcherais de me faire épouser par Jack avant qu'il trouve quelqu'un d'autre.

— Tu as changé de discours. Il y a quelques semaines, tu me conseillais d'attendre et d'être patiente.

— C'est long, quelques semaines. Si tu ne l'épouses pas maintenant, je crains que nous ne partions jamais d'ici.

Clarrie perdit patience.

— Réfléchis un peu! Jack vit encore chez sa mère. Il ne gagne pas assez pour m'entretenir, sans parler de toi. Et je n'ai pas l'intention de quitter cette place pour me retrouver sous la férule de la mère de Jack. Peut-être que, dans deux ans, lui et moi aurons mis assez d'argent de côté pour pouvoir nous offrir un logement.

Cette conversation lui donna néanmoins à réfléchir, et elle résolut d'intercepter Jack lors de sa prochaine visite, n'en déplaise à Verity.

Le jeudi suivant, Olivia se chargea de ses tâches en haut pendant qu'elle accueillait le livreur. Elle l'entraîna aussitôt dans son petit salon, avant que Dolly ou Sarah n'engagent la conversation avec lui. Il s'assit au bord du canapé, tripotant sa casquette, apparemment nerveux.

— Je ne peux pas rester longtemps, indiqua-t-il.

Elle lui servit une tasse de thé, qu'il but en évitant son regard.

— Olivia m'a dit que vous vous développiez au sud, lança-t-elle.

— Oui, les affaires décollent. En un mois, nous avons doublé le nombre de clients. Les gens s'habituent à nous voir régulièrement et nous font de plus en plus confiance.

Clarrie le laissa parler de son travail, tout en redoutant d'entendre la cloche sonner et d'être appelée en haut avant d'avoir pu aborder la question qui lui tenait à cœur. Enfin, elle déclara maladroitement :

— Jack, je dois savoir où nous en sommes tous les deux.

Il rougit et reposa sa tasse.

— Je ne sais pas.

Clarrie sentit sa gorge s'assécher. Elle venait de mesurer à quel point elle avait compté sur Jack pour ses projets d'avenir.

— Y a-t-il quelqu'un d'autre ? se força-t-elle à demander.

— Je pourrais vous poser la même question.

Clarrie soutint son regard, désarçonnée. Il paraissait presque accusateur.

— Vous êtes le seul auquel je tiens, Jack.

Il se leva brusquement.

— C'est ce que je croyais, mais ce n'est pas ce que j'ai entendu dire.

Elle se leva elle aussi.

— Qu'avez-vous entendu dire ? Et par qui ?

— Les gens parlent. Sur la place.

Il était rouge d'embarras.

— Que disent-ils ?

— On vous a vue un soir en train de flirter avec un autre gars.

C'était si ridicule que Clarrie ne put s'empêcher de rire.

— C'est faux ! J'ai à peine le temps de vous voir, alors vous parlez des autres ! Je n'en connais aucun et je ne le souhaite pas.

Il la dévisagea, un peu radouci.

— Vous n'avez jamais retrouvé un autre homme dans le jardin ?

— Non, Jack, je vous le promets !

— Je savais que je n'aurais pas dû écouter les ragots, lâcha-t-il, visiblement soulagé. Cette fille, de l'autre côté de la place, voulait juste créer des problèmes. Elle m'a raconté que vous étiez couverte d'un châle pour ne pas être reconnue, mais que vous l'aviez tout de même saluée avant d'aller retrouver un monsieur de la haute. Je me suis dit que vous voyiez peut-être cet homme et que c'était pour ça que vous m'évitiez. C'était il y a des mois… le soir du mariage chez les Stock.

Clarrie porta la main à sa bouche.

— Oh, ça, fit-elle en sentant le sang lui monter au visage. C'est bien moi qu'elle a vue, mais ce n'était pas ce qu'elle a cru. J'étais seulement sortie prendre l'air, je n'avais aucune idée qu'il serait dans le jardin.

— Qui ?

— M. Robson.

— Donc, vous le connaissiez ?

Clarrie hésita.

— Eh bien, Olivia et moi l'avons connu autrefois… avant d'arriver ici. Mais il n'y a rien eu…

— Vous a-t-il fait la cour avant moi ?

Une fois encore, Clarrie hésita trop longtemps avant de nier.

— Non, pas la cour… c'était compliqué. Mais je n'ai pas de sentiments pour lui… au contraire.

— Ce n'est pas ce que dit la fille, insista Jack, glacial.

— Ne soyez pas ridicule! s'exclama Clarrie, prise de panique. C'était un des invités de M. Bertie. Je ne me doutais absolument pas qu'il serait là.

— C'est possible, mais apparemment vous n'avez pas fui en le voyant.

— Il ne s'est rien passé. Il ne pourrait rien se passer.

— Parce qu'il est trop chic? Sinon, vous ne diriez pas non. Je le vois sur votre visage. Il vous plaît encore, Clarrie, pas vrai? Moi, je ne suis qu'un livreur, donc pas digne d'une fille dans votre genre.

— Arrêtez, Jack, je vous en prie! Vous ne pourriez pas vous tromper davantage en ce qui le concerne. C'est vous que je veux épouser.

— Je refuse de passer en second, déclara-t-il, surtout après un bourgeois qui s'imagine pouvoir avoir toutes les filles qu'il veut.

— Ne dites pas des choses pareilles, c'est faux. Pourquoi ne voulez-vous pas me croire?

Ouvrant la porte, il se retourna vers elle avant de sortir:

— Je ne serai jamais assez bien pour vous, Clarrie. Au fond, c'est ce que vous pensez. Et après ce que je viens d'entendre, je pense que vous non plus vous n'êtes pas assez bien pour moi.

Il sortit furieux, passant devant Dolly et Sarah qui s'étaient approchées pour écouter. Lorsque Olivia revint dans la cuisine, elle trouva les deux femmes en train de consoler sa sœur en larmes. Ce ne fut que plus tard, quand elles furent seules, que Clarrie put expliquer la cause de leur dispute.

— Tu ne m'as jamais raconté que tu avais parlé à Wesley Robson, dit Olivia, stupéfaite. Comment a-t-il réagi quand il a su que tu travaillais ici ?

— Il l'ignore. J'ai prétendu m'appeler Dolly et il ne m'a pas reconnue dans le noir.

Le chagrin de Clarrie se transforma en colère.

— Quel sale type ! Ne cessera-t-il jamais de nous causer des problèmes ? Maintenant, j'ai perdu Jack…

Olivia l'étreignit pour la réconforter. Pour une fois, elle ne la réprimanda pas et s'abstint de tout «Je te l'avais bien dit.» Elle se contenta de la bercer dans ses bras jusqu'à ce que ses larmes se tarissent, comme Clarrie l'avait fait si souvent avec elle.

20

Noël arriva, et Will revint pour les vacances. Lorsqu'il descendit à la cuisine, Clarrie se précipita vers lui et l'étreignit.

— Ça me fait tellement plaisir de vous voir! s'écria-t-elle.

Il rit et lui rendit son étreinte.

— Je peux vous aider à tourner la pâte du pudding? s'enquit-il en enfournant dans sa bouche un scone tout frais.

Sarah, qui n'avait jamais vu un homme de la famille Stock s'aventurer au sous-sol, le contemplait d'un regard ébahi.

— Vous vous habituerez à lui, lui dit Dolly. Le petit chapardeur de nourriture.

Mais Will passa la plupart de son temps à rendre visite à ses anciens camarades de classe, quand Verity ne l'emmenait pas faire des courses pour lui acheter des vêtements plus grands. Il neigea la veille de Noël et il partit faire de la luge toute la journée avec Johnny. Le lendemain, Bertie et Verity l'emmenèrent à la campagne chez les Landsdowne pour une partie de chasse aux lapins. Et le moment arriva bien trop vite où il dut repartir en pension.

Clarrie regretta que Herbert ait à peine fait attention à lui, et suggéra qu'ils aillent se promener ensemble le dernier jour avant son départ. Mais Herbert s'en irrita.

— Vous ne voyez pas que j'ai trop de travail, Clarrie ? Je vous remercie de ne pas intervenir.

Will dissimula tant bien que mal sa déception.

— Ce n'est pas grave. De toute façon, j'avais prévu d'aller monter à cheval avec Johnny.

Le lendemain, il était parti, et ils ne le revirent pas avant les vacances de Pâques. Au cours du printemps, Verity se montra encore plus difficile et exigeante qu'à l'ordinaire ; elle se levait tard et réclamait sans cesse des biscuits et de la salsepareille. Au milieu de l'été, elle annonça à ses proches qu'elle attendait un bébé. Bertie, aux anges, l'entoura de mille attentions. Mais la joie qui s'était emparée de la maisonnée fut bientôt ternie par le conflit qui opposa Verity à son beau-père à propos de l'ancienne chambre de Louisa, que la future maman voulait transformer en nursery.

Verity se plaignit en sanglotant auprès de Bertie, sans se soucier de la présence de Clarrie.

— Mais cette chambre est vide depuis presque deux ans. Quel gâchis ! Elle a la taille idéale pour une nursery. Tu dois lui en parler.

— Ma chérie, tu sais que c'est un sujet très sensible pour père.

— Il en a fait un mausolée. C'est presque inquiétant. Il est temps qu'il surmonte son deuil.

— Je suis tout à fait d'accord, mais c'est sa maison.

— Eh bien, c'est mon bébé ! Tu ne vois pas que ça me rend malade de ne pas savoir où il va aller ?

De son côté, Herbert se révéla tout aussi entêté.

— Il y a toute la place qu'il faut au deuxième étage, déclara-t-il à Bertie. Elle a une penderie de la taille de mon bureau. De plus, je ne veux pas être dérangé par les pleurs d'un bébé quand j'essaie de travailler.

Clarrie hésitait à s'en mêler. Elle comprenait l'agacement de Verity à propos de cette vaste pièce inutilisée, mais aux yeux de Herbert c'était bien plus qu'une chambre, c'était un temple consacré à sa défunte femme. Rien n'avait été touché, comme s'il craignait que la moindre altération ne soit une trahison envers sa mémoire. Elle se demandait aussi s'il ne redoutait pas secrètement l'arrivée d'un bébé dans la maison, qui lui rappellerait la mort de leur petite fille, trois ans plus tôt.

À sa grande surprise, Bertie vint solliciter son aide.

— Belhaven, vous semblez avoir de l'influence sur mon père, dit-il franchement. Vous pensez pouvoir lui faire entendre raison à propos de cette histoire de nursery?

— Ce n'est pas à moi d'intervenir, objecta-t-elle.

— Vous ne vous en êtes jamais privée jusqu'ici. Écoutez, poursuivit-il en tentant de se montrer conciliant. Nous avons eu des désaccords tous les deux, mais je sais que vous avez fait du bon travail ici, et Verity pense que vous êtes une gouvernante compétente pour quelqu'un de si jeune.

Il rougit sous l'effort que lui demandait cette amabilité.

— Je vous serais gré de faire votre possible pour convaincre mon père de changer d'avis… Clarrie.

C'était la première fois qu'il l'appelait par son prénom et il venait de reconnaître implicitement qu'elle était devenue indispensable chez les Stock : Clarrie en ressentit une petite pointe de triomphe.

— J'essaierai, dit-elle.

Elle fit en sorte d'intercepter Herbert à son retour de sa promenade de début de soirée. Il avait pris cette habitude depuis l'arrivée de Verity, afin d'éviter l'apéritif et les conversations futiles qui allaient avec. Lorsqu'elle le vit tourner au coin de la rue, elle se rendit dans le jardin au milieu du square pour cueillir quelques roses.

— Monsieur ! l'appela-t-elle. Pourriez-vous m'aider à atteindre celles qui sont là-haut, s'il vous plaît ?

Il s'arrêta pour l'aider, posant sa canne contre les grilles. Il faisait encore chaud, et il transpirait sous ses vêtements sombres.

— Il y a de la limonade dans cette bouteille. Vous en voulez ?

Herbert hocha la tête et s'assit sur le banc pour siroter le verre qu'elle lui tendit. Clarrie continua à cueillir des roses, qu'elle posait dans son panier, lançant chaque fois un coup d'œil à Herbert.

— Je vous écoute, finit-il par déclarer. Vous avez quelque chose à me dire.

Clarrie prit l'air coupable puis rit.

— Comment le savez-vous ?

— Vous avez cette lueur déterminée dans le regard, comme si vous rassembliez votre courage avant de vous attaquer à un problème désagréable.

— Pas grand-chose ne vous échappe, n'est-ce pas ?

— Venez vous asseoir à côté de moi. C'est Bertie qui vous envoie ?

Clarrie s'assit, posa les mains sur ses genoux et acquiesça.

— Je ne reviendrai pas sur ma décision, dit-il.

— Je m'en doutais.

— Mais vous pensez que j'ai tort à propos de cette nursery ?

— Non, répondit-elle gentiment. Je crois que personne n'a raison ou tort. Je me demande seulement… ce que Mme Stock aurait voulu pour son premier petit-enfant.

Herbert ne dit rien. Lorsqu'elle lui coula un regard, Clarrie vit qu'il avait la mâchoire serrée et les yeux brillants.

— Je ne peux pas, finit-il par murmurer. C'est trop tôt.

Instinctivement, Clarrie lui effleura la main.

— Je comprends. Mon père ressentait la même chose après la mort de ma mère. Il n'a jamais plus supporté de dormir dans leur ancienne chambre.

Elle réfléchit une seconde.

— Si vous ne supportez pas l'idée d'un bébé dans la maison, pourquoi ne laisseriez-vous pas M. Bertie et Mme Verity avoir leur propre maison ?

Il se tourna vers elle, sourcils froncés. Vite, elle retira sa main : une fois encore, elle craignit de s'être montrée trop franche.

— Désolée, je n'aurais pas dû m'exprimer ainsi.

— Si, Clarrie, vous avez bien fait. Je n'y avais pas pensé, mais vous avez raison. Maintenant qu'ils vont fonder une famille, il est grand temps qu'ils aient leur propre foyer.

Il la contempla, avant d'ajouter :

— D'où vient une telle sagesse chez quelqu'un de si jeune ?

Clarrie esquissa un sourire un peu triste.

— Hélas, je ne suis pas toujours aussi avisée.

— Et qu'en est-il de votre avenir, Clarrie? lui demanda-t-il de manière inattendue. L'employé de M. Milner vous fait-il toujours la cour?

— Non, monsieur, répondit-elle en se levant. Nous avons eu un désaccord.

— J'en suis désolé, dit-il en la regardant ramasser son panier.

Clarrie le salua et retourna vers la maison, avant qu'il puisse l'interroger plus avant. Elle n'avait pas reparlé à Jack depuis l'année précédente. Il passait tous les quinze jours et non plus chaque semaine. Parfois, elle l'apercevait de loin : il s'était laissé pousser la moustache, portait un costume neuf et conduisait une charrette plus grande. Apparemment, les affaires marchaient. Mais jamais elle n'interrogeait Olivia à son propos, et jamais sa sœur ne mentionnait ses visites.

Pour le plus grand plaisir de Clarrie, il fallut à peine quelques jours pour que Lavender fasse circuler la nouvelle que Bertie et Verity cherchaient une maison.

— Madame a manifesté une préférence pour Jesmond, dit-elle en répétant les mots de sa patronne. Une bourgade si agréable, et en même temps très pratique pour venir en ville.

Dès que Lavender fut hors de portée de voix, Clarrie et Olivia poussèrent des cris de joie.

— Vivement qu'on en soit débarrassées! s'exclama Clarrie.

Mais Olivia s'inquiéta :

— M. Stock n'aura peut-être plus besoin de nous une fois qu'ils seront partis. Il pourrait se débrouiller avec Dolly et Sarah.

— Je suis sûre qu'il ne nous laissera pas tomber, la rassura Clarrie.

Le jeune couple jeta son dévolu sur une grande maison à Tankerville Terrace, qui fut achetée sans délai. Verity passa le mois suivant à faire des allers et retours là-bas pour superviser la décoration. Ils devaient déménager en novembre, un mois avant la date prévue pour la naissance. Quinze jours avant leur déménagement, elle convoqua Clarrie dans son salon. Elle était assise dans un fauteuil, adossée à de nombreux coussins, et semblait embarrassée par son gros ventre, dans la pièce étouffante où brûlait un feu.

— Belhaven, je suis en train de dresser la liste du personnel dont j'aurai besoin à Tankerville, déclara-t-elle en agitant une feuille de papier. Je veux que vous m'aidiez.

— Moi, madame?

— Oui, vous, confirma-t-elle d'un ton irrité en s'éventant avec son papier. Étant ma gouvernante, vous avez votre mot à dire dans le choix des domestiques.

Clarrie eut peur de comprendre.

— Votre gouvernante?

— Oui. Vous viendrez avec moi en tant que gouvernante.

— Mais je travaille pour M. Stock!

— Tout est arrangé avec M. Stock. Maintenant, venez voir…

Clarrie resta figée, incrédule. On disposait d'elle comme d'un meuble! On ne l'avait même pas consultée!

— Je suis désolée, madame, dit-elle d'un air de défi, mais je ne quitterai pas Summerhill. Sauf si M. Stock me donne mon congé.

Là-dessus, elle fit volte-face et sortit, laissant Verity bouche bée.

Il s'avéra que c'était Bertie qui avait tenté de s'approprier Clarrie sans en informer son père. Quand Herbert le découvrit, il dit deux mots à son fils.

— Tu ne peux pas traiter les Belhaven de cette façon ! Elles auraient dû être consultées, et moi aussi.

Bertie voulut faire croire à un simple malentendu.

— Vous avez raison, bien sûr, père. Simplement, nous avons de plus gros besoins en personnel que vous. Verity pensait que vous n'y verriez pas d'inconvénient.

— Mais j'en vois, au contraire. Et si Clarrie et Olivia préfèrent rester ici, elles resteront.

Si les sœurs furent grandement soulagées, l'incident ternit les derniers jours du règne de Verity, qui fit des remarques désobligeantes sur elles à voix haute et multiplia les caprices jusqu'au jour de son départ. Il fut décidé que Sarah, la fille de cuisine, suivrait le jeune couple et serait formée à devenir femme de chambre.

Une semaine avant Noël, Will rentra à la maison, et Verity donna naissance à des jumeaux, prénommés Vernon et Josephine. Les Stock et les Landsdowne allèrent passer Noël à Tankerville, où Verity et Bertie étaient fiers de montrer leur nouvelle maison et leurs bébés. Dolly rentra trois jours dans sa famille, aussi Clarrie et Olivia furent-elles livrées à elles-mêmes.

Après la messe, elles décidèrent d'emporter un pique-nique et partirent à vélo vers l'ouest, roulant jusqu'à ce que les usines d'armement et les rangées de maisons ouvrières laissent place à des champs. C'était une journée douce et ensoleillée ; Olivia croqua les arbres dépouillés de leurs feuilles et les contours bruns des collines contre le bleu pâle du ciel.

— Un jour, déclara Clarrie en regardant vers le nord, nous irons à la ferme où a grandi papa. Je ne me sentirai pas chez moi ici tant que je ne l'aurai pas vue.

Comme Olivia était absorbée dans son dessin, Clarrie crut que sa sœur ne l'avait pas entendue. Mais au moment de partir, elle dit :

— Ce ne sera qu'une ferme.

— Tu n'es pas curieuse de voir d'où il venait ?

— Pas vraiment. Ça sentira mauvais, ce sera sale et à une trotte des boutiques.

Un peu choquée par l'indifférence de sa sœur, Clarrie rit néanmoins en remarquant que celle-ci avait commencé à prendre l'accent du Nord.

— Tu es devenue une vraie fille de la ville, à ce que je vois !

— Oui… Enfin, tant qu'on parle des quartiers chics.

Il faisait nuit à leur retour à la maison. Elles venaient de finir de ranimer les feux quand Herbert et Will arrivèrent. Clarrie proposa de leur monter un souper léger, mais Will refusa.

— Je ne peux plus rien avaler.

— Ce sera bien la première fois, répondit Clarrie en plaisantant.

— Il y avait assez de nourriture pour ravitailler toute la région, renchérit Herbert. Une tasse de thé suffira.

Et comme Clarrie et Olivia les débarrassaient de leur manteau, il ajouta :

— Pourquoi ne nous rejoindriez-vous pas dans le bureau, toutes les deux ? Sauf si vous avez d'autres projets.

— On pourrait jouer au backgammon, suggéra Will. Vous ne me battrez plus, Clarrie, je passe mon temps à y jouer à l'école.

— Content de voir que tu mets à profit ta coûteuse éducation, fit remarquer son père.

— Je relève le défi, dit Clarrie en riant.

— Et si vous alliez chercher votre violon, Olivia ? demanda Will. Comme ça, nous pourrons jouer ensemble.

Tous les quatre passèrent la soirée dans le bureau, autour du feu. Clarrie et Will disputèrent une partie pendant que Herbert et Olivia lisaient, puis Olivia et Will gratifièrent les deux autres d'un petit concert improvisé.

Dans les souvenirs de Clarrie, ce fut ce qui se rapprochait le plus des Noëls à Belgooree avec ses parents et Kamal. Elle était profondément reconnaissante à Herbert et à son fils de leur offrir ce petit goût de vie de famille.

Le lendemain, Herbert s'enferma dans son bureau pour travailler et Will annonça qu'il allait rendre visite à Johnny.

— Pourquoi ne l'inviteriez-vous pas ici ? proposa Clarrie. Nous serions ravies de vous préparer ce que vous voulez à manger.

Will accueillit l'idée avec enthousiasme, et Clarrie se rendit compte que personne n'y avait pensé jusqu'ici, ni son père ni encore moins Verity.

Johnny Watson était un jeune homme brun et plein de vie qui riait autant que Will et parlait avec une pointe d'accent écossais. À la demande de Will, Clarrie et Olivia leur préparèrent des spécialités indiennes : curry d'agneau aux pois chiches accompagné de riz, ainsi que des galettes de pain sans levain que les garçons les aidèrent à faire cuire sur la plaque du fourneau. Johnny, d'abord décontenancé par la familiarité de Will avec les domestiques, participa volontiers. Clarrie leur montra comment mangeaient les Indiens en saisissant la nourriture avec leur pain.

Quand Herbert entra et les trouva attablés dans la cuisine, Clarrie se leva brusquement, se sentant coupable.

— Je suis désolée, monsieur, je croyais que vous étiez à votre cabinet.

Il hésita, fronçant les sourcils à la vue des garçons.

— C'est très bon, père, déclara Will, la bouche pleine.

— En tout cas, ça sent très bon, admit Herbert en tirant une chaise. Puis-je en avoir ?

Clarrie sourit, soulagée.

— Bien sûr, monsieur.

Trop vite, Will repartit en pension, et la maison sembla de nouveau tristement vide. Au fil de l'année, Clarrie en arriva presque à attendre les visites de Verity. Celle-ci passait le jeudi après-midi – « Elle ignore que tout est fini avec Jack », fit remarquer

Clarrie à Olivia, non sans amertume – pour que les jumeaux voient leur grand-père. Ces jours-là, Herbert rentrait plus tôt du cabinet et, à la surprise générale, il paraissait gâteux devant les bébés, à qui il faisait des grimaces ou chatouillait le menton. Lorsqu'ils pleuraient, on les confiait souvent à Clarrie, qui les emmaillotait et les portait contre elle jusqu'à ce qu'ils s'endorment, comme elle avait vu faire Ama dans son enfance.

Un après-midi d'été, alors que la porte du bureau était ouverte pour laisser circuler l'air, Clarrie entendit Bertie élever la voix :

— ... c'est trop ! Vous n'avez pas besoin des trois !

— Je n'interviens pas dans tes affaires domestiques, je te prierai de ne pas intervenir dans les miennes, répondit Herbert.

Clarrie, qui montait une carafe d'eau fraîche, s'arrêta dans l'escalier en comprenant qu'ils parlaient d'Olivia et elle.

— Mais nous avons besoin de personnel supplémentaire. Lavender ne s'en sort pas avec les jumeaux. Elle est trop âgée. Belhaven pourrait peut-être venir chez nous le temps qu'ils grandissent un peu.

— Jusqu'à ce qu'ils partent en pension, tu veux dire, répliqua Herbert. Une fois que Verity aura mis la main dessus, elle ne la lâchera plus.

— Qu'est-ce que ça peut vous faire ? demanda Bertie. Vous pouvez garder la jeune. Vous n'avez pas besoin des deux.

Clarrie demeurait pétrifiée d'indignation. Mais une chose était sûre : si Herbert cédait, elle donnerait son congé immédiatement.

— Je vous en prie, père, pensez-y au moins. Verity insiste pour que ce soit Belhaven. Elle s'y prend bien avec les jumeaux. Une nurse-née.

— Très bien, concéda Herbert en soupirant. J'y réfléchirai.

— Nous la paierons bien, si c'est ce qui vous inquiète.

Quand Clarrie rapporta cette conversation à Olivia ce soir-là, sa sœur s'inquiéta aussitôt.

— Ils ne peuvent pas nous séparer !

— Non, il n'en est pas question.

— Et je ne veux pas aller travailler pour cette affreuse Verity.

— Moi non plus. Nous trouverons une autre place. Nous avons des références, maintenant. Et il existe des agences de placement. J'ignorais leur existence quand nous sommes arrivées en Angleterre, sinon, nous aurions échappé au pub plus tôt.

Clarrie se prépara tant bien que mal à la convocation dans le bureau de Herbert. Il mit plusieurs jours à rassembler le courage de l'affronter, jours pendant lesquels elle sentit sa tension croître au point qu'elle avait du mal à lui adresser la parole de peur de se montrer grossière.

Quand elle entra, il se tenait dans sa position défensive habituelle, près de la fenêtre derrière son bureau, les mains serrées sur sa canne.

— Clarrie, commença-t-il, asseyez-vous, s'il vous plaît.

— Je préfère rester debout, monsieur, répondit-elle d'une voix tendue.

Il lui lança un regard hésitant, qu'elle soutint par défi. En le voyant détourner les yeux et crisper les doigts, elle ressentit un soudain accès de pitié. C'était apparemment aussi difficile pour lui que pour elle. Puis elle se reprit : il s'apprêtait à se débarrasser d'elle parce qu'il était trop faible pour tenir tête à un fils exigeant et à une bru égoïste.

— Je sais ce que vous allez me demander, dit-elle sèchement, et la réponse est non.

— Comment le sauriez-vous ?

— Il se trouve que je vous ai entendus en parler, M. Bertie et vous. Je n'espionnais pas : j'étais dans l'escalier et la porte était ouverte.

Herbert contourna vivement le bureau pour s'avancer vers elle.

— Je suis désolé…

— Eh bien, nous n'irons pas. Ni Olivia ni moi. Et nous refusons d'être séparées. Si vous ne voulez plus de nous ici, nous trouverons une autre place… une place où nous serons appréciées.

Clarrie le fusillait du regard, tandis que l'indignation qu'elle avait contenue depuis plusieurs jours déferlait.

— Pour vous et M. Bertie, il s'agit peut-être d'une simple question d'économie domestique, mais pour Olivia et moi cette maison est notre foyer depuis plus de trois ans. Nous y sommes attachées, nous sommes attachées à M. Will…

Lâchant sa canne, il se précipita vers elle et lui prit les mains.

— Clarrie, arrêtez !

Elle s'interrompit et tenta de recouvrer son calme. C'était sûrement la première fois qu'il la touchait. Elle voyait à quel point son mouvement d'humeur

302

l'avait affecté, mais elle refusait de s'en aller sans lui avoir expliqué ce qu'elle avait sur le cœur.

— Tout ce que je vous demande, c'est de nous donner de bonnes références, reprit-elle, guindée, en retirant ses mains.

— Non, Clarrie.

— Non ? Mais pourquoi ? C'est tout de même la moindre des choses !

— Parce que je ne veux pas que vous partiez ! s'écria-t-il.

— Vous ne voulez pas…

— Non, fit-il avec impatience. Je veux que vous restiez, votre sœur et vous.

— Mais, monsieur, vous avez dit à M. Bertie…

— Oubliez ce que j'ai dit, et écoutez-moi une minute.

Elle vit une veine battre à sa tempe.

— C'est vrai que j'ai envisagé de vous offrir l'opportunité de travailler pour mon fils. Vous êtes jeune. C'est une maison plus animée. Une position plus prestigieuse. Tout cela, je l'ai considéré en songeant à votre bien-être.

— Merci, monsieur, mais…

Il leva une main pour lui intimer le silence.

— Mais j'avais une autre raison de vouloir vous voir partir.

Il lui lança un regard sévère et pénétrant. Elle songea soudain qu'il avait peut-être eu vent de l'incident dans le jardin avec Wesley, et qu'il avait entendu des ragots déplaisants la concernant.

— Il se trouve que j'ai conçu à votre égard des sentiments… des sentiments qu'un homme ne devrait pas nourrir pour sa gouvernante.

Elle écarquilla les yeux, en se demandant si elle avait bien entendu.

— Vous êtes choquée, n'est-ce pas ? Je sais que j'ai l'âge d'être votre père, et que mes sentiments ne sont pas partagés. Mais je n'y peux rien. Mon admiration pour vous s'est transformée en quelque chose de… plus tendre. Jamais je n'aurais pu surmonter les terribles années qui viennent de s'écouler sans votre aide. Le simple fait d'entendre vos pas dans l'escalier ou votre voix appeler d'en bas m'a apporté du réconfort, Clarrie. Je ne peux pas imaginer cette maison sans vous.

— Mais, monsieur… comment pourrais-je rester maintenant que vous m'avez dit ça ?

— Clarrie, je ne veux pas que vous partiez. Je veux que vous restiez… La question que je voulais d'abord vous poser, c'est…

Il reprit ses mains dans les siennes.

— … Voulez-vous m'épouser ?

— Vous épouser ?

Il hocha la tête, dans l'expectative.

— Je sais que ce ne serait pas par amour de votre côté, mais je peux vous offrir beaucoup. Cette maison, et la sécurité pour vous et votre sœur. Olivia aurait le loisir de reprendre la musique et la peinture. Je pourrais vous aider à financer le salon de thé que, d'après Will, vous rêvez d'ouvrir.

Clarrie sentait son cœur tambouriner. Si elle devenait Mme Stock, plus jamais Olivia et elle ne seraient sans foyer. Elle aurait une position sociale. Plus jamais elles n'auraient à nettoyer la maison d'autrui ou à obéir à des ordres. Olivia reprendrait ses leçons de violon. Et avoir son salon de thé ! Toutes les Verity et tous les Wesley du monde n'auraient qu'à bien se tenir. Mais aussitôt, son excitation retomba. La famille de Herbert s'opposerait forcément à cette union.

Il dut percevoir son anxiété, car il la lâcha.

— Je vois que ma proposition vous répugne, dit-il. Je suis désolé, je ne voulais pas vous embarrasser. Je ne suis qu'un vieil idiot.

Alors qu'il faisait un pas en arrière, elle lui reprit les mains.

— Sûrement pas, monsieur, murmura-t-elle.

Son aveu l'avait stupéfiée, elle était si loin de se douter de ses sentiments. Il paraissait si peu sûr de lui, presque comme un petit garçon vulnérable. Quel courage il avait dû falloir à un homme aussi réservé et prudent que lui pour risquer sa fierté et lui avouer son secret. Elle se rendit compte alors qu'elle aussi tenait à lui. Ce n'était peut-être pas de l'amour, mais bien du respect et de l'affection. Herbert lui offrait le mariage stable auquel elle aspirait, et elle ferait en sorte qu'il soit réussi.

— Oui, j'accepte, dit-elle. J'accepte de vous épouser.

— Vraiment?

Clarrie lui sourit.

— Je serais honorée d'être votre épouse, monsieur.

Herbert l'attira contre lui.

— Ma très chère Clarrie! Merci, mon Dieu.

— Et maintenant, que faisons-nous, monsieur?

— Pour commencer, vous cessez de m'appeler «monsieur».

Clarrie se sentit rougir.

— Il va falloir m'y habituer. Mais ce ne serait pas convenable de vous appeler par votre prénom avant… avant qu'on soit…

— Mariés ? Allez, Clarrie, dites-le ! Mariés, mariés !

Elle ne l'avait jamais vu si réjoui.

— Mais que dira votre famille ?

Le visage de Herbert s'assombrit une seconde.

— Peu importe ce qu'ils disent. De plus, Will sera enchanté. Il vous adore.

— Je ne m'inquiétais pas pour Will.

— Nous les affronterons ensemble.

Il leva les mains de Clarrie et les porta à ses lèvres.

— Avec vous à mes côtés, je me sens de nouveau prêt à affronter le monde.

21

Automne 1909

Une fois connue, la nouvelle de la demande en mariage de Herbert déchaîna une tempête. Bertie était furieux, Verity hystérique et les Landsdowne scandalisés. Seul Will envoya une chaleureuse lettre de félicitations. À l'église, Herbert s'attira des regards désapprobateurs des paroissiens quand il insista pour que Clarrie et Olivia s'assoient avec lui au premier rang et non plus derrière avec les domestiques. Même Dolly, révoltée, présenta sa démission.

— Ce serait pas convenable, dit-elle. Un jour vous êtes des nôtres, le lendemain je dois vous saluer et vous faire la révérence comme à une grande dame.

— Pas du tout! protesta Clarrie. Je ne vous demanderai rien de plus que je ne le fais en tant que gouvernante.

— Ce sera plus pareil.

La cuisinière paraissait aussi vexée que si Clarrie avait agi exprès pour l'offenser. Elle partit un mois plus tard. Sur les conseils de Clarrie, Herbert ne la remplaça pas tout de suite.

— Olivia et moi nous chargerons de la cuisine dans l'intervalle. Il vaut mieux attendre que nous soyons mariés, afin que la nouvelle cuisinière ne me connaisse pas comme gouvernante.

Olivia, qui au départ avait été ravie de la nouvelle inattendue, prit très mal le départ de Dolly.

— C'est ma seule amie. Maintenant, je n'aurai plus personne à qui parler.

— Tu m'as, moi, répondit Clarrie. Et bientôt, tu vivras un autre genre de vie, celle d'une jeune femme oisive. Tu pourras te remettre à la musique et à la peinture. N'est-ce pas merveilleux ?

Olivia parut un peu rassérénée. Mais si l'attention de Clarrie n'avait pas été si occupée par l'hostilité manifestée par d'autres, peut-être aurait-elle remarqué les réticences de plus en plus marquées de sa sœur à l'égard du mariage.

L'opposition de Bertie et de Verity était totale et ils n'hésitaient pas à l'exprimer. En voyant les traits tendus de Herbert, Clarrie devinait que son fils lui menait la vie dure au cabinet, au point qu'il restait de plus en plus souvent à la maison pour travailler. Il ne fut plus invité à aller voir les enfants à Tankerville, et Verity refusa désormais de passer le voir avec eux.

Un jour Bertie profita de l'absence de Herbert pour venir à Summerhill et faire irruption dans la cuisine.

— J'ai compris votre petit jeu, Belhaven, déclarat-il avec un mouvement méprisant de son double menton. Vous en avez après l'argent de mon père. Vous essayez de prendre ce qui me revient de droit !

— Sûrement pas !

— Tenter d'usurper la place de ma mère ! Vous me dégoûtez. Et n'allez pas prétendre que vous l'aimez !

— Cela ne vous regarde pas.

— Bien sûr que si.

Dans sa rage, il la poussa contre la table et lui attrapa le menton.

— Ne jouez pas les grandes dames avec moi.

Sa virulence était telle que Clarrie prit peur.

— Je ne veux rien de ce qui vous appartient, s'écria-t-elle. Je veux seulement vivre en paix et dans la dignité avec votre père.

— Je ne vous crois pas. Comment avez-vous fait pour l'enjôler? En utilisant une magie indienne? Un philtre d'amour?

De l'autre main, il la saisit brusquement par les cheveux, l'attira vers lui et plaqua ses lèvres humides sur les siennes. Dégoûtée, Clarrie le repoussa et ramassa un couteau sur la table, qu'elle brandit vers lui.

— Ne m'approchez pas!

— Ou quoi?

— Ou votre père entendra parler de ce que vous venez de faire.

Ils s'affrontèrent du regard, jusqu'à ce que Bertie détourne les yeux.

— Combien voulez-vous pour disparaître et laisser mon père tranquille? demanda-t-il. Je suis prêt à vous verser de quoi vous payer un loyer, à votre pitoyable petite sœur et vous, pour vous installer dans une pension de famille.

Clarrie aurait voulu lui cracher au visage pour lui signifier ce qu'elle pensait de sa proposition. D'abord il la menaçait, puis il la souillait avec un baiser dégoûtant, et voilà qu'il tentait de la soudoyer.

— Je n'ai que faire de votre argent, et je ne veux pas non plus de votre héritage. Si c'est tout ce qui vous inquiète, votre femme et vous, je vous suggère d'en parler à votre père. Les questions financières ne me concernent pas. Maintenant, ajouta-t-elle, je vous demande de vous en aller.

— Sale petite garce ! Si vous poursuivez dans cette folie de mariage, je ferai en sorte que vous soyez bannie de la bonne société. Personne dans cette ville ne vous recevra.

— Eh bien, c'est un soulagement.

Rendu muet par son effronterie, il tourna les talons et quitta la cuisine. Quelques minutes plus tard, quand Olivia entra par la porte de derrière, Clarrie tremblait encore.

— Je viens de voir sortir M. Bertie. On aurait dit qu'il avait le diable aux trousses. Que voulait-il ?

— Essayer de m'intimider pour que je renonce à épouser son père, répondit Clarrie en s'efforçant de masquer sa détresse.

— Oh, Clarrie, tu es sûre que c'est raisonnable de se marier quand tout le monde a l'air de s'y opposer ?

— Avec le temps, ils s'y feront. Ce ne sera pas la première fois qu'un homme épousera sa gouvernante.

— D'accord, mais certains nous reprochent davantage nos origines indiennes que notre condition de domestiques.

— Ne les écoute pas, rétorqua Clarrie, sentant monter sa colère. Je suis fière de qui nous sommes. Et cela ne fait aucune différence pour les gens qui nous aiment vraiment… pour Herbert et Will.

Olivia soupira, apparemment encore troublée. Clarrie passa les bras autour d'elle. Après une seconde d'hésitation, Olivia se laissa étreindre.

Malgré les mots rassurants de Clarrie, les fiançailles se prolongèrent jusqu'à l'automne sans qu'une date soit fixée pour le mariage. Elle commença à craindre que, sous le poids de la réprobation familiale, Herbert ne regrette sa proposition, et vivait dans l'angoisse d'une nouvelle visite de Bertie. Tant qu'elle demeurait une domestique, et non pas l'épouse de Herbert, elle restait vulnérable à la brutalité du jeune homme.

— Si on leur laisse un peu plus de temps, peut-être finiront-ils par accepter l'idée, lui dit un jour Herbert, le regard suppliant.

— Ils ne l'accepteront jamais, répondit Clarrie. Et ils ne nous adresseront probablement plus jamais la parole, du moins à moi. Y êtes-vous prêt ?

— Sûrement pas.

Alors que l'hiver approchait, Clarrie parvint à la douloureuse conclusion que le mariage était condamné avant même d'avoir été scellé. Devenir l'épouse de Herbert, ouvrir un commerce avec Olivia... tout ça n'était que chimères. Un soir, elle s'arma de courage puis alla le trouver pour lui faire comprendre que leur union était impossible.

— Je suis désolée, lui dit-elle tristement, mais je ne veux pas être la cause de votre rupture avec votre famille.

Il lui adressa un regard consterné.

— Ne dites pas cela. Ça n'arrivera pas.

— C'est déjà en train d'arriver. Vous ne pouvez pas continuer à l'ignorer. Bertie a été très clair sur le fait que Verity et lui ne m'accepteraient jamais.

— Bertie ? Que vous a-t-il dit ?

Elle soutint son regard.

— Il ne supporte pas l'idée que quelqu'un prenne la place de sa mère.

— Il ne mesure pas à quel point vous me rendez heureux, mais ça viendra.

— Si seulement c'était vrai. Comme vous, je pensais qu'il finirait par s'y résoudre, mais ça n'arrivera pas. Et votre vie devient impossible, puisque vous devez continuer à travailler ensemble, tous les deux.

Herbert s'accrocha à sa main et déclara :

— Je me moque que Bertie me rende la vie impossible. Tout ce que je veux, c'est vous épouser. J'ai trop longtemps repoussé la date du mariage, et maintenant vous avez des doutes. L'idée de vous perdre me terrifie bien plus que tout ce que Bertie pourrait faire.

En voyant ses yeux remplis d'amour, Clarrie se sentit plus légère. Elle savait qu'elle pourrait rendre Herbert heureux. Pourquoi ne pas saisir cette chance de bonheur pour elle aussi ? Elle était fatiguée de se battre, de s'inquiéter pour l'avenir, de se tuer à la tâche. Si ça ne plaisait pas à d'autres, tant pis pour eux.

— Dans ce cas, reprit-elle doucement, vous devriez considérer ce qui inquiète véritablement votre fils.

— Qu'est-ce donc ?

— L'argent. Il est terrifié à l'idée que je lui vole son héritage.

— C'est ridicule !

— Je sais, mais c'est ce qu'il croit.

— Je suis sûr que vous vous trompez...

— Il est venu me voir, l'interrompit Clarrie. Il m'a dit sans ambages qu'il pensait que je n'en avais qu'après une chose : votre fortune.

Herbert lui lança un regard acéré.

— Je me moque de la raison pour laquelle vous m'épousez. Je me réjouis seulement que vous le fassiez.

— Aujourd'hui peut-être, mais avec le temps je crains que ça ne finisse par empoisonner notre mariage… surtout si votre famille continue de nous fuir.

— Je ne renoncerai pas à vous, Clarrie. Dites-moi ce que je devrais faire.

Clarrie fut encouragée par sa détermination.

— La seule façon de rassurer Bertie, c'est de lui transmettre dès maintenant une partie de son héritage, en particulier le cabinet. Ainsi, personne ne pourra plus proférer d'accusations.

— Mais c'est mon cabinet ! protesta Herbert.

— Et un jour, il sera à lui. Vous devez régler la situation, afin qu'il ne me considère pas comme une menace. Nous n'avons pas de gros besoins, vous et moi – vous n'êtes pas dépensier comme Bertie et Verity. Et vous pourriez mettre une part de côté pour Will.

Herbert la regarda longuement.

— Si vous pensez que cela permettrait d'alléger les tensions avant notre mariage, je le ferai volontiers.

En voyant la tendresse contenue dans les yeux de Herbert, Clarrie reprit espoir.

— Je vous aime, Clarrie, murmura-t-il en portant la main de la jeune femme à ses lèvres.

— Oui, monsieur, dit-elle en souriant.

Le mariage fut enfin prévu pour le Nouvel An, juste avant que Will ne reparte en pension. Il y aurait une simple cérémonie à l'église presbytérienne John Knox, suivie d'un thé dansant à l'*Empire*. Parmi la vingtaine d'invités figuraient quelques amis de la paroisse et plusieurs clients, dont Daniel Milner. Clarrie convia Rachel Garven, ainsi que Maggie, Lexy et Ina, ces femmes qui, les premières, lui avaient témoigné de l'amitié quand elle travaillait au pub. Malgré les protestations d'Olivia, une invitation fut envoyée à Jared et Lily, mais celle-ci adressa à Clarrie une réponse brève soulignant que le vendredi était un curieux jour pour se marier et qu'ils ne pourraient pas se libérer.

Poussé par Clarrie, Herbert transféra la propriété du cabinet à Bertie. Il en fallait cependant davantage pour apaiser Verity. Non seulement le jeune couple refusa d'assister au mariage, mais Bertie pria son père de ne pas embarrasser les Landsdowne en leur envoyant une invitation.

Secrètement, Clarrie en fut soulagée : au moins ne seraient-ils pas là pour gâcher la journée.

La présence de Will, au contraire, illumina les vacances. Et lorsque la jeune femme lui demanda s'il acceptait de la conduire à l'autel, il parut extrêmement touché.

— Moi ? s'exclama-t-il en rougissant. Vous êtes sûre ?

— Bien sûr. Je me sens plus proche de vous que de quiconque.

— Alors, d'accord, dit-il, les yeux brillants d'émotion. J'en serai très honoré.

Clarrie et Olivia l'emmenèrent acheter un nouveau costume. À presque seize ans, il les dépassait d'une tête et leur parlait d'une voix grave qui contrastait avec son visage juvénile. Avec son allure dégingandée et sa crinière blonde qu'il rejetait en arrière pour dégager ses yeux, il évoquait un jeune cheval fou, mais, quand il éclatait d'un rire rauque, elle se souvenait qu'il serait bientôt un homme.

— Johnny aimerait-il venir au mariage ? lui demanda-t-elle quelque temps avant. Il y aura plein de choses à manger.

Will accepta avec enthousiasme. Elle lui était tellement reconnaissante de sa nature affectueuse et de son absence de snobisme. Il avait refusé d'aller chez son frère pour Noël sans son père, Clarrie et Olivia, même s'il avait passé une journée de chasse à Rokeham Towers en compagnie de Bertie et Clive. Avec le temps, espérait Clarrie, il réussirait peut-être à ressouder les liens brisés entre Herbert et la famille de Verity.

La nouvelle année arriva, ainsi que la semaine du mariage. Tout était prêt. La robe de Clarrie, en velours blanc, était pendue dans l'armoire avec celle d'Olivia, dont le bleu poudré mettait en valeur ses boucles blond vénitien. Sur l'insistance de Herbert, la chambre de Louisa avait été vidée de ses meubles et redécorée. Ce serait leur chambre.

Avec l'aide de Will, les sœurs déplacèrent les meubles de manière que le lit se trouve face à la grande fenêtre donnant sur les toits et les clochers de la ville. Clarrie, qui voulait que la pièce soit aussi différente que possible de la chambre de malade de Louisa, choisit des tissus émeraude, turquoise

315

et mandarine. Aux fenêtres elle suspendit de la mousseline blanche au lieu des lourds rideaux de brocart, afin de laisser passer la lumière.

Elle évitait de contempler trop longtemps la courtepointe colorée, aux motifs d'oiseaux de paradis, qui lui rappelait qu'elle partagerait bientôt le lit de Herbert. Il était encore séduisant – il avait même dû être beau, dans le genre austère, étant jeune –, mais il avait soixante ans. Il l'impressionnait, et l'idée de leur future intimité lui faisait un peu peur.

Pour ne pas se laisser envahir par ce genre de pensées, elle se plongeait dans mille et une tâches et courses inutiles. Deux jours avant le mariage, elle se rendit à l'*Empire*, bien que le menu ait été arrêté et l'orchestre réservé depuis des semaines, et qu'elle y soit déjà passée deux fois pour tout vérifier.

— N'importe quel prétexte pour t'y rendre, hein? fit remarquer Olivia en refusant de l'accompagner. On dirait que tu en es la propriétaire.

— Un jour, peut-être…, répondit Clarrie en riant.

Alors qu'elle entrait dans le salon de thé, elle dut admettre qu'Olivia avait raison. Elle adorait son parfum de cire et de pâtisseries, ainsi que les jolies petites lampes sur chaque table, qui permettaient d'oublier la grisaille de janvier à l'extérieur. Ici, elle se sentait chez elle : les tensions de la journée s'allégeaient dès qu'elle poussait les portes battantes aux carreaux en vitrail.

Elle remarqua aussitôt que des fougères en pots avaient été disposées sur les appuis de fenêtres et deux lampadaires en bronze représentant des nymphes placés de chaque côté de l'estrade où jouerait le quatuor. Une série d'estampes chinoises avaient été accrochées sur les boiseries sombres pour ajouter à l'atmosphère orientale.

La gérante, Mlle Simpson, vint l'accueillir et la guida vers la table située dans une alcôve que Rachel et elle affectionnaient particulièrement.

— Je ne suis pas venue pour manger, dit Clarrie. Je voulais juste m'assurer que tout était calé pour vendredi.

Mlle Simpson la fit asseoir.

— Prenez une tasse de thé, cadeau de la maison.

— Je suis un peu nerveuse…, avoua Clarrie.

— C'est normal, lui assura gentiment la gérante. Mais ne vous inquiétez pas, nous sommes tous prêts.

— Je n'en attendais pas moins de vous, répondit Clarrie en s'asseyant.

— Comme je vous l'ai dit, nous avons de nouveaux paravents chinois que nous pourrons disposer de façon à vous ménager plus d'intimité.

— J'aime bien les nouvelles estampes… et ces belles lampes, fit remarquer Clarrie en montrant l'estrade. D'où viennent-elles ?

— C'est le nouveau propriétaire qui les a envoyées. Je suis peut-être vieux jeu, ajouta Mlle Simpson en baissant la voix, mais je les trouve un peu vulgaires – ces demoiselles ne sont pas assez vêtues à mon goût.

— Peut-être pourriez-vous les couvrir de serviettes ? Il ne faudrait pas que les clients se trouvent mal.

Mlle Simpson s'éloigna en pouffant de rire.

— Betty, dit-elle à l'une des serveuses. Apportez un Darjeeling à Mlle Belhaven.

Clarrie retira son large chapeau et soupira de contentement. Il n'y avait pas plus d'une dizaine de clients dans le salon de thé, dont les voix étouffées formaient un bruit de fond apaisant. Elle ferma les yeux et songea à sa chance d'avoir rencontré Herbert. Bientôt, elle serait Mme Stock, et les années de lutte qu'elle venait de traverser seraient derrière elle.

Quand son thé arriva, elle savoura le petit rituel consistant à verser le liquide doré dans la tasse, ajouter deux morceaux de sucre avec les pinces en métal et remuer avec sa cuillère en argent.

Un courant d'air lui balaya les chevilles quand les portes d'entrée s'ouvrirent. Frissonnant, elle entoura la tasse de ses mains pour les réchauffer et huma le parfum délicat du thé. Au même moment, un homme vêtu d'une cape et d'un haut-de-forme entra et marcha dans sa direction. Lorsqu'il la vit, il s'arrêta net. Avant même qu'il ait retiré son chapeau, elle l'avait reconnu : c'était Wesley.

Ses sourcils noirs, dont l'un était surmonté d'une petite cicatrice, se froncèrent d'étonnement. Il s'approcha de sa table et la dévisagea.

— Clarissa ? demanda-t-il. C'est bien vous ?

Elle eut un coup au cœur en s'entendant appeler par son prénom : plus personne ne l'avait utilisé depuis son départ de Belgooree. Les mains tremblantes, elle reposa sa tasse qui cogna contre la soucoupe.

— Monsieur Robson, dit-elle en se levant.

Décidément, elle était trop habituée à son rôle de domestique, s'admonesta-t-elle en se rasseyant.

— Comment allez-vous ? Qu'est-ce qui vous amène ici ? J'ai du mal à croire… Puis-je m'asseoir ?

Malgré son malaise, elle hocha la tête. Il tira la chaise opposée et dégrafa sa cape, sans la quitter des yeux. Aussitôt, une serveuse vint prendre son vêtement, son chapeau et ses gants, tandis que Mlle Simpson accourait.

— Monsieur Robson, quel honneur ! Que puis-je vous servir ?

— Du thé, merci, répondit-il en lui souriant distraitement. Et du pain d'épice.

— Certainement, monsieur.

Clarrie lui envia cette capacité à inspirer le respect sans paraître le remarquer. Elle n'aurait pas dû être surprise qu'il soit connu dans tous les salons de thé de la ville, même s'il rentrait rarement à Newcastle. Au moins pouvait-elle se féliciter de ne pas l'avoir croisé avant.

Il se pencha vers elle et la regarda intensément.

— Vous avez l'air d'aller bien, dit-il. Très bien, même.

Comme elle ne répondait pas, il ajouta :

— Je suis navré pour la mort de votre père. Racontez-moi ce qui vous est arrivé, à vous et à Olivia. J'ai entendu dire que vous étiez parties vivre chez des membres de votre famille, mais personne ne semblait savoir où. J'imaginais que vous étiez toujours en Inde, et je pensais vous croiser un jour, mais non. Je veux tout savoir, Clarissa !

La jeune femme était interloquée par sa curiosité. Que lui importait ce qui lui était arrivé ?

— La situation a été assez difficile après la mort de notre père, répondit-elle d'une voix tendue. Nous avons dû quitter Belgooree et nous sommes venues ici à Newcastle, chez un cousin et sa femme.

Pas question pour autant de lui raconter qu'elles avaient dû travailler comme des esclaves dans un des pubs les plus sordides du quartier ouvrier.

— Vous étiez à Newcastle pendant tout ce temps ?

— Oui. Nous n'avons pas eu le choix. Nous aurions préféré rester en Inde, mais nous n'avions plus rien.

Les mâchoires de Wesley se crispèrent.

— J'ai su que Belgooree avait été vendu. Mais vous avez eu le choix, ajouta-t-il en lui lançant un coup d'œil impatient. J'étais prêt à vous aider.

Clarrie sentit sa colère éclater.

— Oui, vous n'avez pas caché que vous convoitiez le domaine de mon père. Nul doute que les Robson l'ont racheté pour une bouchée de pain.

— Détrompez-vous, nous ne l'avons pas acheté. Certains spéculateurs ont cru pouvoir se faire de l'argent facile en l'acquérant, mais ils n'ont pas mieux réussi que votre père. La dernière fois que j'y suis allé, il y a deux ans, la propriété était à l'abandon… presque retournée à l'état de jungle.

L'image de son ancienne maison en ruine et des théiers non entretenus lui était insupportable. Les tombes de ses parents avaient-elles été envahies par la végétation ou excavées par des léopards ?

Devinant sa détresse, Wesley couvrit sa main de la sienne.

— Pardonnez-moi, je ne voulais pas vous faire de la peine. Je n'ai appris le décès de votre père que bien après votre départ. Sinon, croyez-moi, j'aurais tenté de vous aider.

Troublée par son contact, Clarrie dégagea brusquement sa main.

— Qu'est-ce que ça aurait changé, que vous le sachiez ou pas ?

Ils se dévisagèrent dans un silence tendu. Lorsqu'il reprit la parole, ce fut d'un ton moqueur.

— Non, vous avez raison. Les fières filles Belhaven n'auraient pas laissé un simple Robson leur porter secours, n'est-ce pas ?

Clarrie ne répondit pas. Elle ne voulait pas songer à ce qui aurait pu être si Wesley s'était trouvé en Assam au moment de la catastrophe.

Et soudain, il se pencha de nouveau vers elle et dit à voix basse :

— Pourtant, vous êtes venue me trouver. Vous êtes passée au domaine Oxford. Bain, mon sous-directeur, me l'a appris quand j'y suis retourné l'année suivante, en rentrant de Ceylan. Pourquoi avez-vous fait ce voyage ? Que vouliez-vous me demander, Clarrie ?

Ses yeux verts pétillaient, comme s'il se délectait de son trouble.

— C'était l'idée d'Olivia, répondit-elle en rougissant. Nous étions désespérées.

Wesley laissa échapper un petit rire.

— Toujours aussi directe, Clarissa.

— Plus personne ne m'appelle Clarissa. Ici, je suis Clarrie.

Ils furent interrompus par l'arrivée de son thé.

— Mais peut-être devrais-je vous appeler simplement Mlle Belhaven, pour éviter de heurter votre sensibilité, reprit-il avec un sourire sardonique.

— Vous pourriez… mais pas pour très longtemps. Je me marie après-demain.

Devant son air abasourdi, elle ressentit une petite pointe de triomphe.

— C'est la raison pour laquelle je suis ici. Afin de veiller aux derniers préparatifs. Nous donnons un petit thé dansant à l'*Empire*. C'est mon salon de thé préféré à Newcastle.

— Le mien aussi, répliqua-t-il en se ressaisissant aussitôt. Et qui est l'heureux élu ?

Clarrie sourit.

— Je crois que vous le connaissez. C'est M. Herbert Stock, l'avocat.

— Le père de Bertie ?

Il avait presque crié, au point que des têtes se tournèrent dans leur direction.

— Oui.

— Mais c'est un vieil homme !

— C'est un homme bon, affirma Clarrie, et c'est ce qui compte.

— Bon et insipide. Telle que je vous connais, Clarrie, vous allez vous ennuyer à mourir avec lui.

Son arrogance la mit en rage.

— Eh bien, vous ne me connaissez pas si bien que ça, dit-elle, tremblant presque de fureur. Et vous n'avez aucune idée de ce qu'a été ma vie ces six dernières années. La mienne et celle d'Olivia. Vous ne saurez jamais ce que c'est que de trimer pour une misère, de ne pas savoir si on aura encore un toit au-dessus de la tête le lendemain, ou si Olivia ne succombera pas à une crise d'asthme faute de pouvoir payer un médecin ! Vous et vos semblables imaginez avoir le monde à vos pieds. Rien ne doit vous résister. Eh bien, ce n'est pas ce que je veux. Je veux juste épouser un homme bon qui nous traitera avec respect, Olivia et moi. Et vous pouvez bien rire de moi, Wesley Robson, mais je préfère épouser Herbert, quel que soit son âge, que de partager ma vie avec un individu tel que vous !

Elle se leva brusquement, attrapa son chapeau et contourna la table. Il tenta de la retenir par le bras.

— Je suis désolé… ne partez pas… dites-moi…

— Je n'ai rien à vous dire, répliqua-t-elle en se dégageant, mortifiée de voir les autres clients se taire pour ne rien perdre de leur dispute.

Honteuse, elle quitta le salon de thé sans un regard en arrière. Pendant un moment, elle courut sans but dans la rue puis sauta à bord d'un tram, avant de s'apercevoir qu'il filait dans la mauvaise direction. Descendant à Sandyford, elle marcha vers l'ouest tandis qu'une neige fine se mettait à tomber. Lorsque enfin elle parvint à Summerhill, elle était trempée et glacée.

Olivia s'empressa autour d'elle, lui retirant ses vêtements mouillés et l'enveloppant dans une serviette.

— Où étais-tu ? J'ai cru qu'un malheur était arrivé.

Devant l'expression paniquée de sa sœur, Clarrie préféra passer sous silence sa rencontre avec Wesley. Inutile qu'elle sache que Belgooree était en ruine.

— Je me suis trompée de tram, répondit-elle. Quelle idiote ! Je crois que j'ai la tête ailleurs en ce moment.

Apparemment soulagée, Olivia lui frictionna les cheveux puis lui prépara un thé.

— Tu es très attachée à M. Stock, n'est-ce pas ? lui demanda-t-elle en lui tendant sa tasse.

Clarrie lui lança un regard coupable. Elle avait encore la tête pleine de sa rencontre avec Wesley et du trouble qu'il avait suscité en elle.

— Bien sûr.

— Tant mieux, répondit Olivia. J'ai du mal à croire à quel point ta vie va changer dans deux jours.

— Et la tienne aussi.

Olivia parut songeuse.

— Sans doute. Mais ce ne sera pas pareil.

22

Le jour du mariage, Clarrie se réveilla en frissonnant, comme si elle avait pris froid. Olivia l'aida à s'habiller et babilla joyeusement en lui retirant ses papillotes, avant de coiffer ses cheveux en macarons élaborés, avec deux anglaises pour encadrer l'ovale de son visage.

— Magnifique, déclara-t-elle. Tu ressembles à la photographie de maman.

Clarrie contempla son reflet dans le petit miroir au-dessus du meuble de toilette. Ses grands yeux bruns brillaient de fièvre, et elle avait mal à la tête. Elle devait pourtant sortir de cette léthargie.

— Tu es tellement douée de tes mains, dit-elle, feignant la gaieté. Aucun coiffeur n'aurait pu faire mieux.

Sa sœur parut ravie du compliment. Ce soir, Olivia s'installerait dans l'ancienne chambre de Bertie et Verity. Sally, la fille d'Ina, viendrait travailler comme femme de chambre dès le lendemain et logerait dans la pièce du troisième étage que les sœurs avaient continué d'occuper même après le départ des autres domestiques. Elles n'entendraient plus la respiration de l'autre au cours de la nuit, ne pourraient plus se parler à voix basse comme elles le faisaient quand elles ne réussissaient pas à trouver le sommeil. Mis à part une courte période à leur arrivée à Summerhill, elles avaient toujours partagé la même chambre.

Saisie d'une bouffée de nostalgie, Clarrie ouvrit les bras, et Olivia s'y précipita.

— Oh, Olivia, tu vas me manquer !

— Toi aussi !

Toutes deux éclatèrent en sanglots.

— Qu'est-ce qu'on est bêtes, dit Clarrie entre ses larmes. Ce n'est pas comme si je m'en allais. Nous serons ensemble tous les jours.

— Je sais… mais c'est la fin de quelque chose.

— En tout cas, ce n'est pas la fin de nous deux. Je t'ai promis qu'on ne se quitterait jamais, pas vrai ?

Elle écarta les cheveux d'Olivia de son visage mouillé de larmes. À dix-neuf ans, c'était une jolie jeune femme, qui serait elle aussi bientôt en âge de se marier. Le moment venu, Clarrie comptait bien la conseiller, car elle se sentait aussi protectrice envers Olivia que si elle avait été sa propre fille.

— Allez, il faut que tu te prépares, reprit-elle. Nous ne voudrions pas que Monsieur nous entende pleurer comme si nous allions à un enterrement.

— Tu sais ce qui sera le plus difficile ? fit remarquer Olivia. Ce sera d'appeler M. Stock par son prénom.

Clarrie hocha la tête.

— Herbert, fit-elle d'une voix mal assurée. Herbert. Essaie !

— Non.

— Allez !

— Herbert, dit Olivia, avant de pouffer. Herbert, Herbert.

— C'est ça! Ensemble, maintenant.

— Herbert, Herbert, Herbert! s'écrièrent-elles, en se laissant tomber sur le lit, écroulées de rire.

Leur accès d'hilarité permit de dissiper la tension et le malaise qu'éprouvait Clarrie depuis l'aube.

Une calèche devait emmener les deux sœurs à l'église, mais Herbert insista pour s'y rendre à pied avec Will. Des nuages bas faisaient craindre la neige, et tout le monde se hâta d'entrer dans l'église au moment où les premiers flocons tombaient.

Clarrie, qui avait la tête qui tournait un peu, eut conscience que Will lui prenait les mains pour les réchauffer, et elle se laissa guider à son bras le long de l'allée centrale, voyant tout un peu flou sous son voile. Cependant, le regard admiratif que Herbert posa sur elle quand il le souleva, et le large sourire qui creusa son visage la ravirent.

La cérémonie fut courte et digne. Lorsque Clarrie ressortit de l'église au bras de Herbert, ils furent accueillis par des tourbillons de neige. Vite, ils montèrent dans la calèche avec Will et Olivia, et le cocher descendit prudemment la côte pour les conduire en ville. L'*Empire* lui sembla plus accueillant encore que de coutume alors qu'ils échappaient au blizzard pour entrer dans le confort intime du salon de thé.

L'orchestre entonna la marche nuptiale au moment où Clarrie et Herbert apparurent, balayant la neige sur les vêtements de l'autre. Mlle Simpson les emmena jusqu'à une longue table au fond de la salle, près des musiciens, et les serveuses commencèrent à apporter des plats de sandwichs, de scones beurrés et de tranches de gâteaux.

Une fois tous leurs invités rassemblés autour d'eux, Herbert fit un discours bref et plein de retenue.

— Après la mort de ma première épouse, commença-t-il, je ne pensais pas pouvoir retrouver le bonheur auprès d'une femme. Et je ne le cherchais pas.

Ses yeux brillaient en se posant sur Clarrie.

— Mais elle était là, dans notre maison, courageuse et bonne, veillant sur nous même dans les jours les plus sombres.

Il lui posa la main sur l'épaule.

— Clarrie m'a donné une nouvelle raison de vivre. Elle est un don de Dieu. J'ai encore du mal à croire que cette belle jeune femme ait accepté d'être mon épouse. Mais elle l'a fait et j'en suis profondément heureux. Tout comme l'est mon fils Will, pour qui Clarrie a été une mère aimante depuis le décès de la sienne. Alors, je vous en prie, poursuivit-il en souriant, profitez bien du thé et de la danse. Et merci d'être venus partager notre bonheur en un jour si peu clément.

Les invités applaudirent, et Will se leva aussitôt pour proposer un toast en l'honneur de son père et de Clarrie. Tout le monde leva sa tasse de thé.

— À Herbert et Clarrie.

Clarrie s'amusa de voir Lexy et leurs amies échanger des clins d'œil et faire la grimace – mais Herbert avait refusé que l'on serve de l'alcool.

Alors que leurs hôtes applaudissaient de nouveau et que l'orchestre se mettait à jouer, son attention fut attirée par la silhouette d'un homme qui sortit de l'ombre près des paravents chinois. Wesley. Bras croisés, il les observait avec un léger amusement et haussa un sourcil insolent quand leurs yeux se rencontrèrent. Comment avait-il osé venir ici aujourd'hui ? Clarrie sentit son cœur tambouriner et des gouttes de sueur perler à son front. Elle le vit appeler une serveuse, puis disparaître derrière le paravent.

— Clarrie, ma chérie, vous vous sentez bien ? demanda Herbert.

Soudain oppressée, les mains moites, elle dut se concentrer pour comprendre ce qu'il disait.

— J'espérais que vous ouvririez le bal avec Will. Pour me sauver de l'embarras, ajouta-t-il d'un air contrit. Le trajet à pied jusqu'à l'église était trop pour moi, je le crains.

En cet instant, Clarrie n'était pas sûre d'être capable de danser. Mais malgré sa tête qui l'élançait, elle céda à l'insistance de Will, qui l'entraîna sur le parquet ciré. D'autres couples suivirent leur exemple.

— Vous vous êtes entraîné, dit-elle, se forçant à paraître enthousiaste.

Will sourit.

— Avec la sœur de Johnny.

Tout en papotant avec lui, elle ne pouvait s'empêcher de jeter des coups d'œil autour d'elle pour voir si Wesley oserait se montrer de nouveau. Pourquoi avait-elle eu la bêtise de lui parler de son mariage ? Elle aurait dû se douter qu'il en profiterait pour la mettre mal à l'aise. Il était venu se moquer d'elle parce qu'elle épousait un homme âgé, parce qu'elle se contentait d'une réception toute simple, avec des invitées plus habituées à fréquenter les rues du quartier populaire d'Elswick que les demeures cossues de Jesmond. Eh bien, quelles que soient ses raisons, Clarrie décida de ne pas se laisser impressionner.

Alors que Will et elle retournaient vers la table, une serveuse approcha, chargée d'une énorme corbeille entourée d'un ruban argenté.

— Avec les compliments de l'*Empire*, annonça-t-elle en souriant.

— Comme c'est aimable, répondit Herbert en se levant.

— Très, renchérit Clarrie. Nous devons remercier Mlle Simpson.

— Oh, ça vient du propriétaire, madame, précisa la serveuse. Voulez-vous que j'aille le chercher ?

— S'il est ici, oui, s'il vous plaît, dit Herbert.

Elle salua et s'éloigna. Curieuse, Clarrie défit le ruban et découvrit tout un tas de mets fins : fromages, gâteaux, noix, fruits confits, thés et cafés variés.

— Quelle générosité ! s'écria-t-elle.

Une voix profonde s'éleva derrière elle :

— C'est tout à fait mérité.

Se retournant, elle fit face à Wesley, qui lui adressa un bref hochement de tête et serra la main de Herbert.

— Nous nous connaissons, n'est-ce pas ? demanda celui-ci.

— Wesley Robson. Je suis un cousin de Verity. J'étais au mariage de votre fils.

— Bien sûr ! C'est très généreux de votre part, et tout à fait inattendu.

— J'étais un ami du père de Clarrie, en Inde, poursuivit Wesley. C'est une modeste preuve de mon estime pour les Belhaven et pour vous-même.

— Nous vous en sommes très reconnaissants, n'est-ce pas, ma chérie? dit Herbert en se tournant vers Clarrie.

Sous le regard des deux hommes, elle sentit son pouls se mettre à battre à une vitesse inquiétante.

De l'estime pour les Belhaven? Un ami de son père? Quels mensonges éhontés! Mais il y avait pire que son impudence: la révélation qu'il possédait cet établissement – son endroit préféré! Pas plus tard que l'avant-veille, elle s'était flattée devant lui de célébrer son mariage ici même. Puis se souvenant de la façon dont elle l'avait rabroué dans son propre salon de thé avant de partir furieuse, elle se sentit submergée par la honte.

— Clarrie? insista Herbert.

— Oui, fit-elle d'une voix faible en évitant le regard de Wesley, nous vous sommes très reconnaissants.

— Peut-être aurai-je le droit de danser avec la mariée? demanda Wesley.

— J'en serais ravi, répondit Herbert. Je regrette moi-même de ne pas pouvoir le faire.

Prise de panique, Clarrie lança un regard implorant à son mari. Danser avec Wesley était la dernière chose dont elle avait envie, mais comment refuser?

— Allez-y, ma chère, insista-t-il. Je veux que vous profitiez le plus possible de cette journée.

Wesley tendit la main à Clarrie, qui se força à sourire. La sienne était moite et tremblante. Son cœur battait à un rythme irrégulier, sa tête lui tournait et elle craignit de s'évanouir quand il la prit dans ses bras pour l'entraîner sur la piste.

— Clarrie, vous allez bien? s'enquit-il en resserrant son étreinte.

— O-oui, bredouilla-t-elle.

— Regardez-moi, Clarrie.

Elle obéit à contrecœur et, plongeant les yeux dans le vert profond de ceux de son cavalier, fut saisie d'un désir aussi puissant que le jour où il l'avait embrassée, bien des années plus tôt. Consternée, elle tenta de ranimer la colère qu'elle avait ressentie quelques minutes auparavant.

— Pourquoi ne m'avez-vous pas dit que l'*Empire* vous appartenait ? lança-t-elle d'un ton accusateur.

— Vous ne m'en avez pas laissé l'occasion. Vous vous êtes enfuie si vite.

— Je suis navrée. C'était grossier de ma part.

— Vous étiez bouleversée et c'était ma faute. Mais j'étais tellement troublé de vous rencontrer ainsi par hasard. Et d'apprendre que vous aviez vécu ici tout ce temps. Nous aurions pu nous croiser…

— Je croyais que vous étiez installé à Londres, où vous faisiez du négoce de thé.

— Pendant une période, oui. Puis je suis retourné en Inde après le mariage de Bertie. Mais les circonstances m'ont ramené ici, et j'ai eu l'opportunité d'acheter ce salon de thé. J'ai l'intention d'en ouvrir plusieurs autres.

Clarrie ressentit une pointe d'envie en l'entendant parler de manière si désinvolte de ses nombreuses affaires. Elle-même aurait déjà été ravie de posséder un seul établissement bien à elle. Et cela lui rappela comment les succès des Robson avaient toujours fait de l'ombre aux Belhaven.

— Si seulement je rencontrais une femme d'affaires compétente avec qui m'associer. Quelqu'un qui connaîtrait le commerce du thé.

Se moquait-il d'elle une fois encore ? Ou s'agissait-il d'une proposition déguisée ?

— Toujours à penser au travail, même le jour d'un mariage, répliqua-t-elle sèchement. Donc, il n'y a pas encore de Mme Wesley Robson ? demanda-t-elle en pensant à l'élégante femme au chapeau rouge qu'elle avait vue à son bras.

— Non.

Et à sa grande surprise, elle vit la ligne de sa mâchoire rougir.

— Nous aurions dû nous revoir plus tôt, Clarrie. Si seulement j'avais su que vous étiez à Newcastle… Vous n'avez jamais été aussi belle.

— Je vous en prie…, murmura-t-elle.

— C'est vrai. Et je ne supporte pas l'idée de vous savoir mariée à un homme trois fois plus âgé que vous.

— Comment osez-vous parler ainsi le jour de mes noces ? dit-elle, agitée. Quand bien même nous nous serions revus, cela n'aurait fait aucune différence. Vous pensez vraiment que j'aurais pu envisager d'épouser un Robson ?

Il la serra encore plus près en la faisant virevolter sur la piste.

— Mais vous l'avez envisagé. Vous êtes venue au domaine Oxford pour me voir. Je sais que vous éprouviez quelque chose…

— J'étais une toute jeune fille… et j'étais désespérée. Mais je n'aurais pas commis la même erreur une seconde fois.

— Je ne vous crois pas. Si je vous avais trouvée avant que Herbert ait fait sa demande, je crois que vous auriez été consentante.

Exaspérée par son arrogance, elle répliqua :

— Vous vous trompez. D'autant que je vous avais déjà revu avant. Dans le jardin de Summerhill, le soir du mariage de Bertie. Si j'avais été consentante, comme vous dites, je me serais fait connaître.

— La domestique ? C'était vous ?

— C'était moi, et j'aurais pu vous révéler mon identité, mais je ne l'ai pas fait.

Elle se força à donner le coup de grâce :

— Je ne vous aime pas et ne vous ai jamais aimé. Alors, je vous en prie, laissez-moi tranquille. Je suis l'épouse de Herbert, et vous ne devriez pas dire des choses pareilles.

Elle le vit serrer la mâchoire.

— Je n'ai jamais été l'ennemi de votre père ni le vôtre. Mais vous avez été parfaitement claire. De tous les Belhaven, vous êtes la plus bornée et la plus brutale. Pardonnez-moi de vous avoir fait part de mes sentiments. Je me rends compte à quel point j'ai eu tort. Un mariage entre nous aurait été un désastre.

Il s'immobilisa brusquement et la raccompagna jusqu'à Herbert. Puis, après un bref salut, il s'éloigna. Prise de vertige, tremblante, Clarrie se laissa tomber sur une chaise.

— Ma chérie, vous n'avez pas l'air bien, s'inquiéta Herbert.

— Je me sens un peu fébrile. C'est la chaleur.

— Vous souhaitez rentrer ?

— Non ! Je vais seulement rester assise un moment.

Herbert lui commanda un verre d'eau, qu'elle but avec avidité. Comme à travers un brouillard, elle regarda ses invités danser et s'amuser, mais

333

la soudaine apparition de Wesley et ses paroles déplacées sur l'amour et le mariage avaient gâché la fête. Pourquoi lui tenir de tels propos maintenant, alors qu'elle venait de s'unir à Herbert ? Était-ce quelque plaisanterie cruelle de sa part ? Ou avait-il été sincère ?

Mais peu importait. Jamais elle n'aurait épousé un homme qui avait causé la mort de Ramsha et qui pensait plus au profit qu'au bien-être de ses ouvriers ; un homme qui tentait de ruiner un honnête entrepreneur comme Daniel Milner. Si Wesley se montrait aussi impitoyable dans sa vie professionnelle, comment pourrait-il être digne de confiance en tant que mari ?

Se forçant à chasser ces pensées de son esprit, Clarrie fit de son mieux pour profiter de la réception. Malgré son mal de tête, elle dansa avec Johnny puis de nouveau avec Will. Enfin, l'orchestre s'arrêta et il fut temps de rentrer à Summerhill. Compte tenu de la saison, ils avaient renoncé à partir en voyage de noces, mais Herbert avait promis de l'emmener dans le Lake District au début de l'été.

Leurs amis vinrent leur dire au revoir.

— À peine mariée depuis cinq minutes et vous dansez avec les plus beaux gars de la salle, plaisanta Lexy. Je vous tire mon chapeau, Clarrie.

— Bonne chance, ma belle, lui dit Ina, les larmes aux yeux. Nous sommes fières de vous. Sally me donnera de vos nouvelles.

— Et ne nous oubliez pas, maintenant que vous faites partie de la haute, renchérit Maggie.

Elle les embrassa toutes en promettant de garder le contact.

Dehors, il faisait nuit. La neige avait cessé de tomber et commençait à geler sur les trottoirs. Le froid était mordant. De retour à la maison, tous quatre se sentirent mal à l'aise. Olivia ralluma le feu dans le salon et proposa de préparer un souper léger.

— Je vais t'aider, dit Clarrie.

— Pas le jour de ton mariage. Assieds-toi et repose-toi. Tu as l'air épuisée.

Aux petits soins, Herbert la fit prendre place dans un fauteuil près de la cheminée et posa un plaid sur ses genoux.

Will proposa une partie de cartes, mais son père déclina.

— J'ai une petite affaire à régler avant demain matin. Ça ira, ma chérie ?

Malgré sa déception, Clarrie hocha la tête.

— Pourquoi ne restez-vous pas un peu avec nous, papa ? suggéra Will.

— Je n'en ai pas pour longtemps, répondit Herbert avec une pointe d'irritation. Je redescendrai pour le souper.

Mais Herbert ne reparut pas. Clarrie disputa et perdit une partie de backgammon contre Will, puis le regarda battre Olivia. Celle-ci leur servit ensuite une soupe de petits pois.

— Dois-je en monter un bol à M. Stock ? demanda-t-elle.

Clarrie hésita puis acquiesça.

— Il n'y a que papa pour faire de la paperasse le jour de son mariage, dit Will avec impatience. Je suis désolé pour vous, Clarrie.

— Il n'y a pas de quoi, répondit-elle en se forçant à sourire. Votre père est consciencieux. On ne le changera pas.

Peu de temps après, Clarrie se retira et alla frapper à la porte de Herbert, qu'elle trouva assis à son bureau, absorbé dans ses dossiers.

— Je… je vais me coucher, annonça-t-elle.

Il releva brusquement la tête et ôta ses lunettes.

— Je suis navré. J'ai perdu la notion du temps.

— Ne vous inquiétez pas, j'étais de toute façon trop fatiguée pour jouer aux cartes. Will et Olivia font de la musique ensemble.

Herbert s'approcha d'elle et posa les mains sur ses épaules.

— Vous devez vous reposer, ma chérie. J'ai l'impression que vous couvez quelque chose.

— Un rhume, c'est tout.

— Il n'empêche. Nous devons prendre soin de votre santé.

Il s'éclaircit la gorge et ajouta :

— Je peux dormir dans ma chambre cette nuit, si vous voulez. Afin que vous puissiez profiter d'une bonne nuit de sommeil.

— C'est inutile, répliqua-t-elle.

Puis elle rougit.

Elle voulait que le malaise de leur première nuit ensemble soit dissipé le plus vite possible. Et elle éprouvait le sentiment qu'elle ne serait pas véritablement Mme Stock tant qu'ils n'auraient pas consommé leur union.

— Je pense que ce serait préférable, affirma-t-il. Seulement pour cette nuit.

Il lui effleura le front de ses lèvres.

— Bonne nuit, ma chérie.

— Bonne nuit, murmura Clarrie, ravalant la déception que lui causait ce baiser si chaste.

Il lui donnait l'impression d'être sa fille, non pas sa femme.

Seule dans la grande chambre, Clarrie retira sa robe de mariée qu'elle posa sur une chaise et enfila la chemise de nuit qu'Olivia avait brodée de papillons verts. Un peu plus tôt, sa sœur avait fermé les rideaux et allumé le feu pour dissiper l'humidité de la pièce. Pourtant, assise au bord du lit, les genoux ramenés contre la poitrine, elle frissonnait.

En entendant le son des violons en bas, elle fut tentée d'aller retrouver Will et Olivia, pour jouir de la chaleur du salon et de leur compagnie. À la place, elle se glissa entre les draps froids, la tête bourdonnante, le corps courbaturé. Elle aurait tant voulu profiter du réconfort de bras aimants autour d'elle. Jamais elle ne s'était sentie aussi seule. Si seulement Herbert pouvait la rejoindre. Peut-être allait-il changer d'avis ? Elle s'efforça de rester éveillée en guettant le bruit de ses pas, mais en vain.

Elle tourna et retourna en pensée les événements de la journée : la cérémonie religieuse, la tempête de neige, le thé dansant, l'apparition stupéfiante de Wesley. Elle frissonna au souvenir du contact de sa main sur la sienne et dans le creux de son dos, du désir non déguisé qu'elle avait lu dans son regard. C'était un homme qui savait embrasser avec passion. Soudain, son envie de lui la tenailla. Cachant son visage brûlant dans l'oreiller froid, elle étouffa un sanglot. Elle se détestait d'éprouver un tel désir pour Wesley : c'était vil et destructeur. Comment pouvait-elle être allongée là à attendre son époux, le jour même du mariage, tout en se languissant d'un autre ? Elle était méprisable.

Dans sa honte, elle tenta de rejeter la faute sur Wesley. C'était lui qui avait perturbé la réception, l'avait obligée à danser avec lui et avait traîtreusement réveillé ses sentiments. C'était encore une tentative d'exercer son pouvoir sur elle, alors même qu'elle était mariée. Il était la source de tous ses soucis – il l'avait été depuis le jour où le destin les avait fait se rencontrer dans la clairière du *swami*, dans les montagnes Khasi.

Une chose était sûre dans son esprit enfiévré : elle devait tout faire pour se tenir éloignée de cet homme.

Lorsqu'elle finit par s'endormir, elle rêva qu'elle était de retour à Belgooree, assise sur un divan, dans la caresse d'une brise chaude. Un homme l'appelait, encore et encore, sans qu'elle sache qui il était.

Elle se réveilla en sursaut.

— Herbert, c'est vous ? chuchota-t-elle.

Mais à la faible lueur des dernières braises, elle vit que l'espace à côté d'elle était vide.

23

1910

Les premières semaines de mariage furent pour tous une période d'ajustement difficile. Clarrie dut se forcer à ne pas jouer son rôle de gouvernante affairée, gardant l'œil sur tout, de la commande d'épicerie au nettoyage des cheminées. Herbert, qui avait embauché une cuisinière, l'incita à en faire moins.

— Vous devriez sortir davantage, ma chérie. Allez faire des courses ou prendre le thé avec vos amies.

Clarrie se retint de répliquer que toutes ses amies travaillaient pour gagner leur vie. Elle n'appartenait pas à la classe oisive, et aucune des anciennes connaissances de Louisa ne la jugeait digne de sa compagnie. Ni les voisines ni les paroissiennes aisées ne songèrent à l'inviter chez elles.

De son côté, Clarrie réprimanda Olivia parce qu'elle continuait à effectuer des tâches ménagères.

— Tu n'as plus besoin d'astiquer l'escalier, laisse faire Sally. Tu vas abîmer tes doigts de musicienne.

Mais Olivia répondit qu'elle était gênée de laisser la fille d'Ina se charger de toutes les corvées.

— Il le faut. Tu fais partie de la famille Stock à présent.

— Mais alors, à quoi vais-je m'occuper?

— À ce que tu veux ! s'exclama Clarrie avec impatience. N'as-tu pas attendu ce moment où tu ne serais plus obligée de marner comme un forçat ?

— Si, admit Olivia avec un soupir. Mais on s'ennuie, ici, sans Will. Il n'y a pas assez à faire.

Secrètement, Clarrie était d'accord avec elle, mais comment aurait-elle pu l'avouer ?

Après cette discussion, Clarrie vida l'ancien dressing de Verity et le transforma en atelier de peinture pour Olivia. Pour son plus grand plaisir, sa sœur redécouvrit son ancienne passion pour l'art. Mais la jeune fille préférait néanmoins descendre à la cuisine pour discuter avec Sally et Mme Henderson, la nouvelle cuisinière, plutôt que de tenir compagnie à sa sœur durant les longues soirées où Herbert travaillait.

Certes, elle avait su, avant de l'épouser, qu'il était marié à son travail. Mais elle ne s'attendait pas à ce qu'il évite l'intimité du lit conjugal. Au début, Herbert avait prétexté la maladie de Clarrie, ce rhume qui avait tourné à la bronchite et l'avait empoisonnée jusqu'en février. Mais sa guérison n'avait rien changé. Si elle était déconcertée et blessée par sa froideur, elle ne savait comment aborder le sujet avec lui sans les plonger tous deux dans un abîme d'embarras.

Le printemps venu, et les soirées se faisant de plus en plus longues, Clarrie se demanda si elle ne devait pas forcer la décision, en allant dans la chambre de Herbert et en grimpant dans son lit. Mais il travaillait toujours jusque très tard dans la nuit et se montrait souvent si irritable le matin qu'elle ne voulut pas subir une autre rebuffade. Elle hésita à se confier à Olivia, mais à quoi bon ? Ce simulacre de mariage faisait peut-être déjà l'objet de commérages en cuisine. Sally, qui allumait le feu dans les cheminées le matin et faisait les lits, s'était sûrement rendu compte qu'ils dormaient séparément.

Pendant qu'Olivia passait ses journées à dessiner et à peindre, Clarrie repensait de plus en plus à son ambition de tenir son propre salon de thé. Elle s'en ouvrit à son amie Rachel. Chaque fois que celle-ci était en congé, elles allaient essayer différents cafés et prenaient des notes sur les menus, les prix et la qualité du service. Clarrie vit avec envie les Robson ouvrir un autre *Empire* à Ridley Place et un troisième à Jesmond Road. Les deux établissements étaient aménagés avec goût, meublés de chaises sculptées, de statues d'Éros en cuivre et de lampes à abat-jours en vitrail. Les pâtisseries étaient fraîches, le linge de table impeccable et les mélanges de thé de qualité supérieure. Leur succès était tel que lorsqu'elles s'y rendirent, Clarrie et Rachel durent faire la queue pour avoir une table.

En sortant, Clarrie ressentit un mélange de soulagement de ne pas avoir croisé Wesley et de jalousie pour sa réussite. Elle se jura de faire aussi bien, sauf qu'elle ne viserait pas la clientèle des femmes oisives de la bourgeoisie. Ce qu'elle voulait, c'était ouvrir un salon de thé au milieu des débits de bière et des pubs du quartier ouvrier. Aussi arpenta-t-elle les rues d'Elswick et de Benwell, à la recherche d'un local vacant. Ici, les commerces changeaient souvent de main, une épicerie fermait un jour pour être remplacée par un magasin de meubles la semaine suivante. Cordonniers, boulangers, marchands de tissus, bouchers, vendeurs de jouets allaient et venaient comme les saisons. Bien peu faisaient fortune à Scotswood Road en approvisionnant les classes populaires, mais Clarrie était sûre qu'en travaillant dur elle réussirait à faire tourner son commerce.

Chaque fois qu'elle essayait d'aborder la question avec Herbert, il l'éconduisait – il était trop occupé ; ce serait une entreprise gigantesque ; oui, elle pouvait toujours se renseigner ; ils en parleraient plus tard.

Avec le retour de Will pour les vacances de Pâques, elle mit ses recherches entre parenthèses et profita de la gaieté revenue dans la maison. Ce fut lui qui combla son désir de retrouver l'ancienne ferme des Belhaven dans le nord du Northumberland. Avec Olivia, ils prirent le train jusqu'à Wooler puis louèrent un cabriolet tiré par un cheval. Grâce à une vieille carte trouvée dans le bureau de Herbert, ils situèrent Doddingham entre Wooler et la côte, et découvrirent un solide corps de ferme près d'une rivière, au milieu de champs verdoyants, et entouré par les collines de Cheviot.

Clarrie éprouva un intense sentiment de familiarité. Tout était tel que son père le lui avait décrit. Du haut de la colline couverte de bruyère, ils distinguèrent les tons gris-bleu de la mer du Nord.

— Papa a toujours adoré la mer, fit-elle remarquer, même s'il a passé la moitié de sa vie loin d'elle.

Olivia glissa la main dans la sienne et elles restèrent là, silencieuses, se laissant envahir par les souvenirs. Jock et ses coquillages en provenance de la plage de Bamburgh. La légende de Grace Darling qu'il leur racontait, cette héroïne locale qui sauvait les naufragés depuis les rochers des îles Farne. Au loin, ils aperçurent les ruines du château de Bamburgh qui gardait la côte, et les dangereuses îles au-delà.

Une fois qu'ils furent installés à l'abri du vent pour pique-niquer, les sœurs régalèrent Will avec les souvenirs de leur père.

— Il me plaît bien, votre Jock, déclara Will avec un sourire mélancolique. Je ne crois pas que papa m'ait raconté une seule histoire. Maman, si. Elle adorait les contes, et j'adorais l'écouter.

Il s'interrompit et rougit.

— Désolé.

Clarrie s'empressa de poser une main sur la sienne.

— Je vous en prie. Vous ne devez jamais hésiter à parler de votre mère devant moi. Au contraire, j'aime bien vous entendre parler d'elle. Votre père ne prononce jamais son nom, et c'est ça qui est dur à supporter. C'est comme si je ne faisais pas réellement partie de…

Elle se tut brusquement. Elle avait failli dire : comme si je ne faisais pas réellement partie de la famille. Il y eut un silence inconfortable, alors que Will et Olivia regardaient ailleurs. Clarrie se reprocha d'avoir laissé échapper sa critique. Quelles que soient ses difficultés avec Herbert, elle n'avait pas le droit de s'épancher devant son fils.

Ils redescendirent la colline et, poussés par la curiosité, décidèrent de s'arrêter à la ferme, maintenant tenue par une famille du nom de Hudson. Mme Hudson, une femme au visage large, coiffée d'un bonnet de coton usé, les invita à prendre une tasse de lait frais. Elle poussa un cri de surprise en apprenant qu'elles étaient des Belhaven.

— Ah, je me souviens de votre père dans son uniforme écarlate. J'étais enfant quand il est parti. Mon père était forgeron. C'est lui qui réparait les machines des Belhaven. Ils faisaient commerce de charrues, pas vrai ?

Clarrie s'empourpra.

— Oui, jusqu'à ce que l'entreprise soit rachetée par les Robson.

— Ah, les Robson ! s'exclama la dame avec admiration. Ils étaient capables de changer le plomb en or. D'abord le matériel agricole, puis les chaudières… ils savaient investir leur argent. Ils possèdent encore plusieurs fermes dans les environs. Hélas, il ne reste plus un seul Belhaven.

Clarrie sentit le ressentiment monter en elle.

— Oui, les Robson y ont veillé.

Mme Hudson lui lança un regard étonné.

— Les Robson étaient seulement plus doués que d'autres pour le commerce. C'est ce que mon père disait toujours. C'est pour ça que le vôtre s'est engagé dans l'armée : il savait qu'il serait meilleur soldat que fermier ou homme d'affaires. Et qu'est-ce qu'il était beau dans son uniforme ! Il faisait tourner la tête de toutes les filles !

Les paroles de la dame mirent Clarrie mal à l'aise : elles ne correspondaient pas à l'histoire que leur père leur avait racontée à l'envi, selon laquelle des Robson avides avaient dépouillé les Belhaven de leur gagne-pain.

Alors qu'ils prenaient congé, la femme du fermier s'émerveillait encore de les avoir rencontrées.

— Ça m'a fait bien plaisir de voir les filles de Jock ! Vous lui ressemblez tellement, toutes les deux.

Clarrie lui fut reconnaissante de retrouver aussi un peu de Jock en elle, et pas seulement en Olivia avec ses cheveux roux et son teint clair.

Il était tard quand ils revinrent à Newcastle et, au cours du dîner, ils parlèrent avec animation de leur excursion, décrivant dans le détail à Herbert la ferme et leur rencontre avec Mme Hudson.

— Je me réjouis que vous ayez passé une si belle journée, déclara Herbert. Et je vois que le bon air vous a fait du bien. Will pourrait peut-être organiser une autre sortie avant son départ ?

— Bien sûr, acquiesça aussitôt le jeune garçon.

Étonnamment, le fait d'avoir retrouvé le berceau des Belhaven ne procura aucun réconfort à Clarrie, mais ne fit qu'accroître son sentiment d'insatisfaction. Pour la première fois depuis son départ de Belgooree, elle avait respiré l'air de la campagne, apprécié le spectacle d'un ciel dégagé et de collines sauvages. Savoir qu'il existait de tels endroits au-delà de la ville enfumée et industrieuse lui donnait envie d'y goûter encore.

Si bien que quand Will lui transmit une invitation de Johnny pour une promenade à cheval, elle s'empressa d'accepter. Olivia, qui avait peur des chevaux, déclina. On donna à Clarrie une belle jument grise du nom de Mayflower. Un peu nerveuse au début, car elle n'avait pas monté depuis longtemps, elle recouvra bien vite son assurance et profita de la balade. Ils chevauchèrent le long de la rivière, dépassant les usines de munitions et les habitations jusqu'à se retrouver dans un paysage de campagne, de vergers et de vieilles chaumières habitées autrefois par des mineurs. À Wylam, ils essuyèrent une violente averse et trouvèrent refuge dans une auberge, où on leur servit une assiette de jambon et de fromage avec d'épaisses tranches de pain.

— Où avez-vous appris à monter aussi bien? lui demanda Johnny, admiratif.

— En Inde. J'avais un poney nommé Prince, que je sortais tous les jours.

— Vous pouvez monter Mayflower quand bon vous semblera, même quand je serai en pension. Je préviendrai mon père.

— C'est très gentil à vous. J'en serais vraiment ravie.

Après avoir profité de la présence de Will, Clarrie et Olivia le regrettèrent deux fois plus quand il repartit. Les mois qui les séparaient des prochaines vacances semblaient s'étirer à l'infini. Pour calmer son agitation, Clarrie rappela à Herbert sa promesse de l'emmener dans le Lake District.

— Je crains d'avoir beaucoup trop de travail en ce moment, répondit-il. Peut-être dans un mois ou deux.

Mais il invoqua toujours de nouveaux prétextes pour ajourner leur voyage de noces. Au milieu de l'été, Clarrie comprit qu'elle deviendrait folle si elle n'avait d'autre occupation que la gestion de la maison. Un soir, n'y tenant plus, elle alla trouver son mari dans son bureau.

— Je souhaiterais discuter avec vous de mes projets de salon de thé, et je refuse d'être éconduite. Vous aviez promis de m'aider, vous vous en souvenez?

Herbert leva les yeux.

— Je ne suis pas sûr d'avoir promis quoi que ce soit, ma chérie. J'ai dit ça à moitié pour plaisanter, je ne pensais pas que vous étiez sérieuse.

— Oh, mais je le suis on ne peut plus. J'ai beaucoup réfléchi au projet, et étudié la concurrence avec Rachel.

— Et je suis content que ça vous ait occupée. Mais monter une affaire, c'est autre chose. Vous n'avez aucun besoin de travailler, ma chérie.

Et il baissa de nouveau les yeux vers ses dossiers. Refusant de se laisser décourager par son air légèrement condescendant, elle s'approcha, se pencha sur son bureau et posa les deux mains sur ses papiers.

— Si, j'en ai besoin. Je veux ouvrir un salon de thé ici, à Newcastle, et je sais que j'en suis capable.

Il soupira et la dévisagea pendant un instant, comme s'il voulait évaluer sa détermination.

— Mes ressources ne sont pas illimitées. Si vous avez en tête un établissement du genre de l'*Empire*, je dois vous dire que ce n'est pas dans mes moyens.

— Non, je ne veux pas ouvrir un salon de thé dans le centre-ville, réservé à la bourgeoisie. Je veux m'établir à Elswick.

— À Elswick?

Cette fois, elle avait réussi à capter son attention.

— Oui, un endroit où les femmes pourraient se retrouver, afin de sortir un peu de leur maison. Et où les hommes viendraient manger un plat chaud à l'heure du souper, au lieu de remplir de bière leur ventre vide.

— Un peu comme une soupe populaire, alors?

347

— Non, pas une œuvre de charité. Mon établissement sera aussi joli que l'*Empire* – un peu de luxe, mais à un prix accessible aux ouvriers et à leur famille. Nous soignerons la décoration et proposerons de la nourriture et du thé de bonne qualité.

— Vous y avez vraiment beaucoup réfléchi, n'est-ce pas ?

— Oui, depuis que j'ai travaillé au *Cherry Tree*. J'ai vu tant de bagarres d'ivrognes, et de pauvres femmes comme Maggie battues par leur mari pris de boisson, que je rêve d'un tel endroit pour offrir un autre choix que le pub. Je vous en prie, Herbert, aidez-moi à faire de mon rêve une réalité.

— Je trouve votre idée admirable, mais je ne suis pas convaincu que ce soit un bon investissement. Et vous n'avez aucune expérience. Ce serait bien trop risqué.

Clarrie abattit sa main sur le bureau, le faisant sursauter.

— Ne soyez donc pas aussi lâche ! Vous étiez prêt à parier sur Daniel Milner quand tout semblait contre lui, et vous passez votre temps à aider des entrepreneurs à prospérer. Pourquoi pas moi ? Est-ce parce que je ne suis qu'une femme qui ne devrait pas se mêler des affaires des hommes ?

Il parut stupéfié par son éclat.

— Maîtrisez vos nerfs, ma chérie. Nous allons oublier ce dont vous venez de me traiter et en rester là. Maintenant, j'ai du travail.

Mais il ne pouvait pas la congédier sous prétexte que ses paroles lui déplaisaient.

— Je ne suis plus votre gouvernante, Herbert. Je suis votre épouse. Il s'agit de quelque chose que nous pourrions faire ensemble. Au moins, ayez la courtoisie de considérer ma requête.

Elle fit un pas en arrière, suffoquant de colère. À son air buté, elle voyait qu'il n'était pas convaincu. Puisqu'il ne la considérait pas comme sa partenaire dans le mariage, comment aurait-il pu voir en elle une partenaire en affaires ? En cet instant, elle eut presque la tentation de courir trouver Wesley pour solliciter un prêt. Mais lui aussi se moquerait sans doute de son impulsivité, et lui reprocherait de se lancer dans le commerce avec le cœur et non pas avec la tête. Ce serait encore pire que le refus hautain de Herbert.

Amèrement déçue, elle se détourna et se dirigea vers la porte.

— Attendez ! dit enfin Herbert. Je vois bien à quel point cela vous tient à cœur. Je suis d'accord pour étudier la question.

Clarrie fit volte-face.

— Vraiment ?

Après un long instant d'hésitation, il soupira et hocha la tête.

— Je pourrai demander à mon agent de chercher des locaux possibles, si vous voulez.

— J'en ai deux en vue, répondit Clarrie. Et si nous les visitions ensemble ?

— Pourquoi pas ? concéda Herbert, levant une main prudente. Mais je vais devoir prendre le temps d'y réfléchir. Cela signifiera vendre des propriétés locatives que je possède à New Benwell pour financer l'investissement.

Clarrie redescendit brutalement sur terre. Obnubilée par son rêve, elle n'avait pas imaginé que trouver le capital poserait un problème pour un avocat prospère. Herbert n'était peut-être pas aussi riche qu'elle l'avait cru. Une seconde, elle se demanda combien Bertie ponctionnait sur leur cabinet pour financer le train de vie dispendieux de Verity.

— Merci, Herbert, dit-elle.

Ils se dévisagèrent, mal à l'aise. C'était leur première dispute, et Herbert n'avait pas l'habitude qu'on lui tienne tête.

— Ce sera tout, ma chérie ?

— Oui.

Il chaussa ses lunettes et remit de l'ordre dans les papiers qu'elle avait dérangés. Clarrie sortit du bureau avec un petit sentiment de triomphe.

24

1911

Le scepticisme initial de Herbert se dissipa face à l'enthousiasme et à l'énergie de Clarrie. Chaque fois qu'il soulevait une objection, elle avait déjà la solution.

— Je m'inquiète de la taille du lieu, lui dit-il, quand elle jeta son dévolu sur une ancienne boutique de drapier, à Tyne Street, disposant d'un appartement à l'étage.

— Nous pourrions transformer l'arrière-boutique en salle de réunion, ce qui nous fournirait un revenu supplémentaire. Et louer l'appartement du dessus.

— Le coût de la rénovation ne sera pas négligeable.

— Olivia m'aidera avec la peinture, ce qui limitera les dépenses.

— Et le personnel ? Comment vous assurer de sa fiabilité ?

— Je sélectionnerai moi-même mes employées après leur avoir fait passer des entretiens, et je parlerai à leurs parents.

Grâce à un mélange de charme et de détermination, Clarrie persuada Herbert d'acheter la boutique de Tyne Street et commença les travaux. Elle le consulta sur tout, du choix du menuisier à celui des meubles ou du menu, bien décidée à l'impliquer le plus possible dans le projet. Et elle insista pour donner à l'établissement le nom de son mari.

— *Chez Herbert*, annonça-t-elle. Puisque c'est vous le propriétaire.

Apparemment aussi surpris que flatté, Herbert la gratifia d'une de ses trop rares étreintes.

Olivia fut mise à contribution également. Elle décora les murs de fresques exotiques, représentant des oiseaux de paradis au milieu d'une végétation luxuriante, et peignit trois grands tableaux de scènes locales, dont deux décoreraient la salle de réunion et un serait accroché derrière le comptoir. Olivia choisit des couleurs vives qui contrastaient avec les sombres peintures à l'huile que l'on trouvait au musée de la ville. Herbert s'en inquiéta, mais Clarrie les trouva parfaits.

— Les gens n'ont pas envie qu'on leur rappelle la tristesse de leur environnement. Ils veulent s'en échapper pendant une demi-heure.

Pendant que les travaux avançaient, Clarrie se mit en quête de fournisseurs. Cherry Terrace ne se trouvant qu'à quelques rues de là, elle s'arma de courage et alla voir ses cousins. Presque quatre ans s'étaient écoulés depuis sa dernière visite, au cours desquels le pub n'avait apparemment pas vu la couleur d'un pot de peinture. Jared aussi lui parut négligé, et épuisé.

— J'ai entendu parler de ton projet, lui dit-il. Tu gaspilles ton argent: on n'a pas besoin d'un salon de thé chic dans le quartier, ma fille.

— Nous verrons, répondit-elle en souriant. Je me demandais si Mme Belhaven accepterait de faire des tourtes pour nous.

Jared sembla embarrassé.

— Elle n'en fait plus… Elle ne quitte plus beaucoup sa chambre, maintenant, ajouta-t-il d'un ton hésitant. Elle a du mal à descendre l'escalier. Le docteur dit qu'elle fait de l'hydropisie.

— J'en suis désolée. Puis-je monter la voir?

— Il vaut mieux pas. Elle ne t'a jamais portée dans son cœur, tu sais. Tu aurais seulement droit à une volée de bois vert.

À en juger par sa mine déconfite, Jared devait lui aussi subir son lot d'insultes.

— Vous passerez prendre une tasse de thé quand j'aurai ouvert, d'accord? suggéra Clarrie.

— Peut-être, grommela-t-il. Bonne chance, ma fille. Tu en auras besoin.

Pour le thé, elle choisit de se fournir auprès de la Tyneside Tea Company. Herbert et elle allèrent rendre visite à Daniel Milner dans son entrepôt de Scotswood. Il employait désormais neuf vendeurs, qui faisaient des tournées dans toute la région. Par Olivia, Clarrie savait que Jack Brewis passait les livrer tous les quinze jours, mais elle avait pris l'habitude de l'éviter. Maintenant qu'elle n'était plus gouvernante, elle n'avait plus aucune occasion de tomber sur lui.

De sorte que, quand Daniel Milner leur fit fièrement faire le tour du propriétaire, elle fut surprise de trouver Jack dans l'atelier de dégustation, en train de goûter des échantillons de thé qu'il recrachait dans un seau. Il avait un peu épaissi et sa moustache était plus fournie.

— Vous vous souvenez de Jack ? demanda Daniel. Il se forme à devenir maître dégustateur.

Rougissant un peu, Jack serra la main de Herbert et adressa un salut gêné à Clarrie. Elle avait eu raison en ce qui le concernait : il était ambitieux et montait vite les échelons de l'entreprise.

— Bonjour, Jack. Je croyais que vous assuriez encore votre tournée dans notre quartier.

— Je livre seulement quelques clients réguliers, pour ne pas me couper du terrain.

— C'est exact, confirma Daniel. Il est bon de connaître tous les aspects du métier. C'est ce que je lui ai appris.

Il expliqua à Jack la raison de la présence des Stock.

— Je suis au courant, dit Jack. À la façon dont les gens en parlent, on dirait l'ouverture d'un palace.

— Tant mieux ! s'exclama Clarrie en riant. On fera des économies sur la publicité.

Avant de partir, elle lui dit :

— J'espère que M. Milner et vous viendrez à l'inauguration.

— Avec plaisir.

Le sourire qu'il lui adressa lui rappela pourquoi elle l'avait trouvé si séduisant cinq ans plus tôt. Si sa malencontreuse rencontre avec Wesley dans le jardin de Summerhill n'avait pas eu lieu, elle serait peut-être mariée avec lui à l'heure qu'il était. Mais elle s'empressa de chasser cette pensée. À quoi bon s'appesantir sur ce qui aurait pu être ? Tout ce qui comptait à présent, c'était la réussite de son salon de thé : toute son énergie devait se concentrer là-dessus.

Serrant la main de Jack, elle repartit au bras de son mari.

Avant la fin de l'année, Clarrie avait recruté ses trois premières serveuses : Dinah, une fille imposante de Scotswood ; Edna, une jeune femme brune à l'allure soignée ; et Lexy. Herbert eut des doutes quant au choix de cette dernière.

— Elle est davantage à sa place dans une blanchisserie, dit-il, guindé.

— Elle est vive et enjouée, répliqua Clarrie. Exactement ce qu'il faut pour égayer les clients dans les mauvais jours. Il suffit de lui mettre un uniforme et de la former au service, et elle sera parfaite.

Clarrie embaucha Ina pour faire la vaisselle et Grace, une autre de ses filles, pour assurer la liaison entre les serveuses et la cuisine. Elle avait voulu offrir un emploi à Maggie, mais son mari s'y était opposé.

« Je t'interdis de travailler pour cette serveuse métisse dans son salon de thé bourgeois. Elle sera en faillite avant Noël. »

Malgré les encouragements de Lexy et d'Ina, Maggie n'avait pas eu le courage de lui tenir tête.

Enfin, elle alla trouver Dolly. Quand celle-ci vit que Clarrie ne lui en voulait pas de son départ rageur de Summerhill, elle n'eut pas besoin de beaucoup d'encouragements pour quitter une place ennuyeuse dans une cantine scolaire et rejoindre un salon de thé élégant. Clarrie passa beaucoup de temps avec Olivia pour dessiner les uniformes. Les serveuses porteraient une jupe vert sombre, un chemisier à rayures vertes et blanches au col fermé par une broche, un grand tablier blanc à volants et une charlotte. Grace serait vêtue d'une robe-tablier verte. Quant à Clarrie, elle revêtirait une robe de cocktail avec un tablier par-dessus, pour montrer que, si elle était la patronne, elle était disposée à travailler avec son personnel.

En février, elles étaient prêtes à ouvrir. Depuis quelque temps, Clarrie était approchée par des sociétés locales, qui souhaitaient des renseignements sur la location de la salle de réunion. Elle en conçut l'idée de meubler l'arrière-salle avec deux bureaux, ajoutant des stylos et du papier buvard. Lorsqu'elle ne serait pas louée pour des réunions, elle servirait de salle de lecture. Sous le tableau d'Olivia représentant la cascade de Jesmond Dene, elle installa une bibliothèque, qu'elle garnit de vieux livres de Herbert.

— À la maison, ils prennent la poussière sur les étagères, fit-elle remarquer quand il protesta. Les clients pourront les emprunter et les rapporter.

La semaine précédant l'ouverture, Clarrie forma son personnel à dresser les tables, prendre les commandes et servir. Le samedi 11, à neuf heures trente, le salon de thé ouvrit ses portes.

Elles n'eurent pas une seconde de répit de toute la journée. Les gens qui faisaient leurs courses dans Scotswood Road s'y arrêtèrent; les enfants entraient pour regarder et prendre les bonbons gratuits que leur distribuaient les serveuses. À une heure, les tourtes de Dolly vinrent à manquer et Clarrie dut envoyer quelqu'un en trouver d'autres. À trois heures, Olivia s'installa au fond de la salle avec son violon et joua des valses et des airs populaires. Un groupe de femmes de la coopérative d'Adelaide Terrace commença à chanter et ne la laissa plus s'arrêter.

Clarrie n'eut pas un instant pour s'asseoir de l'aube jusqu'à la fermeture, à huit heures ce soir-là. Lorsqu'il vint la chercher, Herbert les trouva, Lexy et elle, affalées sur une chaise, étourdies par la fatigue et le succès de la journée.

— Pourriez-vous convaincre ma femme de ne pas en faire trop, Lexy? lui demanda-t-il en posant une main affectueuse sur la tête de Clarrie.

— Ce serait plus facile d'apprendre à un chien à marcher sur ses pattes arrière, monsieur Stock, répliqua Lexy. Elle n'écoute rien.

Clarrie rit et prit la main de Herbert.

— Je n'ai jamais autant apprécié une journée de travail de toute ma vie.

— Eh bien, demain est jour de repos, et vous vous reposerez, ma chérie.

La semaine suivante fut plus calme, même si elles servirent tous les jours à déjeuner à des contre-maîtres des usines Armstrong, et que les thés de l'après-midi connurent une popularité grandissante chez les femmes de tous âges. Des retraités venaient feuilleter les journaux le matin, faisant durer leur tasse de thé une heure. Lexy s'en plaignit.

— Laissez-les. Ils ne dépensent peut-être pas beaucoup, mais ils reviendront avec une régularité de métronome une fois qu'ils en auront pris l'habitude. Ensuite, ce sera à vous de leur faire du charme pour qu'ils commandent quelque chose à manger plutôt que de s'arrêter au pub en rentrant chez eux.

La salle de réunion ne désemplissait pas: elle était régulièrement réservée par une ligue antialcoolique, une église spiritualiste, une section du syndicat des chaudronniers, un groupe de collectionneurs et un autre de dessinateurs amateurs. Certains soirs, l'établissement restait ouvert jusqu'à dix heures pour satisfaire la demande.

Vers la fin du mois de mars, deux suffragettes de la section locale de l'Union féminine sociale et politique approchèrent Clarrie. C'étaient des employées de la coopérative, qui étaient déjà venues prendre le thé un mercredi après-midi.

— Nous aimerions louer le café entier, dit celle qui s'appelait Florence.

— Pour toute la nuit, ajouta Nancy, sa collègue.

— Mais nous n'ouvrons pas la nuit, expliqua Clarrie.

— C'est une occasion particulière, insista Florence.

— Le 3 avril : c'est le soir du recensement.

Devant la perplexité de Clarrie, elles expliquèrent :

— C'est une réunion de protestation contre le recensement. Comme le gouvernement refuse de nous traiter en vraies citoyennes et de nous donner le droit de vote, nous refusons de nous faire recenser.

Clarrie était réticente : si elle admirait ces femmes pour leur ténacité, elle ne voulait pas de mauvaise publicité pour son salon de thé.

— Et s'il y avait du grabuge ? demanda-t-elle. Je ne veux pas de vitres cassées ou la police à ma porte.

— Non, non, lui assura Florence, il n'y aura rien de tout ça. Nous ne violons aucune loi.

— Nous cherchons seulement un endroit où organiser une fête, insista Nancy en souriant.

— Laissez-moi y réfléchir, répondit Clarrie. Je vous donnerai ma réponse dans un jour ou deux.

Will se trouvait alors à la maison pour les vacances de Pâques, avec son ami Robert Spencer-Banks. C'étaient leurs dernières vacances avant l'été. Will et son père avaient beaucoup discuté de la suite de ses études. Herbert lui conseillait d'essayer d'entrer à la faculté de droit d'Oxford, tandis que le jeune homme préférait aller à Durham étudier la théologie et la musique.

Au milieu du débat, Clarrie leur soumit son dilemme à propos des suffragettes. Robert parut horrifié.

— Ce sont pratiquement des révolutionnaires. Ne vous approchez pas d'elles !

Will rit.

— Le Christ était un révolutionnaire.

— Ne blasphème pas, le rabroua Herbert.

Mais Will ne se laissa pas intimider.

— Je pense que vous devriez les accueillir pour leur fête. Quel mal y aurait-il ?

— Le mal, mon cher ami, rétorqua Robert, c'est d'encourager ces femmes excentriques dans leur quête de l'impossible.

— Réclamer le droit de vote, c'est vouloir l'impossible ? lui demanda Clarrie.

— Absolument, répondit Robert avec conviction.

— Et pourquoi donc ? Vous n'êtes pas un de ces hommes bizarres qui jugent les femmes incapables de penser au-delà des affaires domestiques, si ?

Il lui lança un regard circonspect, ne sachant si elle plaisantait. Comme Will éclatait de rire, Robert haussa les épaules et ne dit rien.

— Qu'en pensez-vous, Herbert ? demanda Clarrie, sûre qu'il allait lui recommander la prudence.

— Je pense que vous devriez accepter.

— Vraiment ?

— Elles ont de bonnes raisons d'être mécontentes du gouvernement actuel. Je suis de plus en plus enclin à penser que les talents des femmes sont gâchés par des hommes bornés comme Asquith. Alors, pourquoi ne pas les laisser organiser leur manifestation ?

Clarrie lui prit les mains et lui sourit.

— Merci. C'est ce que j'espérais vous entendre dire.

Non seulement Clarrie permit aux femmes d'organiser leur fête au salon *Chez Herbert*, mais elle y passa la nuit entière. Dinah et Lexy furent elles aussi de service. Les suffragettes arrivèrent vêtues de belles robes et arborant des faux nez en cire, pour parodier les membres du gouvernement. Au cours de la soirée, elles jouèrent aux charades et dansèrent au son d'un orchestre constitué par certaines d'entre elles. Clarrie, qui servit de la soupe, des sandwichs et un nombre impressionnant de pots de thé et de café, était intriguée.

C'était la première fois qu'elle entrait en contact avec des militantes. Quelques-unes, comme Florence et Nancy, étaient issues de la classe ouvrière et travaillaient comme employées, mais la plupart appartenaient à la bourgeoisie et étaient enseignantes, secrétaires, médecins pour deux d'entres elles, ou étudiantes à l'université. Clarrie fut frappée par leur camaraderie et leur capacité à s'amuser : elles ressemblaient si peu au portrait peu flatteur que faisaient d'elles les journaux ! Ces femmes plaisantaient, se taquinaient, débattaient, se racontaient leurs souvenirs ou échangeaient des potins. Leur proximité et leur détermination lui rappelaient les infirmières de Shillong. Par-dessus tout, elles étaient remplies d'optimisme.

— C'est une simple question de temps, lui dit Florence. J'ai confiance dans le bon sens du peuple pour réparer une injustice.

— Les gens ont seulement besoin d'être encouragés, ajouta Nancy. Ils ont peur du changement, mais ils commencent à évoluer.

Au cours de la nuit, certains des maris et des amis des suffragettes se relayèrent dehors pour monter la garde en cas de problème. Mais il n'y en eut pas. À six heures du matin, tout le monde rentra chez soi pour aller se coucher ou se préparer à retourner travailler.

Clarrie envoya Lexy et Dinah se reposer un peu, tandis qu'elle-même restait là à somnoler sur une chaise jusqu'à l'arrivée d'Ina, d'Edna et de Grace. Les filles étaient pleines de curiosité pour les événements de la veille, qui alimentèrent toutes les conversations dans le salon de thé ce jour-là. À l'heure de la fermeture, épuisée, Clarrie n'aspirait qu'à un dîner tranquille avec Herbert.

Mais dès qu'elle entra dans la maison, Olivia vint à sa rencontre, très agitée.

— Que se passe-t-il ?

— Bertie est ici, dans une colère noire. Il n'arrête pas de crier contre Herbert.

— Pourquoi ?

— À cause de toi. C'est dans les journaux du soir ! Oh, Clarrie, pourquoi as-tu laissé ces femmes utiliser ton café ?

— Pourquoi aurais-je refusé ? C'est une bonne cause.

361

— Ce n'est pas l'avis de Bertie.

Clarrie sentit aussitôt son indignation monter. De quel droit venait-il ici importuner son père ? Verity et lui les snobaient depuis un an, et le café ne le concernait en rien. Malgré sa fatigue, elle empoigna ses jupes et monta l'escalier deux à deux.

Dans le bureau, elle trouva Herbert assis derrière sa table de travail et Bertie, de l'autre côté, qui agitait un journal.

— Ah, la voici ! s'écria-t-il en la voyant. La petite bolchevik qui ternit la réputation de notre famille.

— Je t'en prie, Bertie, dit Herbert en lançant un coup d'œil à sa femme. Tu es ridicule.

Il se leva pour l'accueillir, tandis que son fils se précipitait sur elle en brandissant son journal.

— Avez-vous vu ça ? rugit-il. « L'épouse d'un avocat donne refuge à des suffragettes hors-la-loi. »

Malgré son air inquiet, Herbert intervint :

— Tu sais qu'ils exagèrent toujours pour remplir leurs colonnes.

— Ils n'ont pas besoin, avec celle-ci ! Allez-y, lisez. Vous apprendrez que vous avez été la seule propriétaire de café de Newcastle à avoir eu la bêtise de les laisser tenir leur réunion de protestation. Et s'il n'y avait que cela ! Apparemment, vous les avez soutenues avec enthousiasme, tout comme vos serveuses vulgaires venues des ruelles d'Elswick.

— Je vous interdis de m'insulter ou d'insulter mon personnel chez moi !

— Chez vous ? rétorqua Bertie.

— Oui, chez moi. Je suis fière de ce que nous avons fait et je le referais dès demain si elles me le demandaient.

Bertie se tourna vers son père, les bras levés.

— Père, comment pouvez-vous la laisser se ridiculiser… et vous ridiculiser. Votre nom a été sali ! Ces femmes s'en sont servies pour se faire de la publicité !

Herbert poussa un soupir crispé et se rassit. Clarrie s'attendit qu'il proteste, mais il demeura coi.

— Aucun nom n'a été sali, déclara-t-elle quand elle comprit qu'il n'interviendrait pas. Et c'est vous qui êtes ridicule. Votre père était tout à fait d'accord pour que j'ouvre mon établissement à l'Union féminine, et Will aussi. Sinon, je ne l'aurais pas fait.

— Je ne vous crois pas !

— Dites-lui, Herbert.

Tous deux regardèrent Herbert, qui paraissait mal à l'aise. Quand il finit par hocher la tête, Clarrie poussa un soupir de soulagement.

— Oh, père, comment cette femme a-t-elle pu obscurcir votre jugement de cette façon ? Je n'imaginais pas que vous seriez si faible.

— Ne parlez pas comme ça à votre père ! répliqua Clarrie. Je supporte votre grossièreté à mon égard, j'y suis habituée, mais je n'admets pas que vous veniez ici rudoyer mon époux pour une histoire qui ne vous concerne en rien.

— Bien sûr qu'elle me concerne. On parle du cabinet Stock dans tous les journaux du soir, et pour les mauvaises raisons.

— Eh bien, peut-être gagnerez-vous quelques suffragettes comme clientes.

— Je ne tolère pas de subir les sarcasmes d'une femme qui jusqu'ici lavait notre linge !

— Alors, partez, riposta Clarrie en lui ouvrant la porte.

Bertie lança un coup d'œil à son père.

— Il vaut mieux que tu t'en ailles, ajouta Herbert. Les esprit se sont déjà trop échauffés.

Après un regard meurtrier à Clarrie, il quitta la pièce à grands pas, le visage rouge de colère. Ils entendirent ses pas résonner dans l'escalier, puis la porte d'entrée claquer, faisant tinter le lustre du vestibule.

— Herbert, je suis désolée…, commença Clarrie.

Il boita jusqu'à elle en levant la main pour couper court à ses excuses.

— Il n'y a pas de quoi. Bertie n'a pas le droit de vous parler comme ça.

— Moi, je m'en moque, mais je ne supporte pas qu'il s'en prenne à vous. Je n'avais pas imaginé que les journaux feraient référence à votre cabinet juridique.

— Et cela aurait-il fait une différence dans le cas contraire ?

Clarrie lui adressa un sourire piteux.

— Non, je ne crois pas.

— C'est bien ce qu'il me semblait. Et je ne vous en aime que plus pour ça. Vous êtes une jeune femme si courageuse. J'aimerais avoir ne serait-ce que la moitié de votre force de caractère.

— Ce n'est rien comparé à ces militantes, dit Clarrie. Certaines histoires qu'elles m'ont racontées font froid dans le dos : il leur est arrivé de se faire frapper et arrêter. Laisser un café ouvert une nuit, ce n'est rien à côté.

— Tout de même, vous avez pris des risques que d'autres ont refusé de prendre. D'après le journal, aucun des grands établissements de la ville, dont l'*Empire*, n'a voulu être mêlé à cette protestation contre le recensement.

— Les Robson ont refusé ?

— Ils citent Wesley Robson expliquant qu'il ne se mêle pas de politique. D'après lui, elle ne fait pas bon ménage avec le commerce.

— C'est tellement typique de cet homme ! Avancer des prétextes nobles, alors qu'il a seulement peur qu'une poignée de femmes ne nuisent à son commerce.

— Vous n'aimez pas beaucoup Wesley Robson, n'est-ce pas ? lui demanda-t-il.

Clarrie se sentit rougir.

— Non, c'est vrai.

— Et pourquoi donc ?

Clarrie se força à évoquer le passé.

— Il a fait beaucoup de mal à mon père à une période où sa plantation était en danger. Après, papa a décliné très rapidement, avoua-t-elle, sentant les larmes lui picoter les yeux. Et il n'y a pas eu que cela. Wesley était un recruteur très zélé pour le domaine des Robson. Le fils de ma nourrice s'est enfui de là-bas, il était très malade, et je suis presque sûre que Wesley a ordonné qu'il soit traqué et ramené de force. Il est mort.

Clarrie détourna le regard.

— Voilà pourquoi je ne l'aime pas, murmura-t-elle.

Herbert l'attira contre lui.

— Ma pauvre Clarrie. J'ignorais tout ça.

Elle passa les bras autour de sa taille et le serra fort, prenant plaisir à cette trop rare intimité. Épuisée, elle aurait voulu rester pelotonnée là dans ses bras pour toujours. Mais au bout d'un instant, Herbert s'écarta.

— Vous avez l'air fatiguée, ma chérie. Allons dîner, puis vous irez vous coucher tôt. J'insiste pour que vous fassiez la grasse matinée demain. Olivia pourrait faire l'ouverture à votre place pour une fois.

— Herbert…

Clarrie lui attrapa la main, enhardie par son soutien et par la tendresse qu'il lui manifestait.

— Pourquoi est-ce que… pourquoi…

— Pourquoi quoi, ma chérie ?

— Pourquoi vous ne venez pas me rejoindre dans mon lit, la nuit ?

Elle vit le sang lui monter aux joues. Il détourna vivement le regard.

— Devons-nous parler de ça maintenant ?

— Quand, sinon ? Je suis votre femme, Herbert. Je tiens à vous, et je sais que vous tenez à moi, et pourtant vous évitez le lit conjugal. Est-ce parce que vous pensez encore à Louisa ?

Herbert serra les mâchoires.

— C'est ça, n'est-ce pas ? Elle ne quitte pas vos pensées. C'est la raison pour laquelle vous ne supportez pas d'avoir des relations intimes avec moi. Je ne suis pas assez bien pour vous !

— Non !

— Alors, pourquoi ? Regardez-moi, Herbert, et dites-moi pourquoi vous m'avez épousée si vous ne voulez pas partager mon lit ?

Il posa sur elle un regard troublé.

— Je le veux, finit-il par répondre d'une voix tremblante, mais je n'ose pas.

— Comment ça, vous n'osez pas ?

— Je suis terrifié à l'idée de vous perdre.

— Comment pourriez-vous me perdre ? Je ne souhaite être mariée à personne d'autre.

— J'ai peur que… que si vous attendiez un enfant… cela pourrait vous tuer.

Elle le contempla, incrédule.

— Je ne me suis jamais pardonné la mort de Louisa, poursuivit-il. Et je ne peux supporter l'idée de vous perdre, vous aussi, à cause de mon désir égoïste.

— Mais ce n'était pas votre faute.

Elle porta la main à la joue brûlante de Herbert.

— Louisa était affaiblie par la mélancolie. Après la perte de son bébé, elle n'avait plus envie de vivre. Ce serait différent dans notre cas. J'ai la moitié de son âge et je suis en pleine santé. Je ne vais pas mourir en couches.

— Comment en être sûr ? dit-il en s'agitant. C'est tellement dangereux. Je refuse de courir ce risque… pas avec vous.

Il lui prit les mains et les serra dans les siennes.

— Vous comptez tellement pour moi. Je ne ferai rien qui pourrait vous blesser.

— Mais tout ce que nous faisons comporte un risque. On peut glisser sur des marches mouillées, se faire renverser par un cheval ou le tramway en traversant la rue. On ne peut pas vivre dans la peur de quelque chose qui a si peu de risques de se produire.

— Vous êtes jeune, vous ne voyez pas le besoin d'être prudente, mais moi, si. J'ai déjà perdu une épouse bien-aimée, et je ne serais plus capable de revivre une pareille souffrance. Voilà pourquoi, que

Dieu me pardonne, je n'ai jamais consommé notre union. Je vous en prie, dites-moi que vous comprenez.

Elle regarda son visage torturé, où l'angoisse se lisait de manière évidente. Mais qu'en était-il de leur mariage ? Il demeurerait un simulacre et deviendrait même un sujet de moquerie si la vérité se répandait. Elle n'était pas sûre de pouvoir supporter la solitude d'une telle relation platonique. Mais quel autre choix avait-elle ? Elle ravala son amertume.

— Je comprends, dit-elle.

Se détournant pour ne pas lui montrer à quel point il l'avait peinée, elle sortit en hâte.

25

Contrairement aux prédictions de Bertie, l'affaire du recensement ne causa aucun tort au cabinet juridique Stock, ni au salon de thé de Clarrie. Cet automne-là, quand le projet de loi sur le vote des femmes fut rejeté par le Parlement, déclenchant une campagne de bris de vitrines, Herbert fut sollicité pour représenter deux militantes de l'UFSP. Une amende leur fut infligée, et elles préférèrent aller en prison à la place, mais Clarrie était fière que son mari les ait défendues.

Le salon de thé suscita l'intérêt d'autres groupes politiques, qui voulurent louer la salle de réunion. Lexy et Edith, sa jeune sœur, qui avait remplacé la première à la blanchisserie, occupaient gratuitement l'appartement au-dessus du café, en échange de quoi elles assuraient l'ouverture et la fermeture tardive. *Chez Herbert* devint un lieu de débat informel pour les sections locales du Parti travailliste indépendant, de syndicats et de groupes féministes. Clarrie appréciait le brassage : ici, tous les âges se mélangeaient et les gens qui s'arrêtaient en faisant leurs courses côtoyaient des artistes et des leaders syndicaux.

Elle n'était pas toujours d'accord avec la politique dont on discutait à ses tables, mais elle se réjouissait de voir des hommes et des femmes abandonner le pub au profit de son café, qu'ils considéraient comme un refuge sûr. Au moment des vacances scolaires, elle proposa des thés à prix réduits pour les familles et offrait des pommes, des bananes et des bonbons aux enfants pour leur anniversaire. *Chez Herbert* devint célèbre pour sa nourriture saine à des prix abordables, son personnel souriant et travailleur, et sa séduisante patronne au teint d'ivoire, qui gagna petit à petit l'affection de la population ouvrière du quartier.

La rumeur selon laquelle le café accueillait tout ce que la ville comptait de radicaux se répandit, attirant l'avant-garde et la bohème, qui vinrent d'abord par curiosité puis restèrent, conquises par le décor coloré au chic prolétarien. Olivia décrocha deux commandes pour ses tableaux, et Clarrie se réjouit de la voir ainsi occupée, puisqu'elle n'avait plus le temps de faire quoi que ce soit avec sa sœur et son amie Rachel.

Un après-midi d'hiver, alors que les vitres étaient embuées par la chaleur régnant à l'intérieur et que la pluie tambourinait sur le trottoir, un homme de haute taille entra et secoua son parapluie. Clarrie s'avançait vers lui pour l'en débarrasser, quand elle tressaillit, sous le choc.

— Bonjour, madame Stock, dit Wesley avec un sourire tendu, en retirant son chapeau.

De la pluie ruisselait sur son séduisant visage et tombait de ses favoris bruns.

— Que faites-vous ici ? demanda-t-elle.

370

— Je suis venu prendre un thé. C'est bien ce qu'on sert ici, si j'en juge par votre devanture ?

— Bien sûr, répondit-elle, reprenant vite contenance. Laissez-moi vous conduire à une table, monsieur Robson. Il y a de la place dans le fond.

Elle se fraya un chemin à travers la salle bondée, dans l'atmosphère enfumée sentant le tabac, la laine mouillée et la nourriture, et le conduisit à une petite table installée derrière un aspidistra en pot, posé sur un support qu'Olivia avait repeint en jaune. C'était la place favorite de Florence et de Nancy, loin des courants d'air de l'entrée, où elles pouvaient s'entretenir de leur mouvement sans être dérangées. Clarrie lissa la nappe et tira une chaise.

— Lexy va venir prendre votre commande, monsieur Robson, annonça-t-elle en évitant son regard.

Derrière le comptoir, Lexy haussa un sourcil.

— Oui, c'est Wesley Robson, confirma Clarrie en la rejoignant. Sûrement venu nous espionner. Allez prendre sa commande… et essayez de savoir ce qu'il cherche.

Clarrie fut ensuite occupée par le flot de clients venu se mettre à l'abri de la pluie, qui avait tourné à la neige fondue. Une heure plus tard, elle s'avisa qu'elle n'avait pas vu Wesley repartir.

— Il est toujours là, l'informa Lexy, à siroter son troisième thé. Et il prend des notes sans vergogne. Il souhaite vous dire un mot avant de partir.

Le cœur de Clarrie s'accéléra. Si elle n'avait aucune envie de lui parler, elle était assez curieuse de savoir ce qu'il lui voulait.

371

— Il se demandait sans doute où étaient partis certains de ses clients snobs, fit remarquer Lexy avec un clin d'œil. Ça ne doit pas lui plaire que cet endroit marche si bien.

Clarrie s'en amusa.

— Nous ne sommes pas une grande menace pour les salons de thé Robson.

Elle ne s'en réjouissait pas moins que *Chez Herbert* ait acquis une renommée telle que Wesley Robson avait jugé bon de venir voir par lui-même. En moins d'un an, elle avait atteint l'objectif qu'elle s'était fixé : prouver qu'un salon de thé de qualité pouvait se développer dans le quartier ouvrier d'Elswick.

Une demi-heure plus tard, la pluie cessa brusquement et le café commença à se vider.

— Il vous réclame, dit Lexy en désignant le fond de la salle.

Clarrie prit une profonde inspiration pour calmer sa nervosité, remit quelques mèches de cheveux en place et alla s'occuper de Wesley.

— Tout va comme vous voulez, monsieur Robson ? demanda-t-elle en essuyant ses mains moites sur son tablier.

Elle avait vingt-cinq ans, elle était mariée et tenait un commerce prospère, mais, face à son regard moqueur, elle se faisait l'effet d'être une gamine gauche.

— Très bien, madame Stock. Puis-je vous complimenter sur la qualité de votre thé ? Je dois admettre que je suis impressionné par la rapidité avec laquelle vous vous êtes imposée dans ce secteur d'activité.

— Vous n'imaginiez pas qu'une Belhaven pourrait réussir en quoi que ce soit ?

Un sourire joua une seconde sur les lèvres de Wesley.

— Vous vous sentez donc encore une Belhaven dans l'âme ? Je suis content de l'entendre.

Clarrie s'empourpra.

— Je suis aussi très fière d'être Mme Herbert Stock, comme vous pouvez en juger d'après le nom de cet établissement.

— En effet.

— Désirez-vous autre chose avant de partir ? Ou en avez-vous vu assez pour faire un rapport à vos associés ?

Wesley laissa échapper un petit rire.

— Vous pensez que je suis venu vous espionner ?

— Ce n'est pas le cas ?

— Pas plus que vous quand vous prépariez l'ouverture de ce lieu. J'ai cru comprendre que vous aviez visité mes nouvelles succursales de l'*Empire* avec votre amie, Mme Garven, c'est bien son nom ?

Clarrie n'en revint pas.

— Je ne vous ai jamais vu.

— Non, mais il y a peu de choses qui m'échappent ou dont je n'entends pas parler.

Voyant le malaise de la jeune femme, il se dépêcha d'ajouter :

— Je vous en prie, ne voudriez-vous pas vous asseoir un instant ? J'aimerais vous demander quelque chose.

Sans enthousiasme, Clarrie tira la chaise en face de lui et s'assit tout au bord, les mains serrées sur ses genoux pour les empêcher de trembler.

— J'ai beaucoup entendu parler de cet endroit, reprit-il, baissant la voix. Et je suis très admiratif de ce que vous avez fait. C'est une expérience sociale intéressante.

— Ce n'est pas une expérience, mais un besoin. J'en ai vraiment vu la nécessité à l'époque où Olivia et moi sommes arrivées dans ce pays.

D'abord hésitante, elle décida qu'elle pouvait lui révéler ce qu'elle avait vécu, maintenant qu'elle était la femme de Herbert et qu'elle avait un statut en ville.

— Nous avons vécu dans un pub à deux rues d'ici, où j'ai dû servir des bières et de l'alcool fort à des hommes jusqu'à ce qu'ils tombent ivres morts. Nous devions éviter de prendre des coups quand des bagarres éclataient le vendredi soir. C'était terrifiant. Et tellement éloigné de la bonne société de Shillong.

— Continuez, l'incita Wesley, sourcils froncés.

— Je sais d'expérience que l'alcool peut briser des vies, empoisonner l'âme autant que le cœur des gens. Et c'est encore pire pour les femmes. Des filles comme Lexy venaient au pub se réchauffer avec un whisky ou une bière, pour échapper pendant une demi-heure à leur labeur à la blanchisserie, et on les considérait comme des moins que rien. Quant à mon amie Maggie, elle se faisait battre comme plâtre par un mari alcoolique. Ce n'est pas une vie. Des femmes comme elles méritaient mieux.

Clarrie fit un mouvement de tête en direction du comptoir.

— Regardez Lexy maintenant. Elle ne boit plus une goutte, elle est bien trop occupée. Surtout, elle n'en ressent plus le besoin et a recouvré l'estime de soi. Personne n'oserait entrer ici pour l'insulter ; sinon, on le jetterait dehors.

Elle soutint le regard de Wesley.

374

— Avec toute la publicité qu'il y a eu autour des suffragettes et d'autres groupes politiques, on pourrait croire que cet endroit est le berceau de la révolution. Mais il n'est pas que cela. Il a surtout été créé pour les femmes comme Lexy et Ina. Un petit coin de paradis. Certains d'entre nous ont la chance d'en connaître un dans leur vie. Pour moi, c'était Belgooree. Pourquoi d'autres n'y auraient-ils pas droit eux aussi ?

Wesley la regardait si étrangement qu'elle se demanda si elle avait eu tort de lui raconter tout ça. Il pourrait aussi déformer ses propos sur la révolution et le paradis, pour la présenter comme une agitatrice politique et faire du tort à son commerce.

Il se pencha vers elle.

— Pourquoi ne pas développer votre idée et créer de ces cafés utopiques dans d'autres quartiers populaires ? Vous avez démontré que ce modèle d'entreprise fonctionne.

— Ce n'est pas un modèle d'entreprise ! Ça concerne des gens bien réels dans cet endroit particulier. Et cela fonctionne parce que nous les connaissons et qu'ils nous connaissent. Je ne sais rien des autres quartiers.

— Mais vous réalisez des profits, n'est-ce pas ? Quelles qu'aient été vos raisons d'ouvrir cet établissement, il connaît un grand succès. Vous devriez capitaliser sur ce succès… et vous étendre à d'autres zones. À moins que vous ne vouliez pas faire profiter les pauvres des autres quartiers de votre petit coin de paradis ?

Clarrie ne parvenait pas à déterminer s'il s'était vraiment converti à l'idée ou s'il envisageait d'en tirer parti d'une manière ou d'une autre.

— Je n'ai pas les fonds pour m'étendre, et je n'en ai pas le désir. *Chez Herbert* me prend tout mon temps et toute mon énergie. J'y suis investie corps et âme. C'est ici que je veux rester.

— Je pourrais financer votre développement.

— Vous ?

— Oui, dit-il, les yeux brillants. Associez-vous avec moi, Clarrie !

— Non ! Sûrement pas.

— Pourquoi ?

L'espace d'un instant, elle se trouva à court de mots. N'avait-elle pas elle-même envisagé cette solution à l'époque où Herbert refusait d'entendre parler de son projet ?

— Nous sommes incompatibles, répondit-elle enfin.

— Je suis parfaitement conscient que vous ne m'appréciez pas sur le plan personnel, madame Stock. Je vous proposais seulement un accord commercial.

— Je le comprends, assura-t-elle en se sentant rougir. Mais nous avons une conception des affaires en tout point opposée. Tant que mon commerce est rentable, je me satisfais très bien de rester à petite échelle. Les gens m'importent plus que le profit.

— C'est faire preuve de naïveté. Plus vous faites de profit, mieux vous pouvez rémunérer votre personnel.

— Vos employées ne sont pas mieux payées que les miennes, malgré vos profits. Mais je ne doute pas que les poches de votre famille et de vos actionnaires sont pleines de dividendes.

Wesley s'empourpra ; apparemment, elle l'avait piqué au vif.

— Grâce à cet appui financier, les salons de thé Robson sont plus à même de résister à un retournement de la conjoncture. Contrairement à vous. Et à la prochaine crise, que deviendra votre précieux personnel ?

— Je suis touchée que vous ayez fait tout ce chemin pour me témoigner votre inquiétude quant à la survie de mon commerce.

— Je vous offre une chance de vous allier avec les salons de thé *Empire*, dit Wesley avec impatience. À nous deux, nous pourrions couvrir tout le nord-est du pays. Vous deviendriez une femme riche, qui ne dépendrait plus des largesses de son mari.

— Mais qui dépendrait des vôtres ? Cela tente peut-être certains, mais je n'ai pas l'intention d'être aux ordres des actionnaires des Robson. Ici, je peux gérer les choses à ma façon et louer ma salle de réunion à qui bon me semble.

— Cela ne changerait pas. Les actionnaires ne se mêlent pas de ça.

— Dans ce cas, pourquoi ai-je été la seule à accepter de louer une salle à l'Union féminine le soir du recensement ? Vous n'avez pas osé.

Wesley leva les mains.

— Pourquoi une telle hostilité à mon égard ? demanda-t-il.

— Parce que je n'ai pas confiance en vous, répondit-elle en soutenant son regard.

— Et pourquoi ?

377

— Je sais comment les Robson mènent leurs affaires. Je l'ai vu en Inde et je le vois ici. Vous n'êtes pas satisfait tant que les gens ne travaillent pas pour vous… sinon, vous les poussez à mettre la clé sous la porte.

— C'est ridicule ! Je ne veux pas vous voir fermer… je veux vous aider à vous développer.

— Vraiment ? Ou voulez-vous grappiller un peu de mon succès ? Je ne crois pas une seconde que votre famille serait prête à financer une « expérience sociale », à moins d'en tirer profit. Je crois que les Robson sont jaloux de ma réussite. Dès que vous voyez que quelque chose marche, vous voulez vous l'approprier.

— Mon Dieu, vous êtes aussi exaspérante que votre père quand il s'agit des affaires ! Lui non plus n'avait pas de vision d'ensemble. Continuez à voir petit si c'est ce que vous souhaitez, mais, sans mon soutien financier, vous ne tiendrez pas plus de deux ou trois ans au maximum.

— C'est une menace ? demanda Clarrie, indignée.

— Non, c'est de l'économie.

— Eh bien, je prends le risque. J'ai l'habitude de traverser des tempêtes. Je vous remercie pour votre offre, mais jamais je n'accepterai l'argent des Robson.

Ils s'affrontèrent du regard un instant. Wesley se recula sur sa chaise, la mâchoire crispée. Clarrie se leva, mais il la retint par le bras quand elle voulut s'éloigner.

— Je vois clair dans votre numéro d'orgueilleuse Belhaven, Clarrie. Vous méprisez mon offre, mais vous n'étiez pas si fière quand vous avez épousé un vieillard, afin d'utiliser son argent pour monter votre projet.

— Je n'ai jamais fait une chose pareille ! J'ai épousé Herbert par…

— Par amour ? fit Wesley d'une voix moqueuse. Ce n'est pas ce que j'ai entendu dire.

Clarrie dégagea son bras.

— Je ne sais pas de quoi vous parlez.

— Je ne vous juge pas, reprit Wesley. Mais d'autres le font.

— Vous ne devriez pas écouter les racontars.

— Je ne vous parle pas de simples ragots, insista-t-il en lui bloquant le passage. Vous avez tort de croire que je suis votre ennemi. Certains aimeraient vous voir tomber, mais je n'en fais pas partie.

D'un geste brusque, il attrapa son manteau et son chapeau, et traversa la salle à grandes enjambées, saisissant son parapluie au passage. Clarrie le vit effleurer son chapeau devant une Lexy étonnée, et lui glisser un billet de dix shillings avant de sortir.

Dix minutes plus tard, alors qu'elle aidait à débarrasser les tables, son cœur tambourinait encore.

— Qu'est-ce qu'il voulait ? lui demanda Lexy.

— Ce qu'il veut toujours : une part de l'entreprise de quelqu'un d'autre.

— J'espère que vous lui avez dit d'aller se faire voir ?

— Exactement en ces termes !

— Bravo, approuva Lexy. Les hommes ne supportent pas que des femmes réussissent par elles-mêmes.

Clarrie prit son amie par la taille.

— Merci, Lexy.

— De quoi ?

— De me conforter dans ma décision de refuser l'argent de Robson.

— Ce ne serait pas bien, si ? Pas après ce que vous m'avez raconté sur ce qu'il a fait à votre pauvre papa. L'argent, ce n'est pas tout, hein ?

26

1912

Pour le premier anniversaire de *Chez Herbert*,
Clarrie organisa une fête. Bien que le temps soit
encore venteux et que des averses glacées masquent
par moments le soleil pâle, elles installèrent des
tables dehors et décorèrent la devanture avec des
ballons et des fleurs en papier. Au menu, il y eut du
jambon chaud et de la soupe de lentilles, de la tourte à
la viande et aux rognons, un curry de poisson avec du
riz, et comme dessert du pudding à la crème anglaise,
ainsi que des gâteaux et des biscuits couverts d'un
glaçage vert et orange, les couleurs du café.

Il ne désemplit pas ce jour-là, et le *Newcastle
Chronicle* lui consacra même un article, illustré par
une photo de Clarrie et de ses employées devant
l'établissement. Daniel Milner avait été interviewé,
en tant que fournisseur de thé.

— « L'un des salons de thé les plus populaires
de Newcastle célèbre son premier anniversaire »,
lut Herbert avec fierté, le lendemain soir. « D'après
Daniel Milner, le marchand de thé : "Mme Stock est
très exigeante sur le choix de son thé. Elle tient
à goûter les mélanges avant d'acheter. C'est une
cliente très précieuse." » Puis l'article se poursuit :

« Mme Stock, l'épouse de l'éminent avocat M. Herbert Stock, est anglo-indienne, et a passé son enfance dans une plantation de thé d'Assam. Elle nous a confié : "Le thé est véritablement notre boisson nationale. Tout le monde aime ça. *Chez Herbert*, nous servons la meilleure qualité possible à un prix abordable pour tous." »

— Arrêtez ! s'exclama Clarrie en portant les mains à ses joues brûlantes. Ai-je vraiment raconté une chose pareille ? On dirait un commis voyageur.

Herbert pouffa.

— Je suis très fier de vous, ma chérie.

Ils étaient assis de chaque côté de la cheminée, après avoir pris un souper léger sur une table de bridge.

— Où est Olivia ? demanda Clarrie. Ses fleurs en papier ont eu beaucoup de succès, je tenais à le lui dire. Est-elle toujours en train de peindre en haut ?

Herbert replia le journal et le mit de côté.

— Je crois qu'elle n'est pas encore rentrée.

— Rentrée d'où ?

— Ne devait-elle pas aller à un concert ?

Clarrie bâilla. Depuis quand n'était-elle pas allée écouter de la musique ou voir un film ? La seule soirée où elle ne travaillait pas était celle du dimanche, et elle n'avait alors qu'une envie : se coucher tôt et dormir. Mais elle se réjouissait que sa sœur ait le loisir de s'amuser un peu, d'autant que ça faisait un certain temps qu'elle ne l'avait pas entendue se plaindre de s'ennuyer ou de ne pas trouver sa place en tant que belle-sœur de Herbert Stock.

— J'imagine qu'elle a dû sortir avec Rachel, dit Clarrie. Je me sens moins coupable de ne pas la voir.

— Vous n'êtes pas obligée de travailler autant, ma chérie. Pourquoi ne pas vous accorder une journée de congé dans la semaine, à consacrer à quelque chose de plus frivole?

— Comme vous le faites, vous voulez dire?

— Je ne suis pas très doué pour la frivolité, je l'avoue.

Ils restèrent là encore un moment, Herbert lisant et Clarrie somnolant, jusqu'à ce qu'ils entendent la porte d'entrée s'ouvrir.

— Ce doit être Olivia qui revient, fit Clarrie.

Herbert leva les yeux de son livre.

— Elle était sortie, ce soir?

— Mais… c'est vous qui me l'avez dit, vous ne vous en souvenez pas?

— Ah bon?

— Vous pensiez qu'elle était allée à un concert, lui rappela Clarrie.

— Ah oui, un concert.

Herbert hocha la tête, mais il semblait un peu confus. Clarrie s'approcha et lui caressa le front.

— Vous êtes fatigué. C'est vous qui devriez travailler moins, pas moi.

Il lui prit la main et la serra avec affection.

— Quel serait l'intérêt de le faire sans vous ici avec moi? Je m'ennuierais beaucoup.

Quand Will revint de Durham pour les vacances de Pâques, il surprit tout le monde en venant donner un coup de main *Chez Herbert*. Il parla abondamment du *settlement movement* qui se développait dans le pays, et des étudiants aisés qui s'installaient dans les

383

quartiers populaires pour vivre et travailler aux côtés des pauvres. Certains de ses amis avaient décidé de tenter l'expérience dans l'est de Londres, et Johnny était resté à Édimbourg pour les vacances afin de participer à la création d'une de ces résidences.

Comme de bien entendu, la nouvelle que Will passait du temps *Chez Herbert* amena un Bertie outré à leur porte.

— C'est déjà assez révoltant que cette femme utilise notre nom et le mêle à toute la racaille de la région, lui déclara-t-il, mais tu devrais être plus avisé. C'est vulgaire et avilissant.

— Pour qui ? demanda Will.

— Pour nous tous !

— Pas pour moi. En fait, c'est même très amusant.

— Eh bien, c'est très gênant pour Verity et moi. Nous avons une position dans la société. De quoi ai-je l'air, à ton avis, quand je reçois des clients influents et qu'ils me demandent si j'ai un lien avec le café bolchevik d'Elswick ? Ça ne leur plaît pas du tout. Quant à la famille de Verity, ils frémissent chaque fois qu'il est mentionné.

— Sont-ils au moins allés y faire une visite ?

— Bien sûr que non ! Ne dis pas n'importe quoi !

— Alors, comment peuvent-ils juger ?

— Écoute, Will, je te demande d'arrêter de te ridiculiser et de te tenir éloigné de cet endroit. C'est une question de loyauté familiale. De toute façon, tu devrais être en train d'étudier au lieu d'aller t'encanailler avec le bas peuple.

À la plus grande satisfaction de Clarrie, Will ignora les remontrances de son frère et continua de l'aider au café et de jouer du violon pour les clients lors des après-midi pluvieux. La jeune Edna était sous le charme, séduite par sa beauté et ses manières amicales. Elle flirtait avec lui et il la taquinait en retour.

— Pour sûr, lança Lexy, M. Bertic aurait une attaque si Will s'enfuyait avec notre Edna.

Quand il dut retourner à Durham pour son dernier trimestre de cours, Edna broya du noir pendant des jours, et aucune des plaisanteries des clients réguliers ne réussit à l'égayer. Clarrie ressentit une pointe d'envie face à l'adoration évidente de la jeune fille pour Will. Qu'est-ce que ça faisait d'être si simplement et si complètement amoureuse ? se demandait-elle.

En rentrant un soir tard, elle trouva Herbert devant la fenêtre du salon, le regard perdu dans le vide. C'était étrange, car il utilisait rarement cette pièce, préférant rester dans son bureau.

— Tout va bien, Herbert ? lui demanda-t-elle en lui posant un baiser sur la joue.

Il sourit, semblant soulagé de la voir.

— Oui, tout va bien.

— Que faites-vous debout ici dans le noir ? Vous vous cachez ?

— Me cacher ? Non. J'avais quelque chose à vous dire…

Il s'interrompit, comme s'il avait une soudaine absence.

— Était-ce important ?

— Oui, je crois. C'est idiot de ma part.

Elle le prit par le bras et l'entraîna vers la porte.

— Si c'est important, ça vous reviendra, ne vous inquiétez pas. Allons souper. Est-ce qu'Olivia est là ?

— Olivia, répéta-t-il. C'est ça ! Je m'en souviens, maintenant. Ce jeune homme est venu me voir au sujet d'Olivia.

— Quel jeune homme ?

Herbert plissa le front, agacé de ne pas retrouver le nom.

— Vous savez bien… Un jeune homme aimable… le teint rubicond… le thé…

— Jack Brewis ? devina Clarrie.

— Brewis, c'est ça. *Brewis.*

Clarrie attendit qu'il en dise davantage, mais il se contentait de sourire.

— Que voulait-il ? insista-t-elle. Vous m'avez dit qu'il était venu vous parler d'Olivia.

— Ah, oui. Il est venu par courtoisie… pour me demander si je n'avais pas d'objection. Il veut épouser Olivia.

Clarrie en resta bouche bée.

— Épouser ma sœur ? Quand a-t-il… comment… je ne me doutais de rien… Qu'avez-vous répondu ?

— Que c'était à Olivia de décider, mais qu'il avait notre bénédiction si c'était ce qu'elle voulait. Et que nous participerions aux frais du mariage, bien sûr.

Clarrie en était malade. Pourquoi n'était-elle au courant de rien ? Olivia ne lui avait jamais raconté qu'il la courtisait. Jack Brewis, entre tous !

— Vous n'avez pas l'air contente, reprit Herbert en la dévisageant. Ai-je dit quelque chose qu'il ne fallait pas ? C'est une bonne nouvelle, non ? Jack Brewis me semble être un jeune homme charmant, et Daniel… Daniel Milner ne tarit pas d'éloges sur son employé.

— Oui, bien sûr, répondit Clarrie, se sentant oppressée. C'est une nouvelle merveilleuse.

Soudain, sa gorge se serra et, à sa plus grande honte, elle éclata en sanglots.

Quand elle l'interrogea ce soir-là dans sa chambre, Olivia fut aussitôt sur la défensive.

— Tu ne m'as jamais demandé si je voyais quelqu'un. Tu es bien trop occupée par ton salon de thé pour te soucier de ce que je fais.

— Tu es injuste. Je m'en suis toujours souciée. Mais je supposais que tu sortais avec Rachel, et pas que tu allais batifoler en ville avec Jack.

— Et alors ?

— Alors, j'aurais aimé le savoir. Ma propre sœur et Jack Brewis ! Et je suis la dernière au courant !

— Peut-être que je ne t'ai rien dit parce que je savais que tu réagirais comme ça.

— Comment ?

— Mal.

— Pas du tout. Je suis surprise, c'est tout.

— Surprise que Jack puisse tomber amoureux de la pauvre Olivia, la timide Olivia, tellement moins belle que sa sœur ?

— Non, bien sûr que non !

Clarrie se précipita vers Olivia, mais celle-ci la repoussa.

— Je ne suis plus une enfant, et je n'ai pas besoin de ta permission pour me marier. Je suis désolée pour toi que ce soit avec Jack, mais c'est comme ça. Pourquoi crois-tu qu'il a continué à livrer le thé ici au lieu de laisser les commis s'en charger ? Nous nous connaissons maintenant depuis suffisamment longtemps pour être sûrs de notre amour. Je veux juste que tu sois contente pour moi.

— Mais je le suis. Et je suis désolée. C'est égoïste de ma part d'espérer que tu restes avec moi pour toujours. Mais je pensais que tu étais heureuse ici.

Elle ouvrit les bras en un geste d'impuissance.

— C'est pour nous deux que j'ai fait tout ça. Tu te souviens que je t'ai promis de toujours m'occuper de toi ?

Le regard d'Olivia se durcit.

— Je ne veux pas que tu t'occupes de moi. Arrête de croire que j'ai besoin de ta protection. Ça te rassure peut-être, mais pas moi.

— Tu t'imagines que j'ai fait tout ça pour me sentir vertueuse ?

— Oui ! s'écria Olivia. Parfois, j'ai l'impression d'être une de tes bonnes œuvres.

— Tu es ma sœur et je t'aime…

— Oui, tu es ma sœur, mais tu n'as aucune idée de ce que j'attends de la vie. Et tu n'as jamais passé cinq minutes avec moi pour le découvrir, sinon, tu saurais que je suis amoureuse de Jack. Je déteste vivre ici, comme si j'étais une parente pauvre des Stock, et je ne supporte plus de passer mes journées à peindre de jolis tableaux pour ma sœur mariée qui réussit si bien et qui s'attend à ce que je lui sois éternellement reconnaissante.

Clarrie était soufflée. Depuis combien de temps sa sœur refoulait-elle son ressentiment ?

— Tu as raison, je ne te connais pas. J'ignorais que tu détestais vivre avec Herbert et moi, ou que tu serais si méchante après tous les sacrifices auxquels j'ai consenti pour prendre soin de toi.

— Ce n'est pas ce que j'ai dit ! cria Olivia, les larmes aux yeux.

— Alors, quoi ?

— Tu n'as pas besoin de moi. Tu as ton précieux salon de thé et c'est tout ce qui compte. Alors que Jack a besoin de moi. Je vais diriger ma propre maison, je vais être sa femme, et j'espère un jour être la mère de ses enfants.

— Et ta peinture ? Et ta musique ? Tu vas vraiment te contenter d'être l'épouse d'un livreur de thé ?

Olivia parut si furieuse que Clarrie eut peur qu'elle ne la frappe.

— Oui, répliqua-t-elle entre ses dents. C'est exactement ce que je veux. Et ce sera un vrai mariage, pas un mariage de convenance comme le tien. En réalité, c'est ça qui t'effraie, Clarrie : te retrouver toute seule avec un homme que tu n'aimes pas.

Clarrie sortit en trombe, pour ne pas laisser voir à quel point elle était blessée. Elle alla s'enfermer dans sa chambre et enfouit le visage dans son oreiller pour étouffer ses sanglots déchirants. Comme elle aurait voulu gifler cette petite ingrate !

Mais dans le silence de la maison, alors que la nuit s'épaississait, elle fut torturée par la vérité contenue dans les attaques d'Olivia. Trop occupée par son travail, elle ne s'était pas rendu compte qu'elles s'éloignaient l'une de l'autre. Jamais elle n'avait eu l'idée de se demander pourquoi Jack passait encore à Summerhill, alors qu'il était devenu maître dégustateur chez Daniel Milner. Elle n'avait aucun droit de dénigrer le choix de sa sœur et avait honte de sa propre hypocrisie. À une époque, elle aurait volontiers épousé le jeune homme.

Était-il exact qu'elle n'avait pas voulu voir Olivia grandir afin d'avoir une excuse pour veiller sur elle ? Elle avait toujours aimé sa sœur d'un amour maternel, et c'était en partie pour elle qu'elle s'était battue toutes ces années. Même si elle regrettait les mots durs qu'elle avait prononcés, elle sentit une nouvelle bouffée de colère contre Olivia, pour lui avoir renvoyé à la figure tout ce qu'elle avait fait pour elle. Qu'elle parte donc avec Jack Brewis si c'était ce qu'elle voulait, et elle découvrirait à quel point la vie était dure sans sa sœur. Personne ne l'aimerait ni ne s'occuperait d'elle comme elle l'avait fait. Personne !

27

Après leur dispute, Olivia ne lui adressa pratiquement plus la parole. Le mariage fut fixé à la fin du mois d'août. En échange d'un tableau d'Olivia, Daniel Milner offrit à Jack et à sa fiancée la caution pour une maison mitoyenne à Lemington, non loin de l'entrepôt de la Tyneside Tea Company. Ce fut Rachel, et non Clarrie, qu'Olivia enrôla pour l'aider à choisir le tissu de sa robe de mariée et le trousseau pour sa nouvelle maison. Si Herbert ne parut pas se rendre compte de la froideur de la future mariée, elle n'échappa pas à Will.

— Elle déploie ses ailes, dit-il à Clarrie. Ne le prenez pas trop à cœur. Vous avez fait du bon travail. L'Olivia que j'ai connue enfant n'aurait jamais eu la témérité de s'opposer à quiconque, surtout pas à vous.

Elle lui était reconnaissante pour sa gentillesse et pour le coup de main qu'il lui donna au café pendant l'été. Ce fut lui qui persuada Olivia d'accepter l'offre de Clarrie d'organiser la réception du mariage *Chez Herbert*. Il savait que c'était une façon pour la jeune femme de faire la paix avec sa petite sœur.

Olivia et Jack s'unirent dans la chapelle méthodiste d'Elswick Road, devant un petit groupe de membres de la famille et d'amis, puis tous rejoignirent à pied le salon de thé sous un soleil radieux. Lexy et Edna s'étaient mises en quatre pour décorer la salle de fleurs fraîches et de rubans, et les tables croulaient sous les bonnes choses.

Clarrie eut les larmes aux yeux toute la journée, du moment où elle découvrit Olivia dans sa robe en dentelle jusqu'au départ du jeune couple après la réception. Sa sœur semblait si heureuse au bras de Jack, et lui si épris de sa jeune épouse, qu'elle eut honte de sa jalousie et des doutes qu'elle avait conçus à propos de ces noces.

Elle se fraya un chemin jusqu'à Olivia et la serra dans ses bras :

— Je suis désolée pour ce que j'ai dit, murmura-t-elle. Je t'aime, tu sais… plus que quiconque. Reviens nous voir dès que tu le peux.

Olivia lui rendit son étreinte.

— Oui, je te le promets.

Elle s'écarta quand Jack lui effleura l'épaule.

— C'est le moment de partir, chérie, annonça-t-il, lançant un regard prudent à Clarrie. Merci pour tout ce que vous avez fait… la réception et tout. Nous vous en sommes tous deux très reconnaissants.

Clarrie hocha la tête, s'accrochant toujours à la main d'Olivia.

— Vous prendrez bien soin de ma sœur, n'est-ce pas ?

— J'en ai bien l'intention. Elle est tout pour moi.

Il passa un bras possessif autour de la taille de sa femme, et Clarrie surprit le tendre sourire qu'ils échangèrent.

Alors que tous les invités se regroupaient devant la porte pour dire au revoir aux jeunes mariés qui partaient dans un fourgon de Milner, Clarrie ressentit pour la première fois la douleur de la perte. En quelques semaines agitées, elle était passée de responsable et confidente d'Olivia à une simple spectatrice de la vie de sa sœur. Celle-ci allait créer un foyer confortable pour Jack, tandis qu'il lui offrirait la sécurité. Mais cela suffirait-il au tempérament artistique de la jeune femme ? Au souvenir du sourire échangé par les jeunes mariés, Clarrie avait tendance à le croire.

Ce n'était encore que le milieu de l'après-midi, et Herbert avait insisté pour que le café soit fermé pour le reste de la journée. Clarrie se demandait comment elle allait supporter les longues heures la séparant du moment du coucher.

— Allez vous changer, lui dit Will lorsqu'ils rentrèrent à Summerhill. Johnny est là pour quelques jours, et nous sommes convenus d'aller monter à cheval. Je suis sûr qu'il sera ravi que vous veniez.

— Formidable ! répondit Clarrie en l'embrassant sur la joue. Vous êtes un garçon merveilleux !

Une heure plus tard, ils chevauchaient vers la sortie de la ville avec le vieil ami de Will. Cela faisait une éternité que Clarrie n'avait pas monté, et elle prit plaisir à retrouver les sensations familières. Par moments, elle galopait seule devant, à d'autres, elle ralentissait pour participer à la conversation des jeunes gens. Ils s'arrêtèrent devant l'abreuvoir d'une ferme afin que les chevaux puissent se désaltérer et s'assirent contre un mur de pierre chaud pour regarder les lueurs rouges du couchant, qui faisaient comme une plaie vive dans le ciel.

Will et Johnny reprirent leur discussion politique. Johnny était plein d'admiration pour Keir Hardie, le farouche leader du Parti travailliste indépendant, un Écossais dont il avait écouté un discours à Édimbourg.

— Je songe à adhérer, dit-il.

— Au PTI ? s'exclama Will.

— Oui, pourquoi pas ?

— Ce sont des socialistes. Ton père ferait une attaque.

— Il a toujours encouragé le débat à la maison, donc il pourra difficilement se plaindre, répondit Johnny. En plus, je lui dirai ce que tu répètes tout le temps, à savoir que le Christ était un socialiste. En tant que fils de pasteur, il sera bien obligé d'approuver.

— Oui, mais je dis ça uniquement pour agacer mon père et mon frère.

— Qu'en pensez-vous, Clarrie ? lui demanda Johnny.

— Du PTI ou du fait d'y adhérer ?

— Des deux.

Les jeunes gens attendaient sa réponse, comme si son opinion comptait vraiment. Deux ans plus tôt, elle n'aurait même pas su de quoi ils parlaient, mais elle avait appris beaucoup de choses sur la politique actuelle en entendant les groupes qui se réunissaient dans son café.

— Je pense que Hardie est quelqu'un de bien, et que la classe ouvrière a besoin d'un représentant comme lui. Les femmes aussi. Il a été l'un des premiers à se prononcer en faveur du vote des femmes. Même si cet objectif demeure lointain, ajouta-t-elle en soupirant.

— Clarrie ! s'exclama Will en feignant d'être choqué. Seriez-vous une crypto-socialiste comme le craint Bertie ? Passez-moi mes sels, s'il vous plaît !

— Remettez-vous, répondit-elle en riant. Je suis propriétaire d'un salon de thé et un membre éminent de la bourgeoisie, ne l'oubliez pas.

— Je suis sérieux, vous deux ! intervint Johnny avec impatience.

Clarrie posa la main sur son bras :

— Désolée, j'essayais de l'être aussi. Si vous croyez corps et âme en une cause, vous devriez vous engager pour elle, quoi que pense votre père ou quiconque. Vous êtes le seul à pouvoir décider. Pourquoi ne passeriez-vous pas au café avant de repartir pour Édimbourg, afin d'écouter certains débats qui s'y tiennent ?

— Oui, c'est une bonne idée.

Alors que le soleil plongeait à l'horizon, ils se remirent en selle et prirent le chemin du retour. Clarrie n'avait pas envie de rentrer. Quand aurait-elle l'occasion de refaire ça ?

— Profitez-en bien, Clarrie, lui dit Will, comme s'il lisait dans ses pensées.

— Pourquoi ?

— Une fois qu'il sera au PTI, Johnny devra vendre ses chevaux et donner son argent au parti.

Son ami éclata de rire.

— Seulement le tien, Will. Clarrie et moi aurons besoin des nôtres pour faire la révolution.

Il faisait nuit quand ils arrivèrent à Summerhill. Will se changea et ressortit ; il devait passer la nuit chez Johnny. Clarrie se sentit abandonnée. Leur stimulante compagnie avait chassé le vide qui s'était emparé d'elle au départ d'Olivia, et qui revint alors en force.

Étrangement, elle ne trouva pas Herbert dans son bureau, mais en passant devant sa chambre elle vit de la lumière sous la porte. Après cette journée fatigante, il avait dû vouloir se coucher tôt.

Tout en sachant qu'elle n'aurait pas dû, elle monta à l'étage au-dessus et jeta un coup d'œil dans la chambre d'Olivia. Mais la pièce était vide et Sally avait déjà retiré les draps du lit. Il n'y avait rien là pour la réconforter. C'est alors que, à la lueur du bec de gaz, elle aperçut une robe froissée abandonnée sur le dossier d'une chaise. En la ramassant, elle reconnut une vieille robe qu'Olivia s'était faite lorsqu'elles étaient arrivées à Summerhill. Ç'avait été sa tenue du dimanche, puis, après quelques années, un vêtement de tous les jours. Ces derniers temps, Olivia la mettait pour peindre. Clarrie la porta à son visage : elle sentait l'odeur de sa sœur mêlée à celle de la térébenthine.

— Oh, Olivia, s'écria-t-elle à voix haute. Tu me manques !

Le souvenir de tout ce qu'elle avait perdu l'assaillit : ses parents, Belgooree et les montagnes Khasi, l'intimité qu'elle partageait avec sa sœur. Serrant la robe comme un talisman, elle redescendit à sa propre chambre, qu'elle trouva d'un vide et d'un silence

angoissants. Jamais elle ne l'avait vraiment person-
nalisée. Elle y dormait, s'y habillait, mais c'était une
pièce qui portait encore le deuil de sa précédente
occupante.

Avec des gestes mécaniques, elle se déshabilla,
passa sa chemise de nuit et s'allongea. La vieille robe
de sa sœur entre les doigts, elle se demanda à quoi
ressemblait la nouvelle maison de Jack et d'Olivia.
Sa sœur ne l'avait pas invitée à aller la voir, mais
peut-être le ferait-elle dans les semaines à venir, une
fois qu'elle serait installée. Clarrie songea à ce qu'elle
pourrait lui apporter : une paire de jolis chenets,
ou un cache-pot coloré. Elle s'absenterait du café
pendant une heure un après-midi et lui rendrait visite
à un moment où Jack ne risquerait pas d'être là. Jack
et Olivia.

Brusquement, Clarrie repoussa la vieille robe. Elle
ne voulait pas penser à ce qu'ils faisaient peut-être en
ce moment même. Rongée par la solitude, elle se leva
et s'approcha de la fenêtre. Les parterres du square
baignaient dans un clair de lune éthéré et les feuilles
sombres des arbres ondulaient comme la mer.

Cela lui rappela une autre nuit de noces, où elle
avait rencontré Wesley dans ce jardin. Non, elle ne
devait pas penser à lui. Elle était mariée à Herbert, un
homme auquel elle était profondément attachée. Se
détournant du mouvement hypnotique des feuilles,
elle décida d'aller le rejoindre. Elle ne supportait
plus ce mariage tiède. S'il l'aimait autant qu'il le
prétendait, il le lui montrerait physiquement, et pas
seulement avec des mots.

Traversant la chambre pieds nus, elle alla frapper
à sa porte.

— Herbert ? appela-t-elle doucement. Puis-je entrer ?

La lumière était toujours allumée, mais elle ne reçut pas de réponse. Elle frappa de nouveau et crut entendre un léger bruit, peut-être un ronflement. Il dormait déjà. Son courage l'abandonnant, elle commença à faire machine arrière, puis se reprocha sa propre timidité. Elle était sa femme et avait parfaitement le droit d'aller le trouver. Tournant la poignée, elle entra.

La grosse lampe de bureau baignait d'une lumière jaune la chambre spartiate. Clarrie n'y était pratiquement jamais entrée depuis qu'elle n'était plus la gouvernante, mais les meubles d'acajou sombre et les rideaux marron frangés n'avaient pas changé. Une pile de livres était posée sur le vieux meuble de toilette en marbre. Herbert était couché dans le lit aux austères montants métalliques noirs, le visage détourné, le bras gauche hors de la couverture, rejeté en arrière dans une position étrange. Avançant sur la pointe des pieds, elle entendit sa respiration. Il dormait bel et bien. Au moins ne l'avait-il pas délibérément ignorée quand elle avait frappé à sa porte.

Une fois devant le lit, elle se demanda si elle devait repousser les draps et se glisser à côté de lui. Quand soudain, il laissa échapper un étrange grognement, presque animal. Mais il ne fit pas un mouvement et ne se retourna pas. Clarrie soupira. Quelle folie l'avait prise d'être entrée ? Même s'il avait été réveillé, il ne la désirait pas. Et il serait extrêmement embarrassé de la trouver là, dans sa chemise de nuit légère, en train de soulever ses draps. Honteuse de son besoin d'intimité, elle quitta la chambre sans bruit et retourna dans la sienne.

— Madame, oh, madame, venez vite !

Les cris de Sally la tirèrent d'un profond sommeil. À travers les rideaux de mousseline, la chambre baignait dans la lueur rose de l'aube.

— Que se passe-t-il ? demanda-t-elle en se redressant.

— C'est Monsieur. Il est bizarre. Je suis allée lui porter de l'eau chaude pour son rasage, et je l'ai trouvé comme ça… Vite, madame, s'il vous plaît !

Encore un peu étourdie, Clarrie sortit du lit, jeta une robe de chambre sur ses épaules et la suivit.

Herbert était couché dans la même position que durant la nuit, le visage tourné de l'autre côté, le bras tordu. Elle contourna prestement le lit et se figea. Herbert était immobile, les yeux écarquillés.

28

— Herbert! s'écria-t-elle.

Son mari continuait de la fixer sans rien dire, la bouche entrouverte. Se penchant plus près, elle s'assura qu'il respirait, mais il n'eut aucune réaction quand elle le toucha.

— Herbert, que se passe-t-il? demanda-t-elle en le secouant doucement.

Soudain, il poussa un grognement semblable à celui qu'elle avait entendu cette nuit-là. Elle lui posa une main sur la joue.

— Parlez-moi, Herbert! Qu'y a-t-il?

Il la regardait d'un air confus, comme s'il ne la reconnaissait pas vraiment. Puis il grommela tout bas, le visage sans expression. Clarrie lui souleva le bras, qui retomba, inerte.

— Vous ne pouvez pas parler?

Comme il ne répondait toujours pas, elle s'adressa à Sally.

— Je vais appeler le médecin. Restez avec lui.

Elle se précipita dans le couloir et dévala l'escalier dans sa hâte d'atteindre le téléphone, branché dans le vestiaire de l'entrée.

Les mains tremblantes, elle serra le combiné en attendant que le médecin réponde. Quand enfin il décrocha, elle lui décrivit l'état de Herbert aussi calmement qu'elle le put, et il lui promit qu'il allait passer sans tarder. Lorsqu'elle raccrocha, elle était au bord des larmes.

Combien de temps était-il resté couché comme ça? Plusieurs heures? La nuit entière? Elle connaissait la réponse puisqu'il était dans la même position quand elle était venue le voir. Il avait tenté de communiquer, mais elle était partie, ravalant son désir, le croyant endormi. Si seulement elle s'était glissée dans son lit, elle se serait rendu compte que quelque chose n'allait pas. Et s'il mourait à cause de ce temps perdu? Elle ne se le pardonnerait jamais.

Cependant, alors qu'elle attendait le médecin, tenant la main raide de Herbert, une petite voix amère en elle lui souffla que, s'il avait partagé son lit comme un véritable époux, elle aurait pu agir plus vite.

Le médecin diagnostiqua une attaque. Herbert était paralysé d'un côté et avait perdu l'usage de la parole. Il était trop tôt pour savoir s'il recouvrerait ses facultés. Il lui faudrait des soins constants, soit à l'hôpital, soit à la maison.

— Je préfère qu'il reste ici, dit Clarrie. Je suis sûre que c'est ce qu'il voudrait.

Après le départ du médecin, assommée, elle téléphona chez les parents de Johnny pour prévenir Will, qui revint aussitôt. Un peu plus tard, ils appelèrent Bertie au cabinet. Dès qu'il arriva, il reprocha à Clarrie de ne pas l'avoir averti immédiatement.

— Nous savions que vous étiez très occupé, répondit-elle d'un ton peu convaincant.

— Et comment se fait-il que vous l'ayez laissé comme ça toute la nuit avant de faire quoi que ce soit?

— Je ne savais pas, répondit Clarrie, rongée par la culpabilité.

Elle le poussa hors de la chambre. Will suivit et referma la porte.

— Comment est-ce possible?

— Je… je croyais qu'il dormait, dit-elle, tentant de maîtriser sa voix.

— Vous n'étiez pas avec lui, n'est-ce pas? Où étiez-vous? Dehors avec un de vos voyous bolcheviks?

— Laisse-la tranquille! intervint Will. Clarrie n'est pas responsable de ce qui s'est passé. Et tu es mal placé pour faire la morale à quiconque. Quand es-tu venu voir papa pour la dernière fois? Tu lui as montré combien tu tenais peu à lui.

— En tout cas, maintenant, je suis là. J'ai bien l'intention de garder un œil sur lui et de m'assurer qu'il reçoive des soins infirmiers adéquats. Ceux que ma mère aurait dû avoir, ajouta-t-il en lançant un regard dur à Clarrie.

Will se précipita vers lui et l'attrapa par le revers de sa veste.

— Comment oses-tu mêler maman à ça? Clarrie n'aurait pas pu être plus attentionnée.

— Will, arrêtez! s'exclama Clarrie en l'écartant. Tout ça n'aide pas votre père.

Les deux frères s'affrontèrent du regard. Puis Will lâcha un soupir.

— Vous avez raison, je suis désolé. Que voulez-vous que nous fassions ?

Clarrie sentit la peur l'envahir. Elle était encore trop choquée pour savoir que faire. Et si Herbert ne guérissait jamais ? Comment ferait-elle sans lui ? Et ses clients ? Et que deviendrait le café si elle devait s'occuper de lui à plein temps ? Elle tenta de maîtriser sa panique pour réfléchir calmement.

— Nous devons nous asseoir tous ensemble, pour discuter de la meilleure façon de gérer cette terrible situation.

Adressant un regard d'avertissement à Bertie, elle poursuivit :

— Mais je ne veux pas entendre des gens crier et perturber mon mari. Il n'est pas en mesure de parler, mais je suis sûre qu'il nous entend et qu'il comprend ce qu'on dit. Une dispute familiale ne facilitera pas sa guérison.

Will parut contrit.

— Très bien, conclut Bertie. Mais moi, j'ai un cabinet à faire tourner. Nous en reparlerons plus tard. Tenez-moi informé de ce que dira le médecin.

Les jours suivants passèrent dans un brouillard, entre les visites du médecin et celles des clients, des voisins, du pasteur et des amis venant prendre des nouvelles. Les Landsdowne firent livrer une corbeille de fruits et Verity se présenta sans les jumeaux.

— Ce serait trop perturbant pour eux de le voir dans cet état, dit-elle à Clarrie, dissimulant mal son propre dégoût devant le corps rigide de Herbert et la salive qui dégoulinait de sa bouche.

Clarrie se retint de rétorquer qu'elle aurait dû amener les enfants voir leur grand-père bien plus tôt.

— Dans quelques semaines peut-être, quand il ira mieux, suggéra-t-elle. Je suis sûre que ça lui ferait du bien de voir Vernon et Josephine.

Verity se dépêcha de repartir sur la vague promesse de les amener bientôt.

Deux infirmières furent embauchées et se relayèrent dans la journée pour le laver, le changer et le nourrir. Clarrie le veillait seule la nuit, ayant installé un lit de camp dans la chambre de son mari afin de pouvoir l'entendre s'il avait besoin d'elle. Étonnamment, cette proximité la réconfortait. Au lieu de s'agiter dans son propre lit, elle pouvait s'endormir en entendant sa respiration et le léger tic-tac de son réveil. Lorsqu'elle ne parvenait pas à trouver le sommeil, elle s'asseyait à côté de lui et caressait son visage et son bras immobile. Il paraissait si vulnérable ! Elle avait si peu eu le loisir de le toucher ces dernières années que ces simples contacts la remplissaient d'une nouvelle tendresse pour lui. Elle mesurait à quel point elle voulait qu'il vive et se rétablisse.

Dans la journée, elle faisait des allers et retours entre le café et la maison, et Will et elle prenaient des tours pour rester auprès de lui. Parfois, elle lui faisait la lecture, sans être sûre qu'il comprenait les mots. Elle tenait sa bonne main, et parfois il serrait la sienne en retour, cependant ses yeux ne montraient aucun signe de reconnaissance.

Bertie reprit le travail de son père, triant les piles de dossiers qui s'entassaient dans le bureau et contactant ses clients.

— Ne vous inquiétez pas pour ça, lui dit Will. Bertie s'occupe de tout. C'est le seul domaine dans lequel il est doué : gérer les finances.

— Mais Herbert ne peut plus rien signer.

— C'est inutile. Bertie a procuration pour le faire en son nom.

Avec tout ce qu'elle avait à gérer, Clarrie était soulagée de n'avoir pas à s'en soucier. Quand Herbert serait rétabli, elle ne lui permettrait pas de reprendre une si lourde charge de travail.

La nouvelle de l'attaque de Herbert parvint à Olivia par l'intermédiaire de Daniel Milner. Elle passa un jour où Clarrie était au café, mais Will la persuada d'attendre le retour de sa sœur. Elles s'étreignirent brièvement.

— C'est terrible de le voir comme ça, dit Olivia, les larmes aux yeux. Il paraissait tellement en forme le jour de notre mariage, si gentil et enjoué. Je n'arrête pas de penser que c'était peut-être trop pour lui. Si nous n'avions…

— Arrête, Olivia, la coupa Clarrie en prenant les mains de sa sœur. Ça n'a rien à voir avec le mariage. Herbert tirait sur la corde depuis trop longtemps.

Elles descendirent à la cuisine, et Mme Henderson leur servit un thé dans l'ancien salon de la gouvernante, où toutes deux se sentaient à l'aise. Sur l'insistance de Clarrie, Olivia lui raconta sa vie de femme mariée.

— Cela ne fait que quelques jours que j'y suis, mais je me sens tellement bien dans notre nouvelle maison… et Jack en est si fier. Et il est aux petits soins avec moi. Il me rapporte des petits cadeaux tous les jours. J'ai beau lui dire que ce n'est pas la peine, qu'il ferait mieux d'économiser son argent, il refuse de m'écouter.

Clarrie vit les joues empourprées de sa sœur et lui sourit.

— Profite des cadeaux, pourquoi t'en priver ?

— C'est ce que dit Jack. Et il a sans doute raison, car on ne sait jamais ce que l'avenir nous réserve.

Elle s'interrompit brusquement.

— Désolée, Clarrie, je ne voulais pas te faire de la peine.

— Ne t'inquiète pas.

Après ça, leur conversation devint poussive. Prétextant la nécessité de rentrer chez elle pour préparer le thé de Jack, Olivia ne tarda pas à prendre congé en promettant de repasser bientôt, même si Clarrie vit sur son visage qu'elle était soulagée de partir.

Au bout d'un mois, Will retourna à Durham. Il renâclait à la laisser, sachant qu'il n'y avait aucun signe d'amélioration de l'état de son père, mais elle se montra catégorique.

— Bien sûr qu'il faut repartir. Vos études sont prioritaires.

— On croirait entendre mon père, répondit Will avec un sourire triste.

— Raison de plus.

Elle lui dissimula à quel point son soutien et sa compagnie étaient essentiels pour elle. Après son départ, elle n'eut pas une seconde de répit entre son travail au café et les heures passées auprès de Herbert. Elle aidait l'infirmière pour les exercices thérapeutiques et les massages, afin d'empêcher les membres encore en état de marche de s'ankyloser et d'encourager le réveil de la partie paralysée.

Les semaines passant, de petites améliorations se firent jour : il recouvra un certain contrôle de ses muscles faciaux et l'usage de sa jambe gauche. En novembre, il tenait debout et, soutenu par les infirmières, réussit à faire l'aller et retour en chancelant de son lit à la porte.

Un soir d'hiver, Clarrie monta le plateau du dîner et le posa sur la table de chevet. Adossé à ses oreillers, Herbert la contemplait, sans expression.

— Hier.

Clarrie tourna brusquement la tête vers lui. Avait-il juste produit un son ou tenté de prononcer un mot ?

— Hier, répéta-t-il en montrant le plateau de sa bonne main.

Clarrie le dévisagea, avant de comprendre : il n'y avait pas de cuillère sur le plateau.

— Cuillère ? Vous essayez de dire « cuillère » ?

La bouche de Herbert se tordit en une grimace. Elle lui embrassa la main.

— Bravo. Dites-moi autre chose.

Elle désigna l'assiette.

— Viande, prononça lentement Herbert. Pomme… terre.

— De la viande et des pommes de terre !

Puis elle pointa le doigt vers elle-même.

— Qui suis-je ?

Il la regarda pendant un moment, l'air déconcerté. Peut-être était-ce trop demander d'un seul coup ?

— Peu importe, fit-elle, cachant sa déception. Attendez que je prévienne Will !

Elle se hâta d'aller chercher une cuillère et de répéter à Mme Henderson et Sally les premiers mots cohérents prononcés par Herbert.

— Il n'a pas du tout perdu la tête comme le pense Bertie, déclara-t-elle en essuyant une larme de soulagement.

De retour en haut, elle le regarda et l'encouragea pendant qu'il mangeait avec une lenteur douloureuse. Mais pour une fois, son attention parut l'irriter.

— Livre, grommela-t-il.

Cela la fit rire. Il voulait qu'elle lui fasse la lecture. Tous ces mois où elle l'avait fait, sans savoir s'il comprenait quoi que ce soit, n'avaient donc pas été inutiles. Elle prit un ouvrage et lut pendant qu'il terminait son repas. À la fin, la moitié de la nourriture était tombée sur son pyjama, mais Clarrie comprit, en l'entendant haleter, qu'il était satisfait.

Alors qu'elle récupérait le plateau, il lui toucha la main de ses doigts affaiblis. Leurs yeux se croisèrent. Il y avait une nouvelle lueur dans ceux de Herbert, une lueur de reconnaissance, elle en était sûre.

— Cl… Clarrie, chuchota-t-il.

La jeune femme en eut le souffle coupé.

— Oui, c'est moi, Clarrie, vous me reconnaissez ! Il avait le regard posé sur elle, suppliant.

— Quoi d'autre, Herbert ? De quoi vous souvenez-vous d'autre ?

— Je… vous… aime.

Le cœur de Clarrie se dilata. Les larmes lui montèrent aux yeux ; des larmes de joie, de soulagement et de tendresse. Elle se pencha et lui embrassa le front.

— Moi aussi, je vous aime, dit-elle d'une voix rauque.

Elle vit des larmes couler sur la joue amaigrie de son époux.

— Oh, Herbert, murmura-t-elle, émerveillée. Vous m'êtes revenu.

29

Pour Noël, Clarrie voulut réunir la famille autour de Herbert. Ce serait son premier Noël sans Olivia, qui recevait la mère et le frère de Jack, si bien que cette distraction était bienvenue. Will lui proposa son aide et, à leur grande surprise, Bertie et Verity acceptèrent de venir avec les enfants. À quatre ans, Vernon était un bambin trop gâté qui piquait des colères s'il n'obtenait pas ce qu'il voulait, mais Josephine était une bonne nature qui courut autour de la chaise de son grand-père pour jouer à cache-cache.

— Attrape-moi, grand-père ! s'exclama-t-elle, puis elle poussa un cri aigu quand Will s'approcha en faisant mine d'être un gros ours.

Herbert semblait heureux d'avoir ses petits-enfants autour de lui et fit un immense effort pour tenter de leur parler distinctement.

— Il bave ! fit remarquer Vernon. C'est dégoûtant.

— Je crois qu'il a faim, diagnostiqua Josephine.

Grimpant sur ses genoux, elle lui donna du chocolat. Au bout d'une minute, ils en avaient tous deux partout.

— Oh, Josephine ! la gronda Verity. Tu as sali ta robe. Descends tout de suite.

Sa fille l'ignora, et Verity s'agaça :

— Fais quelque chose, Bertie !

Clarrie s'empressa d'attraper la fillette.

— Allez viens, dit-elle, on va te nettoyer avec de l'eau magique.

— C'est quoi, de l'eau magique ?

— Tu vas voir.

Dans la cuisine, Clarrie remplit un bol d'eau savonneuse et amusa la fillette en faisant des bulles, tout en lui débarbouillant les mains et le visage. Josephine pouffait en regardant les sphères s'envoler et éclater contre les étagères de casseroles et de vaisselle. Clarrie, qui avait libéré ses employées un peu plus tôt pour qu'elles puissent profiter de la journée avec leur famille, n'était pas mécontente d'échapper un instant à l'atmosphère tendue qui régnait dans le salon.

— Clarrie, demanda Josephine de sa voix flûtée, tu es ma mamie ?

— Non, répondit Clarrie en lui souriant, mais je suis mariée à ton grand-père.

— Donc, tu es de ma famille, insista la fillette.

— Oui, sans doute.

— Papa dit que non.

Elle fronça les sourcils en balançant ses jambes.

— Il dit que tu es une domestique.

Le ventre de Clarrie se noua.

— Je l'ai été, mais plus maintenant.

— C'est pour ça qu'on a le droit d'aller dans la cuisine ? À la maison, j'ai pas le droit d'y aller.

Clarrie lui tapota le nez gentiment.

— Eh bien, ici, tu as le droit d'aller où tu veux.

— On peut jouer à cache-cache sans se faire gronder ?

— D'accord, mais pas longtemps.

Elles eurent le temps de se cacher deux fois chacune, avant que la voix furieuse de Bertie retentisse. Lorsqu'il entra dans la cuisine, Clarrie était à quatre pattes sous la table, et Josephine faisait des bonds joyeux à côté d'elle.

— Je t'ai trouvée !

Clarrie se releva, gênée par le regard de Bertie. Elle se souvenait du jour où il l'avait clouée à cette table pour lui imposer un baiser.

— Viens ici tout de suite, Josephine, aboya-t-il. Tu ne devrais pas être là.

— Je peux aller n'importe où, répliqua la fillette. C'est Clarrie qui l'a dit.

— Et moi, je te dis que c'est interdit. Remonte immédiatement.

Vite, Clarrie prit la main de la petite fille.

— Allons voir si oncle Will veut bien te faire monter sur son dos.

En haut de l'escalier, Bertie la prit à part.

— Je vous interdis de l'emmener dans les pièces des domestiques. C'est parfaitement déplacé.

Clarrie ne fut pas mécontente d'entendre Verity déclarer peu après qu'il était temps pour eux de partir. Sans crier gare, Josephine jeta ses bras potelés autour du cou de Clarrie et lui donna un baiser baveux.

— Tu peux venir vivre avec nous, Clarrie ?

Clarrie lui sourit.

— Je dois rester ici pour prendre soin de ton grand-père.

— Oncle Will peut le faire.

— Il a besoin de moi, répondit Clarrie en l'embrassant sur la joue et en dénouant doucement les bras de la fillette. Mais j'espère que vous reviendrez bientôt nous voir.

Elle lança un regard à Verity.

— Pour le Nouvel An, peut-être, indiqua celle-ci d'un ton vague.

Clarrie et Will les raccompagnèrent à la porte.

— Elle est tellement adorable, dit Clarrie lorsqu'ils retournèrent au salon. Et si affectueuse. Elle me fait penser à vous quand vous étiez petit.

— Oui, renchérit Herbert, les yeux brillants. Comme Will. Vernon… difficile… comme… Bertie.

Ils rirent tous les trois. Plus tard, une fois Herbert couché, Clarrie et Will restèrent à discuter. Le jeune homme lui raconta à quel point il avait été surpris par la carte de Noël qu'Edna lui avait fabriquée en insérant un rameau de gui à l'intérieur. Comment devait-il l'interpréter?

— Elle est amoureuse de vous! s'exclama Clarrie en souriant. Vous le savez bien!

Will lâcha un rire embarrassé et secoua la tête.

— Je croyais qu'elle était gentille avec tout le monde.

Puis ils parlèrent de l'avenir.

— Je ne peux pas faire de projets à trop long terme, expliqua Clarrie en soupirant. Pour l'instant, je veux seulement que votre père se rétablisse.

— Apparemment, vous vous entendez bien avec Josephine. Peut-être la verrez-vous davantage maintenant que Verity a l'air décidée à faire des efforts vis-à-vis de papa.

— Je l'espère. Mais j'aurais bien aimé qu'on ait des enfants à nous, répondit Clarrie tout à trac, avant de s'empourprer. Désolée, je n'aurais pas dû dire ça.

Mais Will ne parut pas gêné.

— Vous le pourrez peut-être encore.

— Non, fit doucement Clarrie, votre père ne l'a jamais voulu. Pas après ce qui est arrivé à votre maman. Il a trop peur de perdre encore quelqu'un. Si bien que je ne suis pas destinée à devenir mère.

Will lui prit la main.

— Ma chère Clarrie, vous avez été une mère merveilleuse pour moi.

Elle en eut les larmes aux yeux.

— Merci, murmura-t-elle avec un sourire tremblant. Et jamais je n'aurais pu avoir un meilleur fils que vous.

Au printemps 1913, l'état de Herbert s'était tellement amélioré que Clarrie put l'emmener au parc en fauteuil roulant, où il réussissait à faire quelques pas en s'aidant de ses cannes. Son visage avait perdu son teint gris, et il avait recouvré l'usage de la parole, même s'il lui arrivait encore de chercher ses mots, ce qui l'exaspérait. Mais sa mémoire immédiate s'était détériorée, si bien que, lorsque Clarrie évoqua une visite de ses petits-enfants, il se plaignit de ne pas avoir été là pour les voir.

— Vous étiez là, Herbert, lui rappela-t-elle. Josephine vous a montré sa nouvelle corde à sauter, vous ne vous en souvenez pas ? Elle l'a enroulée autour de vos pieds en disant qu'elle était un cow-boy qui avait pris un vieux cheval au lasso.

— Ah, oui, c'est vrai.

À son expression, elle se rendit compte qu'il n'avait aucun souvenir de la visite de sa petite-fille, ce qui l'attrista. Un vrai lien était en train de se développer entre eux. Josephine adorait l'attention de ce vieux monsieur qui la laissait grimper sur ses genoux, prononçait des mots idiots et ne lui disait pas de faire moins de bruit ou de s'en aller parce qu'il était très occupé. Herbert, même s'il les oubliait vite, prenait plaisir à ses questions et à ses éclats de rire, et au fait qu'elle ne montrait ni peur ni dégoût devant lui, contrairement à Vernon.

Le garçonnet étant fasciné par les jouets mécaniques, Clarrie en acheta une pleine boîte pour le tenir occupé pendant que sa sœur jouait avec Herbert et elle. Lors de ces visites, Verity ne tardait pas à s'ennuyer, de sorte que, dès la troisième, Clarrie suggéra :

— Si vous avez envie d'aller en ville pendant une heure ou deux, je peux garder les enfants, et Mme Henderson les fera déjeuner.

Il fut dès lors convenu que les jumeaux viendraient tous les mardis matin, Clarrie confiant la direction du salon de thé à Lexy ce jour-là. Comme il faisait beau en ce début d'été, elle emmenait les enfants au parc, où ils s'amusaient à pousser Herbert dans son fauteuil.

Ce fut au cours d'une de ces promenades, à la mi-juillet, alors que Will venait de rentrer de l'université, qu'ils croisèrent Wesley. Vernon et Will couraient après un cerceau qui s'était échappé, tandis que Josephine, sur les genoux de Herbert, fouettait l'air avec sa corde à sauter en criant comme un aurige.

Wesley, qui marchait dans leur direction au bras d'une élégante jeune femme, rattrapa le cerceau.

— Monsieur Robson, le salua Will, bonjour.

Les deux hommes se serrèrent la main.

— Rendez-moi mon cerceau ! s'exclama Vernon.

— Demande-le poliment, le réprimanda Clarrie.

Wesley tendit son jouet au petit garçon, inclina son chapeau vers elle et serra la bonne main de Herbert.

— Je me réjouis de vous voir en forme, monsieur Stock, déclara-t-il. Vous êtes bien entouré.

— Ma femme… est… merveilleuse.

— Tout à fait, acquiesça Wesley en lançant à la jeune femme un bref regard sardonique.

— Ce sont… mes…, reprit Herbert, cherchant ses mots.

— Ses petits-enfants, compléta Clarrie. Josephine et Vernon.

— Enchantée, déclara Josephine, tendant la main comme Will l'avait fait. Je ne suis pas Josephine, je suis Boadicée. Clarrie dit que je suis une courageuse guerrière, et voici mon char. Grand-père est mon cheval.

Wesley sourit et lui serra la main.

— J'ai toujours voulu rencontrer Boadicée. J'admire les femmes de caractère.

— Si vous voulez, vous pouvez être un de mes soldats, proposa la fillette, ravie.

— Merci, répondit Wesley en s'inclinant.

— Vous êtes sa femme ? demanda Josephine à la dame élégante.

Celle-ci s'en amusa.

— Pas encore, répondit-elle.

Wesley se hâta de faire les présentations :

— Voici Mlle Henrietta Lister-Brown, ma fiancée.

— Vous étiez au mariage de mon frère, n'est-ce pas ? s'enquit Will. Et vous portiez un extraordinaire chapeau rouge.

— Quelle mémoire !

Will lui sourit.

— On ne voyait que vous dans la foule, mademoiselle Lister-Brown.

— Quels charmeurs vous êtes, vous, les hommes du Nord !

Ils échangèrent encore quelques plaisanteries. La jeune femme était londonienne, apparentée aux Landsdowne, et elle adorait visiter la région. Wesley et elle comptaient se marier l'année suivante.

— Dépêche-toi, oncle Will, ronchonna Vernon. Je veux jouer.

— Silence, petit garnement, répondit Will en fronçant exagérément les sourcils, ou Boadicée te fouettera pour ta grossièreté.

— Oui, intervint Josephine en secouant sa corde à sauter avec empressement.

— Venez, chéri, dit Henrietta en serrant le bras de Wesley, laissons ces charmantes personnes poursuivre leur promenade.

Wesley inclina de nouveau son chapeau, et son regard s'attarda une seconde de trop sur Clarrie, l'air presque triomphant. À croire qu'il prenait plaisir à montrer sa ravissante fiancée. Malgré les battements affolés de son cœur, Clarrie se força à sourire.

— Félicitations pour vos fiançailles, monsieur Robson, murmura-t-elle en détournant les yeux.

Elle ne pouvait pas supporter de voir son visage.

Un instant plus tard, le couple s'était éloigné, et Will et elle poussaient le fauteuil de Herbert vers le kiosque à musique. Clarrie fit de son mieux pour participer au pique-nique avec bonne humeur, mais elle avait l'appétit coupé. Elle s'en voulait de réagir aussi vivement à l'annonce du mariage de Wesley. C'était ridicule d'être jalouse de cette aristocrate. C'était le genre de femme sophistiquée qui convenait tout à fait à un ambitieux Robson. Bonne chance à eux deux ! Elle décida de les bannir de son esprit.

Clarrie se noya dans le travail, consacrant chaque minute de veille à la gestion du salon de thé et aux soins à prodiguer à Herbert. Le mardi matin, elle s'occupait des jumeaux, de sorte qu'elle pouvait seulement souffler le dimanche. Après la messe et le déjeuner, elle se consacrait souvent à la paperasse. Mais quand Will revint à la maison pour les vacances d'été, il l'emmena monter à cheval avec Johnny le dimanche après-midi. Parfois, ils chevauchaient dans la vallée de la Tyne ou traversaient la rivière pour aller dans les collines de Durham.

Ces quelques heures de liberté comptaient parmi les plus heureuses dont elle se souvenait depuis son départ d'Inde. Galoper au soleil avec ses jeunes compagnons, à travers la forêt ou sur la lande, lui procurait une joie sans mélange. Lorsqu'elle riait et plaisantait avec eux, les soucis de la semaine étaient oubliés – le poids des responsabilités et les inquiétudes concernant la santé de Herbert. Elle se sentait de nouveau jeune et pleine d'énergie.

En septembre, Will partit pour Édimbourg avec Johnny afin de participer à l'installation de la résidence étudiante, avant de rejoindre son université à Durham. Leur absence se fit cruellement sentir, et les dimanches après-midi parurent encore plus tristes qu'avant.

— Pourquoi… vous n'allez pas… voir… Olivia? suggéra Herbert un dimanche. Trop de vent… pour le parc.

Clarrie hésita. Olivia n'était pas passée ici depuis Pâques, visite au cours de laquelle Clarrie avait été distraite par un coup de téléphone du café à propos d'une livraison de farine qui n'avait pas été faite. Dolly, furieuse, menaçait de rendre son tablier.

«Je vois que tu es très occupée, s'était empressée de dire Olivia. Va régler le problème, je repasserai une autre fois.»

Sa sœur était repartie avant qu'elles aient eu le temps de parler de quoi que ce soit. Depuis, Olivia n'était pas revenue à Summerhill, et Clarrie la soupçonnait d'être mal à l'aise ici. La maison lui rappelait l'époque où elle était femme de chambre et dépendante de sa sœur, un passé qu'elle semblait vouloir effacer de sa mémoire. Elle était venue deux fois au salon de thé, un mardi matin, quand Clarrie ne s'y trouvait pas. De son côté, Will avait rendu visite à Olivia le mois précédent, mais s'était montré réticent à en discuter, malgré les questions de Clarrie.

«Alors, qu'est-ce qu'elle fait toute la journée?

— Elle s'occupe de sa maison et de Jack.

— Pas vraiment un emploi à plein temps», avait répliqué Clarrie.

Will avait paru sur le point d'ajouter quelque chose, puis s'était contenté de sourire tristement en concluant :

« Pourquoi n'allez-vous pas la voir vous-même ? Cela fait plus d'un an qu'ils sont mariés, et vous ne leur avez rendu visite qu'une fois.

— Quand aurais-je le temps ? » avait protesté Clarrie.

Mais c'était le premier reproche, tout déguisé qu'il soit, que lui avait adressé Will, et la critique l'avait blessée. Elle évitait Olivia autant que sa sœur l'évitait. La seule visite qu'elle leur avait faite, avant Noël, chargée d'un poinsettia, avait été vaine : le couple était sorti et Clarrie était repartie en confiant la plante à une voisine.

De sorte que ce jour-là, quand Herbert lui suggéra de passer voir sa sœur, elle prit son courage à deux mains et obtempéra. Elle coupa quelques roses dans le jardin, les entoura de papier et partit à Lemington sur la vieille bicyclette de Will. Cependant, alors qu'elle se rapprochait de leur rue aux maisons coquettes, elle en vint presque à espérer qu'ils seraient absents.

Mais Jack lui ouvrit la porte, ses cheveux blonds en bataille, l'air un peu hagard. L'espace d'un instant, il parut ne pas la reconnaître sous son grand chapeau retenu par un foulard violet.

— Clarrie ?

— Bonjour, Jack.

Elle sourit et lui tendit le bouquet de roses.

— C'est pour Olivia.

— Elle ne m'avait pas prévenu que vous deviez venir.

— J'ai seulement décidé il y a une demi-heure. C'est Herbert qui l'a suggéré.

— Elle se repose.

Jack semblait ne pas savoir quoi faire.

Clarrie se sentit bête. Apparemment, elle avait interrompu leur sieste.

— Désolée, je n'aurais pas dû passer sans prévenir. Je reviendrai un autre jour.

— Non, bien sûr que non. Entrez. Elle sera ravie de vous voir.

Laissant le vélo contre les grilles, Clarrie le suivit dans une petite entrée peinte en vert. À droite se trouvait le salon, et à gauche un escalier raide. La rampe et les montants de portes étaient blancs, pour donner l'illusion de la lumière. Une odeur de bois de santal flottait dans l'air. En face, une porte ouverte donnait sur la cuisine, où Jack la fit entrer.

— Asseyez-vous, dit-il en posant les fleurs sur la table. Je vais la chercher.

Pendant qu'il montait, elle regarda autour d'elle avec curiosité. Les murs blancs étaient décorés d'un motif floral qui faisait comme des guirlandes tout autour de la pièce, certaines vertes, d'autres d'un orange ou jaune automnal. Des petits oiseaux turquoise, dorés ou violets voletaient au milieu des feuilles. Le mobilier était simple : une table et quatre chaises, un buffet et un coffre à linge. Mais tous étaient peints en jaune vif, apportant à la pièce une gaieté presque entêtante. Deux étroits fauteuils, recouverts d'un tissu à fleurs bleu et jaune, entouraient la cheminée. Un store de bois blanc était pendu à la fenêtre, oscillant doucement dans la brise. Les assiettes disposées sur le buffet présentaient un motif de saule pleureur bleu et blanc, comme celui de leur mère à Belgooree.

La gorge nouée, Clarrie traversa la cuisine et jeta un coup d'œil au jardin de derrière avec ses murs blanchis à la chaux et ses bacs à fleurs : un rhododendron dans un grand fût, des azalées, des capucines et des pensées plantées dans des caisses à thé peintes et vernies. La profusion de couleurs assaillait les sens. Rien à voir avec les roses rouge sombre qu'elle avait apportées, et qui fanaient déjà sur la table.

Enfin, elle entendit des pas dans l'escalier et se retourna pour voir revenir Jack, suivi d'Olivia. Sa sœur avait les joues roses, les yeux brillants, et ses cheveux roux cascadaient sur ses épaules.

— Votre maison est magnifique ! s'exclama Clarrie. C'est comme un petit coin de…

Elle s'arrêta net quand Jack s'écarta et qu'Olivia pénétra dans la pièce.

— Olivia, tu es enceinte !

Sa sœur, au ventre arrondi, s'avança, les mains posées sur ses reins comme si elle avait peur de perdre l'équilibre. Elle hocha la tête, avec dans les yeux une lueur qui ressemblait presque à du défi.

— Oui, répondit Jack avec un sourire fier. Elle est à un mois du terme.

— C'est merveilleux, murmura Clarrie, la gorge nouée. Je ne le savais pas.

Olivia et Jack échangèrent un regard.

— Will ne t'a rien dit ?

Clarrie secoua la tête. Incapable de parler, elle tendit les mains. Après une seconde d'hésitation, Olivia s'approcha, et Clarrie la prit dans ses bras.

C'était étrange d'étreindre son ventre déformé. Elle sentit un mouvement, comme une petite poussée, et se recula.

— C'était le bébé ?

— Oui, répondit Olivia en souriant et en posant des mains protectrices sur son ventre.

Jack guida sa femme jusqu'à un fauteuil et plaça un coussin derrière son dos.

— Asseyez-vous, Clarrie. Je vais vous préparer du thé pendant que vous papotez toutes les deux.

Avec Jack qui s'affairait derrière elles, Clarrie ne sut que dire. Pourquoi personne ne l'avait prévenue ? Quand Olivia lui aurait-elle appris la nouvelle ? Et si elle l'avait su par les ragots au café ? Will aurait dû le lui dire. Mais alors qu'elle ravalait sa confusion, elle devina pourquoi on le lui avait caché. Tout le monde s'imaginait que sa joie se teinterait de chagrin à la pensée qu'elle-même n'avait pas d'enfants.

Clarrie étouffa son amertume. Sa sœur chérie allait avoir son premier bébé. C'était un motif de réjouissance, quelles que soient les imperfections de son propre mariage.

Sirotant le thé préparé par Jack, elle se força à parler du café et de ses promenades à cheval avec Will, à raconter ses sorties avec Herbert et les jumeaux.

Petit à petit, Olivia baissa sa garde et lui confia à quel point elle était impatiente que la naissance ait lieu.

— Si c'est une fille, nous l'appellerons Jane, comme maman, et George, comme le père de Jack, si c'est un garçon.

Clarrie se pencha et serra la main de sa sœur.

— C'est magnifique. Dans l'un ou l'autre cas, je veux être la première avertie.

Au moment de partir, une pensée la frappa.

— Je me demandais… sais-tu qui tu voudrais auprès de toi le moment venu ? Parce que si tu le souhaites…

— Tout est arrangé, répondit Jack d'un ton ferme. Ma mère viendra nous aider. Elle a assisté à des dizaines de naissances.

Olivia évita le regard de sa sœur. Elle avait les joues toutes rouges. Clarrie hésita à l'embrasser, mais Jack passa le bras autour de la taille de sa femme, comme pour l'en dissuader.

— Et merci pour les fleurs, Clarrie, dit Olivia.

Clarrie hocha la tête et enfourcha sa bicyclette. Au bout de la rue, elle se retourna pour leur faire signe, mais ils étaient déjà rentrés chez eux. Elle se sentit complètement rejetée. Pourquoi Olivia se comportait-elle de cette façon ? Alors qu'elle s'éloignait en ravalant un sanglot, elle rejeta la faute sur Jack ; c'était sûrement lui qui avait incité sa sœur à couper le contact.

De retour chez elle, elle regretta que Will ne soit pas là pour qu'elle puisse lui parler de la situation et de sa peine d'être ainsi mise à l'écart de la prochaine naissance. Elle attendit que l'infirmière soit partie pour s'en ouvrir à Herbert.

Il était couché, adossé aux oreillers, et sa peau paraissait cireuse contre la taie blanche.

— Je crois qu'ils n'avaient pas l'intention de me prévenir, dit-elle. Vous imaginez, avoir un neveu ou une nièce, et ne pas le savoir ? Will était au courant, mais il a dû juger que ce n'était pas à lui de m'avertir.

Comment avons-nous pu nous éloigner ainsi l'une de l'autre ? J'avais presque l'impression de parler à une inconnue.

Herbert leva une main tremblante et prit une inspiration avant de parler.

— Dé-désolé, fit-il.

— Ce n'est pas votre faute. Vous avez toujours été très bon avec ma sœur. C'est à moi qu'elle en veut, pour une raison que je ne m'explique pas.

Herbert secoua la tête.

— Pas… ça.

Il avait les yeux tristes et comme teintés de regret.

— Désolé pour quoi, alors ?

— Pour… mon égoïsme, déclara-t-il avec un effort manifeste. Parce que… je ne vous ai pas donné… d'enfant.

Clarrie sentit sa poitrine se contracter. C'était trop tard pour les excuses, songea-t-elle.

— Vous êtes… si bonne… avec les jumeaux, poursuivit-il, cherchant sa main. J'aurais dû… être… plus courageux. Pouvez-vous… me pardonner ?

Clarrie fut submergée d'émotions contradictoires. Que de temps ils avaient perdu tous les deux ! Elle lui reprochait leur absence d'intimité, et pourtant elle avait été heureuse de pouvoir mettre toute son énergie dans son salon de thé. Peut-être même avait-elle été soulagée qu'il n'ait jamais tenté de lui faire l'amour. Il était tellement plus vieux, et elle ne l'avait jamais désiré physiquement. Mais c'était un homme bon, et elle était sûre qu'il aurait été un père aimant pour ses enfants, peut-être plus tolérant qu'avec sa première famille.

Clarrie prit la main qui cherchait la sienne.

— Je comprends pourquoi vous avez agi ainsi. Je n'ai pas oublié à quel point vous avez pleuré Louisa… et la petite fille que vous n'avez pas eue.

La mine coupable, tremblant, il leva le poignet de Clarrie pour le porter à ses lèvres à demi paralysées. Elle l'embrassa sur le front et l'installa pour la nuit.

Plus tard, quand elle revint dans la chambre de Herbert pour se coucher sur le lit de camp où elle dormait depuis un an, elle s'aperçut que son mari était éveillé et qu'il l'observait dans la pénombre. S'approchant du lit, elle vit une larme perler à son œil et couler en silence. Sur une impulsion, elle souleva les couvertures et s'allongea près de lui, du côté où il avait encore des sensations. Délicatement, elle lui effleura le visage et essuya ses larmes de son pouce.

— Vous avez envie que je reste avec vous cette nuit ? chuchota-t-elle. Dans votre lit ?

— Oui… très… envie.

Posant la tête sur son épaule, elle l'entendit soupirer. Aucun des deux ne parla, mais tous deux goûtèrent la chaleur de ce contact et le caractère inattendu de l'instant. Clarrie s'endormit heureuse.

Le lendemain, elle fit retirer le lit de camp et partagea le lit de son mari tous les soirs.

30

Un jeudi soir du mois d'octobre, un message attendait Clarrie à son retour du salon de thé : Olivia avait accouché d'un garçon prénommé George. Elle résista à la tentation de se précipiter chez sa sœur, préférant attendre que celle-ci soit prête à recevoir des visiteurs. Mais sans nouvelles au bout d'une semaine, elle n'y tint plus et, confiant le café aux bons soins de Lexy, se rendit à Lemington le vendredi matin, avec une boîte de petits gâteaux et un gros ours en peluche.

Ce fut la mère de Jack qui lui ouvrit la porte. Visiblement impressionnée, celle-ci déclara d'une voix nerveuse :

— Notre Olivia est au lit avec le bébé. Elle ne reçoit pas encore de visite.

— Je suis sa sœur, répondit Clarrie d'un ton ferme. Il est grand temps que je la voie et que je fasse la connaissance de mon neveu, vous ne croyez pas ? Je ne resterai pas longtemps et ne la fatiguerai pas, mais je veux la voir.

Elle suivit Mme Brewis dans l'escalier puis dans une chambre obscure et étouffante, aux rideaux fermés, imprégnée d'une odeur corporelle âcre. Un lit aux montants de bois occupait presque tout l'espace.

Olivia, en chemise de nuit, était recroquevillée d'un côté. On n'entendait ni ne voyait de bébé.

— Olivia, tu es réveillée, chérie ? chuchota sa belle-mère. Mme Stock est là.

— Clarrie ? murmura Olivia, mais sans faire un mouvement.

— Oui. Comment vas-tu ? Je ne resterai pas longtemps, mais je tenais à te voir.

S'approchant de sa sœur, elle entendit un petit reniflement et comprit que le bébé était sous la chemise de nuit, en train de téter. On ne voyait que sa tête surmontée d'un duvet clair. Les cheveux humides d'Olivia collaient à son visage, mais elle affichait un air de contentement rêveur.

Touchée par l'intimité de la scène, Clarrie se sentit au bord des larmes.

— Comme il est beau ! s'exclama-t-elle.

— Madame Stock, suggéra la mère de Jack, vous devriez peut-être les laisser maintenant. Notre Olivia est fatiguée par l'allaitement. Il faut un peu de temps pour s'y habituer.

— Non, reste, dit Olivia. J'ai l'impression qu'il se rendort déjà.

— Tu veux qu'on ouvre les rideaux et qu'on aère un peu la chambre ? demanda Clarrie. On étouffe, ici.

— Non, intervint Mme Brewis. Il ne faudrait pas qu'ils attrapent froid.

— Maman, dit Olivia, vous pourriez m'apporter un verre d'eau ? Et Clarrie voudra peut-être un thé ?

Clarrie hocha la tête et la femme redescendit.

— Tu l'appelles « maman » ? demanda Clarrie, que cette idée gênait.

— Ça fait plaisir à Jack.

Quand le bébé cessa de téter, Olivia se redressa, couvrit son sein, cala l'enfant contre son épaule et lui caressa délicatement le dos. Clarrie s'assit au bord du lit et tendit l'ours en peluche à sa sœur.

— Il est deux fois plus gros que lui. J'espère qu'il ne va pas lui faire peur.

— Il est mignon. Il a dû te coûter une fortune.

— Pour mon premier neveu, c'est la moindre des choses. Vous avez l'air en forme, tous les deux.

— La maman de Jack s'occupe de tout, expliqua Olivia en souriant. Moi, je reste allongée là comme une reine à manger, dormir et nourrir George. C'est un bébé adorable. Il ne pleure jamais. Je crois que je vais en avoir une dizaine.

Pour cacher son sentiment d'envie, Clarrie se leva et alla ouvrir un pan de rideau.

— Je me moque de ce que dit Mme Brewis, je veux voir mon neveu correctement.

Une vive lumière d'automne tomba sur le lit, illuminant le visage empourpré d'Olivia. Malgré ses traits fatigués, elle était magnifique ; son expression était radoucie et ses yeux étincelaient de bonheur.

— Tu voudrais le tenir ? demanda-t-elle.

— Je peux ?

Olivia lui tendit le bébé emmailloté. Avec précaution, Clarrie le prit et le nicha au creux de son bras avant de retourner vers la fenêtre pour mieux le regarder. Il avait les sourcils pâles, les joues roses, et sa petite bouche brillait de lait. Il paraissait rassasié et paisible. Tout doucement, elle lui caressa la tête, s'émerveillant de la douceur de ses cheveux clairs et duveteux.

— Quel garçon magnifique tu es, dit-elle d'une voix câline. Toutes les filles seront folles de toi, hein ?

Le bébé émit un petit soupir, plissa la bouche puis se détendit de nouveau. Clarrie rit doucement.

— Tante Clarrie trouve que tu es le plus beau bébé du monde.

Elle se laissa envahir par l'émotion, se plaisant à sentir son poids et sa chaleur contre elle.

Mme Brewis revint avec de l'eau pour Olivia et un des gâteaux que Clarrie avait apportés.

— Votre thé vous attend en bas, madame Stock, indiqua-t-elle, traversant la chambre pour aller refermer le rideau. Je vais reprendre le bébé.

Clarrie embrassa la tête de son neveu et le donna à contrecœur à sa grand-mère.

— Est-ce que tu as besoin de quelque chose ? demanda-t-elle à sa sœur.

— Elle a tout ce qu'il lui faut, répondit Mme Brewis en souriant fièrement. Jack et moi y veillons.

Ravalant son irritation devant les manières de propriétaire de cette femme, Clarrie alla embrasser sa sœur.

— Je repasserai bientôt, promit-elle.

— Merci pour l'ours, Clarrie.

Encouragée par l'attitude plus avenante de sa sœur à son égard, Clarrie se promit de ne plus laisser passer des mois sans la voir, comme elle l'avait fait cette année. Dans la cuisine, elle prit une gorgée du thé trop infusé de Mme Brewis et jeta le reste dans l'évier. Lorsqu'elle quitta la maison, elle avait encore l'odeur de lait de George sur les mains.

Lors de sa visite suivante, Jack et sa mère étaient présents, et donnèrent à Clarrie l'impression d'être une intruse. Ils refusèrent qu'elle monte dans la chambre, prétextant qu'Olivia et le bébé se reposaient.

Pourtant, lorsqu'elle repartit, elle entendit George gazouiller en haut.

Elle ne comprenait pas pourquoi les Brewis voulaient la tenir à l'écart. Du moins Herbert et elle furent-ils invités au baptême de George, qui eut lieu la semaine suivante, dans l'église où ses parents s'étaient mariés. La cérémonie fut suivie par un simple thé dans la maison de Lemington. Clarrie avait proposé d'apporter les gâteaux, mais les Brewis avaient insisté pour tout faire eux-mêmes. Non sans mal, ils portèrent Herbert à l'intérieur et l'installèrent dans le plus grand fauteuil du salon rose et blanc. Clarrie insista pour prendre son neveu dans ses bras. Son petit visage ridé s'était rempli, et il était deux fois plus lourd que la première fois. Elle le berça tendrement, mais dès qu'il commença à chouiner la mère de Jack s'empressa de le lui reprendre.

— Il a faim, dit-elle.

Et elle envoya Olivia le nourrir en haut.

Le taxi qu'elle avait réservé pour les ramener chez eux, Herbert et elle, arriva, et ils repartirent sans avoir dit au revoir à Olivia ou au bébé.

Malgré ses résolutions, elle ne les revit pas avant Noël. Entre le salon de thé et ses devoirs d'épouse, Clarrie était tellement occupée qu'elle n'avait pas une minute à elle, sauf le dimanche, jour où elle savait que Jack et sa mère seraient là. Deux jours avant Noël, elle passa chez eux avec des cadeaux, pour trouver Olivia absente.

— Elle est partie faire les magasins, lui apprit Mme Brewis. Je m'occupe du bébé. Il fait sa sieste, sinon je vous aurais proposé d'entrer.

Clarrie lui tendit les cadeaux et repartit frustrée. Elle ne se sentait plus l'énergie nécessaire pour affronter leur méfiance ou briser le mur de protection dont ils entouraient Olivia et George. Ce serait beaucoup plus simple que sa sœur passe la voir au salon de thé, songea-t-elle avec une pointe d'agacement.

1914 arriva et Clarrie fêta son vingt-huitième anniversaire. Seul changement dans son emploi du temps chargé : elle ne prit plus les jumeaux le mardi matin puisqu'ils entrèrent à l'école. Ils lui manquèrent beaucoup, et sa seule façon de surmonter cette perte fut de s'absorber encore plus dans le travail.

Le café connaissait un tel succès qu'ils achetèrent la maison mitoyenne et abattirent le mur de séparation pour créer des salles supplémentaires. Clarrie dut pour ça obtenir l'aval de Bertie, qui gérait désormais les affaires de son père, mais l'établissement marchait si bien qu'il se montra plutôt coopératif. Il proposa même à Clarrie de faire quelques investissements pour elle. Après avoir consulté Herbert, elle accepta. Si elle ne l'aimait pas, elle avait confiance en ses compétences. À en juger par leur niveau de vie, à Verity et lui – les réceptions grandioses, l'école privée des jumeaux et les vacances dans le sud de la France –, il était aussi doué pour gagner de l'argent que pour en dépenser.

Lorsque Clarrie passa à son cabinet pour parler affaires, il la traita devant sa secrétaire avec la déférence due à une cliente. Clarrie s'amusa de le voir si empressé de s'associer avec la propriétaire de *Chez Herbert* à présent que l'endroit était prospère et bien établi.

Ce fut Bertie qui lui apprit que les Robson vendaient leur chaîne de salons de thé *Empire*.

— Ils en ont tiré une fortune. Quelle famille ! Tout ce qu'ils touchent se transforme en or. Ils achètent des terres en Afrique de l'Est avec le produit de la vente.

— En Afrique ? Pourquoi ?

— Pour planter du thé. La terre y est bon marché et les conditions climatiques proches de celles de Ceylan, si j'ai bien compris. Moi-même, je songe à investir là-bas.

Il tendit son menton dodu d'un air important.

— Et Wesley Robson ? ne put s'empêcher de demander Clarrie. Il est parti en Afrique ?

Bertie lui lança un regard narquois.

— Pourquoi les femmes demandent-elles toujours des nouvelles de Wesley ?

Clarrie s'empourpra.

— Je suis seulement curieuse de savoir ce que fait la concurrence.

— Apparemment, il est à Londres. Il doit bientôt se marier, vous le saviez ? Une femme séduisante... les Lister-Brown ont fait fortune dans le jute... apparentée aux Landsdowne. C'est sûrement pour elle qu'il est retourné dans le Sud.

Ne souhaitant pas en entendre davantage sur la vie rêvée de Wesley, Clarrie prétexta son travail au salon de thé pour prendre congé.

À Pâques, Will rentra la tête pleine de projets. Dès qu'il aurait quitté l'université, il comptait faire un tour de l'Europe continentale avec Johnny jusqu'à l'automne, puis suivre un cycle de cours à Newcastle pour devenir enseignant. Clarrie était ravie qu'il revienne vivre à Summerhill le temps de sa formation, et Herbert ne souleva aucune objection. Il semblait avoir oublié qu'à une époque il avait ardemment poussé Will à devenir avocat. Bertie, lui, n'avait rien oublié.

— L'enseignement? s'écria-t-il avec mépris. C'est pour ceux qui ne sont pas assez intelligents pour le droit ou les affaires. Je veux que tu viennes travailler avec moi au cabinet. C'est ce que papa a toujours prévu.

— Plus maintenant, répondit Will. Il se réjouit que…

— Papa n'a plus toute sa tête. Il ne se rappelle même plus ce qu'il a mangé au petit déjeuner. Si tu lui annonçais que tu voulais devenir ramoneur, il te donnerait sa bénédiction.

— Quoi qu'il en soit, ma décision est prise. Je ferais un avocat calamiteux. Je n'y entends rien aux documents juridiques. Je préfère lire une partition.

— Au moins, tu pourrais mettre mieux à profit tes talents musicaux, insista Bertie. Pourquoi ne pas devenir professionnel?

— Je ne suis pas suffisamment doué, avoua Will. Mais je sais que je vais aimer enseigner. Je l'ai déjà un peu fait à la résidence universitaire d'Édimbourg.

— Dans cet endroit plein de bolcheviks et de fanatiques religieux! Si tu travailles avec des gens comme ça, je te déshérite!

Après cette scène, Clarrie félicita Will d'avoir tenu tête à son frère, sachant que, si elle avait pris sa défense, l'autre aurait rejeté la faute sur elle.

— Il n'est pas aussi dur qu'il voudrait le montrer, dit-elle, amusée. Tout ce qui compte pour lui, c'est de maintenir les apparences et d'être au niveau des Landsdowne.

— Oui, il craint les réprimandes de Verity à propos de son embarrassante famille.

Encouragée par Will, Clarrie rassembla le courage d'aller sonner chez sa sœur une fois encore. Les bras chargés de chocolats et de fleurs, ils se présentèrent à une heure où ils savaient Jack parti au travail. Ils trouvèrent Olivia en robe de chambre, échevelée, en train de faire la vaisselle dans l'évier de la cuisine. Il n'y avait pas de Mme Brewis pour les éconduire.

— Mon Dieu! s'écria-t-elle, prise de court par leur soudaine apparition.

Nullement décontenancé, Will l'embrassa sur la joue et entra.

— Où est le jeune George? Nous sommes venus le gaver de chocolat.

— Impossible! protesta Olivia, en attachant vivement ses cheveux en chignon. Il n'est pas encore complètement sevré.

Will éclata de rire.

— Pauvre George, il devra donc nous regarder vider la boîte.

Entrant dans la cuisine, Will vit le bébé couché sur une couverture par terre et le souleva dans ses bras. Inquiet, George agita les mains, puis lâcha un gémissement.

— Attention! crièrent les deux sœurs d'une même voix.

Les ignorant, Will se mit à faire tourner George comme un avion jusqu'à ce que ses cris d'inquiétude se transforment en hurlements de joie. Will se retourna et le fourra dans les bras de Clarrie, qui frotta son nez contre celui de son neveu.

— Bonjour, joli garçon! Qu'est-ce que tu as grandi!

George tendit la main et fourra ses doigts dans la bouche de sa tante.

Olivia les regardait, crispée.

— Détendez-vous, lui dit Will en passant un bras affectueux autour de sa taille. Clarrie ne va pas le manger. Elle vient juste de prendre son petit déjeuner.

— Je ne suis même pas habillée correctement. Vous auriez dû me prévenir que vous passiez.

— Pour vous laisser la possibilité de vous absenter ? fit remarquer Will.

Olivia haussa les épaules.

— Vous voulez une tasse de thé ?

Sans attendre de réponse, elle s'affaira dans sa jolie cuisine. Clarrie remarqua les changements : un séchoir pendu au plafond sur lequel étaient accrochées des couches, un bol et une tasse à deux anses posés sur le buffet et un landau garé entre la porte de derrière et le garde-manger.

Tandis que Will discutait avec Olivia, Clarrie prit George sur ses genoux, le câlina et fit de drôles de bruits pour l'amuser.

— Guiliguili guiliguili, gazouilla-t-elle en le chatouillant sous le menton.

Le bébé éclata de rire, ouvrant grand sa bouche sans dents. Et Clarrie répéta l'opération jusqu'à ce qu'il se lasse brusquement, voie sa mère et commence à couiner pour attirer son attention.

Olivia vint aussitôt le récupérer et l'installa sur sa hanche, déposant par moments des baisers sur ses cheveux blonds. Ce fut Will qui assura l'essentiel de la conversation, mais Olivia leur annonça fièrement que Jack était passé maître dégustateur.

— Il aide M. Milner à décider quel thé acheter, expliqua-t-elle.

— Je suis contente qu'il réussisse aussi bien, dit Clarrie.

— Tu n'as jamais eu autant confiance en Jack que moi.

Will parut surpris par cette pique, mais Clarrie ne releva pas.

— C'est toi qui avais raison, admit-elle en se levant. Ça vous dirait de venir prendre le thé à la maison le dimanche de Pâques ? Nous ne serons que tous les trois. Bertie et sa famille seront en France.

— Allez, dites oui, Olivia, l'encouragea Will. Papa serait ravi de voir le petit Georgie.

— Nous ne l'appelons jamais Georgie. Et je suis désolée, mais nous recevons maman, Thomas et sa bonne amie ce jour-là.

Comme Will paraissait déçu, elle ajouta d'un ton radouci :

— Jack espère bien que son frère fera enfin sa demande. Nous avons lancé suffisamment d'allusions. S'il ne se dépêche pas, la pauvre Annie aura passé l'âge d'avoir des enfants.

Clarrie vit sa sœur rougir et détourner les yeux, s'accrochant à George d'un geste presque farouche. Il apparaissait de nouveau, ce gouffre indicible entre la mère et la femme sans enfants. Elle était attristée que sa sœur ne veuille pas la laisser approcher d'elle ou du bébé, comme si elle représentait une quelconque menace pour leur petit monde intime. Pourquoi une telle méfiance ?

— Prends soin de toi, dit-elle au moment de partir.

Sur le chemin du retour, Clarrie, les larmes aux yeux, s'en ouvrit à Will.

— Pourquoi est-elle aussi froide avec moi ? Qu'est-ce que j'ai fait ?

Will était pensif.

— Jack et vous avez été fiancés à une époque ? demanda-t-il.

— Non. Il m'a fait la cour un moment, mais nous ne nous voyions pratiquement jamais. Lorsque nous avons rompu, Olivia a pris son parti en disant que tout était ma faute. Mais ça remonte à des années.

— Peut-être est-elle encore jalouse ? suggéra Will.

— Jalouse de moi ? Comment pourrait-elle l'être ?

— Parce que Jack a été amoureux de vous en premier. Elle craint peut-être qu'il ne le soit encore.

— C'est ridicule ! Ils ne pourraient pas être plus heureux tous les deux. Et ils ont George ! Elle n'a pas le droit d'être jalouse de qui que ce soit !

Will s'arrêta et prit ses mains dans les siennes, le regard tendre.

— Ma chère Clarrie, vous ne vous rendez pas compte à quel point il est facile de vous aimer, n'est-ce pas ? Vous attirez les gens comme le soleil.

Soudain, Clarrie se mit à rire, malgré les larmes qui brillaient dans ses cils noirs.

— Will Stock, vous êtes le meilleur remontant qu'on puisse souhaiter ! Quel merveilleux professeur vous ferez. Aucun enfant ne restera bougon ou triste dans votre classe.

Bras dessus, bras dessous, ils rentrèrent à Summerhill. Clarrie se sentait le cœur beaucoup plus léger. Elle garderait ses distances avec Olivia tant que sa sœur n'aurait pas besoin d'elle.

31

Clarrie refusait de croire aux sombres prédictions annonçant une guerre avec l'Allemagne. Le sujet alimentait les conversations au salon de thé, mais les principales préoccupations des militants qui se retrouvaient là concernaient les congés payés, la représentation syndicale et les progrès de la cause des femmes.

Ses clientes suffragettes comme Florence et Nancy, qui avaient vu nombre de leurs amies se faire arrêter au cours de la lutte, étaient d'humeur optimiste.

— Attendez de voir la campagne électorale de cet automne, dit un jour Florence avec conviction. Si les libéraux ne nous promettent pas le droit de vote, ils ne gagneront pas.

Will passa ses examens finaux et obtint son diplôme. Clarrie organisa un dîner familial en son honneur quand il rentra à la maison à la mi-juin, auquel elle convia aussi Johnny. Sachant qu'il n'y aurait pas de vin à table, Bertie et Verity apportèrent du champagne et parlèrent sans discontinuer de leur dernier séjour en France. Ils avaient des lettres d'introduction pour les deux voyageurs.

— Les Guillard ont un magnifique château sur les hauteurs de Nice, déclara Verity. Vous devez absolument y passer.

— Et il y a notre grand ami, le comte de Tignet, à Paris, renchérit Bertie, chez qui vous pourrez vous arrêter en descendant vers le sud. Il a une cave superbe. Nous l'avons rencontré sur la côte d'Azur l'année dernière.

— Vous n'êtes pas inquiets des rumeurs de guerre entre la France et l'Allemagne ? demanda Clarrie. J'entends beaucoup de choses préoccupantes au salon de thé.

— Vraiment, Clarrie, c'est beaucoup de bruit pour rien, répondit Bertie. Je pense que nos amis français sont des sources plus fiables que vos ragots de comptoir, vous ne croyez pas ?

Ainsi remise à sa place, elle écouta sans rien dire Will et Johnny parler avec excitation de leur grand tour d'Europe, qui allait les emmener en France, puis en Italie, en Autriche et en Allemagne.

Ils partirent à la fin du mois de juin. Clarrie les accompagna à la gare de Newcastle avec Lexy et Edna. En pénétrant dans l'imposant bâtiment, elle se souvint du froid et de l'angoisse qu'elle avait ressentis en arrivant ici avec Olivia neuf ans plus tôt.

— Nous devions vraiment offrir un drôle de spectacle avec nos robes colorées et nos casques coloniaux, dit-elle en racontant l'épisode. Comme des personnages d'un roman de Kipling.

— Les gens ont dû croire que le cirque était de passage en ville, renchérit Lexy.

— Deux oiseaux de paradis, plutôt, dit Will galamment.

Ils rirent et s'embrassèrent, puis les femmes agitèrent le bras tandis qu'ils s'éloignaient dans le grand hall sonore et enfumé.

Deux jours après leur départ, les journaux annoncèrent qu'un étudiant serbe avait assassiné l'archiduc François-Ferdinand, héritier de l'Empire austro-hongrois, à Sarajevo. Dans les jours et les semaines qui suivirent, des articles de plus en plus inquiétants parurent, faisant état de troubles en Autriche et des relations de plus en plus tendues entre elle et la Russie, ainsi qu'entre leurs alliés respectifs, l'Allemagne et la France. La Grande-Bretagne allait-elle être entraînée elle aussi dans le conflit?

Pour autant que Clarrie puisse en juger, les Anglais n'avaient aucune envie de faire la guerre à leur voisin de l'autre côté de la mer du Nord. Les familles royales des deux pays étaient parentes, et il y avait de forts liens commerciaux entre la région de Newcastle et les ports allemands. Parfois, des marins allemands débarqués de leur navire de commerce s'arrêtaient au salon de thé et flirtaient avec les serveuses. Un jour, Will avait même engagé la conversation avec certains dans son allemand hésitant.

En août, la situation s'aggrava sur le continent et l'Autriche déclara la guerre à la Serbie. La plus grande inquiétude de Clarrie concernait Will et son ami. Une carte postale était arrivée de Paris, et une autre de Suisse. Ils avaient déjà dévié du parcours prévu, de sorte qu'elle n'avait aucune idée d'où ils se trouvaient. La Suisse paraissait sûre.

Les opposants à la guerre, syndicalistes et religieux en tête, donnaient de la voix. Le premier dimanche d'août, Clarrie emmena Herbert au parc pour voir un rassemblement pacifiste. C'était une journée chaude et ensoleillée, et les parterres de fleurs éclataient de couleurs rouges, roses, jaunes et bleues. Les femmes arboraient des tenues bariolées et de grands chapeaux, et l'atmosphère résonnait des cris des enfants. La probabilité d'une guerre paraissait aussi éloignée que celle de voir une comète atterrir là.

Ce soir-là, couchée à côté de Herbert, Clarrie s'agita.

— C'est impossible. Nous ne serions pas fous au point d'entrer en guerre, si?

— Au moins… Will… est en sécurité.

— Je l'espère, mais nous ne sommes certains de rien.

Herbert ne paraissait pas du tout inquiet.

— Durham… est sûr.

Clarrie posa la main sur la sienne.

— Il n'est plus à Durham, Herbert. Il a eu son diplôme, vous vous rappelez? Will est parti sur le continent avec Johnny.

— Sur le continent, vraiment?

— Oui, lui dit-elle gentiment. Nous avons reçu des cartes postales.

Elle attrapa la dernière, qu'elle utilisait comme marque-page, et la lui montra.

Il soupira, mi-agacé, mi-résigné.

— Désolé, j'aurais dû me souvenir.

Elle se pencha et embrassa sa joue rigide.

— Ne vous inquiétez pas, je suis sûre qu'il ne lui arrivera rien.

Deux jours plus tard, au milieu du service de midi au café, Clarrie apprit que l'Angleterre avait déclaré la guerre à l'Allemagne et à son alliée, l'Autriche.

Paniquées, Edna et Grace sortirent en criant et scrutèrent le haut de la rue comme si elles s'attendaient à voir défiler des soldats allemands dans Scotswood Road. Clarrie se dépêcha de les faire rentrer et les installa dans la cuisine, tentant de les calmer avec du thé sucré.

— Ils ne viendront jamais jusqu'ici, leur assura-t-elle. Tout sera bientôt terminé. Nous sommes en sécurité. Et s'il y a des combats, ils se dérouleront à des milliers de kilomètres d'ici, sur le continent.

Mais les semaines suivantes, de folles rumeurs coururent selon lesquelles les espions allemands étaient partout et les monstres prussiens mangeurs de bébés traversaient la Belgique. Les journaux se firent bientôt belliqueux, des foules en colère attaquèrent des boucheries allemandes, et des affiches appelant les jeunes gens à s'engager furent placardées sur les panneaux d'affichage. Avant la fin du mois, la ville accueillit un afflux de migrants venus travailler dans les usines de munitions, et les parcs résonnèrent des cris des recruteurs de l'armée en quête de volontaires.

Au café, Clarrie entendit des opinions plus contrastées. La plupart des syndicalistes méprisaient ouvertement le chauvinisme et l'appel au drapeau. Burton, un ancien client régulier du *Cherry Tree*, déclara :

— C'est la guerre des patrons, pas la nôtre. Que les bourgeois s'embrochent à la baïonnette si ça les amuse, mais les ouvriers ne sont pas si bêtes.

Les ouvriers de l'ouest de Newcastle, remarqua Clarrie, durent cependant travailler deux fois plus dur dans les usines et dans les mines pour soutenir l'effort de guerre, tandis que des employés et des ingénieurs formaient des compagnies de volontaires, prêts à rejoindre la force expéditionnaire britannique partant défendre la frontière orientale de la France.

Clarrie ferma plus tard le soir et ouvrit dès l'aube pour servir les ouvriers, dont les horaires de travail s'allongeaient. Et pourtant, tout cela semblait irréel : les grandes parades pour le recrutement, suivies par des foules joyeuses, comme si les hommes embarquaient pour des vacances à la mer et non pas pour la guerre.

Elle se demandait quelles pouvaient être les conséquences du conflit pour l'Inde, et se félicitait que Kamal ait quitté l'armée depuis si longtemps. Elle ne savait même pas s'il était encore en vie, car il n'avait jamais répondu à ses lettres. Mais par-dessus tout, Clarrie attendait des nouvelles de Will et de Johnny. Le courrier de l'étranger n'arrivait plus que de manière irrégulière – premier effet tangible de la guerre. Ils n'avaient rien reçu depuis un mois. Un sac postal contenant une lettre de Will avait-il sombré après le torpillage de quelque navire marchand ? Quoi qu'il en soit, elle gardait ses inquiétudes pour elle : il était inutile de perturber Herbert. Il était bien plus heureux dans son état d'amnésie.

Par un matin brumeux de septembre, alors que Clarrie aidait Lexy à servir le petit déjeuner, un barbu coiffé d'un grand chapeau et vêtu d'un costume en tweed usé entra *Chez Herbert*. Il fit le tour de la pièce des yeux puis retira son chapeau et lui sourit.

Clarrie lâcha son plateau d'œufs au bacon.

— Will !

Elle se précipita vers lui, les bras ouverts.

Ils s'étreignirent longuement, bientôt entourés par Lexy et Edna qui le bombardèrent de questions.

— Où étiez-vous ?

— Comment êtes-vous rentré ?

— On avait peur que vous croupissiez dans une prison allemande !

Devant un copieux petit déjeuner, Will leur raconta qu'au milieu du mois d'août Johnny et lui avaient été arrêtés dans les montagnes autrichiennes, où ils avaient séjourné dans un monastère, ignorant que la guerre avait éclaté. Après qu'ils eurent été retenus pendant plusieurs semaines, on les avait emmenés à la frontière italienne et expulsés. Là, ils s'étaient fait voler portefeuilles et passeports, si bien qu'ils avaient dû travailler sur des bateaux pour payer la traversée de retour via l'Espagne. Ils avaient passé trois semaines en mer, dans l'impossibilité de donner des nouvelles et en priant pour que leur bateau ne soit pas attaqué dans la Manche.

Clarrie ramena Will à Summerhill.

— Ne soyez pas surpris si votre père vous demande pourquoi vous êtes de retour de Durham. Il croit que vous êtes encore étudiant. Sa mémoire lui joue de plus en plus de tours.

— Tant qu'il ne me punit pas pour ne pas avoir fait mes devoirs ! plaisanta Will en lui prenant le bras. Je suis ravi de le retrouver.

Herbert, assis à sa place préférée devant la fenêtre de son bureau, parut déconcerté devant l'allure de Will. Mais une fois que son fils eut pris un bain et se fut rasé, son attitude changea.

— Mon garçon ! dit-il en tentant de lever une main tremblante. Tu… es… revenu.

Quand Will prit les mains de son père dans les siennes, Herbert laissa échapper un son étranglé et des larmes coulèrent sur son visage figé.

Le cœur de Clarrie se serra quand elle vit la lueur de reconnaissance dans les yeux de Herbert et la gentillesse avec laquelle Will lui parla de son voyage, taisant les dangers que Johnny et lui avaient courus. Mais son espoir de voir le jeune homme rester en sécurité à Newcastle pour commencer sa formation d'enseignant fut bientôt déçu. Il était agité et ne tenait pas en place, surtout après que Johnny fut reparti à Édimbourg pour retourner à la faculté de médecine.

Quand il reçut une lettre de Spencer-Banks, son ancien camarade de classe, lui apprenant qu'il s'engageait, Will décida de faire de même.

— Et l'enseignement! protesta Clarrie. Finissez d'abord votre formation.

— Comment pourrais-je rester là à enseigner la musique alors que dans toute l'Europe des enfants sont menacés par cette guerre?

Quand Will avait cette lueur de détermination dans ses yeux bleus rêveurs, elle savait que rien ne réussirait à le faire changer d'avis.

— Mieux vaut dire à votre père que vous êtes reparti à l'université, dit-elle, résignée. Je ne crois pas que je pourrais supporter de l'entendre demander après vous toutes les cinq minutes.

Will signa à un poste de recrutement sur la rive sud de la Tyne, afin de pouvoir partir avec Spencer-Banks dans l'infanterie légère de Durham. Pendant les premières semaines, ils demeurèrent stationnés à la campagne pour l'entraînement, et il rentra une fois par mois, dont deux jours à Noël. Résolue à ce que l'événement soit joyeux, Clarrie organisa une petite fête le lendemain de Noël, à laquelle elle convia Bertie et sa famille ainsi qu'Olivia et la sienne.

« *Venez, s'il vous plaît,* écrivit-elle à sa sœur. *Will ne rentrera peut-être plus à la maison avant des mois, voire des années.* »

Pour son plus grand plaisir, Olivia et Jack vinrent avec George, qui commençait à marcher sur des jambes encore mal assurées et s'agrippait aux jupes ou aux jambes de pantalon qui passaient. Lorsque Clarrie sortit la boîte de jouets mécaniques, Vernon, maintenant âgé de six ans, la lui arracha des mains.

— C'est à moi ! Il va les casser !

— Tu peux montrer à George comment jouer avec, suggéra Clarrie en lui reprenant fermement la boîte. Il est bien trop petit pour se débrouiller tout seul. Il a besoin d'un grand garçon.

Will vint à son aide et finit à quatre pattes par terre, faisant des bruits de train, avec Vernon sur le dos et un George qui riait en s'accrochant à ses jambes. Josephine, malgré les plaintes de Verity disant qu'elle allait abîmer sa robe, se joignit au convoi. Clarrie remarqua qu'Olivia et Jack paraissaient plus détendus maintenant que leur fils jouait avec les jumeaux. C'était la première fois qu'elle les voyait hors de chez eux depuis le baptême de George, et elle trouva qu'ils formaient un très beau couple. Sa sœur devenait de plus en plus belle : son visage était plus plein et ses cheveux étaient remontés en une brillante couronne rousse. Quant à Jack, avec ses cheveux brillantinés et ses traits moins juvéniles, il avait maintenant l'allure énergique et assurée d'un homme d'affaires. Il lui faisait penser à un jeune

Daniel Milner. Pour la première fois, Clarrie eut la certitude qu'Olivia avait eu raison de l'épouser.

Au moment où ils prirent congé, elle serra prudemment sa sœur dans ses bras.

— Merci d'être venus. Will espérait vraiment vous voir.

— Je sais à quel point il va te manquer, Clarrie. C'est un garçon formidable.

— Allez viens, chérie, dit Jack, portant George endormi. Will fera attention à lui. Ne te fais pas de souci. Pas dans ton état.

Olivia s'écarta en lançant un coup d'œil à son mari.

— Tu es de nouveau enceinte ? murmura Clarrie. Tu ne dois pas être gênée à cause de moi, je t'en prie.

Olivia hocha la tête.

— C'est pour mars.

— C'est merveilleux ! Pas étonnant que tu aies l'air d'une fleur épanouie.

Olivia lui adressa un regard reconnaissant, puis Jack l'entraîna dehors, dans le crépuscule de décembre. Will s'approcha et posa la main sur l'épaule de Clarrie.

— Demain, nous irons monter à cheval, dit-il gaiement. J'ai tout arrangé avec Lexy. Vous êtes interdite de salon de thé toute la journée. Nous sommes attendus aux écuries à dix heures.

— Deux mois dans l'armée, et vous voilà déjà aussi autoritaire que le maréchal French.

— Il faut bien, avec les Belhaven. Ils sont connus pour désobéir aux ordres.

Bras dessus, bras dessous, ils retournèrent auprès de Herbert dans la chaleur du salon.

32

1915

En février, le régiment de Will embarqua pour l'Égypte, et Olivia donna naissance à une petite fille prénommée Jane. Le bébé, né prématurément, était minuscule et tout ridé, et avait les cheveux noirs.

— Comme toi et maman, murmura une Olivia larmoyante à Clarrie, qu'elle avait envoyé chercher. Je voulais que tu la voies… au cas où…

Jane fut baptisée sans attendre à la maison, et la mère de Jack s'installa chez eux pour s'occuper de George tandis qu'Olivia se consacrait à son fragile bébé.

Le souci que Clarrie se faisait pour sa nièce se doublait d'inquiétude pour la sécurité de Will. Ils ne reçurent aucune nouvelle pendant plusieurs semaines et suivirent nerveusement les comptes rendus de la presse sur les opérations militaires en Méditerranée. Vers la fin du mois d'avril, il était question de violents combats dans les Dardanelles et de lourdes pertes infligées aux troupes britanniques et alliées par l'armée turque, retranchée au-dessus des plages de la péninsule de Gallipoli.

Clarrie sortit le vieil atlas de Herbert pour localiser ces endroits dont elle n'avait jamais entendu parler.

Chaque jour, elle priait pour recevoir la nouvelle que Will était vivant et en sécurité. Elle se prenait à rêver qu'il soit victime d'une blessure sans gravité qui le ramènerait chez eux, mais ne mettrait pas sa vie en danger. Qu'est-ce qui serait assez ? La perte d'un œil ? D'une demi-jambe ? Elle se torturait en vaines conjectures. Plus difficile encore était la lecture régulière de la liste des victimes. La peur d'une mauvaise nouvelle pesait dans son ventre comme un poids de pierre.

Enfin, une lettre de Will arriva, lourdement censurée. Il était en vie et de retour en Égypte. Ce jour-là, au salon de thé, Clarrie offrit des gâteaux. Ils ignoraient où son régiment irait ensuite, mais, vu la férocité de la guerre des tranchées en Flandre, elle espéra qu'il resterait sur le front oriental.

Le nombre de morts augmentait dramatiquement alors que les batailles faisaient rage cet été-là. La demande de volontaires était insatiable, et on parlait d'instaurer la conscription. Les hommes en âge et en état de combattre étaient incités à aller se faire recenser. Lors d'une de ses rares visites à Olivia, Clarrie la trouva dans un état épouvantable. Elle avait perdu du poids et semblait rompue de fatigue. Mme Brewis avait emmené George faire les courses.

— Elle ne veut pas prendre le bébé, dit Olivia en berçant Jane dans ses bras. Elle prétend que c'est trop compliqué.

— Elle a bien grandi, la rassura Clarrie. Tu ne devrais pas t'inquiéter.

— Mais si, je m'inquiète ! Comment faire autrement ? Le bébé m'épuise, et que fait Jack ? Il va se faire recenser.

Elle prit une grande inspiration et éleva la voix par-dessus les pleurnicheries du bébé.

— Je lui ai dit de ne pas le faire. Je ne veux pas qu'il se porte volontaire. On a besoin de lui à la compagnie. C'est le bras droit de M. Milner. D'autant que trois gars se sont enrôlés. Comment je me débrouillerais toute seule avec George et Jane ?

— Le recensement, ce n'est pas l'engagement. Ça ne veut pas dire qu'il devra rejoindre l'armée. Les hommes mariés avec des enfants seront les derniers à partir, surtout les gars comme Jack qui font tourner des entreprises.

Clarrie passa sous silence les difficultés qu'elle avait depuis peu pour se fournir en thé auprès de Milner. Les stocks diminuaient, et le transport maritime depuis l'Inde ou Ceylan était complètement perturbé. Le thé était toujours planté, récolté et empaqueté, mais la plus grande partie s'entassait dans les ports, en attente d'être embarquée. Pour couronner le tout, il y avait une immense demande de thé de la part de l'armée, et la plupart de la production était réservée à l'approvisionnement des soldats.

— Et le bébé n'arrête pas de pleurer, reprit Olivia, alors que les gémissements de Jane s'intensifiaient.

— Allez, donne-la-moi, dit Clarrie en la lui prenant d'autorité.

Jane était toute chaude et crispée. Clarrie desserra la couverture dans laquelle elle était emmaillotée et la promena dans la cuisine en désordre, la calmant avec des paroles apaisantes.

Olivia les observa, l'air malheureux.

— Je n'arrive à rien faire. Regarde dans quel état est la maison.

— Je croyais que Mme Brewis te donnait un coup de main.

Olivia soupira.

— Elle ne s'intéresse qu'à George et le gâte outrageusement. Pour être honnête, je préférerais qu'elle retourne chez elle : cela me fait seulement de la cuisine et de la lessive en plus. Mais ça n'arrivera pas. Thomas et elle ont loué sa chambre à un ouvrier d'une usine de munitions.

Jane avait fini par s'endormir, et Clarrie effleura d'un baiser sa petite joue marbrée de larmes.

— Pourquoi tu ne la portes pas contre toi pendant que tu travailles ? Comme Ama et les femmes khasi. Elle aime le mouvement et elle aime sentir le contact avec sa maman.

Olivia fit la grimace.

— Pour entendre la mère de Jack me traiter de coolie ? Merci bien.

— Qu'importe ce qu'elle dit ? Tu pourrais faire ce que tu as à faire tout en berçant le bébé en même temps.

Elle s'approcha de sa sœur et ajouta doucement :

— Je me souviens que maman faisait ça avec toi.

— Vraiment ?

— Oui, elle t'attachait sur son dos quand nous descendions au village ou qu'elle arrosait les fleurs dans la véranda. Même quand nous faisions des courses au bazar de Shillong. Tu peux être sûre que les Anglaises se moquaient d'elle, mais elle s'en fichait.

Clarrie sourit alors qu'un autre souvenir lui revenait.

— Quoi ? demanda Olivia.

— Elle disait qu'elle aimait bien te sentir tout près, entendre ton cœur battre, comme ça elle savait que tu allais bien. Je me souviens que je lui demandais : « Est-ce que le cœur du bébé marche ? » Et elle répondait : « Oui, il marche très bien, merci. »

Les yeux fatigués d'Olivia se remplirent de larmes. Délicatement, Clarrie reposa Jane dans ses bras.

— Fais la même chose avec ta petite. Cela te rassurera.

Elle repartit en promettant de repasser dès qu'elle le pourrait. Mais après une année de guerre, le salon de thé réclamait toute son attention. Les prix augmentaient, et deux de ses employées donnèrent leur démission : Dinah, pour mettre au monde l'enfant qu'elle avait eu avec son amoureux hâtivement épousé avant qu'il s'engage dans la marine, et Grace, qui avait trouvé un emploi plus rémunérateur dans une usine de fabrication d'obus. À la maison, elle avait de plus en plus de mal à trouver des infirmières pour s'occuper de Herbert, la plupart étant occupées dans les hôpitaux militaires ; quant à Sally, elle se maria à un riveur venu d'Écosse pour travailler sur les chantiers et donna son congé. Rachel épousa un sergent de la brigade Tyneside Irish et, au plus grand regret de Clarrie, partit s'installer à South Shields.

À son retour, un soir humide et froid de novembre, elle trouva la maison plongée dans l'obscurité. Elle était rentrée plus tard que prévu, le salon de thé étant plein de travailleurs migrants peu pressés de quitter sa chaleur pour retrouver les baraquements provisoires construits près des docks pour les loger. Elle savait que Mme Henderson serait repartie à dix-huit heures, mais espérait que la jeune infirmière l'aurait attendue.

Allumant les lumières, elle cria qu'elle était rentrée. Curieusement, elle trouva la chambre de Herbert vide : l'infirmière ne l'avait donc pas mis au lit. Elle se précipita vers le bureau.

— Herbert ?

Les vestiges d'un feu et la chaleur résiduelle lui apprirent que la pièce avait été occupée. La couverture qui d'habitude enveloppait les genoux de Herbert gisait par terre. Où donc était-il ? Il ne pouvait se déplacer sans aide. Gagnée par la panique, Clarrie courut d'une pièce à l'autre.

La porte de sa propre chambre était entrouverte, et de la lumière entrait par la fenêtre. À cause du black-out, elle voulut aller fermer les rideaux pour pouvoir allumer, mais trébucha et se rattrapa au montant du lit. À ses pieds se trouvait la canne de Herbert. C'est alors qu'elle découvrit son mari, gisant entre le lit et la fenêtre.

— Mon Dieu !

Il était couché sur le dos, le regard fixé au plafond. Un faible pouls battait dans le creux de son cou.

— Herbert, vous pouvez bouger ? Vous m'entendez ?

Il ne répondit pas. Seules ses paupières frémirent.

— Je vais aller chercher de l'aide, dit-elle en ravalant sa peur. Tenez bon ! Ne mourez pas, Herbert, je vous en prie, ne m'abandonnez pas.

Lorsqu'elle remonta dans la chambre après avoir appelé une ambulance et prévenu Bertie, Herbert avait les yeux fermés et la respiration si faible qu'elle dut se pencher pour la percevoir. Elle lui caressa la tête et lui murmura des encouragements.

Un temps infini parut s'écouler avant que l'ambulance arrive, sirène hurlante, alertant le voisinage sur le fait qu'il se passait quelque chose au numéro 12. Elle monta dans le véhicule avec Herbert, sans attendre Bertie. Il la trouva à l'hôpital, en train de faire les cent pas dans la salle d'attente, et exigea aussitôt de savoir ce qui s'était produit.

— Il a eu une nouvelle attaque, plus grave que la précédente. Le médecin n'est pas sûr que…

Bertie voulut connaître tous les détails et parut horrifié que son père ait été laissé seul.

— L'infirmière aurait dû être là, expliqua Clarrie en luttant contre les larmes. Et je ne comprends pas comment il a pu aller de son bureau à la chambre. Qu'essayait-il de faire à votre avis ?

— Nous ne le saurons sans doute jamais, dit-il d'un ton accusateur. Vous auriez dû être avec lui, pas au salon de thé.

— Je suis désolée.

Enfin, un médecin vint leur parler.

— M. Stock est dans un état stable mais sérieux. Il n'y a rien à faire ce soir. Rentrez chez vous et reposez-vous.

Bertie partit sans un mot et Clarrie rentra chez elle dans la brume. Ce fut la plus longue nuit de sa vie. Elle ranima le feu dans le bureau de Herbert et s'assit dans son fauteuil, où elle somnola, emmitouflée dans sa couverture.

Lorsqu'elle arriva à sept heures, Mme Henderson fut consternée.

— Lorsque je suis partie, M. Stock était assis dans son fauteuil près du feu, je vous le jure. La jeune infirmière est elle aussi partie à dix-huit heures, elle a été appelée pour une urgence. Je pensais que vous ne tarderiez pas. Oh, madame Stock, je me sens tellement coupable…

— Pas autant que moi, répondit Clarrie. Ce n'était pas votre faute. Dites-moi comment il était quand vous l'avez laissé.

— Il était comme d'habitude… il regardait le feu ou somnolait.

Puis son expression se modifia.

— Si, il a bien dit quelque chose de bizarre… mais peut-être que j'ai mal entendu.

— Quoi ?

— Il vous a réclamée.

— Moi ?

— Oui. Il a dit : « Allez voir si Mme Stock a besoin de quelque chose. » Et il m'a appelée Mme Pearson. Mais il mélange souvent les mots, pas vrai ?

— Mme Pearson était la cuisinière qui travaillait ici avant mon arrivée. Peut-être pensait-il aussi à la première Mme Stock.

Les lèvres tremblantes, elle ajouta :

— C'est sans doute pour ça qu'il est allé dans sa chambre… il réclamait Louisa.

Au cours de la semaine, l'état de Herbert resta stationnaire. Allongé dans son lit d'hôpital, aussi immobile qu'une statue, il avait le visage gris et sans vie. On le nourrissait avec un tube. Les rares fois où il ouvrit les yeux, son regard était vide. Clarrie allait le voir aux heures de visite et lui prenait la main, mais il ne montrait aucun signe qu'il la reconnaissait ou qu'il avait conscience de sa présence. Verity passa une fois puis déclara que c'était trop douloureux. Bertie vint quelques fois, dans le but manifeste de reprocher à Clarrie d'avoir négligé son père. Un message fut envoyé à Will, à présent à Alexandrie, le préparant au pire.

Et pourtant, Herbert s'accrocha à la vie. Un mois plus tard, à Noël, de légers progrès se firent jour et Clarrie reprit espoir : il réussissait à déglutir et ses yeux semblaient plus vifs, même s'il ne parlait toujours pas. De Will, Clarrie reçut une longue lettre chaleureuse. Elle lui avait précédemment confié sa certitude que Herbert avait cherché Louisa et que son esprit s'était perdu dans le passé.

« *C'est peut-être aussi bien vous qu'il cherchait, Clarrie,* écrivit-il. *Vous avez été son grand amour et son réconfort ces six dernières années. Ne laissez pas Bertie vous convaincre du contraire. Mon père n'aurait jamais vécu si longtemps sans votre attention aimante.* »

À l'aube de l'année 1916, une loi instaurant la conscription fut votée à la hâte au Parlement, et, à la consternation de Clarrie, la maison de Summerhill fut réquisitionnée par la caserne voisine pour y accueillir les nouvelles recrues.

— Vous n'avez pas besoin de tout cet espace, lui fit remarquer Bertie, peu compatissant, et je doute que père se rétablisse suffisamment pour vivre de nouveau ici un jour.

— C'est aussi la maison de Will, rétorqua-t-elle.

— Will n'aura pas besoin de maison avant la fin de la guerre, et il peut venir chez nous pendant ses permissions.

— Et moi ? demanda Clarrie.

Il ne parut pas s'émouvoir de son sort.

— Il y a l'appartement au-dessus du salon de thé. C'est assez spacieux, et très pratique pour votre travail.

Furieuse, Clarrie alla trouver l'officier en charge des réquisitions, soupçonnant Bertie de l'avoir renseigné à propos de la maison vide.

— Nous avons été amenés à croire que vous y viviez seule, lui apprit l'officier, embarrassé, et que vous possédiez un autre logement où vous pourriez vous installer.

— C'est la maison de mon mari, il doit pouvoir y revenir, insista-t-elle. J'accepte de la partager, mais pas avec des soldats en cantonnement.

En définitive, il fut convenu que le rez-de-chaussée serait utilisé par du personnel administratif et que deux employées logeraient au deuxième étage. Les inquiétudes de Clarrie s'aggravèrent cet été-là, quand la nouvelle de l'offensive de la Somme fut connue. Bien que l'opération soit présentée comme une attaque décisive contre les lignes allemandes, le nombre des pertes évoquait plutôt un carnage. Des régiments entiers avaient été anéantis en quelques heures.

Assise dans le salon de thé avec les autres, penchée sur le journal en tentant de glaner des informations, elle avait du mal à croire à cette hécatombe. Le cousin de Dolly fut tué, un des livreurs de Jack porté disparu, et la plus jeune fille d'Ina se retrouva veuve à vingt ans. Alors qu'elle essayait de consoler son équipe et de persuader Olivia que Jack ne serait peut-être pas incorporé, elle reçut un télégramme.

Elle l'ouvrit avec des doigts tremblants et faillit s'évanouir en lisant le message. Will était de retour en Angleterre pour une semaine de permission. Il arriva dans un train bondé, le visage cireux et amaigri, mais avec un sourire qui alla droit au cœur de Clarrie.

Elle voulut l'emmener au salon de thé pour lui donner à manger, mais il insista pour rentrer chez lui. Sur le chemin, elle lui expliqua que la maison avait été en partie réquisitionnée, mais que sa chambre était préservée. Il alla directement se mettre au lit et dormit jusqu'au soir. Clarrie décida que Bertie pourrait attendre un jour de plus avant d'être informé du retour de son frère. Après avoir pris un bain, Will partagea son simple souper de jambon et de pommes de terre, pendant qu'elle lui racontait tout ce qui s'était passé durant son absence. Mais lorsqu'elle voulut l'interroger sur Gallipoli et le temps qu'il avait passé en Égypte, Will éluda ses questions.

— La vie militaire est à quatre-vingts pour cent ennuyeuse, déclara-t-il.

— Et les vingt pour cent restants ?

— C'est la partie qu'on essaie d'oublier.

Le lendemain, ils convinrent de se retrouver à l'hôpital, une fois qu'il aurait rendu visite à Bertie et Verity. Clarrie le trouva déjà assis à côté de son père. Lorsqu'il leva les yeux vers elle, il ne put cacher à quel point il était bouleversé par l'état de Herbert.

— Parlez-lui, l'encouragea-t-elle gentiment. Le son des voix le rassure, même s'il ne comprend pas ce qu'on dit.

Will essaya de le faire, mais son éloquence habituelle l'avait abandonné. Ils restèrent assis en silence, jusqu'au moment où Will entonna *Les Falaises de Tynemouth*, d'abord en chuchotant, puis de plus en plus fort. C'était une chanson traditionnelle qu'il avait apprise à l'école, étant petit, et qu'il avait chantée des centaines de fois à la maison.

Oh, les falaises de Tynemouth sont sauvages et douces
Et chères sont les eaux qui roulent à leurs pieds...

Alors que sa voix mélodieuse de ténor emplissait l'espace, Clarrie se remémora les fois où Olivia et Will l'avaient chantée dans la nursery. Ses yeux se mirent à la picoter et sa gorge se noua.

Il y a de plus belles contrées
Mais aucune ne peut se comparer
À ces rives de notre enfance et de notre premier amour...

Elle remarqua que les yeux de Herbert étaient fixés sur Will, comme s'il s'efforçait de se souvenir à travers les brumes de la confusion.

... c'est ma joie, et la demeure de mon cœur.

Quand il arriva à la fin de la chanson, Clarrie insista pour qu'il en chante une autre, mais Will secoua la tête, submergé par l'émotion.

De sorte que Clarrie commença seule à fredonner un air qu'elle avait souvent entendu dans son salon de thé, *Des voiles rouges dans le couchant*. Lexy et Edna le chantaient sans arrêt. Will joignit sa voix à la sienne. Ensuite, ils chantèrent des bribes de toutes les chansons populaires qu'ils purent se rappeler, jusqu'au moment où l'infirmière-chef passa la tête dans l'entrebâillement de la porte pour leur annoncer que l'heure des visites était terminée.

Lorsque Clarrie se pencha pour embrasser Herbert, elle eut la certitude qu'il la reconnaissait.

— N'est-ce pas merveilleux que Will soit rentré ? murmura-t-elle. Il reviendra vous voir demain.

Se retournant avant de quitter la pièce, elle vit que Herbert la regardait toujours, aussi lui envoya-t-elle un baiser. Elle ne s'était pas sentie aussi légère depuis des mois.

La sonnerie du téléphone la réveilla d'un profond sommeil. En chemise de nuit, elle descendit en hâte pour aller répondre. C'était l'hôpital. Herbert était mort dans son sommeil, juste avant l'aube.

33

La permission de Will fut prolongée afin qu'il puisse assister aux funérailles de son père. Clarrie était soulagée qu'il soit là pour la réconforter et empêcher Bertie de décider de tout. L'aîné des Stock voulait une grande cérémonie à la cathédrale, mais elle insista pour que le service ait lieu à l'église John Knox que Herbert avait fréquentée toute sa vie. Elle céda sur la veillée mortuaire, qui se tiendrait à Tankerville Terrace puisqu'elle ne pouvait pas recevoir dans la maison de Summerhill partiellement réquisitionnée.

— De toute façon, la simple idée d'une réception me paraît difficile à supporter, dit-elle à Will.

Elle traversa veillée et obsèques dans un état d'engourdissement. Au fond d'elle-même, elle savait que Herbert ne se remettrait pas de sa seconde attaque, et pourtant elle s'était habituée à aller le voir à l'hôpital semaine après semaine, se laissant bercer par la routine des visites et se raccrochant au moindre espoir.

Elle fut très touchée par le nombre de gens qui vinrent présenter leurs condoléances : des amis, des clients, des paroissiens et des habitués du salon de thé, qui le tenaient en haute estime. Son personnel vint la soutenir dans l'épreuve, tout comme Olivia et Jack, et Johnny, qui fit le déplacement depuis Édimbourg dans la nuit pour être présent. *Chez Herbert* ferma pendant une semaine en signe d'hommage.

Dès que les funérailles furent passées, Bertie convoqua Clarrie à son cabinet pour régler la succession de Herbert.

–– Il y a beaucoup de choses dont nous devons discuter, lui dit-il au téléphone.

Mais elle refusa de gâcher les derniers jours de permission de Will avec d'ennuyeuses questions juridiques, qui en outre n'intéressaient pas du tout le jeune homme.

— Laissez Bertie s'en occuper, lui conseilla-t-il. Il n'y a rien qu'il aime davantage que de faire homologuer un bon testament.

Les chevaux de Johnny ayant été réquisitionnés depuis longtemps, ils allèrent faire de longues promenades à pied dans la campagne, où le maïs était mûr et où les femmes avaient commencé à récolter.

— Peut-être devrais-je m'engager, moi aussi, déclara Clarrie lors de leur ultime balade. Je ne sais vraiment pas quoi faire. Pendant longtemps, Herbert a été ma priorité. Sans lui, je me sens comme une plante sans racines.

— Votre travail au salon de thé est important. Continuez tant que vous pouvez encore vous approvisionner, car le rationnement viendra tôt ou tard. Vous remontez le moral de tout un tas de gens, et Dieu sait qu'ils en ont besoin. Et pensez à Lexy, Edna, Ina et Dolly : elles dépendent encore de vous.

— Oui, vous avez raison, et je détesterais fermer. En plus, ça me donnera une raison de tenir quand vous serez reparti.

Will lui prit le bras.

— Je reconnais bien là ma Clarrie.

— De plus, c'est peut-être la dernière année de guerre, et tout le monde va peut-être revenir à la raison.

Mais Will lâcha un petit rire sinistre.

— Cette monstrueuse guerre est loin de s'achever. Les deux camps auront le temps de s'affamer jusqu'à la mort avant de capituler.

Le jour où Will dut rejoindre son régiment fut chargé d'émotion.

— Ne venez pas à la gare, lui recommanda-t-il. Ce sera le chaos et on ne saura pas quoi se dire.

— Mais que voulez-vous que je fasse d'autre? demanda Clarrie, le ventre noué.

— Allez au salon de thé et occupez-vous. Ça me réconfortera de vous imaginer là-bas. Laissez-moi vous regarder partir au travail comme un jour ordinaire. Je vous en prie, Clarrie.

Elle ravala sa déception de ne pas pouvoir être avec lui jusqu'au tout dernier moment.

— Si c'est vraiment ce que vous voulez, alors soit...

Les employés étaient déjà au travail au rez-de-chaussée quand elle fit ses adieux à Will dans le bureau de Herbert. Il n'avait pas encore revêtu son uniforme et paraissait si jeune dans son pantalon de flanelle et sa chemise ouverte. Elle prit sa grande main entre les siennes.

— Je suis contente que vous ayez été là au moment du décès de votre père, dit-elle. Je ne crois pas que c'était le hasard ; je pense qu'il s'est accroché à la vie jusqu'à votre retour. Je ne l'avais jamais vu aussi paisible qu'au moment où vous avez chanté pour lui, et je vous en remercie.

Des larmes apparurent dans les yeux de Will.

— Je regrette de vous laisser toute seule, répondit-il d'une voix rauque.

— Je ne suis pas seule. J'ai ma famille au salon de thé.

— Si seulement les choses n'étaient pas si incertaines ! Je veux vous imaginer en train de m'écrire, assise au bureau de papa, et de recevoir la famille pour le thé dans le salon… et pas au milieu des secrétaires militaires qui ont envahi la maison.

Elle s'agrippa à ses mains.

— Quoi qu'il arrive, vous serez toujours chez vous où je serai. Revenez sain et sauf, c'est tout ce que je vous demande.

Ils se serrèrent fort, comme lorsqu'il était enfant et qu'il pleurait sa mère. Elle lui caressa les cheveux en s'exhortant à ne pas flancher devant lui.

— Que Dieu vous protège, murmura-t-elle.

— Et vous aussi.

Lorsqu'elle s'écarta, il avait le visage baigné de larmes. Ils se contemplèrent pendant un long moment, se souriant tristement. Il y avait tant à dire, et en même temps plus rien à dire, en un moment pareil.

Clarrie ne s'attarda pas et ne se laissa pas aller à pleurer avant d'avoir quitté la maison. Oppressée comme si un poids pesait sur sa poitrine, elle prit de grandes goulées d'air en essuyant ses larmes. Au coin de la place, elle se retourna pour jeter un coup d'œil à la maison, et eut un instant le souffle coupé. L'espace d'une seconde, elle crut voir la haute silhouette de Herbert derrière la fenêtre du bureau, tel qu'il était des années plus tôt. Mais bien sûr, il s'agissait de Will qui la regardait partir. Il leva la main et elle lui envoya un baiser.

Ce fut une journée pénible, la première qu'elle passait au salon de thé depuis le décès de Herbert, mais elle la supporta en se maintenant occupée et en tentant de ne pas penser au départ de Will : Will quittant la maison dans son uniforme, Will à la gare, Will dans un train bondé qui traversait la Tyne puis brinquebalait vers le sud.

Plutôt que de retourner dans sa maison vide, elle accepta l'invitation de Lexy de partager un souper tardif dans l'appartement du dessus. Edith, sa jeune sœur, venait de prendre un emploi à Sunderland, et Lexy, qui n'avait jamais vécu seule, avait du mal à supporter le silence.

— J'ai passé ma vie à espérer que mes sœurs émigrent à Tombouctou, plaisanta-t-elle, et maintenant, je me retrouve à parler tout haut pour avoir de la compagnie.

Elles mangèrent un œuf dur et burent du thé en papotant de tout et de rien : de recettes leur permettant d'économiser le sucre, d'un miel local qu'elles pourraient utiliser comme substitut, du nouveau coup de cœur d'Edna pour un réfugié belge travaillant sur les docks, de l'arthrite d'Ina.

Prenant une gorgée de thé, Lexy fit la grimace.

— Ce truc est de plus en plus mauvais. Ça sent le goudron et ça en a le goût.

— Vous devenez bien exigeante en matière de thé avec l'âge !

— J'ai été à bonne école.

Clarrie soupira.

— Vous avez raison. Le dernier lot reçu de chez Milner était d'une qualité épouvantable, avec des brindilles grosses comme des ongles. Mais ce n'est pas leur faute : c'est le mieux qu'ils puissent trouver à ce prix-là. Ce sont les planteurs qui deviennent trop gourmands et font quatre ou cinq cueillettes sur chaque théier. Ils se moquent de la qualité puisque le gouvernement leur a garanti les prix d'avant-guerre.

Lexy éclata de rire.

— Clarrie, vous gâchez vos talents dans un salon de thé. J'ai pas tout compris, mais s'il ne tenait qu'à moi vous seriez à la tête du ministère du Commerce.

Elles se gardèrent d'évoquer Will, jusqu'au moment où Clarrie se leva pour partir.

— Il reviendra, lui dit Lexy en lui serrant le bras, ne vous faites pas de souci pour lui. Il s'est déjà sorti de pas mal d'épreuves.

Cette nuit-là, Clarrie se coucha dans le lit de Herbert, contente d'entendre du mouvement à l'étage au-dessus, où logeaient les secrétaires. Serrant dans ses bras l'oreiller qui avait conservé l'odeur de son époux, elle sentit le poids qu'elle avait porté toute la journée remonter et lui obstruer la gorge. Le chagrin qu'elle avait contenu grâce à la présence de Will la submergea. Elle pleura, secouée de gros sanglots, pour la perte de son mari qui avait montré un tel courage pendant sa longue maladie. Et elle pleura pour Will, car elle ne pouvait rien faire pour le protéger; Will, si bon, si loyal et aimant, qui illuminait sa vie comme s'il était son propre fils.

Une semaine plus tard, en rentrant à la maison, Clarrie trouva deux hommes dans le bureau de Herbert en train d'inventorier ses livres. Lorsqu'elle les interrogea, ils répondirent qu'ils étaient des experts travaillant pour un commissaire-priseur.

— Mais je n'ai absolument pas l'intention de vendre les livres de mon mari, protesta-t-elle.

Le plus âgé lui répondit, embarrassé :

— Il faudra voir avec M. Stock.

— Mais il est mort ! s'exclama-t-elle, en pleine confusion.

— M. Bertram Stock. Il nous a engagés pour nous occuper des effets de son père.

Malgré sa fatigue, Clarrie se rendit aussitôt au cabinet de Bertie et exigea de le voir sans attendre.

— Qu'est-ce que ça signifie ? Je ne vous ai rien dit à propos des livres de Herbert. Je veux les garder pour Will… il n'a pas eu le temps de choisir quoi que ce soit.

Furieuse, Clarrie continua de pester pendant quelques minutes, pendant que Bertie se curait les ongles avec un coupe-papier, daignant à peine lui adresser un regard. Enfin, il leva la main.

— Quand vous aurez terminé votre crise d'hystérie, peut-être consentirez-vous à vous asseoir ?

Il montra le siège qui faisait face à son immense bureau recouvert de cuir rouge, sans prendre la peine de se lever.

Clarrie s'assit, crispée.

— J'ai voulu m'entretenir avec vous des questions juridiques depuis le décès de mon père, déclara-t-il, comme si elle était coupable.

— Je ne suis pas prête. Je ne veux rien précipiter. C'est trop tôt. Vous n'avez pas le droit de vendre les affaires de Herbert.

— J'en ai tout à fait le droit, au contraire. Toutes les affaires de père m'appartiennent : les livres, les meubles, la maison.

— Ce n'est pas possible.

— C'est parfaitement possible. Je gère ses affaires depuis des années, n'oubliez pas.

— Ses affaires professionnelles, oui, mais pas personnelles.

— Tout, répondit Bertie avec un sourire méchant. Je m'en suis assuré quand il a signé une procuration en ma faveur.

Clarrie était stupéfaite.

— Vous l'avez trompé ! Vous m'avez trompée !

— Non, dit-il en se penchant par-dessus le bureau. Tout ce qui est à mon père me revient de droit. Vous pensiez que je vous laisserais conserver ce qui leur appartenait, à ma mère et à lui ? Vous, la gouvernante ?

Clarrie se releva, le fusillant du regard.

— Je ne veux rien pour moi, mais…

— Tant mieux. Donc vous ne verrez pas d'inconvénient à ce que l'armée investisse le reste de la maison. J'ai négocié la réquisition de l'ensemble. Ensuite, j'ai l'intention de vendre. Pour moi, cette maison sera toujours salie par votre présence, votre goût vulgaire d'Anglo-Indienne et vos tentatives pour usurper la place de ma mère.

— Pourquoi me détestez-vous à ce point ? demanda-t-elle, blessée par tant de hargne. J'ai rendu votre père heureux.

— Je ne vous déteste pas, répondit-il en lui lançant un regard de mépris. Pour moi, vous n'existez pas.

— Et Will ? C'est aussi sa maison et son héritage.

— Mon frère aura ce qui lui revient, j'y veillerai.

Saisie d'un mauvais pressentiment, Clarrie s'enquit :

— Et qu'en est-il des investissements que vous avez faits en mon nom ?

— Ah, oui, ceux-là…

Il s'éclaircit la gorge.

— C'étaient des investissements sains à l'époque, mais avec le conflit ils ont perdu la plupart de leur valeur. Il vous reste à espérer qu'ils remonteront après la guerre.

— Et le salon de thé ? s'écria Clarrie, tenaillée par la peur. Lui, au moins, est à moi ?

Bertie eut du mal à cacher un sourire de triomphe.

— Je crains que non.

Prise de vertige, Clarrie s'agrippa au bureau.

— Espèce de salaud ! cria-t-elle.

— Toujours la fille de votre père, à ce que je vois, avec un langage de corps de garde.

— Donc, vous avez décidé de me jeter à la rue ? C'est ce que vous voulez ? C'est ce que Verity veut ? C'est comme ça que vous me remerciez de m'être occupée de vos enfants ?

— Je ne veux rien de tout ça. J'ai une proposition à vous faire. Vous continuez à gérer le salon de thé en échange d'un salaire correct et de la jouissance de l'appartement du premier étage.

Clarrie le regardait, abasourdie. Une seconde, il l'insultait et l'humiliait et, la suivante, il s'attendait qu'elle lui soit reconnaissante de lui offrir ce qui était à elle de plein droit.

— Vous avez un de ces toupets !

— À vous de choisir : soit vous acceptez, soit je vends.

Clarrie se rendit compte qu'elle n'avait pas le choix. Pendant tout ce temps où elle avait travaillé d'arrache-pied pour monter son entreprise, il complotait pour la lui voler.

Elle serra les dents pour réprimer un haut-le-cœur.

— Je vous rappelle que Lexy vit dans l'appartement du dessus.

— Eh bien, elle devra déménager.

— Si vous tentez de l'exproprier, vous devrez faire face à une émeute.

— Eh bien, je suis sûr que vous trouverez un arrangement avec cette femme. La façon dont vous gérez le salon de thé m'importe peu, tant que vous faites des bénéfices.

— Des bénéfices ? répéta Clarrie, crachant presque le mot. Dans ce climat, ce sera un miracle si on reste à flot.

— Alors, faites des miracles.

Clarrie sortit du cabinet à l'aveuglette, la tête près d'éclater, la peur chevillée au corps. Comment Herbert avait-il pu avoir un fils aussi égoïste et cruel ? Il se retournerait dans sa tombe s'il savait ce qu'il avait fait. Si seulement Will était là pour prendre sa défense ! Mais Will était loin, en train de risquer sa vie au front. Comme si souvent par le passé, Clarrie allait devoir se battre seule.

34

1917

Clarrie ne dit rien de ses soucis dans les longues lettres qu'elle écrivit à Will. Elle expliqua qu'elle avait emménagé dans l'appartement au-dessus du salon de thé parce que c'était plus pratique, et que ainsi Lexy et elle se tiendraient mutuellement compagnie. De fait, elle s'aperçut vite que les bavardages enjoués et les manières directes de Lexy lui procuraient un immense réconfort après la mort de Herbert et la façon dont elle avait été chassée de Summerhill. La grande maison lui manqua à peine.

Sa principale préoccupation était de faire tourner son salon de thé. Tout le monde, même Olivia et Jack, ignorait à quel point sa situation était précaire : elle n'avait pas voulu qu'on sache que Herbert l'avait laissée si vulnérable. Seules ses vieilles amies, Lexy et Ina, étaient au courant.

Au début de l'été, les prix de la farine, du sucre et du thé avaient encore monté, si bien qu'elle avait de plus en plus recours à de la nourriture en conserve pour fournir les repas et devait se résoudre à servir du Viandox à la place du chocolat et du café. L'entreprise de Daniel Milner était menacée alors que, les prix du thé s'envolant, les clients désertaient ; ses chevaux et ses camionnettes avaient été réquisitionnés et sa main-d'œuvre très réduite à la suite de la conscription. Il était passé devant le tribunal en 1916 pour obtenir l'exemption de Jack, arguant que son commerce péricliterait sans lui. Lors d'une rare visite qu'elle lui fit juste avant Noël, Clarrie trouva Olivia presque malade de soulagement.

— Maintenant, je vais pouvoir dormir tranquille en sachant que Jack ne sera pas mobilisé. C'est peut-être égoïste, mais je m'en moque. Je ne suis pas comme toi, Clarrie. Je ne m'en sortirais jamais toute seule.

Clarrie garda ses soucis pour elle, attristée par le gouffre qui s'était creusé entre elles. Elles avaient si peu en commun désormais qu'elles ne savaient plus quoi se dire. Sa sœur ne l'invita même pas à passer Noël avec sa famille, prétextant qu'ils seraient chez la mère de Jack. Ce fut Lexy qui, avec ses sœurs, rendit supportable le premier Noël de Clarrie sans Herbert et Will, en invitant aussi Ina et sa famille. Chacun apporta ce qu'il put pour le dîner, tous échangèrent des petits cadeaux et la soirée se termina en chansons, tandis que la benjamine d'Ina jouait de l'harmonica. On était bien loin des soirées distinguées dans le salon de Summerhill ou de Tankerville Terrace, mais rien n'aurait pu davantage remonter le moral de Clarrie.

La situation devenait de plus en plus préoccupante. Elle dut fermer les salles de réunion dans l'annexe et loua l'espace pour loger des ouvriers des usines de munitions. Ce printemps-là, Lily mourut et Jared ferma le *Cherry Tree*, qu'il n'avait plus le cœur de tenir. Son commerce à lui aussi avait décliné depuis que le gouvernement avait réduit les heures où il était licite de servir de l'alcool, de plus en plus difficile à se procurer. Il se présenta au salon de thé un jour pour dîner. Alors que Clarrie l'accueillait, il lui tendit un paquet enveloppé de tissu d'un air penaud.

— J'ai trouvé ça au fond de l'armoire de Lily, dit-il. Je suis désolé… j'espère qu'il marche encore.

Défaisant le paquet, Clarrie découvrit le vieux violon d'Olivia.

— Elle ne l'avait donc pas vendu ! Quelle idée de l'avoir gardé pendant tout ce temps !

Jared haussa les épaules.

— Elle était jalouse de vous deux… elle voulait peut-être un petit peu de vous. Votre départ chez les Stock, ç'a été la goutte d'eau. Après ça, elle est devenue encore pire. Mais je te jure que je n'étais pas au courant pour le violon.

— Ne vous en faites pas. C'est si vieux, tout ça. Comme disait mon père, il arrive des choses bien pires en mer.

— Ce qui me fait penser : Harrison a été appelé dans la marine. Ils doivent vraiment être à court d'effectifs.

Clarrie avait espéré que le violon ranimerait la complicité perdue entre Olivia et elle, mais sa sœur ne montra que peu d'intérêt pour la réapparition de l'instrument. Elle avait cessé de jouer des années plus tôt. Elle était toute à sa crainte que la Tyneside Tea Company mette la clé sous la porte et que Jack se retrouve au chômage, ou pis, qu'il soit appelé sous les drapeaux. Mme Brewis trouvait George trop turbulent et préférait s'occuper du bébé de Thomas et d'Annie. Quant à Jane, elle se révélait d'une santé aussi délicate que celle de sa mère et sujette à des crises d'asthme.

— Amène-les au salon de thé et nous occuperons George, proposa Clarrie.

Mais Olivia ne le fit jamais.

Après sa première visite, Jared prit l'habitude de venir deux ou trois fois par semaine, et restait assis à lire le journal ou à parler avec les autres clients en faisant durer sa tasse de Viandox. Chez les militants du Parti travailliste indépendant, la révolution en Russie et le cessez-le-feu sur le front de l'Est donnèrent lieu à des discussions enflammées. Pendant tout l'été, ils se demandèrent si ces événements allaient précipiter la fin du conflit, bien que les combats en France soient aussi violents que l'été précédent.

Clarrie tentait d'afficher sa bonne humeur coutumière au salon de thé, mais, au fond d'elle, l'angoisse de savoir Will au front ne la quittait pas. Chaque fois qu'une lettre ou qu'une carte postale si longtemps attendue arrivait, son soulagement était immense, mais aussi de courte durée : il était vivant et en bonne santé au moment où il l'avait rédigée, mais depuis ?

« *Devinez quoi ?* lui écrivit-il un jour. *La semaine dernière on m'a envoyé transmettre un message au QG, et j'y ai rencontré quelqu'un qui vous avait connue en Inde ! Le colonel Harry Wilson. C'est un vrai vétéran, l'un des rares soldats de métier que j'ai croisés. Il m'a raconté qu'il n'était qu'un jeune subalterne à l'époque, mais que vous l'aviez gentiment reçu à Belgooree. Le sujet est arrivé de manière étonnante. Il m'a dit qu'il avait un ami originaire de la même région que moi, Wesley Robson. Il était stupéfait de découvrir que je le connaissais également ! Le colonel Wilson m'a appris que Wesley avait été incorporé lui aussi, alors qui sait si nous ne le verrons pas bientôt arriver ? Le colonel vous transmet ses amitiés, à vous et Olivia. Il a tout spécialement demandé si Olivia peignait encore. Le monde est petit, n'est-ce pas ? »*

La lecture de cette lettre laissa Clarrie tremblante, comme si le passé avait resurgi du néant pour l'effleurer de ses doigts de spectre. Harry Wilson ! Elle se rappela le béguin d'Olivia pour le jeune militaire aux cheveux roux, et le jour où elles étaient allées le regarder pêcher – le jour même où Wesley s'était violemment disputé avec leur père. C'était étrange, comme leurs vies s'entrecroisaient. La guerre les avait tous lancés en l'air et éparpillés comme des osselets. Même Wesley avait été arraché à son existence confortable pour être envoyé au combat. Elle se demanda si Henrietta – s'étaient-ils mariés ? – passait des nuits blanches dans une demeure londonienne à s'inquiéter pour lui.

Clarrie hésitait à aller voir Olivia pour lui montrer la missive : le souvenir pouvait faire rire sa sœur, ou au contraire la fâcher en lui rappelant Belgooree. Olivia refusait de parler de leur enfance devant Jack et les Brewis, comme si elle avait honte d'avoir autrefois vécu une existence si différente et excentrique. Mais avant que Clarrie ait pu se décider, Jack se présenta au salon de thé et demanda à la voir.

— Que se passe-t-il ? C'est Olivia… ? Les enfants… ?

— Tout le monde va bien, s'empressa-t-il de répondre.

Il paraissait mal à l'aise.

— Venez dans le fond, suggéra-t-elle en l'emmenant vers une table libre et en priant Edna de leur apporter du thé.

— Pas besoin, dit-il. Je ne reste pas longtemps.

— Moi, j'en ai besoin. Vous pourrez me regarder boire si vous voulez.

Ils s'assirent l'un en face de l'autre dans un silence embarrassé. Quand le thé arriva, Jack en but une gorgée et s'éclaircit la gorge.

— Olivia ne sait pas que je suis ici. Mais je m'inquiète pour elle. J'ai reçu ma feuille d'incorporation... Je ne sais pas comment elle se débrouillera.

— Mais je croyais que vous étiez exempté ?

Jack secoua la tête.

— Nouvelles règles. M. Milner n'a rien pu y faire. Cette fois, je dois partir.

Pour la première fois, il la regarda en face.

— Je n'ai pas peur. J'y serais allé dès le début si M. Milner n'était pas intervenu. Mais notre Olivia... elle est dévastée à l'idée que je m'en aille.

— Oh, Jack, je suis désolée. Quand partez-vous ?

— Je dois me présenter à la caserne demain.

— Si tôt ?

— Il le faut. Mais ce n'est pas pour moi que je m'inquiète. C'est pour Olivia et les enfants. Vous voudrez bien vous occuper d'eux ?

— Bien sûr, répondit-elle sans hésiter.

Elle le vit lutter pour poursuivre.

— Nous avons mal agi vis-à-vis de vous. Je vous ai laissées vous éloigner, Olivia et vous.

— Vous n'y êtes pour rien, lui dit-elle gentiment.

— Un peu, tout de même.

Il regarda autour de lui, rentra les épaules et baissa la voix :

— Quand je me suis rendu compte que vous ne m'aimiez pas, ou du moins pas assez pour vous marier avec moi, mon orgueil en a pris un coup. Et j'ai commencé à faire la cour à Olivia pour vous blesser à mon tour.

Clarrie s'empourpra.

— Vous ne devriez pas dire des choses pareilles !

— Laissez-moi finir. Au début, c'était peut-être un jeu, mais petit à petit je suis tombé amoureux d'elle. Le jour de notre mariage a été le plus beau jour de ma vie.

Il soutint son regard.

— J'aime votre sœur plus que tout au monde.

— Je n'en ai jamais douté.

— Mais elle, elle en doute. Même après tout ce temps et la naissance de nos deux enfants, elle n'arrive pas à croire que je puisse l'aimer plus que vous. C'est la raison pour laquelle j'ai été dur avec vous, uniquement pour lui prouver que c'est elle que j'aime. Et c'est pour ça qu'elle n'apprécie pas que vous veniez quand je suis là. Elle est jalouse de vous, Clarrie.

— Non !

— Si. Et je l'ai été, moi aussi.

— Mais pourquoi ?

— Vous réussissez toujours à retomber sur vos pieds. Vous travaillez pour les Stock, puis vous épousez Herbert, vous vivez dans la grande maison bourgeoise, vous dirigez votre propre entreprise. Vous donniez l'impression de pouvoir faire tout ce dont vous aviez envie.

— Mais j'ai toujours travaillé très dur pour ça !

— Peut-être bien, concéda Jack en haussant les épaules. Tout ce que je sais, c'est qu'on est tous dans le même bateau maintenant. Nos commerces ne tiennent plus qu'à un fil, qu'on soit un riche Stock ou un prolétaire Brewis.

Clarrie eut la tentation de lui faire remarquer à quel point sa propre situation était encore plus fragile que la sienne : au moins, grâce à la générosité de M. Milner, Olivia et lui étaient propriétaires de leur toit. Mais il semblait si accablé par l'inquiétude qu'elle jugea inutile de lui parler de ses propres problèmes.

— M. Milner m'a promis que je retrouverais mon poste à la fin de la guerre, et Olivia recevra ma solde militaire. Ce n'est pas vraiment un problème d'argent. Mais elle a besoin de quelqu'un de fort sur qui se reposer, et ma mère est très occupée avec le bébé de Thomas et d'Annie.

Clarrie posa la main sur la sienne.

— Cessez de vous inquiéter. Je garderai un œil sur eux. C'est ma famille, vous savez.

Il lui effleura brièvement la main.

— Merci, Clarrie. Et je suis désolé qu'il y ait eu cette animosité entre nous.

Il se leva et mit son chapeau.

— Une dernière chose, au cas où vous ne seriez pas au courant. Bertie Stock n'est plus l'avocat de M. Milner… depuis un certain temps, d'ailleurs.

— Non ! Je l'ignorais. Pourquoi ?

Jack hésita.

— L'entreprise n'a plus les moyens de régler ses honoraires, pour commencer.

— Et ?

Jack parut mal à l'aise.

— M. Milner ne s'est jamais entendu avec lui. Il ne lui fait pas confiance. Et il a mal conseillé la compagnie : il a fait des mauvais investissements en notre nom. M. Milner lui a dit qu'il pouvait prendre des risques avec son propre argent, mais pas avec celui de ses clients.

Clarrie laissa échapper un soupir.

— Il a fait la même chose avec moi.

— Ah bon ? Eh bien, M. Milner pourrait vous recommander un autre conseiller. Vous n'êtes pas obligée de rester avec Bertie Stock par loyauté.

— Si seulement c'était si simple, dit-elle d'une voix faible.

Il la regarda, déconcerté.

— Ça ne l'est pas ?

Clarrie secoua la tête. Mais le moment était mal choisi pour avouer qu'elle n'avait plus rien à investir – il ne lui restait pour tout patrimoine qu'une parure d'émeraudes offerte par Herbert –, et que Bertie possédait le salon de thé et lui versait un salaire.

— En tout cas, d'après ce que j'ai cru comprendre, vous êtes une des rares clientes qui lui soient restées fidèles.

— Merci pour la mise en garde.

Avec un hochement de tête et un petit sourire qui creusa ses fossettes, il prit congé.

Afin de ne pas éveiller les soupçons de sa sœur, Clarrie attendit une semaine avant d'aller la voir. Ce fut George qui lui ouvrit, et elle entendit les pleurs de Jane en fond sonore. Suivant la source du bruit, elle trouva sa nièce dans la cuisine en désordre, assise sur le tapis devant le feu éteint. Aussitôt, elle la prit dans ses bras et tenta de la calmer.

— Où est ta maman ? demanda-t-elle à George.

— Dans son lit. Elle dit qu'elle en a marre de sa vie. Jane sent mauvais, pas vrai, tante Clarrie ?

— Un petit peu, concéda Clarrie en se pinçant le nez.

George l'imita et éclata de rire.

— Aide-moi à lui trouver des vêtements propres, lui dit-elle en fouillant dans un panier de linge à repasser, dont la plupart étaient à Jack.

Elle nettoya le bébé dans l'évier et lui mit un pantalon de son frère. George trouva un croûton de pain sec dans la panière et le donna à sa sœur, qui se mit à le mâchouiller, cessant aussitôt de pleurer.

— Petit malin, fit Clarrie en souriant à son neveu. Maintenant, allons voir ta maman.

Elle découvrit Olivia couchée dans sa chambre aux rideaux fermés, la respiration sifflante et laborieuse.

— Depuis combien de temps es-tu comme ça ?

— Jack…, murmura Olivia en haletant. Jack… est parti.

— Je sais, dit Clarrie en écartant du visage d'Olivia ses cheveux humides. Je vais t'aider à te redresser. George, tu veux bien aller chercher une tasse d'eau pour ta maman ?

Le petit garçon fila aussitôt. Déposant Jane sur le lit, Clarrie aida sa sœur à se mettre en position assise et lui frictionna le dos. En proie à des tremblements, elle toussait et s'étranglait en tentant faiblement de la repousser.

— Respire à fond. Là, doucement. Ne t'inquiète pas, murmura Clarrie.

— Je veux Jack. Pas toi…

— Eh bien, c'est moi que tu as. Et ce n'est pas la fin du monde, alors arrête de faire comme si. Jack n'est pas mort, il a simplement été appelé. Quand George remontera, je veux que tu te sois calmée, tu m'entends ? Tu lui fais peur et tu me fais peur à moi aussi.

Olivia fut si stupéfiée par la brutalité de sa sœur qu'elle obéit. Sa respiration s'apaisa et ses tremblements cessèrent. Jane commença à ramper sur sa mère et lui attrapa les cheveux. Olivia protesta, mais Clarrie chatouilla la fillette, qui se mit à pousser des petits cris de plaisir. George revint et tendit une tasse débordant d'eau à sa mère. Son sourire ressemblait tellement à celui de son père que Clarrie en fut émue.

— Bravo, lui lança-t-elle. Exactement ce dont ta maman avait besoin.

— Elle n'est plus malade, maman ?

Elle vit des larmes apparaître dans les yeux cernés de sa sœur.

— Non, elle n'est pas malade. Elle est triste parce que ton papa n'est pas là. Mais nous allons lui remonter le moral, d'accord ?

George grimpa sur le lit et passa les bras autour du cou de sa mère.

— Sois pas triste, maman, déclara-t-il en lui donnant un gros baiser.

Clarrie retint son souffle, craignant que sa sœur ne le repousse. Puis Olivia laissa échapper un sanglot et passa le bras autour de son fils pour lui faire un câlin.

— Oh, Clarrie, comment je vais m'en sortir ? gémit-elle.

— Un jour après l'autre, voilà comment tu t'en sortiras.

35

1918

Grâce au soutien constant que lui apporta Clarrie, Olivia se reprit et s'efforça de s'occuper de sa famille et de sa maison en l'absence de Jack. Préoccupée par la fragilité de sa sœur, Clarrie allait dormir un jour sur deux dans la maison de Lemington pour l'aider avec les enfants et la calmer quand la panique la saisissait.

Le rationnement fut instauré et la solde de Jack sembla de moins en moins suffisante à mesure que l'année s'écoulait. Olivia passait de longues heures à faire la queue devant les magasins d'alimentation, laissant les enfants au salon de thé. Gais et amicaux, ils étaient une constante source d'amusement pour le personnel. Clarrie s'émerveillait de la façon dont ils acceptaient les bouleversements dans leur vie. Elle était folle de ses neveux.

Leur babillage animé l'aidait à oublier ses inquiétudes continuelles liées aux difficultés d'approvisionnement, à l'augmentation des prix et aux mauvaises nouvelles en provenance du front. Ce printemps, l'Allemagne lança une nouvelle offensive en Flandre. Le pays était épuisé après des mois de privations. Mais c'était la douleur causée par toutes les morts qui désespérait la population. Tout le monde connaissait quelqu'un qui avait péri sur le champ de bataille ou disparu en mer, et redoutait l'arrivée du sinistre télégramme du ministère de la Guerre annonçant un nouveau décès.

Olivia se mettait à trembler chaque fois que le facteur s'arrêtait devant sa porte, partagée entre son désir de recevoir une lettre de Jack et la peur d'une mauvaise nouvelle. Cependant, aussi bien Jack que Will semblaient survivre à l'existence dans les tranchées avec une gaieté stoïque bien éloignée de la démoralisation qui régnait dans le pays.

Le salon de thé avait toujours été un lieu de débat, même quand le gouvernement avait imposé des restrictions aux rassemblements pour empêcher la contestation, mais les gens commencèrent à critiquer ouvertement la conduite de la guerre, le refus du Premier ministre de laisser le président américain négocier la paix jusqu'à l'attitude des généraux prêts à sacrifier tant de vies humaines. Des grèves éclatèrent pour dénoncer les conditions de travail dans les usines, et des émeutes pour protester contre le prix du pain. Tout cela était débattu autour des tables de *Chez Herbert*, malgré la pauvreté des menus et la piètre qualité du thé offerts.

« À quoi ça a servi, tout ça ? se demandaient les hommes.

— J'ai entendu dire qu'il y avait des grèves en Allemagne.

— Là-bas aussi, on crève de faim. »

D'autres murmuraient, en lançant des regards prudents autour d'eux :

« Peut-être qu'il y aura une révolution comme en Russie. »

Pour Clarrie, la priorité cependant était de maintenir le salon de thé ouvert afin que ses employées conservent leur travail. Bertie, qui au début lui avait payé un bon salaire et l'avait laissée gérer l'établissement à sa guise, la harcelait depuis des mois pour qu'elle fasse des économies. À la lumière de ce que Jack lui avait appris, elle le soupçonnait de vouloir tirer un maximum d'argent du salon de thé pour éponger ses pertes ailleurs. Mais Verity et lui avaient toujours été dépensiers et devaient avoir du mal à supporter les privations que la guerre imposait même aux riches.

Jamais il ne passait au salon de thé. Les affaires se traitaient par courriers brefs et impérieux, ponctués de mises en garde sur les « conséquences fâcheuses » qui ne manqueraient pas de se produire si elle ne réduisait pas les coûts. Depuis janvier, les salaires avaient été payés avec retard, mais Clarrie se rassurait en se disant que Bertie avait trop besoin du salon de thé pour le laisser couler.

Puis, en avril, il cessa tout bonnement de payer. Inquiète, elle se rendit à son cabinet. C'était la première fois qu'elle retournait là-bas depuis l'humiliation qu'elle y avait subie après le décès de Herbert. En dehors des courriers professionnels, elle n'avait plus eu le moindre contact avec Bertie et Verity. Et la lettre de condoléances qu'elle avait envoyée à cette dernière à la mort de son père l'année précédente était restée sans réponse.

Clarrie frappa plusieurs fois à la porte du cabinet, avant de s'apercevoir qu'elle était verrouillée. Jetant un coup d'œil par la fenêtre, elle découvrit avec un choc que le bureau de la secrétaire avait été vidé de tous ses meubles et tapis. Une seconde, elle se demanda si elle avait pu se tromper de maison, avant de reconnaître le heurtoir en forme de dauphin choisi par Herbert, et maintenant terni faute d'entretien.

Il ne lui restait plus qu'à aller à Jesmond pour affronter Bertie chez lui. Afin d'économiser le prix du tram, elle traversa la ville à pied jusqu'à l'élégante banlieue. Mais même ce quartier n'avait pas été épargné par la guerre : les rues étaient vides et la peinture s'écaillait sur les portes et les montants des fenêtres.

À la grande consternation de Clarrie, à Tankerville Terrace aussi elle trouva porte close. Lorsqu'elle alla frapper chez les voisins, la bonne parut ravie d'échanger des commérages.

— On ne les a pas vus depuis Noël. Ils ont prétendu qu'ils ne trouvaient plus assez de personnel pour faire tourner la maison mais, entre nous, j'ai entendu dire qu'ils avaient des difficultés.

— Quel genre de difficultés ?

— Des problèmes financiers. M. Raine, notre majordome, est un ami du leur... ou en tout cas il l'était avant qu'ils ferment la maison. Bref, d'après M. Raine, ils ont perdu de l'argent à cause de la guerre et ils n'ont plus les moyens de payer leurs employés... pas quand les gens trouvent de meilleurs salaires ailleurs.

— Alors, où sont-ils partis ?

— Quelque part à la campagne. Attendez que le nom me revienne. Towers quelque chose.

— Rokeham Towers ?

— C'est ça !

Clarrie poussa un soupir de déception. La bonne l'examina des pieds à la tête.

— Je suis désolée, mais vous ne trouverez pas d'emploi chez les Stock. Vous cherchiez du travail, n'est-ce pas?

Clarrie baissa les yeux sur ses chaussures usées et son manteau rapiécé. Depuis plusieurs années, elle partageait ses plus beaux vêtements avec son équipe. Comment en vouloir à cette femme de l'avoir prise pour une domestique au chômage?

Ce soir-là, elle écrivit à Bertie pour lui réclamer le paiement des salaires et envoya la lettre à Rokeham Towers. Trois jours plus tard, elle reçut une courte réponse l'informant que Bertie ne pouvait plus les payer, ses employées et elle, et qu'il mettait le salon de thé en vente.

— Il ne peut pas faire une chose pareille! s'indigna-t-elle.

— Qu'il essaie toujours, répondit Lexy, inhabituellement sombre. Personne n'achètera un salon de thé en ce moment. Je suis déjà étonnée qu'on ait tenu si longtemps.

Un peu plus tard, Clarrie la retrouva ivre et en larmes dans la ruelle de derrière: Lexy avait apparemment réussi à mettre la main sur quelque tord-boyaux. Olivia, venue chercher ses enfants, aida sa sœur à la monter dans l'appartement et à la mettre au lit.

— Que se passe-t-il? demanda-t-elle. Pourquoi dit-elle que Bertie va vendre le salon de thé alors qu'il est à toi?

Devant l'expression de détresse de Clarrie, elle insista:

— Il est bien à toi, n'est-ce pas ?

Au bout d'un instant, Clarrie secoua la tête.

— Assieds-toi, Olivia. Il est grand temps que je te mette au courant.

Et elle lui raconta la trahison de Bertie, qui l'avait dépossédée de tout.

— Mais le salon de thé, c'est toute ta vie ! Il n'a pas le droit !

Voyant toute couleur déserter le visage de sa sœur, Clarrie craignit qu'elle ne fasse une nouvelle crise d'angoisse.

— Je suis désolée, je n'aurais pas dû te le dire.

— Non, c'est moi qui suis désolée, répondit Olivia en se levant. Tu n'aurais pas dû affronter ça seule. Si je m'étais comportée comme une vraie sœur…

— Tu as tes propres problèmes.

— N'essaie pas de me trouver des excuses. Pendant toute ma vie, tu m'as protégée, tu t'es occupée de moi et je n'ai jamais été reconnaissante. À certains moments, je t'ai même détestée. J'aurais fait n'importe quoi pour quitter Summerhill, je voulais me prouver que j'étais capable de me débrouiller sans toi.

Clarrie tressaillit devant la brutalité de cet aveu, mais ne l'interrompit pas. Elle avait trop souvent murmuré des mots apaisants pour calmer les mouvements d'humeur d'Olivia, au lieu de simplement l'écouter.

— J'étais tellement obnubilée par mes propres inquiétudes qu'il ne m'est même pas venu à l'idée que tu avais peut-être besoin de moi !

Elles se contemplèrent un instant.

— Sans toi, déclara enfin Clarrie, je n'aurais pas pu descendre du bateau qui nous a amenées d'Inde ou supporter cette année affreuse chez cousine Lily. Et je n'aurais pas essayé de reconstruire une vie avec les Stock si tu n'avais pas été là.

D'un geste timide, elle tendit les bras.

— C'est uniquement parce que tu étais là que je me suis accrochée. Sans toi, Olivia, j'aurais baissé les bras des années plus tôt.

Olivia laissa échapper un sanglot et se précipita dans les bras de sa sœur.

— Je suis désolée. Je t'aime, Clarrie.

Soulagée, Clarrie laissa ses larmes couler sans retenue. L'incompréhension et la jalousie, la peine qu'elles s'étaient infligée l'une l'autre disparurent tandis qu'elles s'étreignaient. Juste au moment où elle avait cru tout perdre, où sa sécurité menaçait d'être engloutie comme dans des sables mouvants, sa sœur lui était revenue. C'était comme si le soleil perçait des nuages d'orage.

Ce fut Olivia qui s'écarta la première.

— Ce sale bonhomme ! dit-elle avec colère. Il ne te fera pas une chose pareille ! Je ne le permettrai pas !

Même si elle était touchée par sa réaction, Clarrie savait qu'Olivia ne pouvait rien contre Bertie.

Les semaines suivantes furent les plus tendues de la vie de Clarrie, qui s'efforçait de continuer à motiver ses troupes pour faire tourner le salon de thé. Quand la rumeur se répandit que l'établissement risquait de fermer, des gens passèrent pour offrir leur aide gracieuse. Daniel Milner lui fit crédit alors que son propre commerce était menacé : afin d'avoir quelque chose à proposer à ses clients, il en était réduit à vendre des conserves de poisson et de la poudre d'œufs, et assurait lui-même la plupart des livraisons.

En dépit de la générosité de son entourage, et pour sauver son salon de thé, elle dut mettre en gages les bijoux que lui avait offerts Herbert. En mai, il ne lui restait plus que son alliance et la pierre rose que lui avait donnée le *swami* à son départ d'Inde. En juin, elle n'eut plus d'autre choix que de s'en séparer aussi.

Se cuirassant pour entrer dans la boutique du prêteur sur gages en ville, elle étouffait presque de rage à la pensée qu'à cause de Bertie elle était contrainte à ça. Elle ne le croyait pas lorsqu'il affirmait ne plus pouvoir lui verser son salaire, alors qu'il devait sûrement avoir accès à la fortune de sa femme. Ce que Verity dépensait en un après-midi dans les magasins permettrait sans doute de faire tenir le salon de thé pendant un mois. Ce matin-là, en retirant son alliance et en décrochant la chaîne sur laquelle elle avait fait monter la pierre du *swami*, elle en fut presque physiquement malade.

En caressant une dernière fois la surface douce de la pierre rose, elle songea au saint homme qui se contentait de vivre dans une hutte, avec pour seules possessions une natte sur laquelle dormir et une casserole. Cette pensée l'apaisa. Comme lui, elle devait garder confiance et trouver le moyen de survivre jour après jour, sans s'inquiéter pour l'avenir.

Plus tard ce jour-là, elle reçut une lettre de Will, accompagnée d'un généreux chèque. Elle eut du mal à en croire ses yeux.

« *Pourquoi ne m'avez-vous jamais dit que vous étiez dans une situation aussi précaire ?* écrivait-il. *Vous savez bien que je vous aurais volontiers aidée, et j'ai bien l'intention de le faire. J'ai hérité de père une certaine somme d'argent, et Bertie continue de me verser une allocation comme le faisait papa, mais à quoi cela me sert-il ici ? Vous devez l'utiliser pour sauver le salon de thé. Je suis furieux de la façon dont vous a traitée mon frère, et je viens de lui écrire pour le lui faire savoir. À mon retour, nous réglerons la question. D'ici là, je vais faire en sorte de racheter* Chez Herbert, *afin de préserver votre moyen d'existence et votre logement. Un de mes amis va bientôt partir en permission, et je l'ai chargé de régler l'affaire en mon nom afin que le problème soit résolu au plus vite. Ma très chère Clarrie, je ne peux pas croire que vous ayez gardé le silence sur tout ça si longtemps. Promettez-moi de ne plus jamais avoir de secrets pour moi !* »

Clarrie se laissa tomber sur une chaise et pleura de soulagement. Lorsqu'elles la trouvèrent dans la réserve, Lexy et Ina crurent d'abord qu'elle avait reçu de mauvaises nouvelles, avant qu'elle réussisse à balbutier la vérité.

— Vous n'imaginez pas à quel point je suis soulagée que Will soit au courant, avoua-t-elle, partagée entre le rire et les larmes.

— Qui l'a averti ? demanda Ina.

Clarrie et Lexy échangèrent un regard.

— Ça ne peut être qu'une seule personne, dit cette dernière. Olivia.

Ce soir-là, en rentrant à Lemington, Clarrie trouva sa sœur en train de baigner les enfants devant le feu.

George projetait de l'eau partout et Jane l'imitait en poussant des petits cris.

— J'ai reçu une lettre de Will, annonça-t-elle.

— Ah bon ?

Clarrie s'agenouilla à côté de la bassine.

— Votre maman est une rapporteuse, déclara-t-elle à ses neveux. Une adorable rapporteuse !

Elle se tourna et se jeta au cou de sa sœur.

— Il va acheter le salon de thé, et tout ça grâce à toi !

— Il va l'acheter ? C'est plus que je n'en espérais !

Comme Clarrie tirait la lettre de sa poche, Olivia la lui arracha des mains pour la lire.

— Tu vois, fit-elle avec un regard entendu, Will est d'accord avec moi. Tu ne devrais pas être orgueilleuse au point de refuser de partager tes tracas.

— Ah, parce que c'est de l'orgueil ?

— Bien sûr. Tu es beaucoup trop fière !

Clarrie éclata de rire et éclaboussa sa sœur avec l'eau du bain.

— Attention à la lettre !

Elle la fourra derrière son dos et éclaboussa Clarrie en retour. Les enfants n'en revenaient pas. Et soudain, tous les quatre se lancèrent dans une grande bataille d'eau en hurlant et pouffant.

Une fois les enfants emmitouflés dans une serviette près du feu, Olivia leur lut une histoire pendant que Clarrie préparait du thé. En voyant par la fenêtre les fleurs roses du rhododendron dans son grand pot coloré et en entendant la voix animée de sa sœur, elle se sentit gagnée par un nouvel optimisme. Peut-être profitait-elle encore de la bénédiction du *swami* même sans la pierre rose.

Le lendemain, elle partit tôt pour le salon de thé, galvanisée par la pensée du chèque de Will, et la tête déjà pleine de nouveaux projets : elle allait repeindre la salle, ce qui donnerait du travail à Jared et certains autres hommes âgés, planter davantage de pommes de terre dans le lopin de terre alloué au salon de thé et commencer à faire des économies en prévision de Noël. Et elle irait récupérer son alliance et la pierre du *swami*.

Au milieu de l'après-midi, Olivia fit irruption dans le salon de thé, échevelée, et se précipita dans les bras de Clarrie, un télégramme serré dans son poing.

— Jack ! s'écria-t-elle en sanglotant. Jack est porté disparu !

36

Le tout nouveau courage d'Olivia ne résista pas à la cruelle incertitude entourant le sort de Jack. Elle finit par recevoir quelques informations par son officier. Il avait disparu à la suite d'une escarmouche, lors d'une patrouille de nuit. Personne n'en était revenu. Jack était-il mort ou grièvement blessé ? Avait-il été fait prisonnier ? Olivia était plongée dans un tourbillon de questions sans réponses.

Impuissante, Clarrie voyait sa sœur torturée par la peur et les doutes. Rien ni personne ne réussissait à la rassurer, et même ses enfants ne lui apportaient aucun réconfort. Ils devinrent capricieux et difficiles, en proie à des crises de larmes ou d'excitation. Clarrie avait de la peine pour eux, qui devaient supporter une mère silencieuse et renfermée, et une tante surmenée et parfois irritable.

Comme souvent, Lexy et Ina lui furent d'une aide précieuse, occupant les enfants pendant les longues semaines de vacances de George et taquinant Clarrie quand elle se faisait trop de soucis.

Heureusement, la vente du salon de thé se passa rapidement et sans problème. Elle reçut un courrier l'informant de la transaction et du nom du nouveau propriétaire, une société appelée Stable Trading. Aussitôt, elle écrivit à Will une lettre de remerciements, lui promettant de travailler encore plus dur afin qu'il ne regrette pas son investissement.

À la mi-août, alors qu'il était question d'une grande contre-offensive alliée, Olivia reçut la nouvelle que Jack était en vie.

— Il est prisonnier de guerre, apprit-elle à Clarrie en lui montrant la lettre de la Croix-Rouge.

— Dieu merci !

Mais Olivia restait assise là, crispée, les mains serrées sur les genoux.

— Je sais que mon Jack ne reviendra pas.

Puis l'automne arriva et avec lui les premiers signes d'optimisme, laissant à penser que la guerre touchait peut-être à sa fin. Les journaux évoquèrent des mutineries dans la marine allemande et des manifestations pacifistes. Ils se firent l'écho d'initiatives en faveur de la paix qui s'étaient développées au fil de l'année, mais que la presse avait jusqu'ici passées sous silence. Des mois plus tôt, Clarrie avait signé la Pétition des femmes pour la paix, organisée dans la région par sa vieille amie Florence. Apparemment, des initiatives similaires avaient lieu sur le continent. Les Alliés avaient connu des succès dans la guerre d'usure sur le front, et il y avait des rumeurs de famine et de troubles en Europe centrale.

Vers la fin du mois d'octobre, ces rumeurs furent confirmées, et pour la première fois Clarrie s'autorisa à reprendre espoir.

— Avec un peu de chance, Jack et Will seront revenus pour Noël, dit-elle à Olivia. Je te conseille de t'entraîner à sourire, sinon ton visage risque de se craqueler sous le choc.

Pour son plus grand plaisir, sa remarque fut accueillie par un infime sourire sur les traits tirés d'Olivia. Enfin, au début du mois de novembre, tout le monde parlait d'un possible armistice.

Il fut signé le 11. La nouvelle se répandit en une explosion de bruits : les cloches des églises se mirent à sonner et les sirènes des bateaux mugirent sur la rivière. Tous les gens lâchèrent leurs outils et se précipitèrent dans les rues pour s'étreindre, crier et danser. Ce soir-là, des feux d'artifice illuminèrent le ciel et des feux de joie furent allumés partout.

Clarrie et son personnel servirent des boissons chaudes gratuites, et elle réussit à convaincre sa sœur d'emmener George et Jane admirer le spectacle. Ils se couchèrent épuisés, laissant la lumière allumée et les rideaux de black-out ouverts. Ils avaient survécu !

Trois jours plus tard, alors que la ville était encore tout étourdie par l'idée de la paix revenue, un jeune garçon entra dans le salon de thé avec un télégramme. En l'entendant appeler son nom, Clarrie sentit ses genoux se liquéfier.

— Pitié, non !

Lexy la conduisit aussitôt dans la cuisine.

— Donnez-le-moi, ordonna-t-elle. C'est pire de pas savoir.

Elle déchira le télégramme, le lut, puis éclata de rire.

— « *Mettez le champagne au frais, on rentre à la maison. Affection, Will.* »

Le soulagement fit tourner la tête de Clarrie.

— Du thé glacé s'il a de la chance, balbutia-t-elle.

496

Et elle éclata en sanglots.

— C'est bien, dit Lexy en la câlinant. Pleurez un bon coup. Depuis le temps !

Au cours des semaines suivantes, la première vague d'euphorie reflua. D'un point de vue matériel, la vie était aussi dure qu'avant, avec les restrictions et le rationnement. La population était affaiblie et sous-alimentée, et une épidémie particulièrement virulente se répandit à une vitesse terrifiante. La mère d'Edna fut alitée un mardi et mourut le dimanche. L'école de George ferma ses portes avec deux semaines d'avance à Noël parce que le personnel était décimé par la grippe espagnole.

George prit froid, et Jane se remit à tousser comme chaque hiver. Tenaillée par la peur de perdre ses enfants, Olivia ne les laissait plus sortir de la maison, les emmitouflait dans des couches de vêtements et les gardait au lit, malgré leurs protestations.

Les deux sœurs attendaient avec impatience le retour de Jack et de Will, mais l'après-guerre était très chaotique. Des nouvelles du continent faisaient état de masses de réfugiés, de ports et de gares bondés et des innombrables soldats essayant de rentrer.

Le dimanche précédant Noël, alors que Clarrie tentait d'obliger Olivia à l'aider à fabriquer des bande-roles, elle entendit le portail de derrière s'ouvrir. Par la fenêtre, elle vit un homme vêtu d'un costume trop grand et d'un large chapeau entrer dans le jardin et s'arrêter, comme s'il se demandait s'il était au bon endroit. Puis il retira son chapeau et gratta son crâne chauve.

— Olivia ! s'écria Clarrie. Olivia !

Celle-ci leva la tête.

— Va ouvrir. Tu as un visiteur.

Elle vit l'expression du visage d'Olivia se modifier et une lueur d'espoir s'allumer dans ses yeux. La jeune femme avança vers la porte, qu'elle ouvrit de ses mains tremblantes. Clarrie la regarda courir dans le jardin et se précipiter dans les bras de Jack. Refoulant ses larmes, elle fila au premier étage pour préparer George et Jane au retour de leur père.

Le lendemain, Clarrie se réinstalla de manière permanente dans l'appartement au-dessus du salon de thé, bien qu'Olivia et Jack lui eussent tous deux proposé de rester.

— Jamais je ne pourrai assez vous remercier d'avoir pris soin d'Olivia et des enfants, lui dit-il. Je sais à quel point ça a été difficile. Elle m'a raconté vos problèmes au salon de thé et ce que Bertie Stock vous avait fait. Je suis désolé, Clarrie. Si je peux vous aider en quoi que ce soit, vous n'avez qu'un mot à dire.

Au salon de thé, Lexy, Dolly et Ina furent ravies d'apprendre le retour de Jack. Mais, toujours sans nouvelles de Will ou de sa date de démobilisation, Clarrie ne put cacher son inquiétude. Cela faisait plus d'un mois qu'elle avait reçu son télégramme.

— Sûrement parti faire la bringue à Paris, plaisanta Lexy.

— Mais d'un jour à l'autre, on va le voir entrer au salon de thé en sifflotant, ajouta Ina.

— Et fouiller la cuisine pour trouver de la nourriture, dit Dolly.

Elles parlèrent de Will et rirent jusqu'à ce que Clarrie se détende.

Deux jours avant Noël, elle aidait Jared à arracher des navets dans le lopin de terre du salon de thé quand Lexy et Ina les rejoignirent, leur haleine montant en volutes dans l'air glacé.

— Que se passe-t-il ? demanda Clarrie en remarquant leurs traits tendus.

Ina serrait le journal local dans sa main tremblante. Aucune des deux ne semblait avoir la force de parler.

Enfin, Lexy s'écria :

— C'est pas possible !

— Dites-moi, murmura Clarrie.

— Ils annoncent une messe du souvenir, expliqua Lexy. Mais ça doit être une erreur.

Ina lui tendit le journal et montra une courte notice :

« Une messe sera célébrée en souvenir du capitaine William Henry Stock, dans la chapelle de la cathédrale Saint-Nicolas, le 27 décembre à 14 heures. Le capitaine Stock, fils cadet de feu M. Herbert Stock, avocat, est mort tragiquement de septicémie le 9 décembre et est enterré près d'Albert, dans le nord de la France. M. et Mme Bertram Stock souhaitent que la cérémonie ait lieu dans la stricte intimité familiale. »

Les mots dansèrent devant les yeux de Clarrie. Will, mort ? Impossible. Il avait survécu à la guerre. Comment avait-il pu succomber à un empoisonnement du sang après ? Ce n'était pas juste. Elle refusait d'y croire.

— Non, dit-elle en secouant la tête. Non, non, *non* !

Elle relut l'annonce et dut se rendre à l'évidence. Will était décédé depuis deux semaines, et elle l'ignorait. Personne ne l'avait prévenue. Depuis combien de temps Bertie et Verity étaient-ils informés ? Son cœur battait si fort qu'elle avait peine à respirer. Ses jambes se dérobèrent sous elle, et Lexy et Ina durent lui saisir les bras pour l'empêcher de s'effondrer. Vite, Jared retourna un seau et l'aida à s'asseoir.

— Ils auraient dû me prévenir, gémit-elle, et pas me laisser le découvrir de cette façon.

— C'est un couple de démons ! s'écria Lexy.

— Pauvre M. Will, murmura Ina. Un garçon si adorable.

L'énormité de ce qui s'était passé balaya Clarrie comme un raz de marée. Elle enroula ses bras autour de sa taille pour contenir la douleur, en vain.

— Oh, Will, dit-elle dans un sanglot. Mon cher, cher petit garçon.

37

Clarrie refusa d'attendre le service commémoratif pour aller trouver Bertie et apprendre ce qui était arrivé à Will. Elle ne mangeait plus, ne dormait plus. L'idée de fêter Noël lui était insupportable. Les décorations, l'excitation sur le visage des enfants, les fanfares qui jouaient des cantiques dans la rue lui donnaient envie de pleurer. Ils lui rappelaient trop le jeune et adorable Will, qui lui avait montré sa crèche lors de son premier Noël en Angleterre.

Lexy voulut l'accompagner chez Bertie, mais Clarrie insista pour qu'elle reste et s'occupe du salon de thé. Olivia proposa alors que Jack aille avec elle.

— Pas question que tu affrontes cet homme toute seule, dit-elle. Et Jack ne s'en laissera pas conter.

Mais comme la première fois, ils trouvèrent la maison de Tankerville fermée, et aucun voisin ne put les renseigner sur les Stock. Clarrie supposa qu'ils devaient être au domaine de Rokeham et aurait voulu s'y rendre immédiatement, à pied si nécessaire, mais Jack était encore affaibli par son séjour en camp de prisonniers, et elle ne voulut pas lui imposer ce long trajet.

— On pourrait toujours essayer à Summerhill, suggéra-t-il. Quelqu'un sera peut-être en mesure de nous renseigner.

C'est alors que Clarrie eut une idée. Avant de quitter Jesmond, elle décida de passer chez Johnny Watson. D'après les dernières nouvelles données par Will, son ami avait eu son diplôme de médecine et travaillait dans un hôpital militaire d'Édimbourg. Mais peut-être était-il rentré pour Noël ? Lorsqu'il ouvrit la porte, elle n'en crut pas sa chance.

— Oh, Johnny ! s'écria-t-elle.

Aussitôt, il lui prit les mains dans les siennes.

— J'ai appris la nouvelle. C'est affreux, affreux.

Il les fit entrer dans le salon familial et demanda à Clarrie ce qu'elle savait.

— Uniquement ce que j'ai lu dans le journal.

— Bertie Stock ne s'est même pas donné la peine de la prévenir, expliqua Jack. Il ne l'a jamais traitée comme un membre de la famille. C'est honteux.

Johnny paraissait outré.

— Dites-moi ce que je peux faire pour vous aider, Clarrie.

Elle lui lança un regard plein de gratitude.

— Simplement être là avec moi à la cérémonie.

De Noël, elle ne conserva ensuite aucun souvenir. Elle resta plongée dans une sorte de torpeur qui la maintenait à distance du monde. Elle avait conscience de la présence de Lexy et Ina, mais ne comprenait pas ce qu'elles disaient. Jared lui prépara de la soupe de petits pois. Olivia et Jack passèrent avec les enfants pour la distraire, et seuls George et Jane réussirent à l'atteindre à travers son cocon protecteur.

— Pourquoi tu es triste, tante Clarrie? lui demanda Jane en la regardant avec curiosité.

— Parce que oncle Will est allé au ciel, répondit George à sa place. Tiens, on a fait ça pour toi.

Le petit garçon lui tendit un collage de fleurs séchées et de petits carrés de tissu. Cela représentait une grande femme montant un tout petit cheval dans une forêt.

— C'est toi, tante Clarrie. Je sais que tu n'as pas de cheval, mais maman m'a dit que tu les aimes.

— Moi aussi, je veux un cheval, affirma Jane. Je veux être comme toi.

Bouleversée, Clarrie les serra dans ses bras tous les deux.

— Tante Clarrie, pourquoi tu pleures? s'exclama Jane. Tu n'aimes pas notre collage?

— Je l'adore, répondit-elle d'une voix cassée. Merci.

À la cérémonie commémorative, Clarrie fut très entourée. En plus de Jack et Olivia, il y avait Lexy, Ina, Dolly, Edna et Jared, ainsi que Johnny et ses parents. Rachel, qui avait appris la nouvelle, vint aussi de South Shields. Tous ses amis s'assirent ensemble dans la chapelle de la cathédrale, tandis que Bertie, Verity et son frère Clive s'installaient de l'autre côté en daignant à peine les saluer. Plusieurs soldats en uniforme étaient également présents.

Agenouillée, les yeux fermés, Clarrie tenta d'évoquer l'image du visage souriant de Will, sans succès. La cérémonie commença, mais elle avait la gorge tellement nouée qu'elle fut incapable de chanter le premier cantique. Des prières suivirent, dont les mots résonnèrent contre les pierres froides de la chapelle. Puis tout le monde s'assit pour écouter l'oraison funèbre.

Un homme en uniforme remonta l'allée, se retourna, et le cœur de Clarrie se contracta quand elle reconnut Wesley. Il avait les cheveux coupés court et le visage émacié, mais ses yeux n'avaient rien perdu de leur vivacité. Ils brillaient d'émotion alors qu'il parcourait des yeux l'assemblée. Le pouls de Clarrie s'accéléra dès qu'il se mit à parler.

— Avant la guerre, je connaissais peu Will Stock. Pour moi, c'était le jeune frère de Bertie – un garçon timide, doué pour la musique, mais pas pour le sport, amical, mais peut-être un peu trop tendre. Je ne le croyais pas assez endurci pour réussir dans la vie. Il n'avait pas l'ambition d'entrer au cabinet juridique familial et paraissait vouloir se contenter d'un emploi d'enseignant.

Wesley esquissa un sourire triste.

— J'avoue que j'ai été un peu déçu en apprenant que nous serions tous deux officiers dans la même compagnie. Je m'imaginais qu'étant plus âgé et plus aguerri j'aurais à jouer le rôle de leader et de protecteur. Comme je me trompais !

Et c'est alors qu'il décrivit le courage de Will, sa bonté envers ses camarades terrifiés, et sa perpétuelle bonne humeur.

— Will ne se taisait jamais. Quand il ne parlait pas de cricket, de chevaux ou de musique, il sifflait des airs ou chantait des chansons. Et le fait qu'il ne dispose d'aucun instrument ne le décourageait pas. Il était capable d'imiter toute une fanfare ou tout un orchestre et de remonter le moral des soldats les plus abattus. Pas une fois je ne l'ai entendu se plaindre ou critiquer les autres. Moi, en revanche, il m'est arrivé de me mettre en colère contre les hommes ou de désespérer de la situation et de nos conditions de vie. Will, lui, m'écoutait et compatissait, puis m'encourageait et chassait mes idées noires.

Il fit une pause, et Clarrie le vit serrer les mâchoires.

— Il possédait une immense sagesse pour son âge. Et il a montré plus de bon sens et de sensibilité que la plupart des hommes plus âgés. Mais il possédait aussi un côté juvénile, un optimisme et une foi dans les autres qui imposaient le respect. Quand on lui demandait comment il réussissait à rester si gai dans cet enfer qu'était la guerre, il répondait toujours : « Je pense à la maison et aux gens que j'aime. C'est ça, la réalité, pas cette folie qu'on vit ici. Ils sont mon ancrage. »

Le regard de Wesley croisa un instant celui de Clarrie.

— Will se nourrissait de la pensée de sa ville bien-aimée et des collines dans lesquelles il adorait chevaucher. Mais surtout, il était soutenu par la certitude que sa famille et ses amis l'aimaient tendrement.

Il hésita, et ses yeux étincelèrent dans la pénombre de la chapelle.

— Will était quelqu'un d'exceptionnel. Il aurait fait un excellent professeur de musique. Sans lui, le monde est plus triste et plus terne. Ce fut un privilège de le connaître, de combattre à côté de lui et d'avoir gagné sa généreuse amitié.

Il baissa la tête. Clarrie sentit des larmes couler en silence sur ses joues. Elle était bouleversée par les mots si francs et si tendres de Wesley ; il avait réussi à capturer l'esprit du garçon qu'elle avait connu.

Lorsqu'il redescendit l'allée, elle lui lança un regard de gratitude. Puis la musique s'éleva et ce fut la fin de la cérémonie.

Alors qu'ils ressortaient sous la pluie glaciale, Clarrie vit Bertie et Verity s'engouffrer dans un taxi.

— Bertie, s'il vous plaît ! s'écria-t-elle en se précipitant vers eux. Il faut que je vous parle.

— Je n'ai rien à vous dire.

— Pourquoi ne m'avez-vous pas prévenue ?

— Je ne vous dois rien.

— Dépêche-toi, Bertie, intervint Verity. La pluie rentre à l'intérieur.

Clarrie agrippa la portière.

— Les affaires de Will, dit-elle d'un ton pressant. On a dû vous les renvoyer. Pourrais-je avoir un souvenir de lui ? Son stylo, un recueil de poésie, n'importe quoi…

— Les affaires de Will reviendront à mon fils Vernon, son neveu, répondit-il, glacial. Maintenant, laissez-nous pleurer mon frère en paix.

Il referma la portière et le taxi démarra. Tremblante, Clarrie le regarda s'éloigner, figée dans une incrédulité douloureuse. Lexy et Johnny s'empressèrent de la rejoindre. Le jeune homme tint son parapluie au-dessus d'elle et passa un bras protecteur autour de ses épaules.

— Oubliez-les, fit Lexy. Vous êtes trempée. Allez, rentrons à la maison.

Clarrie invita Johnny et ses parents à venir prendre un thé. Alors qu'ils se dirigeaient vers l'arrêt du tramway, elle vit Wesley sortir du groupe des hommes en uniforme pour s'approcher d'elle.

La pluie ruisselait sur son visage et dégoulinait dans son cou. Il lui lança un regard circonspect sous ses sourcils broussailleux.

— Je suis désolé pour Will.

Clarrie hocha la tête.

— Merci pour ce que vous avez dit sur lui. C'était un grand réconfort.

— Je tenais à le faire, murmura Wesley.

Il hésita puis ajouta :

— Comment allez-vous ?

Elle aurait voulu lui expliquer que la douleur de la mort de Will était comme un couteau planté en plein cœur, et qu'elle ignorait comment elle allait pouvoir supporter l'avenir sans lui. Qu'elle était littéralement épuisée et à bout de forces.

— Je survis, déclara-t-elle. Et j'ai de bons amis.

— Je vois ça, répondit-il en lançant un coup d'œil à Johnny.

Elle fit les présentations.

— Voudriez-vous passer au salon de thé ? demanda-t-elle.

Elle n'avait soudain pas envie qu'il s'en aille. Il y avait tellement de questions qu'elle aurait voulu lui poser sur Will.

— Je ne peux pas, malheureusement. J'ai un train dans une demi-heure.

— Vous repartez pour Londres ?

— Oui, retour à la salle des marchés de Mincing Lane demain. Cela semble à peine croyable que la vie reprenne ainsi comme avant.

— Ce ne sera plus jamais comme avant, protesta-t-elle doucement.

— Non, vous avez raison.

Leurs regards restèrent rivés l'un à l'autre.

— Étiez-vous avec Will… à la fin ?

— Non, j'avais eu quelques jours de permission. Je me reposais à l'arrière. Il est mort à l'hôpital de campagne.

— Comment est-ce arrivé ?

— Vous n'êtes pas au courant ?

Clarrie secoua la tête.

— On ne m'a rien dit, répondit-elle avec amertume.

— Will s'est entaillé la jambe sur des barbelés. Il n'en a parlé à personne. Il n'était pas du genre à faire des histoires. La plaie s'est infectée. Les médecins devaient l'amputer, mais il est mort avant l'intervention.

Clarrie gémit, et Johnny dut la soutenir pour l'empêcher de flancher.

— Venez, Clarrie, il faut vous asseoir, dit-il. Nous allons prendre un taxi.

Ils échangèrent des adieux polis avec Wesley, qui partit rejoindre ses camarades. Et Clarrie se laissa emmener par Lexy et Johnny.

38

1919

Pendant les mois qui suivirent, son salon de thé fut sa bouée de sauvetage. Elle s'interdisait de penser au-delà de la semaine en cours et organisait chaque journée en fonction des besoins de l'établissement. Petit à petit, elle parvint à le sortir de la situation difficile dans laquelle l'avait plongé la guerre. Olivia, qui redécouvrait son amour pour la peinture, l'aida à le redécorer en choisissant des motifs égyptiens plus modernes.

Grâce à un travail acharné et à une solide détermination, Milner avait lui aussi réussi à préserver son commerce qui, avec l'aide de Jack, se remit à prospérer. Ils offrirent à Clarrie de généreuses conditions de crédit et lui proposèrent de nouveau du thé de bonne qualité. À son grand soulagement, Stable Trading la laissa gérer ses affaires comme elle l'entendait, malgré le décès de Will : tout juste devait-elle envoyer des données comptables à la fin du mois à une adresse de North Shields. Apparemment, Will avait fait en sorte que son frère ne puisse pas mettre la main sur l'entreprise, car elle était sûre que, dans le cas contraire, il aurait de nouveau mis le salon de thé en vente.

Les rumeurs sur les difficultés financières de Bertie se précisaient. Sarah, la sœur de Lexy, qui avait travaillé pour Verity, entendit dire que la maison de Tankerville était à vendre. Celle de Summerhill aussi avait changé de mains – en février, Jared avait lu dans le journal qu'elle avait été vendue aux enchères. La rumeur dit aussi que Bertie s'était brouillé avec Clive Landsdowne pour des questions d'argent, et que les Stock n'étaient plus les bienvenus à Rokeham Towers. Dolly apprit que Bertie et Verity s'étaient installés dans une petite maison en ville avec pour tout personnel une seule bonne à tout faire. Clarrie avait du mal à imaginer comment Verity supportait de telles conditions. Ils n'étaient pas les seuls cependant à avoir dû réduire leur train de vie : des fortunes s'étaient défaites au cours de la guerre quand les actions et placements avaient perdu toute leur valeur.

Bien décidée à s'en sortir, Clarrie se serait tuée à la tâche si Lexy ne l'avait pas contrainte à se reposer de temps en temps. L'été venu, elles avaient rouvert les salles de réunion de l'annexe et le salon de thé retrouva sa réputation.

Mais c'étaient les jours de fermeture qui étaient les plus difficiles pour elle, et les nuits sans sommeil où elle pleurait Will et se demandait ce que l'avenir allait lui réserver. Olivia et Jack étaient heureux avec leurs enfants ; Ina envisageait de prendre sa retraite et d'aller vivre chez son fils à Cullercoats. À la surprise de tous, Jared commença à faire la cour à Lexy, qu'il emmenait au cinéma le mercredi après-midi ; plus surprenant encore, Lexy l'encourageait.

— Il est aux petits soins avec moi, dit-elle à Clarrie. Je préfère de loin un homme gentil à un homme séduisant.

Si elle se réjouissait pour eux, Clarrie n'en était pas moins un peu anxieuse. Sa vie allait-elle se résumer à tenir un salon de thé ? Et réussirait-elle à s'en contenter ? Elle avait trente-trois ans, elle était veuve, sans enfants, et vivait dans un pays qu'elle en était certes venue à aimer, mais qu'elle ne considérait pas complètement comme le sien.

Sensible à la tristesse diffuse de sa sœur, Olivia tentait de l'impliquer dans sa vie de famille et l'invitait sans cesse. Un dimanche qu'elle était chez eux, Olivia se tourna vers Jack :

— Parle à Clarrie de l'idée de M. Milner.

— Le patron se demandait si vous pouviez lui donner un coup de main avec les chevaux.

— Les chevaux ?

— Oui, ceux qui ne peuvent plus travailler.

Trois ou quatre des chevaux de M. Milner qui avaient été réquisitionnés pendant la guerre étaient désormais trop vieux pour tirer une charrette, mais Milner n'avait pas eu le cœur de les envoyer chez l'équarrisseur et les avait mis en pension dans une ferme près de Wylam.

— Comme une maison de retraite pour poneys, indiqua Olivia.

Clarrie sourit.

— Est-ce qu'il accepte aussi les gérantes de salon de thé au bout du rouleau ?

— Il se demandait si vous lui rendriez service en allant là-bas une fois de temps en temps pour leur faire faire un peu d'exercice.

— Avec grand plaisir.

Clarrie prit donc l'habitude de passer aux écuries de Wylam une fois par semaine et de partir en promenade avec l'un ou l'autre des chevaux. Daniel Milner avait convaincu le propriétaire de garder ses vieilles bêtes à côté de ses quelques pur-sang.

Un lundi matin du début septembre, alors que Clarrie se préparait à partir pour Wylam, Edna monta quatre à quatre l'escalier de l'appartement en l'appelant.

— Il y a un gars qui demande après vous ! Il cherche une Clarissa Belhaven.

— Ah bon ? Qui est-ce ?

Personne ne l'avait appelée ainsi depuis des années.

Edna hésita.

— Il est étranger. Mignon, ajouta-t-elle. Il vous ressemble un peu.

— À moi ?

— Oui, il a le type indien.

Puis elle la poussa vers la porte.

— Allez, on ne fait pas attendre un si joli garçon.

Intriguée, Clarrie suivit l'impatiente Edna. Assis à une table devant une fenêtre, en train de siroter un thé, elle aperçut un jeune Indien au visage large et aux cheveux noirs coupés court, vêtu d'un costume bon marché en serge bleu. Dès qu'il la vit, il se leva pour la saluer d'un grand sourire. Il y avait chez lui quelque chose d'étrangement familier, et pourtant Clarrie était sûre de ne l'avoir jamais rencontré.

Il lui serra la main avec un hochement de tête poli.

— Je suis Arif Kapur, du Bengale. Ravi de vous rencontrer.

— En quoi puis-je vous aider, monsieur Kapur ?

— Je viens vous transmettre le bon souvenir de mon grand-oncle Kamal.

Stupéfaite, Clarrie sentit son cœur se mettre à tambouriner.

— Kamal ! Vous êtes le petit-neveu de Kamal ?

— Il m'a beaucoup parlé de vous. Depuis que je suis tout petit, j'entends oncle Kamal raconter les histoires du sahib Belhaven et de la vie dans l'Assam.

Clarrie s'accrochait à sa main comme pour s'assurer qu'elle ne rêvait pas.

— Dites-moi comment va Kamal ? Il est toujours en vie ?

— Oui. Il est devenu aveugle, mais il a encore l'esprit vif et raconte toujours des histoires.

Clarrie était tellement émue qu'elle ne put se retenir de fondre en larmes.

— Je suis désolé de vous avoir bouleversée, dit Arif.

— Non, je vous en prie. Mais c'est un tel choc après tout ce temps. J'avais cru ne plus jamais avoir de nouvelles de lui.

Elle fit signe au jeune homme de s'asseoir et prit place en face de lui.

— A-t-il reçu mes lettres ? Je lui ai écrit les premières années. Comment va-t-il ? Est-il heureux ? Est-il retourné en Assam ? A-t-il des nouvelles d'Ama et de sa famille ? Et parlez-moi de la vôtre. Je veux tout savoir !

Arif fit de son mieux pour répondre aux questions qui débordaient de Clarrie comme une rivière en crue. Kamal était heureux et très respecté dans son village pour sa sagesse et sa connaissance du monde extérieur. Il avait monté Prince dans les environs jusqu'à ce qu'il perde la vue et que le poney meure. Arif doutait qu'il soit retourné à Belgooree ou qu'il ait eu des nouvelles d'Ama, mais il avait conservé les lettres de Clarrie et, quand Arif avait rejoint l'armée indienne et avait été envoyé en France, son grand-oncle l'avait exhorté à chercher la trace des sœurs Belhaven si jamais il passait en Angleterre.

— « Renseigne-toi quand tu seras à Newcastle », m'a dit mon oncle. Mlle Clarissa fera certainement quelque chose en rapport avec le thé. Il ne m'a fallu que deux jours pour vous trouver.

Clarrie lui adressa un regard ému.

— Vous êtes toujours dans l'armée ?

— Non, j'ai été démobilisé et je vais rentrer en Inde pour étudier les sciences. Oncle Kamal va financer mes études. Je voudrais travailler au service forestier. D'après lui, j'aime les arbres à cause de ses histoires sur Belgooree et les montagnes Khasi.

Le cœur de Clarrie se serra en l'entendant prononcer ces noms familiers, et elle ressentit une nostalgie douce-amère pour son ancien foyer.

— J'aimerais tellement repartir avec vous !

Elle annula sa matinée aux écuries et emmena Arif rendre visite à Olivia. Sa sœur fut également surprise, mais moins ébranlée par son apparition. Belgooree était désormais pour elle un lieu lointain de sa jeunesse, dont elle avait du mal à se souvenir en détail. Sa vie était à Newcastle, et elle ne rêvait ni de voyager ni de retourner en Inde.

Arif resta quelques jours et s'installa dans l'annexe avec Jared. Il devait travailler sur un cargo pour payer le voyage jusqu'à Londres, puis embarquerait sur un bateau à vapeur. Clarrie l'accompagna jusqu'au quai et lui confia une lettre pour Kamal, ainsi que des échantillons de thé de la Tyneside Tea Company.

— C'est un peu comme si on apportait du charbon à Newcastle, mais je sais à quel point votre grand-oncle aime le thé. Dites-lui que ce sont là mes préférés et essayez de lui faire deviner les mélanges avant de lui dire ce que c'est.

Elle lui serra chaleureusement la main.

— Et transmettez-lui toute mon affection.

Pendant les jours qui suivirent, elle se sentit perturbée. Arif avait réveillé son passé, ainsi que sa nature impatiente. Au salon de thé, elle était distraite, au point que Lexy dut la réprimander.

— Enfin, Clarrie, faites pas cette tête, vous effrayez les clients. Prenez la journée et allez aux écuries. Vous pourrez raconter vos problèmes aux chevaux.

Bien que ce soit un vendredi et que le salon de thé soit plein, Clarrie se laissa chasser. Elle prit le train jusqu'à Wylam et se sentit de meilleure humeur à mesure que les chantiers navals et les usines laissaient place à la forêt, dont les premières feuilles jaunissantes brillaient au soleil.

Le garçon d'écurie parut surpris et un peu mal à l'aise.

— Je ne vous attendais pas aujourd'hui.

— Ça pose un problème ?

— Le propriétaire est là, c'est tout.

— Je ne dérangerai pas, promit Clarrie. Je vais juste promener Florrie une heure.

Entrant dans la pénombre de l'écurie, elle se dirigea droit vers la stalle de la vieille jument. Alors que celle-ci hennissait en la reconnaissant, Clarrie passa les bras autour de son encolure. L'odeur chaude du cheval et du foin était une des plus réconfortantes du monde. Songeant que Kamal avait longtemps continué à monter Prince, elle se mit à pleurer.

Un bruit dans son dos lui fit comprendre qu'elle n'était plus seule. À l'autre bout de l'écurie, un homme examinait un pur-sang. Il s'interrompit pour la regarder, puis s'avança vers elle. Clarrie s'empressa de sécher ses larmes. Ce fut seulement quand il fut près d'elle qu'elle reconnut Wesley, en tenue d'équitation.

— Monsieur Robson ! s'exclama-t-elle. Que faites-vous ici ?

— La même chose que vous, je suppose.

Elle continua de le dévisager, incrédule.

— Mais… je vous croyais à Londres.

— Je suis venu dans le Nord régler certaines affaires. Vous vous sentez bien ?

Elle détourna le regard et caressa Florrie.

— Je suis navré que ma présence vous perturbe à ce point, reprit-il. Je croyais que vous veniez seulement le lundi. Si j'avais su, je ne serais pas passé aujourd'hui.

— Comment savez-vous tant de choses sur cet endroit ?

Il lui adressa ce sourire sardonique qu'elle connaissait bien.

— Parce qu'il m'appartient.

Avant qu'elle ait pu revenir de sa surprise, le garçon d'écurie entra.

— Voulez-vous que je selle Paladin, monsieur ?

— Oui, merci, Tom.

Puis se tournant vers Clarrie :

— Voulez-vous venir vous promener avec moi, madame Stock ?

— En montant la vieille Florrie ? Non merci.

— Prenez l'un des miens. Tom m'a dit que vous aimiez bien Laurel.

Clarrie s'empourpra.

— J'ignorais qu'on m'espionnait.

— Ne lui en veuillez pas. J'apprécie de savoir ce qui se passe ici.

— Daniel Milner sait-il que ces écuries vous appartiennent ?

— Bien sûr.

— J'ai du mal à le croire.

— Pourquoi ? Nous faisons des affaires ensemble depuis des années.

— M. Milner et vous ? Mais vous avez essayé de le ruiner ! De lui faire mettre la clé sous la porte juste au moment où son entreprise commençait à décoller. Il n'est pas rancunier.

— Qui vous a raconté une chose pareille ?

— M. Milner était un client de Herbert. J'ai entendu dire que les autres marchands de thé s'étaient ligués contre la Tyneside Tea Company pour l'exclure du marché. Vous n'allez pas prétendre que les Robson ne faisaient pas partie de la conspiration ?

Le visage de Wesley se crispa, mais sa voix demeura posée.

— Vous avez raison, les Robson étaient dans le coup. Mon oncle James en était l'un des principaux instigateurs.

Clarrie était ulcérée. Même si elle l'avait soupçonné depuis le début, elle aurait voulu avoir tort.

— C'était scandaleux !

— Oui, c'est vrai. C'est la raison pour laquelle j'ai informé Milner de ce qui se passait.

— Vous ?

— Oui. Dès que je l'ai découvert, j'ai averti Milner et je l'ai mis en contact avec un courtier plus honnête. Après ça, son entreprise a prospéré. En contrepartie, je lui ai seulement demandé de ne pas parler à mon oncle ou à quiconque de mon intervention.

Clarrie lui lança un regard acerbe.

— Vous ne vouliez pas compromettre vos propres intérêts ?

— Tout à fait, répondit-il d'un ton moqueur. Je n'allais pas risquer mes belles perspectives d'avenir si je pouvais l'éviter.

Clarrie se sentit mal à l'aise.

— Vous avez bien agi, dit-elle, et je regrette de vous avoir accusé à tort. Mais comment m'en vouloir ? Après tout, vous êtes un Robson.

Wesley éclata de rire.

— Venez monter avec moi, Clarrie ! Nous pouvons même ne pas nous parler si vous préférez. Je ne connais que trop bien la mauvaise opinion que vous avez de moi, et il est beaucoup trop tard pour essayer de vous faire changer d'avis. Mais la balade serait agréable pour tous les deux. Juste cette fois, s'il vous plaît ?

Son désir d'accepter était trop fort pour qu'elle puisse y résister. Quel mal y aurait-il à l'accompagner ? De plus, elle n'aurait peut-être plus jamais l'occasion de monter un pur-sang… ou de se promener avec Wesley.

Les chevaux furent bientôt sellés, et ils quittèrent la cour pour s'engager sur les chemins de campagne. Alors que Wesley l'emmenait vers le nord, gravissant une colline boisée, Clarrie se remémora leur chevauchée à travers la forêt entourant Belgooree, tant d'années plus tôt, et comprit comment la jeune fille impétueuse et passionnée qu'elle était alors avait pu si facilement succomber au charme de Wesley Robson. Car elle ne pouvait plus nier qu'elle avait été amoureuse de lui. De cet homme arrogant et hautain, et en même temps si beau et sensuel.

Quand ils émergèrent du couvert des arbres, Wesley s'arrêta et l'attendit. Ses traits comme taillés à la serpe avaient encore le pouvoir de susciter son désir. Et pourtant, c'était là l'homme qui avait été le plus impitoyable recruteur de la plantation des Robson, celui qui avait convoité Belgooree et causé tant de tort à son père. Elle ne devait jamais oublier les mises en garde de ce dernier. Son désir pour Wesley lui faisait encore l'effet d'une trahison vis-à-vis de Jock.

Le soleil se réchauffait et, après avoir chevauché pendant un kilomètre, ils s'arrêtèrent près d'une rivière et mirent pied à terre. Wesley déploya sa veste sur l'herbe sous un mur de pierre et invita Clarrie à s'asseoir. À l'ombre du mur, ils regardèrent les chevaux se désaltérer et écoutèrent les oiseaux chanter.

— Vous souriez, fit remarquer Wesley. Dites-moi à quoi vous pensez.

— Ça me rappelle une certaine journée avant la guerre, avec Will et Johnny. Nous étions assis près d'un mur de ferme. Nous allions souvent monter ensemble et nous refaisions le monde.

— Johnny est un ami intime ?

Clarrie acquiesça.

— Je me sens proche de Will quand je suis avec lui.

Ils replongèrent dans le silence.

— Will parlait beaucoup de vous, murmura enfin Wesley.

— Vraiment ?

— Tout le temps. Les autres hommes parlaient de leur fiancée, mais lui ne parlait que de vous. Ils le taquinaient en vous appelant l'Affreuse Marâtre. Il vous adorait, vous savez.

Clarrie sentit ses yeux la picoter.

— C'était le garçon le plus adorable qui soit. Will aimait tout le monde.

— Mais vous comptiez particulièrement pour lui.

— Il me manque tellement.

Wesley tendit la main et couvrit celle de Clarrie de ses doigts puissants.

— Je sais. À moi aussi.

Croisant son regard, elle vit la lueur d'émotion dans ses yeux verts.

— C'est drôle que le destin vous ait fait vous rencontrer. Racontez-moi comment c'était là-bas.

Tenant toujours sa main, Wesley se mit à lui raconter la vie dans les tranchées ; pas les combats épouvantables, mais la routine du quotidien. Il lui parla des moments qu'ils avaient passés à parler, fumer, et à s'échanger leur courrier.

— Vous avez lu les lettres que je lui ai envoyées ?

— Je crains que oui. Et je dois même avouer que je les attendais : vous lui racontiez beaucoup plus de ragots que Bertie ou que d'autres amis.

Clarrie rougit et retira sa main.

— Il n'avait pas le droit !

— Non, mais c'était bon pour le moral.

Ennuyée, Clarrie se leva, tentant de se rappeler toutes les choses intimes et les bêtises qu'elle avait sans doute écrites à Will pour le distraire. Wesley se mit debout à son tour.

— Ne soyez pas fâchée, la pria-t-il en lui reprenant la main.

— Nous devrions y aller, dit-elle en évitant son regard. Je ne devrais pas être ici avec vous.

— Pourquoi ?

— Vous savez très bien pourquoi.

Il l'obligea à lui faire face.

— Que se passe-t-il, Clarrie ? Il n'y a pas que ma présence qui vous trouble, n'est-ce pas ? Vous pleuriez tout à l'heure, dans l'écurie.

Sentant ses mains prisonnières de celles de Wesley, elle se mit à trembler.

— Vous ne comprendriez pas, murmura-t-elle.

— Dites-moi tout de même.

— La semaine dernière, nous avons eu un visiteur venu d'Inde. Le petit-neveu de Kamal.

— Kamal, votre *khansama* ?

— Oui. Vous vous souvenez de lui ?

— Bien sûr. C'était le meilleur *khansama* que j'aie jamais rencontré.

Les yeux de Clarrie s'embuèrent de larmes.

— Il est toujours en vie. Son petit-neveu, Arif, a fait tout le trajet depuis la France pour essayer de me retrouver. J'ai eu l'impression de rencontrer un fantôme de mon passé. Il avait le sourire de Kamal. Mais avant même sa visite surprise, je m'étais remise à penser à Belgooree et à en éprouver le manque.

— L'Inde a le pouvoir d'envoûter. Tous les endroits paraissent ternes en comparaison.

— Vous aussi, vous le ressentez ?

Il hocha la tête.

— Quand on l'a connue, on a du mal à s'installer ailleurs. Mais je croyais que vous étiez heureuse au salon de thé ? Will m'a raconté à quel point il comptait pour vous.

— J'y suis heureuse. Les dernières années ont été une lutte de chaque instant, mais les choses s'améliorent. Et je ferai tout pour que ça dure.

Il lui sourit.

— Voilà qui ressemble davantage à l'esprit combatif des Belhaven.

— Et vous ? demanda-t-elle. Vous me parliez d'une affaire que vous étiez venu régler.

— Oui. On vient de me proposer l'opportunité de diriger une plantation de thé en Afrique de l'Est. Je quitte Londres le mois prochain.

— En Afrique de l'Est !

La déception qu'elle ressentit la surprit. Apparemment, sa réaction n'échappa pas à Wesley.

— Cela signifie-t-il que vous tenez encore un tout petit peu à moi ? demanda-t-il.

— Qu'est-ce qui vous fait croire que ça ait jamais été le cas ?

Il l'attira plus près et scruta son visage.

— Vous me mentiriez maintenant, alors que je m'en vais pour de bon ? Clarissa, je vous connais ! Vous aussi, vous avez du désir pour moi ! Ce jour où nous nous sommes embrassés à Belgooree… dites-moi que vous ne l'avez pas oublié. Moi, je ne l'ai jamais oublié.

Le cœur de Clarrie battait vite : Wesley était si proche qu'elle sentait son haleine sur son visage et voyait la ferveur dans son regard.

— Je n'ai jamais oublié, murmura-t-elle.

— Si vous n'aviez pas été une Belhaven aussi têtue, et moi un Robson, nous aurions pu être mari et femme. Mais votre père a fait en sorte que cela n'arrive pas. Seuls ses préjugés contre moi et ma famille, qu'il vous a inoculés comme un poison, nous ont empêchés d'être ensemble, avouez-le !

— Non, c'est faux ! protesta-t-elle en essayant de se dégager. J'ai tout de suite su comment vous étiez : arrogant, et déterminé à obtenir ce que vous vouliez sans vous soucier du mal que vous faisiez autour de vous. Je ne vous pardonnerai jamais la mort de Ramsha.

— Qui est Ramsha ?

— Le fils de ma nourrice. Il a attrapé la malaria en travaillant au domaine Oxford, mais il s'est échappé et s'est réfugié chez Ama. Et vous le saviez très bien. Vous m'avez suivie ce matin-là à Belgooree et avez découvert que nous cachions un de vos fugitifs.

Wesley la contemplait, abasourdi.

— C'est vrai, n'est-ce pas ? C'est vous qui avez donné l'ordre de le ramener…

— Arrêtez ! Je ne m'intéressais pas du tout à votre fugitif. Je me doutais que vous protégiez quelqu'un,

523

mais franchement je m'en fichais. C'était vous que je cherchais.

— Alors, qui a exigé qu'on le ramène de force au domaine Oxford, si ce n'était pas vous ?

Il la relâcha avec un mouvement d'impatience.

— Bon sang, Clarissa ! Je n'étais pas le seul recruteur là-bas et, en plus, j'ai toujours été opposé à l'embauche des montagnards. Ils ont du mal à s'acclimater et refusent d'obéir aux ordres. Je suis désolé pour ce Ramsha, mais je n'y suis pour rien.

Prise dans un tourbillon d'émotions, Clarrie ne savait plus que penser.

— Vous ne me croyez pas, n'est-ce pas ? Vous pensez vraiment que j'aurais pu être aussi insensible et calculateur ? Si vous aviez une si piètre opinion de moi, nous avons bien fait de ne pas nous marier.

Le mépris contenu dans sa voix la piqua au vif.

— J'étais peut-être imbu de ma personne à l'époque, mais j'étais jeune, tout juste débarqué d'Angleterre, et je voulais faire mes preuves. Cependant je n'ai jamais éprouvé d'hostilité envers les Belhaven. Je prends les gens comme ils sont, notamment votre père et vous. Je lui ai offert mon aide, si vous vous en souvenez bien.

— Votre aide ? Vous vous êtes moqué de sa façon de gérer Belgooree, puis vous avez essayé de lui voler sa propriété en vous mariant avec moi !

— Je lui rendais service ! s'écria Wesley. Et en payant de ma poche ! Mon oncle James estimait qu'acheter Belgooree était une folie. Et quand j'ai mesuré votre ingratitude, j'ai compris qu'il avait raison.

— Mon ingratitude pour quoi ? répliqua-t-elle avec colère. Pour avoir fâché mon père au point qu'il s'est enfermé dans son bureau et s'est abîmé dans l'alcool jusqu'à en mourir ?

Il lui saisit le bras.

— Vous m'en avez voulu pour ça pendant toutes ces années ? demanda-t-il, outré. Votre père était déjà un homme brisé et un alcoolique.

— Non, c'est faux !

— C'était connu de tous les planteurs ! Et savez-vous ce qu'ils disaient d'autre ? Qu'il n'avait pas surmonté la perte de sa belle épouse indienne, mais qu'il avait une jolie fille prénommée Clarissa pour s'occuper de sa maison et qu'il voulait que rien ne change. De l'avis de Jock, aucun prétendant n'aurait été assez bien pour vous. Il voulait vous garder pour lui seul, Olivia et vous, même si ça signifiait mener sa plantation à la ruine.

Furieuse, Clarrie le gifla.

— Comment osez-vous !

Wesley la considérait d'un regard noir ; une veine palpitait sur sa tempe.

— Il a bien réussi son coup ! Il a fait de vous l'esclave de son chagrin égoïste, au point que vous vous sentez coupable d'éprouver des sentiments pour quelqu'un d'autre que lui.

— Non !

— Si ! Et depuis, vous fuyez l'amour – le véritable amour passionné entre un homme et une femme. Vous avez enfoui vos véritables sentiments, Clarissa, et vous êtes réfugiée derrière la prétendue nécessité de vous occuper des autres, de votre père, d'Olivia, de Herbert, et même de Will. Vous avez trop peur d'aimer un homme de tout votre cœur. Vous pensez que vous ne le méritez pas.

Il la contemplait avec un mélange de colère et de pitié.

— En réalité, ce n'est pas moi que vous blâmez pour la mort de votre père et la perte de Belgooree, c'est vous-même, n'est-ce pas, Clarissa ?

Ces mots lui firent l'effet d'un coup de poing à l'estomac, et elle dut serrer les dents pour refouler un sanglot. Il n'était pas question qu'elle lui montre à quel point il l'avait blessée.

L'espace d'un long moment, ils s'affrontèrent du regard, partagés entre douleur et fureur. Quelle cruauté de sa part ! Et pourtant, elle devait admettre la vérité contenue dans ses propos. Pendant des années, elle avait porté la culpabilité de la mort de son père comme un poids de pierre. Un fardeau trop lourd. C'était beaucoup plus facile d'accuser Wesley et les Robson.

Consumée par la honte, elle eut soudain le désir qu'il la prenne dans ses bras et lui dise que ces vieilles douleurs et rivalités étaient oubliées. Mais Wesley se détourna, rejoignit Paladin et, attrapant les rênes, monta en selle.

— Pardonnez-moi de ne pas vous raccompagner, lâcha-t-il entre ses dents serrées. Je suis sûr que vous avez hâte d'être débarrassée de moi. Je suis navré du chagrin que je vous ai causé pendant toutes ces années, Clarissa. Mais il n'est rien en comparaison de ce que j'ai souffert à cause de vous.

Il fit faire demi-tour à son cheval et partit au trot. Clarrie le regarda s'éloigner, oscillant entre la rage et la désolation. Elle se sentait vidée et en même temps meurtrie par la violence de sa colère contre elle. L'avait-il véritablement aimée pendant toutes ces années, quand elle avait cru n'être qu'un pion sur l'échiquier des affaires ? Elle s'agrippa les bras jusqu'à en avoir mal. Eh bien, qu'il parte en Afrique avec Henrietta ! Il n'avait pas le droit de dévoiler des sentiments aussi profonds au moment même où il s'en allait. Pas le droit ! C'était bien trop tard.

Tremblante et malheureuse, elle se força à remonter en selle mais, au lieu de rentrer à l'écurie, se dirigea vers l'ouest. La nuit commençait à tomber lorsqu'elle finit par retourner à Wylam. Tom sortit pour l'accueillir.

— M. Robson m'a demandé de vous attendre, dit-il.

— Il est encore là ?

— Non, madame. Et on ne le reverra plus. Il doit repartir pour Londres après-demain.

39

Ce soir-là, épuisée et tourmentée, Clarrie se confia à Lexy. Elle lui raconta la rencontre avec Wesley, qui l'avait tant ébranlée, et l'histoire passée entre les Robson et les Belhaven, jusqu'à la mort de son père.

— J'en ai rendu Wesley responsable, admit-elle, alors que papa serait très probablement mort de toute façon et que la plantation aurait périclité. Je n'étais que trop ravie de croire le pire sur lui.

— Mais vous aviez peut-être toutes les raisons pour ça. Vous ne lui avez jamais fait confiance en affaires, si ? Et il est parent avec cette pimbêche de Verity Stock.

— Mais j'ai été trop dure. Je l'ai mal jugé sur des choses importantes.

— Lesquelles ?

— J'ai cru qu'il avait tenté de ruiner M. Milner il y a quelques années, alors qu'en fait c'est lui qui l'a sauvé.

Lexy soupira.

— Eh bien, ce qui est fait est fait. À quoi bon se languir d'un homme inaccessible ? Il part en Afrique avec sa dame, d'après ce que vous m'avez dit. Mieux vaut l'oublier.

Son amie lui tapota l'épaule.

— Qui sait, vous trouverez peut-être quelqu'un à aimer juste sous votre nez, comme nous nous sommes trouvés, Jared et moi. Le gentil docteur Johnny, par exemple.

N'ayant plus la force d'argumenter, Clarrie se laissa servir un thé puis mettre au lit.

— Et demain, vous faites la grasse matinée, lui conseilla Lexy.

Cette nuit-là, Clarrie dormit d'un long sommeil sans rêves et fut réveillée par le bruit de voix étouffées qui pénétrèrent dans sa conscience comme si elle se trouvait sous l'eau. Elle cligna des yeux et se redressa. Il faisait grand jour, et les voix se firent plus distinctes.

— Vous pouvez pas monter là-haut! protestait Lexy. Elle ne se sent pas bien.

— Je dois la voir, c'est une affaire de la plus haute importance! rétorqua une voix féminine et querelleuse.

— Attendez en bas, je vais l'appeler.

— Non, je ne veux pas être vue ici.

Reconnaissant l'intonation de Verity, Clarrie se força à se lever.

— Il faudra bien, pourtant, affirma Lexy, qui ne s'en laissait pas conter. On vous servira une tasse de thé en attendant.

— Je ne veux pas de votre thé!

Les voix s'éloignèrent et Clarrie comprit que Lexy avait réussi à lui barrer le passage. Quand son amie monta, Clarrie s'était habillée et était en train de se faire un chignon.

— C'est Verity, confirma-t-elle. Elle n'a rien voulu me dire, mais elle est aux cent coups.

Clarrie trouva Verity assise derrière une plante en pot, tâchant de ne pas se faire remarquer. Elle s'avisa que c'était la première fois que la femme de Bertie mettait les pieds dans le salon de thé.

— Je ne peux pas vous parler ici, attaqua-t-elle aussitôt. Il y a sûrement un endroit plus discret ?

Clarrie l'emmena dans une salle de réunion vide et la fit asseoir à une table.

— Comment vont les jumeaux ? demanda-t-elle.

— Ils nous coûtent une fortune, répondit distraitement Verity. Mais je ne suis pas venue ici pour papoter, vous vous en doutez.

— Je me demande bien ce qui vous amène. Dites-moi, je vous en prie.

Les mains de Verity s'agitaient dans son giron.

— Désolée, je suis un peu à cran.

— Laissez-moi vous faire servir du thé.

— Du thé ! Ça a toujours été votre réponse à tout, n'est-ce pas ?

— Si vous n'êtes pas venue pour papoter, ni pour goûter mon excellent thé, alors pourquoi, Verity ?

— Je ne serais pas venue… si j'avais su vers qui d'autre me tourner, répondit-elle, évitant le regard de Clarrie. La situation est un peu désespérée.

— Désespérée ?

— Je suis sûre que vous avez entendu des rumeurs concernant certaines difficultés récentes ?

— J'ai appris que vous aviez déménagé et que Bertie avait perdu de l'argent.

— Perdu de l'argent ? D'abord le sien, puis le mien. Il s'est révélé parfaitement incompétent. Et Clive ne veut plus rien lui prêter. Nous avons dû vendre Tankerville, puis Summerhill, et nous avons encore des dettes à rembourser. Nous sommes face à la ruine!

— Il a dépensé tout l'héritage de Herbert? s'écria Clarrie, outrée.

— Ça, et bien plus.

Clarrie songea à tout ce qu'elle aurait pu faire avec ne serait-ce qu'une infime partie de leurs revenus, à l'époque où le salon de thé frôlait la fermeture. S'efforçant de garder son calme, elle ne mâcha pourtant pas ses mots.

— Si vous voulez mon avis, Bertie va devoir cesser de compter sur l'argent des autres et se mettre à gagner sa vie.

— Si seulement c'était si simple. Je regrette qu'il ne s'en soit pas tenu aux affaires juridiques. Mais il semble qu'il ait fait des placements hasardeux pour le compte de ses clients, dont mon frère, et ils n'ont plus confiance en lui.

Sa voix se réduisit à un murmure.

— Il risque même d'être rayé du barreau et interdit de pratiquer le droit. J'ai tellement peur!

Elle se prit le visage entre les mains et se mit à sangloter.

Pour la première fois, Clarrie éprouva un peu de pitié pour Verity. Comment était-ce de vivre avec ce pompeux Bertie, qui avait dilapidé l'héritage de son père et sali son nom en jouant avec l'argent des autres? Cependant, tous deux avaient toujours dépensé sans compter. C'étaient les pauvres jumeaux qui souffriraient le plus.

— Je suis désolée que Bertie se soit montré aussi imprudent, déclara-t-elle, mais je ne vois pas en quoi je pourrais vous aider.

— Vous pourriez nous prêter de l'argent, suggéra Verity en levant vers elle un regard suppliant.

Clarrie lâcha un rire bref.

— Je n'en ai pas. Bertie m'a dépouillée de tout il y a bien longtemps, comme vous le savez.

— Il vous reste votre salon de thé. Vous pourriez emprunter auprès des banques.

— *Chez Herbert* ne m'appartient pas, répondit Clarrie, exaspérée. Bertie me l'a volé, avant de le vendre. Il appartient à une société du nom de Stable Trading, que Will avait mise sur pied afin que j'aie toujours un moyen de subsistance. Il a fait en sorte que votre mari ne puisse pas mettre la main dessus.

Verity lui lança un regard étrange, mi-apeuré, mi-triomphant. Elle fouilla dans son sac et en sortit une lettre.

— Non, ce n'est pas exactement ce que vous croyez, dit-elle en la lui tendant. Elle se trouvait dans les affaires de Will. Nous avons eu tort de ne pas vous la transmettre, mais je pensais que vous auriez découvert la vérité depuis le temps.

Avec un coup au cœur, Clarrie reconnut l'écriture de Will, et bien que la lettre lui soit adressée, elle avait déjà été ouverte. Elle la déplia de ses mains tremblantes.

Très chère Clarrie,

Je suis à l'hôpital avec une méchante blessure à la jambe, mais ne vous inquiétez pas, je suis sûr que tout rentrera bientôt dans l'ordre. La mauvaise nouvelle, c'est que mon retour à la maison risque d'être différé. Vous devrez donc garder cette bouteille de champagne au frais un peu plus longtemps.

Tout ce temps passé avec le pied en l'air m'a donné le loisir de réfléchir. J'ai un aveu à vous faire, qu'il est préférable de faire maintenant, au cas où. Je n'ai pas été entièrement sincère avec vous à propos de la vente du salon de thé et de la nature de Stable Trading. La société a été créée avec l'aide de quelqu'un qui est mon ami, mais pas le vôtre, je le crains.

Mais écoutez, ma chère Clarrie. Au cours des mois écoulés, cet homme est devenu un ami intime, l'un des meilleurs amis que j'aie jamais eus. Lorsque je lui ai parlé de vos difficultés, c'est lui qui a rassemblé les fonds pour acheter Chez Herbert, *étant le seul à pouvoir le faire en si peu de temps. Je ne disposais pas de la somme nécessaire. Mais il a insisté pour que vous ne soyez pas informée, en raison des différends passés entre vous deux. Il craignait que vous ne refusiez et que vous ne vous sentiez redevable envers lui. Il a conclu la transaction pendant sa dernière permission et mis le salon de thé à votre nom, afin que vous soyez indépendante et ayez un moyen de subvenir à vos besoins quoi qu'il arrive.*

Il sera furieux quand il apprendra que je vous ai mise au courant, mais je pense que vous devez savoir, ne serait-ce que parce que, ainsi, vous serez peut-être amenée à réviser votre jugement sur cet ami si loyal et digne de confiance.

Clarrie, me pardonnez-vous cette cachotterie ? Je l'espère. Je sais que quand nous nous reverrons, ce sera un moment si joyeux que vous ne resterez pas fâchée longtemps contre moi. J'aimerais tellement que vous soyez là à jouer les Florence Nightingale auprès de moi, à la place de la sévère infirmière-chef qui m'interdit de chanter après l'extinction des feux.

Vous aurez maintenant deviné que l'ami dont je vous parle est Wesley Robson. J'espère qu'avec le temps vous réussirez à enterrer le ressentiment né de la mort tragique de votre père. Il arrive souvent dans la vie qu'on regrette de n'avoir pas fait les choses différemment, et je sais que Wesley regrette la façon dont il s'est comporté lorsqu'il était en Inde. Il a beaucoup de considération et, je crois, une profonde affection pour vous, Clarrie. Pourquoi, sinon, m'aurait-il sans cesse demandé de lui parler de vous ? Je serais tellement heureux si, à mon retour, vous pouviez être amis.

Clarrie, comme j'ai hâte que ce jour arrive ! Je ne pense à rien d'autre qu'à rentrer à la maison pour vous voir, vous, la famille, Newcastle et tous mes amis. D'ici là, soyez assurée de toute mon affection.

Will

Serrant la lettre entre ses mains, Clarrie laissa échapper un gémissement. Will bien-aimé ! C'était comme si elle recevait un message d'outre-tombe, comme si son cher beau-fils réapparaissait par la grâce de ces mots affectueux. Et quels mots ! C'était Wesley, et non pas Will, qui avait sauvé son salon de thé – son moyen de subsistance, et aussi sa raison. Car si elle avait de nouveau tout perdu à ce moment-là, peut-être aurait-elle baissé les bras. Si elle avait su tout ça plus tôt, jamais elle ne se serait disputée si violemment avec lui la veille et ne lui aurait dit toutes ces choses blessantes.

— Alors ? demanda Verity avec un sourire nerveux.

— Vous étiez au courant ?

L'autre rougit.

— Naturellement. Nous avons dû trier toutes ses affaires.

Le choc de la révélation passé, Clarrie sentit sa colère s'enflammer.

— J'ai supplié Bertie de me donner un souvenir de Will, et vous n'avez même pas eu la décence de me transmettre la lettre qu'il m'avait écrite. Sa dernière lettre !

— Je suis désolée, nous n'aurions pas dû agir ainsi, je m'en rends compte à présent, mais je pensais que tôt ou tard vous découvririez la vérité. Je m'étonne que Wesley Robson ait résisté à la tentation de vous informer de sa générosité. D'autant qu'il était ici récemment, pour affaires, avant de partir pour l'étranger.

— Vous lui avez demandé de l'argent à lui aussi ?

— Eh bien, c'est un parent, répondit Verity, sur la défensive. Et puisqu'il vous aidait, vous qui n'êtes même pas de la famille, il pouvait faire la même chose pour nous.

— Mais il a refusé ?

Verity était au bord des larmes.

— Il s'est même montré très désagréable. Il a dit à Bertie d'agir en homme et de se trouver un travail honnête… comme s'il était un vulgaire ouvrier.

Clarrie imaginait sans mal le regard méprisant de Wesley quand il avait prononcé ces mots.

— Bertie sait-il que vous êtes là?

Verity hocha la tête.

— Trop lâche pour venir en personne, déclara Clarrie sans pouvoir dissimuler son aversion. Alors, il envoie sa femme mendier à sa place.

Verity prit un air suppliant et pathétique.

— Clarrie, pour le bien des jumeaux, vous devez aider Bertie. Je vous en supplie!

Clarrie n'en revenait pas. C'était là la femme qui s'était moquée d'elle et l'avait humiliée à Summerhill, l'avait ostracisée après son mariage avec Herbert et avait regardé sans broncher Bertie lui voler l'entreprise qu'elle avait fait tant d'efforts pour développer. Et la voilà qui rampait devant elle pour obtenir son soutien. Comme la vengeance était douce... comme elle se délectait d'avoir enfin du pouvoir sur ce couple détestable.

Puis elle eut une pensée pour Vernon et l'adorable Josephine. Les petits-enfants de Herbert. Ils ne méritaient pas d'être punis pour les erreurs de leurs parents.

— Très bien, dit-elle au bout d'un moment. Voici ce que je vais faire. Une fois que le salon de thé sera de nouveau bénéficiaire, j'investirai une partie des profits dans un fonds en fidéicommis dont les jumeaux pourront bénéficier à leur majorité.

Le visage de Verity s'éclaira.

— Un fidéicommis?

— Étant entendu que ni Bertie ni vous ne pourrez mettre la main dessus, précisa-t-elle.

— Et nous, alors?

— Wesley a raison, votre mari devrait chercher un emploi. S'il est prêt à travailler dur, je peux lui proposer une place au salon de thé.

Verity esquissa une moue dégoûtée.

— Travailler ici ? Avec ces gens-là ?

— Vous ne trouverez pas mieux, répliqua Clarrie en se levant. Allez dire à Bertie qu'il y a un emploi honnête pour lui *Chez Herbert*. Mais je n'ai pas l'intention de lui prêter de l'argent ; il en a dilapidé assez par le passé.

Furieuse, Verity se leva à son tour.

— Je me sens salie d'être venue ici pour vous demander de l'aide. Peu importent nos dettes, je ne laisserai jamais mon mari s'abaisser à venir travailler dans cet endroit vulgaire.

Clarrie se dirigea vers la porte de la salle sans attendre que l'autre prenne congé.

— Alors adieu, Verity. Je ne vous raccompagne pas.

Montant l'escalier quatre à quatre, elle attrapa manteau et chapeau en criant à Lexy :

— J'ai quelqu'un à voir d'urgence. Je reviens tout à l'heure !

Elle sauta dans le tram qui la conduisit au centre-ville puis descendit Dean Street pour rejoindre les quais où se trouvaient les bureaux des Robson. Après avoir pris l'ascenseur jusqu'au troisième étage, elle demanda à voir Wesley.

— M. Robson n'est plus là, madame, lui répondit l'employé de la réception. Souhaiteriez-vous parler à quelqu'un d'autre ?

— Non, merci. Où puis-je le trouver ?

— Il séjournait chez ses cousins, mais il est probablement déjà reparti pour Londres.

— Aujourd'hui ? Mais je croyais qu'il était là jusqu'à demain ?

— Il a changé ses plans hier soir. Il paraissait pressé de s'en aller, si vous voulez mon avis.

— Avez-vous le numéro de téléphone de ses cousins ?

Et comme l'employé hochait la tête, elle ajouta :

— Pourriez-vous appeler pour voir s'il y est encore ? S'il vous plaît.

L'employé lui adressa un coup d'œil las, mais obéit. Elle le regarda décrocher le combiné, le cœur battant. Tout ce qu'elle souhaitait, c'était une dernière chance de faire la paix avec Wesley et de lui dire à quel point elle regrettait de lui en avoir voulu pendant toutes ces années.

L'opératrice le mit en relation, et il demanda à parler à Wesley.

— Oh, je vois. Une minute...

L'employé se tourna vers Clarrie.

— Il vient de partir pour la gare. Voulez-vous laisser un message ?

Elle secoua la tête, le remercia et repartit à la hâte, dévalant l'escalier pour ne pas devoir attendre l'ascenseur. Courant sur le quai encombré en esquivant les voitures à chevaux, les camionnettes et les dockers qui faisaient rouler des tonneaux, elle s'engagea dans la côte qui menait à la gare, mais dut faire une pause au milieu, à bout de souffle.

— Clarrie ! Qu'est-ce que vous faites ici ?

La charrette de livraison de Jack s'arrêta à côté d'elle.

— Il faut que j'aille à la gare, dit-elle en haletant.

— Montez, je vous dépose !

Alors que le cheval trottait allègrement, Clarrie lui parla de la visite de Verity, de la lettre de Will et de la façon dont elle avait méjugé Wesley pendant si longtemps.

— Je veux clarifier les choses avant qu'il parte pour l'Afrique, expliqua-t-elle.

— Olivia a toujours dit que vous auriez dû vous marier avec lui lorsque vous étiez en Inde. Mais dans ce cas, je n'aurais jamais rencontré ma femme, pas vrai ?

Il arrêta la charrette près du portique de pierre et l'aida à mettre pied à terre.

— Bonne chance ! J'espère que vous le trouverez.

Un chef de train lui apprit que le prochain départ pour Londres était prévu dix minutes plus tard. Ayant acheté un ticket pour pouvoir accéder au quai, elle courut au milieu des porteurs qui s'occupaient des bagages, en scrutant la foule des voyageurs à la recherche de Wesley. Avec une pointe d'inquiétude, elle s'avisa pour la première fois que Henrietta risquait d'être avec lui. N'avait-elle pas dit un jour qu'elle adorait venir dans le Nord ? Clarrie s'arrêta et hésita, sentant son courage l'abandonner. C'était trop tard. Si elle le trouvait, elle allait seulement se couvrir de ridicule sur ce quai bondé.

— Clarissa ? lança une voix familière.

Elle fit volte-face. Wesley se penchait par la porte ouverte d'un wagon. Elle se précipita vers lui mais, envahie par l'émotion, se trouva incapable de parler.

— Que se passe-t-il ? Il est arrivé quelque chose ?

Elle secoua la tête et ses yeux s'embuèrent en lui voyant l'air si inquiet. Il la prit par le bras et lui fit fendre la foule pour l'entraîner vers une petite salle d'attente vide, dont il referma la porte derrière eux.

— Dites-moi ce qui se passe.

Elle lui parla de Verity et de la lettre de Will.

— Je suis au courant pour Stable Trading, conclut-elle d'une voix rauque. C'est vous qui avez sauvé le salon de thé.

— Je vois, répondit-il, le regard sévère.

— Pourquoi ne m'avez-vous rien dit?

— Parce que je sais à quel point vous êtes fière. Vous m'auriez probablement renvoyé mon argent à la figure.

Clarrie s'empourpra.

— C'est possible. Mais Will voulait que je sache. Il voulait que je change d'avis sur vous… et que nous soyons amis.

— Donc, vous faites cela en mémoire de Will?

— Pas seulement. Je voulais vous demander pardon.

Comme il ne réagissait pas, elle poursuivit:

— Je suis désolée de vous avoir mal jugé et de vous avoir reproché les problèmes de ma famille. Mon père avait tort en ce qui vous concerne, Wesley, tellement tort. Vous avez sympathisé avec Will et vous m'avez aidée sans rien espérer en retour. Ce ne sont pas les façons de faire d'un homme égoïste et impitoyable, mais celles d'un homme bon et généreux.

Elle soutint son regard.

— Je voulais vous remercier et me réconcilier avec vous avant votre départ.

— Oh, Clarissa !

Il poussa un long soupir, le regard plein de regret.

— Pourquoi avons-nous perdu tant de temps à nous faire la guerre ? J'ai interdit à Will de vous parler de Stable Trading parce que je ne voulais pas que vous vous sentiez redevable vis-à-vis de moi. Si vous teniez un petit peu à moi, je voulais que ce soit pour moi-même et pas en raison de quelque obligation financière. Ça a été mon erreur dès le départ : de vous proposer le mariage comme si c'était une transaction commerciale pour sauver Belgooree, et non pas ce que c'était vraiment.

— Et qu'était-ce ? demanda Clarrie.

— Une preuve d'amour, affirma-t-il, les yeux brillants.

— Vous n'êtes pas seul responsable, murmura-t-elle. J'étais trop butée pour admettre mes sentiments envers vous.

— Donc, j'avais raison ? Vous teniez à moi ?

Clarrie hocha la tête et baissa les yeux.

— Beaucoup.

Le quitter était si douloureux qu'elle voulait maintenant en finir au plus vite.

— Vous ne devez pas rater votre train, reprit-elle. Il va partir dans quelques minutes.

Elle se détourna pour qu'il ne voie pas ses larmes.

— Je vous souhaite d'être heureux en Afrique, votre femme et vous.

Wesley la prit par le bras.

— Qu'avez-vous dit ? Vous croyez que je suis marié ?

— Oui. À Mlle Lister-Brown.

Il laissa échapper un soupir impatient.

— Je n'ai jamais épousé Henrietta. Nous avons été fiancés pendant des années, mais je n'ai cessé de repousser la date du mariage. Finalement, j'ai rompu nos fiançailles à mon retour de France.

— Je vois…

— Non, je ne crois pas, dit-il, en se penchant vers elle. Je me suis rendu compte que je ne pouvais pas l'épouser, parce que j'étais encore amoureux de vous.

Le cœur de Clarrie se mit à battre la chamade.

— Le fait de vous voir à la cérémonie du souvenir a ranimé toute la force de mes sentiments. Et j'ai été jaloux de vous trouver au bras de ce jeune médecin.

— Johnny? C'est seulement un ami de Will.

— Il n'y a rien entre vous?

— Rien, répondit Clarrie, se sentant fondre sous son regard.

Il lui saisit les deux bras.

— Clarissa, soyez sincère. Pourriez-vous encore m'aimer? Maintenant qu'il n'y a plus d'obstacles entre nous, pourrions-nous devenir amis… et peut-être plus que cela avec le temps?

— Oui, bien sûr. Je vous aime, Wesley.

— Vraiment?

— Je vous ai toujours aimé. J'ai lutté pendant des années contre mes sentiments pour vous. J'ai voulu vous haïr, mais je n'ai jamais pu. Hier, après votre départ, j'ai compris à quel point je vous aimais encore. Mais je pensais qu'il était trop tard, que vous étiez marié. Vous n'imaginez pas à quel point je suis heureuse de découvrir qu'il n'en est rien.

Wesley l'attira dans ses bras et l'embrassa avec passion.

Derrière eux, la porte s'ouvrit.

— Le train va partir, monsieur.

L'espace d'un instant, ils se dévisagèrent. Puis Wesley tira une pièce de sa poche et la lança au porteur.

— Descendez mes bagages du train, s'il vous plaît. Je ne pars pas.

Alors que l'homme obtempérait, Clarrie éclata de rire.

— Qu'allez-vous faire ?

— Ça dépend de vous. Vous pouvez m'accompagner en Afrique ou à Londres, ou je peux rester ici, à moins que nous ne retournions en Inde. Peu m'importe, tant que vous êtes heureuse.

Peut-être pourraient-ils enfin revoir Belgooree ? Avec Wesley, tout semblait possible. En contemplant son visage sensuel, elle se rendit compte que son désir de retrouver son foyer d'autrefois était en partie lié à son désir de lui.

— Tout ce qui m'importe est d'être avec vous, répondit-elle. Je ne veux plus jamais que nous soyons séparés.

Wesley prit son visage entre ses mains.

— Prouvez-moi que je ne rêve pas ! dit-il en riant.

Clarrie sourit tendrement.

— Embrassez-moi, alors.

Submergés par le bonheur, ils s'embrassèrent avec passion, pour rattraper toutes les années perdues. Des larmes de joie ruisselèrent sur les joues de Clarrie. La dernière volonté de Will – les voir réunis – était enfin exaucée.

Achevé d'imprimer par GGP Media GmbH, Pößneck
en septembre 2014
pour le compte de France Loisirs,
Paris

N° d'éditeur : 78562
Dépôt légal : août 2014
Imprimé en Allemagne